BEN ELTON

Tödlicher Ruhm

Buch

»Hausarrest«, die englische Reality-Show, startet die dritte Staffel: ein Haus, zehn Kandidaten, dreißig Kameras, vierzig Mikrofone und nur ein Gewinner, der das Haus nach 63 Tagen mit einer Prämie von £ 500.000 verlassen wird ... Doch die Einschaltquoten sind mäßig, die Hausbewohner keine Zuschauermagneten – bis am 27. Drehtag eine der Frauen, ausgerechnet der Publikumsliebling Kelly, vor laufender Kamera erstochen wird. Mysteriöserweise bleibt der Mörder unerkannt, und über Nacht wird die Show zur weltweiten Sensation. Die stetig steigenden Einschaltquoten verleiten die ehrgeizige Produzentin Geraldine Hennessy dazu, die restlichen Kandidaten zu überreden, weiter im Haus zu bleiben. Die englische Nation ist fasziniert und rätselt vor laufendem Fernseher, wer der Mörder ist und ob er oder sie noch einmal vor laufender Kamera zuschlagen wird ...

Autor

Ben Elton, geboren 1959 in London, studierte an der Universität von Manchester. Seine Romane *Letzter Countdown* und *Abgefahren* wurden internationale Bestseller, und mit *Popcorn* gelang ihm ein Kultbuch, das wochenlang Platz 1 der britischen Bestsellerlisten besetzt hielt und später auch als Theaterstück unter anderem in Berlin Furore machte. Ben Elton gilt als Englands populärster und erfolgreichster Comedy-Autor und *stand-up comedian*: Auf sein Konto geht u. a. die Serie BLACK ADDER mit »Mr. Bean« Rowan Atkinson. Ben Elton lebt mit seiner Frau und seinen drei Kindern in London.

Von Ben Elton außerdem bei Goldmann lieferbar:

Popcorn. Roman (44264)

Ben Elton

Tödlicher Ruhm

Roman

Aus dem Englischen
von Jörn Ingwersen

GOLDMANN

Die Originalausgabe erschien 2001 unter dem Titel
»Dead Famous« bei Bantam Press,
a division of Transworld Publishers Ltd., London.

Alle Personen und Ereignisse in diesem Buch sind vom Autor erdacht. Jede Ähnlichkeit mit tatsächlichen Ereignissen, lebenden oder toten Personen ist rein zufällig.

Umwelthinweis:
Alle bedruckten Materialien dieses Taschenbuches
sind chlorfrei und umweltschonend.

2. Auflage
Deutsche Erstausgabe September 2003

Umschlaggestaltung: Design Team München
Umschlagfoto: Getty Images/Vasan
Satz: deutsch-türkischer fotosatz, Berlin
Druck: GGP Media, Pößneck
Titelnummer: 45442
Redaktion: Andrea Brandl
An · Herstellung: Sebastian Strohmaier
Made in Germany
ISBN 3-442-45442-5
www.goldmann-verlag.de

Mit Dank an:

in Großbritannien:
Andrew, Anna, Caroline, Claire, Craig, Darren, Mel, Nichola, Nick, Sada und Tom
und
Amma, Brian, Dean, Elizabeth, Bubble, Helen, Josh, Narinder, Penny, Paul und Stuart;

und in Australien:
Andy, Anita, Ben, Blair, Christina, Gordon, Jemma, Johnnie, Lisa, Peter, Rachel, Sara-Marie, Sharna und Todd,

ohne die es diesen Roman nicht gäbe.

DAVID.	Beruf: Schauspieler. Sternzeichen: Widder.
JAZZ.	Beruf: Kochlehrling. Sternzeichen: Löwe (1. Dekade).
KELLY.	Beruf: Verkaufsberaterin. Sternzeichen: Waage.
SALLY.	Beruf: Rausschmeißerin. Sternzeichen: Widder.
GARRY.	Beruf: Lastwagenfahrer. Sternzeichen: Krebs.
MOON.	Beruf: Trapezartistin und Gelegenheitsstripperin. Sternzeichen: Steinbock.
HAMISH.	Beruf: Assistenzarzt. Sternzeichen: Löwe.
WOGGLE.	Beruf: Anarchist. Sternzeichen: Behauptet, alle zwölf zu sein.
LAYLA.	Beruf: Modedesignerin und Einzelhandelskauffrau. Sternzeichen: Skorpion.
DERVLA.	Beruf: Traumatherapeutin. Sternzeichen: Stier.

Der Mord fand am siebenundzwanzigsten Tag im Haus statt.

NOMINIERUNG

29. Tag 9:15 Uhr

»Fernsehmoderator, Fernsehmoderator, Fernsehmoderator, Fernsehmoderator, Lokführer.«

Sergeant Hooper blickte auf.

»Verzeihung, mein Fehler. Fernsehmoderator.«

Chief Inspector Coleridge knallte den dicken Stapel mit Profilen der Tatverdächtigen auf seinen Schreibtisch und warf einen Blick auf den großen Videobildschirm in der Ecke der Einsatzzentrale. In den letzten zwei Stunden hatte er sich wahllos Bänder angesehen.

Garry lümmelte auf dem grünen Sofa. Die Pausentaste war gedrückt und Garrys Bild eingefroren. Es machte keinen großen Unterschied, ob das Band lief oder nicht, das Bild wäre mehr oder weniger das gleiche, denn Garry saß in seiner üblichen Haltung da: Beine breit, Muskeln gespannt, linke Hand in spielerischer Trägheit an seinen Hoden.

Ein verwaschener blauer Adler segelte über seinem rechten Knöchel. Coleridge hasste diesen Adler. Wie kam so ein nutzloser Haufen Arroganz und Ignoranz darauf, irgendwas mit einem Adler gemein zu haben? Er drückte auf *Start*, und Garry fing an zu reden.

»So ein Team in der Ersten Liga besteht doch nur aus zehn Idioten und einem Gorilla, der vorne rumrennt, normalerweise ein Schwarzer.«

Es war Coleridge sowas von egal. Nach wenigen Augenblicken drifteten seine Gedanken ab. Wie viel Schwachsinn konnten diese Leute von sich geben? Natürlich redeten alle Menschen mehr oder weniger Schwachsinn, aber bei den meisten verpuffte er irgendwie. Bei dieser Bande war er jedoch bleibend. Und außerdem handelte es sich um Beweismaterial. Er *musste* es sich anhören.

»… und die zehn Idioten müssen nur den Ball nach vorne zu dem Gorilla kicken und hoffen, dass der ungedeckt steht und einen Glückstreffer landet.«

Der Rest der Welt hatte diese geistreichen Beobachtungen bereits gehört. Sie waren gesendet worden, denn die Leute bei Peeping Tom Productions fanden sie einfach großartig. Die Worte »Schwarzer« und »Gorilla« in ein und demselben Satz ergaben ein *grandioses* Moment von Reality-TV.

»›Bissig, provokant und kontrovers‹«, murmelte Coleridge.

Er zitierte einen Zeitungsartikel aus der Verpackung dieses Videos, das er sich gerade ansah. Sämtlichen *Hausarrest*-Kassetten waren die entsprechenden Zeitungsausschnitte beigefügt. Wenn die Pressestelle bei Peeping Tom etwas war, dann gründlich. Bat man diese Leute um Archivmaterial, bekam man es.

Bei dem Artikel, den Coleridge gelesen hatte, handelte es sich um ein Profil von Geraldine Hennessy, der gefeierten Produzentin von *Hausarrest*.

»Wir sind nicht BBC-TV«, wurde Geraldine, die man unter Presseleuten nur als die »Grausame Geraldine« kannte, zitiert. »Wir sind BPK-TV: Bissig, provokant und kontrovers, und die Welt einen Blick auf Garrys unbewussten, unterschwelligen Rassismus werfen zu lassen ist genau das.«

Coleridge seufzte. Provokant? Kontrovers? Waren das Ambitionen einer erwachsenen Frau? Er wandte seine Aufmerksamkeit dem Mann zu, der Garry auf dem orangefarbenen Sofa gegenübersaß, dem smarten Jason, genannt Jazz, so cool, so hip, aufgeblasen selbstbewusst, immer lächelnd – es sei denn, er grinste höhnisch, was gerade der Fall war.

»Genau, Mann«, fuhr Garry fort, »kein Skill, keine Finesse, kein Plan. Die ganze Liga beruht auf der Glückstreffer-Strategie.« Wieder arrangierte er seine Geschlechtsteile, deren Umrisse unter dem lindgrünen Satin seiner Sporthose deutlich zu erkennen waren. Die Kamera ging näher heran. Offensichtlich hatte Peeping Tom ein Faible für Geschlechtsteile. Vermutlich waren sie BPK.

»Versteh mich nicht falsch, wenn ich sage, dass der Typ schwarz ist, Jazz«, fügte Garry hinzu. »Eigentlich sind ja die meisten Stürmer heutzutage schwarz.«

Jazz fixierte Garry mit einem Blick, den er offenbar für ebenso rätselhaft wie Furcht einflößend hielt. Jazz war körperlich noch besser in Form als Garry, und auch er hielt seine Muskeln mehr oder minder durchgehend unter Spannung. Fast schienen sie in kleinen Wellen an seinen Armen auf und ab zu wandern, während er beiläufig an der dicken Goldkette um seinen Hals herumfingerte, die gewichtig auf seiner wohl trainierten Brust lag. »Gorilla.«

»Was?«

»Du hast nicht ›Typ‹ gesagt, du hast ›Gorilla‹ gesagt.«

»Hab ich? Na ja, ich meinte: Gorillas sind groß und stark, oder nicht? So wie du.«

An der Küchenzeile schüttelte Layla, die sich als blondes Hippie-Supermodel betrachtete, angewidert ihre Perlenzöpfe. Inspector Coleridge wusste, dass Layla angewidert ihr hübsches Haar schüttelte, weil sie auf dem geschnittenen Video, das er sich ansah, kurz im Bild war … nie im Leben hätte Peeping Tom dieses spöttische, hochnäsige kleine Mittelklasse-Grinsen ausgelassen. Coleridge war schnell klar, dass Peeping Tom unbedingt anti-intellektuell erscheinen wollte.

»Wir sehen uns selbst als Spanner des kleinen Mannes«, wurde Geraldine in dem Artikel zitiert. Offenbar hielt auch sie Layla für eine eingebildete, humorlose Mittelklasse-Zicke, denn genau so war sie im Videoschnitt dargestellt.

Coleridge fluchte in Richtung Bildschirm. Er hatte Jazz im Auge gehabt, er wollte Jazz sehen, aber eines der größten Handicaps seiner Ermittlungen bestand darin, dass er sich nur ansehen konnte, was Peeping Tom ihm gerade zeigte, und Inspector Coleridge hatte etwas ganz anderes im Sinn als Peeping Tom. Die Leute von Peeping Tom wollten etwas, das sie »Großes Fernsehen« nannten. Coleridge hingegen suchte einen Mörder.

Jetzt zeigte die Kamera wieder Garry und seine Hoden.

Coleridge hielt Garry nicht für den Mörder. Er kannte Garry. In seinen langen Jahren im Streifendienst hatte er jeden Samstagabend zwanzig Garrys eingebuchtet. Die Garrys dieser Welt waren alle gleich – laut, selbstgefällig, großspurig. Coleridge dachte daran, wie Garry vorgestern Abend ausgesehen hatte, kurz nach dem Mord. In diesem Moment hatte Garry gar nicht mehr so großkotzig gewirkt, sondern eher kleinlaut.

Coleridge kannte Garry. Garrys brachen Schlägereien vom Zaun, aber sie ermordeten niemanden, es sei denn, sie hatten großes Pech oder saßen betrunken am Steuer. Natürlich mochte Coleridge diesen aufgepumpten, tätowierten Cockney-Gockel nicht, aber er hielt ihn auch nicht für *bösartig*. Er hielt ihn nicht für jemanden, der sich von hinten an einen Mitmenschen heranschlich, ihm ein Messer in den Hals stach, es wieder herauszog, um es ihm anschließend *tief in den Schädel zu rammen*.

Coleridge glaubte nicht, dass Garry so etwas tun würde. Aber andererseits hatte sich Coleridge auch schon geirrt, schon oft sogar.

Die Zuschauer hielten Garry ebenfalls nicht für den Mörder. Er war einer ihrer Lieblinge. In den Boulevardblättern wurde »Gazzer, der Macker« von Anfang an als heißer Tipp für den Sieg in diesem Spiel gehandelt, bevor daraus ein Mordfall geworden war, und er stand so gut wie nie oben auf der Liste, wenn die Medien Vermutungen hinsichtlich der Identität des Mörders anstellten.

Coleridge lächelte vor sich hin, ein trauriges, etwas überhebliches Lächeln. Die einzige Sorte Lächeln, zu der er dieser Tage fähig schien. Die Zuschauer kannten Gazzer nicht wirklich. Sie glaubten es, aber das war nicht der Fall. Man hatte ihnen nur seine besten Momente gezeigt, seine munteren Einzeiler, sein entnervendes Talent, Leute bloßzustellen, die er für Snobs oder Klugscheißer hielt, seine gnadenlose, hämische Freude daran, die eitle, aufgeblasene Layla hochzunehmen. Und das dicke, klobige Schwanzende, das einmal kurz zu sehen war, als es ihm aus seinen Shorts hing. Ein Bild, das umgehend seinen Weg auf T-Shirts gefunden hatte, die es auf dem Markt in Camden Lock zu kaufen gab.

»Ab in die Falle, Zyklop!«, hatte Garry gerufen, als spräche er mit einem Hund, ehe er sein vorwitziges Glied wieder in die Hose schob. »Tut mir Leid, Mädels, aber ich trag eben nichts drunter. Davon schwitzt mein Liebesmöbel.«

Mehr bekamen die Zuschauer von Garry nicht zu sehen, nur vorgekaute Häppchen eines grundehrlichen, aufrechten Burschen mit gesundem Menschenverstand, und sie liebten ihn dafür.

Auf dem Bildschirm hatte Garry – genau wie der für den Videoschnitt verantwortliche Redakteur – Laylas skeptische Reaktion auf seinen Sermon über Rassenunterschiede wohl bemerkt, und da er ahnte, dass sicher gleich irgendein Snob oder Klugscheißer darauf reagieren würde, hatte er beschlossen, sein Argument näher zu erläutern.

»Stimmt doch!«, protestierte er und lachte über Laylas Unbehagen. »Ich weiß, dass man es nicht sagen soll, aber scheiß auf die bekackte ›Political Correctness‹. Ich mache Jazz ein Kompliment. Schwarze sind schneller und stärker. Das ist bewiesen. Seht euch die Boxkämpfe an, die Olympiade. Meine Fresse, die weißen Affen sollten eine Medaille dafür kriegen, dass sie sich überhaupt trauen mitzumachen! Und bei den Bräuten ist es noch schlimmer. Habt ihr mal gesehen, wie die schwarzen Hühner rennen? Ein halbes Dutzend verdammte Ebenholz-Amazonen flitzen im Pulk über die Ziellinie, und schlappe zehn Minuten später kommen zwei knochige Weißbrote aus Glasgow um die Ecke.«

Bissige Worte: bissig, provokant und kontrovers.

»Ja, aber doch nur, weil ...«, stammelte Layla, der klar war, dass sie diese schrecklichen Ansichten widerlegen musste.

»Weil was denn bitte?«

»Na ja ... weil Schwarze sich aufgrund der Tatsache dem Sport zuwenden müssen, dass ihnen andere Möglichkeiten in unserer Gesellschaft verschlossen bleiben. Deshalb sind sie in Sachen physischer Aktivität überproportional vertreten.«

Nun mischte sich Jazz ein, auch wenn er sich nicht auf Laylas Seite schlug. »Du willst also sagen, dass uns die meisten Weißen beim Laufen und Boxen und so was schlagen könnten, wenn sie nicht so sehr damit beschäftigt wären, Ärzte und Premierminister zu werden? Willst du das etwa sagen, Layles?«

»Nein!«

»Du bist hier die Scheißrassistin, Mädchen, das ist ja widerlich!«

Layla sah aus, als müsste sie gleich weinen. Garry und Jazz lachten. Kein Wunder, dass die Zuschauer die beiden lieber mochten als Layla. Die meisten Zuschauer fühlten sich im Haus durch Gazzer und Jazz vertreten. Joviale, geerdete Machos, denen keiner was vormachte. Harte Burschen, coole Jungs. Coleridge fragte sich nur, was die Zuschauer sagen würden, wenn sie diese Typen vierundzwanzig Stunden am Tag ertragen müssten? So wie die anderen Bewohner. Wenn ihre dreiste Arroganz Tag für Tag, Woche für Woche von Wänden und Decken widerhallte. Wie nervtötend wäre das? Wie sehr mochte irgendwer sie hassen? So sehr, dass er die beiden in irgendeiner Form angreifen würde? So sehr, dass er einen oder beide in die Defensive zwang? So sehr, dass er sie zu einem Mord provozierte?

Aber Menschen ermordeten einander doch nicht, nur weil sie genervt waren, oder? Oh, doch. Coleridges Erfahrung nach taten sie genau das. »Genervt sein« war das verbreitetste Motiv von allen. Traurige kleine zwischenmenschliche Dispute wuchsen urplötzlich zu tödlichen Proportionen heran. Wie oft schon hatte Coleridge verzweifelten Familienvätern oder -müttern gegenübergesessen, während sie sich alle Mühe gaben, damit klarzukommen, was sie angerichtet hatten, nur weil sie genervt gewesen waren?

»Ich konnte ihn nicht mehr ertragen. Ich bin einfach ausgerastet.«

»Sie hat mich dazu getrieben.«

Die meisten Morde geschehen im privaten Umfeld unter Leuten, die sich kennen, und ein privateres Umfeld als bei *Hausarrest* war kaum denkbar. Zum Zeitpunkt des Mordes kannten die Insassen einander ziemlich gut oder wussten zumindest das voneinander, was nach außen drang (was ohnehin nur das war, was irgendwer von irgendwem wissen konnte). Diese Leute taten buchstäblich nichts anderes, als Tag und Nacht in jedem wachen Augenblick mit- und übereinander zu reden.

Vielleicht war einer von ihnen einfach so nervtötend geworden, dass er deshalb zu Tode kam?

Aber sie waren *alle* nervtötend. Oder waren es zumindest für Coleridge. Jeder Einzelne dieser Leute mit ihren trainierten Bäuchen und den nackten Ärschen, ihren Bizepsen und Trizepsen, ihren Tattoos und Nippelringen, ihrem gemeinsamen Interesse an Sternzeichen, ihren endlosen Umarmungen und Berührungen und vor allem ihrem vollständigen Mangel an echter intellektueller Neugier auf irgendetwas auf diesem Planeten, das nicht unmittelbar mit ihnen zu tun hatte.

Inspector Coleridge hätte sie am liebsten alle höchstpersönlich ermordet.

»Ihr Problem ist, dass Sie ein Snob sind, Sir«, sagte Sergeant Hooper, der mit angesehen hatte, wie Coleridge das Video betrachtete, und dabei dessen Gedanken gefolgt war, als sei Coleridges Kopf aus Glas. »Wozu um alles in der Welt sollte jemand heutzutage überhaupt noch Lokführer werden wollen? In Wirklichkeit gibt es überhaupt keine Lokführer mehr, sondern nur noch irgendjemanden, der den Startknopf drückt und hin und wieder streikt. Das ist wohl kaum eine edle Berufung, oder? Da wäre ich auch lieber Fernsehmoderator. Ehrlich gesagt wäre ich sogar lieber Fernsehmoderator als Polizist.«

»Tun Sie Ihre Arbeit, Hooper«, sagte Coleridge.

Coleridge wusste, dass alle über ihn lachten. Sie lachten, weil sie ihn für altmodisch hielten. Altmodisch, weil er sich nicht für Astrologie und Promis interessierte. War er denn der letzte Mensch auf Erden, der noch Interesse für etwas anderes als Astrologie und Prominente zeigte? Zum Beispiel Bücher oder Eisenbahnen? Gott im Himmel, er war erst vierundfünfzig, aber in den Augen der meisten seiner Leute hätte er ebenso zweihundert sein können. Für sie war Coleridge einfach nur ein *schräger* Vogel. Er war Mitglied der Folio

Society, war Laienprediger, besuchte jedes Jahr am Veteranentag ein Kriegerdenkmal. Und er pflanzte Samen in die Erde, wenn er Pflanzen haben wollte, statt sie fix und fertig im Gartencenter zu kaufen.

Der Umstand, dass Coleridge die Aufgabe zugefallen war, das *gesamte* verfügbare Material von *Hausarrest* zu prüfen, dazusitzen und einem Haufen nutzloser Twens zuzusehen, die gemeinsam ein Haus bewohnten und unter fortwährender Videoüberwachung standen, war in Wahrheit ein grausamer Scherz. Mit einiger Gewissheit ließ sich behaupten, dass es unter normalen Umständen wohl keine andere Sendung in der gesamten Fernsehgeschichte gab, für die sich Coleridge weniger interessierte als für *Hausarrest*. Coleridge nahm seinen Porzellanbecher, auf den er nicht verzichten wollte, auch wenn man ihn abwaschen musste. »Wenn ich Ihre Meinung zu Lokführern oder sonst irgendeinem Thema hören will, Hooper, werde ich es Sie wissen lassen.«

»Stets zu Diensten, Sir.«

Coleridge wusste, dass der Sergeant Recht hatte. Wer konnte der heutigen Jugend ihren Mangel an schlichtem, vernünftigem Ehrgeiz zum Vorwurf machen? In den Zeiten, als kleine Jungs Lokführer werden wollten, wenn sie groß waren, wünschten sie sich, Herr über eine gigantische Maschine zu sein. Ein großartiges, schnaufendes, stampfendes, knurrendes, lebendiges Untier, ein Monstrum aus Metall, das sich nur mit Mut und Geschick beherrschen und mit Sorgfalt und Verständnis pflegen ließ. Heutzutage dagegen war die Technologie derart komplex, dass – von Bill Gates und Stephen Hawking abgesehen – niemand mehr wusste, wie irgendetwas funktionierte. Die menschliche Rasse war neben der Spur, um einen Ausdruck zu verwenden, den Hooper oft benutzte. Kein Wunder, dass die jungen Leute nur noch ins Fernsehen wollten. Was sollten sie auch sonst tun? Müde starrte er die riesigen Stapel von Videobändern und Computerdisketten an, die beinahe den ganzen Raum füllten.

»Tja, dann fangen wir also wieder von vorn an, ja? Betrachten wir die Sache der Reihe nach.« Er nahm eine Kassette mit der Aufschrift »Erste Sendung« und schob sie ins Gerät.

Ein Haus. Zehn Kandidaten. Dreißig Kameras. Vierzig Mikrofone. Nur einer überlebt.

Die Worte stanzten sich auf den Bildschirm wie Fäuste, die einem ins Gesicht schlugen.

Wilde, zornige Rockmusik untermalte Post-Punk-Grafik und körnige Bilder.

Eine rotierende Hothead-Kamera.

Ein Stacheldrahtzaun.

Ein knurrender Wachhund.

Ein Mädchen mit dem Rücken zur Kamera rückt ihren BH zurecht.

Eine Nahaufnahme von einem Mund, der schreit, wutverzerrt.

Noch mehr Gitarrenlärm. Noch mehr zackige Grafik.

Niemand konnte sich das ansehen und noch irgendeinen Zweifel daran hegen, dass es sich hier um Fernsehen von den Hippen für die Hippen handelte. Die Botschaft war klar: Langweiler, such dir deine Unterhaltung woanders, aber wenn du jung bist, ein bisschen durchgeknallt und voll gut drauf, dann ist das deine Show.

Neun Wochen. Keine Ausflüchte. Kein Entkommen.

Hausarrest.

Ein letzter Schwall abstürzender, rückkoppelnder Gitarren, und der Vorspann war zu Ende. Einen allerletzten Augenblick lang war das Peeping-Tom-Haus leer und alles ruhig. Ein weitläufiger, heller, freundlicher Bau mit großzügigem, gefliestem Wohnbereich, freundlichen Schlafzimmern, Waschräumen samt Duschen aus rostfreiem Stahl und einem Swimmingpool im Garten.

Die Haustür ging auf, und zehn junge Leute strömten herein, verteilten sich über den großen, offenen Wohnbereich. Zehn Leute, die sich – wie die Werbung der Nation im Vorfeld versichert hatte – nie zuvor begegnet waren.

Sie johlten, sie kreischten, sie umarmten einander, sie sagten »Geil!«, immer und immer wieder. Manche gingen in die Schlafzimmer und hüpften auf den Betten herum, andere machten Klimmzüge an den Türrahmen, der eine oder andere hielt sich etwas zurück und sah zu, aber alle schienen der Ansicht zu sein, dass gerade eben das größte Abenteuer ihres Lebens begonnen hatte und sie dieses kaum mit einer geileren Mannschaft erleben konnten.

Nachdem deutlich geworden war, dass sich die Zuschauer in Gesellschaft echter Partylöwen befanden, machte sich die Kamera daran, die einzelnen Bewohner vorzustellen. Als Erstes kam ein unglaublich gut aussehender junger Mann mit sanften Hundeaugen, jungenhaften Zügen und schulterlangem Haar an die Reihe. Er trug einen langen schwarzen Mantel und hielt eine Gitarre in der Hand. Eine Schrift stanzte sich dem Mann ins Gesicht, Buchstaben aus Ziegelsteinen, wie eine Gefängnismauer.

David. Beruf: Schauspieler. Sternzeichen: Widder.

»Pause, bitte, Constable.«

Das Bild blieb stehen, und die versammelten Polizisten betrachteten das hübsche Gesicht auf dem Bildschirm, verzerrt von der aggressiven Grafik, die darüber lag.

»Beruf: Schauspieler«, sagte Coleridge. »Wann hat er zuletzt gearbeitet?«

Trisha, eine junge Kriminalbeamtin, die soeben das letzte Foto der sieben Verdächtigen aufgehängt hatte, warf einen Blick in Davids Akte. »Pantomime als ›Prince Charming‹. Vorletzte Weihnachten.«

»Vor zwei Jahren? Dann dürfte es wohl kaum sein richtiger Beruf sein, oder?«

»Das sagt Gazzer später in der Sendung auch, Sir«, mischte sich Hooper ein. »David wird deswegen ziemlich stinkig.«

»Stinkig?«

»Ärgerlich.«

»Danke, Sergeant. Es dürfte unsere Arbeit an diesem Fall erheblich beschleunigen, wenn wir uns alle derselben Sprache befleißigen. Gibt es irgendeinen Beweis dafür, dass dieser Junge tatsächlich schauspielern kann?«

»Oh, ja, Sir«, sagte Trisha. »Er hatte einen sehr guten Einstieg.

Abschluss an der ›Royal Academy of Dramatic Art‹ und anfangs reichlich Arbeit, aber in letzter Zeit ist für ihn einfach nicht mehr viel gelaufen.«

Coleridge musterte Davids erstarrtes Gesicht auf dem Bildschirm. »Ganz schöner Abstieg, hm? Ich glaube kaum, dass er die Absicht hatte, in *Hausarrest* aufzutreten, als er mit der Schauspielschule fertig war.«

»Nein, es macht tatsächlich einen etwas verzweifelten Eindruck, nicht?«

Coleridge sah sich David noch einmal genauer an. Das Gesicht flackerte und zuckte, weil der Polizeirecorder alt und klapprig war und nur widerwillig pausierte. Davids Mund stand etwas offen, weil er grinste, was ihn aussehen ließ, als wollte er ins Leere beißen.

»Wovon lebt er, wenn er seinen Beruf als Nichtschauspieler ausübt?«

»Tja, darüber habe ich mir auch Gedanken gemacht«, erwiderte Hooper, »und ich muss zugeben: Es ist etwas undurchsichtig. Er hat sich nicht arbeitslos gemeldet, scheint aber ziemlich gut zurechtzukommen – schicke Wohnung, gute Kleidung und so weiter. Peeping Tom hat er erzählt, seine Eltern hätten ihm geholfen.«

»Sehen Sie sich das mal näher an, ja? Falls er Schulden hat, klaut oder mit Drogen handelt, und irgendjemand aus dem Haus hätte es herausgefunden … na ja, da könnte es etwas geben, einen Hauch von einem Motiv …« Aber Coleridge klang nicht gerade überzeugt.

»Das wüssten die Fernsehleute, meinen Sie nicht, Sir? Ich meine, wenn ein anderer Bewohner etwas über ihn herausgefunden hätte? Hören die nicht alles?«, fragte Trisha.

»Nicht *alles*«, erwiderte Hooper, der ein Reality-TV-Fan war. »Sie *sehen* alles, aber sie *hören* nicht alles … das meiste, aber eben nicht alles. Manchmal, wenn die Bewohner flüstern, ist nur schwer zu verstehen, was sie sagen, und hin und wieder stellen sie ihre Mikros ab, und man muss ihnen sagen, dass sie die Dinger wieder anmachen sollen. Und gelegentlich tippen sie daran, wenn sie sprechen. Darauf sind die Kandidaten in der ersten Staffel gekommen.

Erinnern Sie sich an ›Wicked Willie‹? Der Typ, der rausgeschmissen wurde, weil er versucht hat, die Abstimmung zu manipulieren? Das war sein kleiner Trick.«

»Na, darauf sollte man dann wohl achten, was?«, sagte Trisha. »Mikrofonklopfen … sehr verschwörerisch.«

»Unglücklicherweise wurden die meisten Stellen, die nicht zu verstehen waren, auch nicht gespeichert, weil sie für die Sendung nicht zu gebrauchen waren.«

»Na denn«, sagte Coleridge. »Wie meine Mutter zu sagen pflegte: Das Leben ist nicht dazu da, es einem einfach zu machen. Der Nächste bitte. Weiter im Text.«

»Seht euch das an, Kinder! Ein Swimmingpool!«

Jazz hatte die Terrassentüren aufgeschoben und drehte sich um, um seine Entdeckung zu verkünden. Die Grafik stanzte Ziegelsteine in sein hübsches junges Gesicht:

Jazz. Beruf: Kochlehrling. Sternzeichen: Löwe (1. Dekade).

»Das ist besser als Ibiza!« Er führte einen kleinen Acid-mäßigen Tanz am Rand des Pools auf, wobei er mit der Stimme Bass und Schlagzeug imitierte: »Duh! Boom! Chh chh boom! Chh chh boom! Chhh chhh Boom!«

Ein Mädchen kam zu Jazz herausgelaufen. Ein hübsches Kind mit glückselig strahlendem Gesicht und einem kleinen Edelstein im Nasenflügel.

Kelly. Beruf: Verkaufsberaterin. Sternzeichen: Waage.

»Heftig!«, rief Kelly.

»Chh chh boom!«, antwortete Jazz.

Kelly fing an, auf und ab zu hüpfen, klatschte vor Begeisterung in die Hände. »Krass! Irre! Voll geil!«, rief sie, stieg aus ihren weiten Hipsters und sprang in den Pool.

»Verkaufsberaterin?«, erkundigte sich Coleridge. »Was bedeutet das?«

»Ladenmädchen«, sagte Hooper. »Miss Selfridge.«

Coleridge betrachtete Kellys flackerndes Bild auf dem Schirm. »Haben Sie die Hose gesehen, die sie da anhatte? Ihr halber Hintern war zu sehen.«

»Ich hab genau die gleiche«, erklärte Trisha.

»Also, ehrlich, Patricia, das überrascht mich aber. Oben am Rand konnte man ihre Unterhose sehen.«

»Das ist der Sinn der Sache, Sir.«

»Ach ja?«

»Ja, Sir. Macht schließlich keinen Sinn, Geld für einen G-String von CK auszugeben, wenn ihn keiner sehen kann, oder?«

Coleridge fragte nicht, wofür CK stand. In derart offensichtliche Fettnäpfe wollte er nicht tappen. »Wie muss es wohl um das Selbstwertgefühl dieser jungen Frau bestellt sein, wenn sie mit ihrer Unterwäsche prahlen muss?«

Coleridge fragte sich, ob er eigentlich der einzige Mensch auf der Welt war, der sich kulturell so völlig abgekoppelt fühlte. Oder gab es noch andere wie ihn, die ein Leben im Geheimen führten, im Schatten herumschlichen und nicht wagten, den Mund aufzumachen, weil sie unerkannt bleiben wollten? Menschen, die nicht einmal mehr die Werbung verstanden, vom Fernsehprogramm ganz abgesehen.

Auf dem Bildschirm tauchte Kelly wieder aus dem Wasser auf, wobei eine ihrer Brüste kurz oben aus ihrem nassen Unterhemd hüpfte. Als sie zum zweiten Mal wieder hochkam, hatte sie sich wieder bedeckt. »Oh, mein Gott!«, rief Kelly. »Ich trag ja noch mein Mikrofon. Peeping Tom wird mich umbringen.«

»Da hat sie sich getäuscht«, bemerkte Hooper. »Kellys berühmter Busen. Ich weiß es noch genau. War definitiv den Preis eines Mikros wert. Sie haben die Szene im Trailer verwendet, ganz verschwommen und in Zeitlupe, sehr frech, sehr nett. Es stand in allen Zeitungen – ›BRUST-ARREST!‹ Ausgesprochen amüsant, fand ich.«

»Könnten wir bitte weitermachen?«, knurrte Coleridge.

Hooper biss sich auf die Lippe. Er drückte auf *Start*, worauf eine tätowierte junge Frau mit einem Irokesenschnitt auf dem Kopf aus dem Haus stolziert kam, um den Swimmingpool zu begutachten.

Sally. Beruf: Rausschmeißerin. Sternzeichen: Widder.

»Es sollte heißen ›Beruf: Alibilesbe‹«, sagte Trisha. »Sie ist die Homosexuelle. Die müssen einen Schwulen oder eine Lesbe dabeihaben. Ich glaube, es steht in den Richtlinien der Programmkontrollkommission.«

Coleridge wollte etwas gegen das Wort »Lesbe« einwenden, war aber nicht sicher, ob es vielleicht inzwischen die offiziell anerkannte Bezeichnung geworden war, ohne dass er es bemerkt hatte. Die Sprache änderte sich heutzutage so schnell. »Meinen Sie, diese Tätowierungen haben irgendwas zu bedeuten?«, fragte er stattdessen.

»Ja, sie bedeuten: Verpiss dich, oder ich mach dich alle«, antwortete Hooper.

»Ich glaube, es ist Maori«, sagte Trisha. »Jedenfalls sieht es nach Maori aus.«

Sallys Arme waren vollständig tätowiert. Von den Handgelenken bis zu ihren Schultern war kein einziger Quadratzentimeter Haut mehr auszumachen. Dicke blauschwarze Streifen schlängelten und ringelten sich darüber.

»Im Internet ist sie die erste Wahl, was den Mord angeht«, erklärte Hooper und fügte hinzu: »Kräftig genug wäre sie. Sehen Sie sich mal diese Muskeln an.«

»Das Messer war sehr scharf«, knurrte Coleridge böse. »Jeder in diesem Haus hätte die Kraft gehabt, es jemandem in den Schädel zu rammen, sofern ihm der Schädel ausreichend am Herzen lag. Und würden Sie freundlicherweise die Kommentare zum Internet für sich behalten? Die Tatsache, dass es da draußen Millionen gelangweilter Tagediebe gibt, die nichts Besseres zu tun haben, als Schwachsinn durch Telefonleitungen zu tippen, hat mit unseren Ermittlungen absolut gar nichts zu tun.«

Einen Moment lang herrschte Schweigen in der Einsatzzentrale. Coleridge behandelte alle anderen wie dumme Schulkinder, sodass man nie recht wusste, wie man reagieren sollte.

»Diese Sache mit dem Rausschmeißen«, fuhr Coleridge fort. »Ist uns dahingehend etwas bekannt?«

»Vor kurzem war sie auf der Wache in Soho«, antwortete Trisha, während sie in Sallys Akte blätterte. »Sie hatte ein paar Leuten den Schädel eingeschlagen, aber nur in Notwehr.«

»Ihre Mutter muss sehr stolz auf sie sein.«

»Außerdem ist sie beim letzten ›Gay Pride March‹ in eine Prügelei geraten. Hat sich mit zwei Rowdys angelegt, die gebuht hatten.«

»Wieso glauben diese Leute eigentlich, sie müssten sich über ihre sexuellen Vorlieben definieren?«

»Na ja, wenn sie nicht darüber reden würden, Sir, wüssten Sie ja nichts davon, oder?«

»Aber weshalb *muss* ich es wissen?«

»Weil Sie sonst annehmen würden, sie wären Heten.«

»Falls Sie damit ›heterosexuell‹ meinen, so würde ich es keineswegs annehmen, Constable. Das würde ich ganz bestimmt nicht denken.«

Aber Trisha wusste, dass sich Coleridge in die eigene Tasche log. Trisha war ziemlich sicher, dass Coleridge sie für heterosexuell hielt. Es käme ihm gar nicht in den Sinn, etwas anderes anzunehmen. Wie sehr sie sich danach sehnte, ihn in seinen Grundfesten zu erschüttern, indem sie verkündete, sie sei ebenso vollkommen und absolut lesbisch wie das tätowierte Mädchen auf dem Bildschirm. *Ehrlich gesagt, Sir, gehe ich ausschließlich mit Frauen ins Bett und genieße es ganz besonders, wenn sie mich mit einem umgeschnallten Dildo stoßen.*

Da würde er aber staunen. Er hielt sie für so ein *nettes* Mädchen.

Aber Trisha sagte nichts. Sie schwieg. Deshalb bewunderte sie im Stillen Frauen wie Sally, so anstrengend und ungehobelt sie auch sein mochten. *Die* schwiegen nicht. Sie brachten Leute wie Coleridge zum Nachdenken.

»Lassen Sie uns weitermachen«, sagte Coleridge.

»Hübscher Slip!«, rief Sally Kelly zu, die gerade aus dem Pool stieg.

Garry – muskelbepackt und mit rasiertem Schädel – trat als Nächster aus dem Haus. Als er Kelly klatschnass in ihrem knappen, ärmellosen Unterhemd, das an ihrem schlanken, jungen Körper klebte, dastehen sah, sank er auf die Knie und tat, als betete er sie an. »Ich danke dir, o Gott!«, rief er zum Himmel. »Endlich was für die Jungs! *Da stehn wir drauf!*«

Garry. Beruf: Lastwagenfahrer. Sternzeichen: Krebs.

»Oder für die Mädchen!«, rief Sally zurück. »Man weiß ja nie ... vielleicht spielt sie in meinem Team.«

»Dann bist du 'ne Lesbe?«, wollte Garry wissen und wandte sich interessiert zu ihr um.

»Grrrr!«, machte Sally und zeigte auf ihr Hemd, auf dem »I EAT PUSSY« geschrieben stand.

»Ach, das heißt es? Ich dachte, es bedeutet, dass du gerade Chinesisch essen warst!« Garry lachte schallend über seinen eigenen Witz, was einen kleinen Skandal auslöste, als die Szene am Abend gesendet wurde, da man die Bemerkung als ausgesprochen bissig, provokant und kontrovers betrachtete.

Drinnen im Haus erkundete eine kahlköpfige Frau im Minirock mit aufgedrucktem Leopardenmuster den Wohnbereich. »Seht euch das an, Mädels! Da steht ein Präsentkorb! Geil!«

Moon. Beruf: Trapezartistin und Gelegenheitsstripperin. Sternzeichen: Steinbock.

»Kippen, Schokolade, Champagner! Supergeil.«

»Haut rein!«, rief Garry von der Terrassentür herüber.

Eilig versammelten sich die anderen um den Korb, und sofort wurden die vier Flaschen Sainsbury's Champagner geköpft. Dann verteilten sie sich auf die orangefarbenen, grünen und roten Sofas, auf denen sie in den langen Tagen, die ihnen bevorstanden, noch oft genug herumlümmeln würden.

»Also, wo wir hier sowieso gerade rumsitzen und chillen, kann ich es euch auch jetzt gleich sagen«, rief Moon mit ihrem übertriebenen Manchester-Akzent, »denn früher oder später findet ihr es sowieso raus. Erstens werde ich dieses Scheißspiel gewinnen, okay? Ihr anderen Penner könnt es also am besten gleich vergessen! Okay?« Dieses Draufgängertum wurde mit freundlichem Gejohle quittiert.

»Zweitens: Ich war Stripperin, okay? Ich habe Geld von armseligen alten Säcken genommen, weil sie meine Muschi sehen wollten. Es macht mich nicht gerade stolz, aber ich hatte es echt drauf, okay?«

Das zog noch mehr Gejohle und »Gib alles!« nach sich.

»Und drittens hab ich mir meine Titten machen lassen, okay? Ich war vorher todunglücklich mit meinem Selbstbild, und meine neuen Titten haben mir die Kraft gegeben, so zu sein, wie ich wirklich bin, okay? Worum es schließlich und endlich doch nur geht, hab ich Recht? Ehrlich gesagt glaube ich, dass ich genau diese Titten und keine anderen verdient habe.«

»Dann zeig mal her, Süße. Ich sag dir, ob du Recht hast oder nicht!«, rief Gazzer.

»Immer mit der Ruhe, Tiger!«, fauchte Moon und sonnte sich offensichtlich in der Aufmerksamkeit. »Ganz langsam. Wir haben noch neun beschissene Wochen hier drinnen, und wir wollen doch unser Pulver nicht gleich verschießen. Aber, o Gott ... was habe ich da eben gesagt? Ich fühl mich schrecklich. Meine Mum weiß gar nichts davon, dass ich gestrippt habe! Sie glaubt, ich bin brav und bieder. Tut mir echt Leeeiiid, Mum!«

»Gegen kleine Schönheitsoperationen hab ich nichts einzuwenden«, sinnierte Jazz. »Ich hab meine Schwanzverkleinerung nie bereut. Jetzt hängt er mir wenigstens nicht mehr unten aus der Hose!«

Seine Mitbewohner lachten und riefen: »Krass!«, aber manche lachten mehr als andere. Ein eher still wirkendes Mädchen mit pechschwarzem Haar und grünen Augen lächelte nur. Neben ihr saß ein ganz normal aussehender junger Mann in schicken, aber lässigen Timberlands.

Hamish. Beruf: Assistenzarzt. Sternzeichen: Löwe.

»Er sieht nicht glücklich aus«, bemerkte Coleridge und beobachtete den gut aussehenden Hamish, der einen eher mürrischen Eindruck machte.

»Er denkt ans Gewinnen«, sagte Hooper. »Er ist mit einer Strategie da reingegangen. Bedeckt halten, bloß nicht auffallen, das ist sein Motto. ›Nur wer auffällt, wird nominiert.‹ Jeden Abend war er im Beichtstuhl und hat genau das gesagt. Es ist ein sehr komplexes Spiel«, fuhr Hooper fort. »Man muss seine Mitbewohner auf die eine und die Öffentlichkeit auf die andere Weise behandeln. Sei unauffällig genug, nicht nominiert zu werden, aber dennoch interessant genug, nicht rauszufliegen, falls sie dich doch nominieren. Ich glaube, deshalb finden die Leute die Sendung so faszinierend. Es ist eine echte Psychostudie. Wie ein Menschenzoo.«

»Ach ja?«, ätzte Coleridge. »In diesem Fall muss ich mich aber fragen, wieso die Produzenten keine Gelegenheit auslassen, Gespräche über Sex zu senden oder Brüste zu zeigen.«

»Na ja, Brüste sind doch auch faszinierend, oder etwa nicht, Sir? Die Leute sehen sich so was gern an. Ich jedenfalls. Und außerdem, wenn die Leute in den Zoo gehen, was sehen sie sich da am liebsten an? Nackte Affenärsche, genau das.«

»Machen Sie sich doch nicht lächerlich.«

»Das ist überhaupt nicht lächerlich, Sir. Wenn Sie die Wahl hätten, sich anzusehen, wie zwei Elefanten Tee trinken oder es miteinander treiben, was würden Sie sehen wollen? Die Leute interessieren sich für Sex. Daran führt kein Weg vorbei.«

»Ich finde, wir kommen hier vom Thema ab.«

»Finden Sie, Sir?«, sagte Trisha, die Hamishs Gesicht auf dem Bildschirm betrachtete. »Ich nicht. Dieses Haus hat vor sexueller Spannung förmlich gebebt, und das muss doch irgendwie relevant sein, oder? Sehen Sie doch zum Beispiel nur mal, wen Hamish da anstarrt.«

»Das lässt sich unmöglich sagen.«

»Man sieht es in der Großaufnahme, die gleich kommt.« Trisha drückte den Startknopf des vorsintflutlichen Videorecorders, worauf die Einstellung tatsächlich zu einer Großaufnahme der lachenden, leicht angetrunkenen Meute wechselte, die auf den Sofas herumlümmelte.

»Im Moment sieht er sich gerade Kelly an, dann Layla. Er checkt sie aus. Der Psychologe dieser Sendung sagt, dass die Kandidaten in ihren ersten Stunden im Haus vor allem darüber nachdenken, zu wem sie sich hingezogen fühlen.«

»Na, wenn das keine Überraschung ist, Constable! Und ich dachte schon, sie machen sich Gedanken um Gott und den Wert ihrer unsterblichen Seelen.« Doch sofort danach bereute Coleridge seinen Ausbruch. Er hatte für Sarkasmus nicht viel übrig, außerdem mochte er Trisha und schätzte sie als Polizistin. Er wusste, dass dies keine wilde Spekulation gewesen war. »Tut mir Leid. Ich fürchte, es fällt mir nach wie vor schwer, meine Verärgerung über diese Leute im Zaum zu halten.«

»Ist schon in Ordnung, Sir. Diese Leute sind bestimmt eine Plage. Trotzdem halte ich es für wichtig, herauszufinden, wer wen mag. Ich meine, in einer derart außergewöhnlichen Umgebung dürfte Eifersucht doch ein ziemlich nahe liegendes Mordmotiv sein.«

»Was glauben Sie also, auf wen Woggle steht?«, fragte Hooper und lachte über die seltsame Gestalt, die eben auf dem Bildschirm erschien.

Woggle. Beruf: Anarchist. Sternzeichen: Behauptet, alle zwölf zu sein.

»Ich meine, mal ehrlich«, fuhr Hooper fort. »Wenn man in dieser Bande ein potenzielles Mordopfer sucht, dann doch wohl Woggle, oder? Ich meine, dieser Typ bettelt geradezu darum.«

»Jeder Weiße mit Dreadlocks bettelt darum, wenn man mich fragt«, bemerkte Trisha und fügte hinzu: »Woggle war ein kleines Privatprojekt der Grausamen Geraldine, Sir.«

»Was meinen Sie damit, Constable?«

Trisha meinte eines der vertraulichen, internen Taktik-Briefings, die sie am Tag des Mordes im Büro von Peeping Tom konfisziert hatte. »Er war der einzige Kandidat, den Peeping Tom von sich aus angesprochen hat. Bei allen anderen war es umgekehrt. Geraldine Hennessys Ansicht nach war er, und ich zitiere, ›garantiert großes Fernsehen. Der geborene Störfaktor, wie ein Sandkorn in der Austernschale, um das herum die Perle wächst.‹«

»Ausgesprochen poetisch«, bemerkte Coleridge. »Ich muss sagen, dass doch einiges an Fantasie vonnöten ist, sich Mr. Woggle als Perle vorzustellen, aber wahrscheinlich muss es wohl solche und solche geben.«

»Sie hatte ihn in den Nachrichten gesehen, Sir, am Ersten Mai, in einem Beitrag über die alljährlichen Ausschreitungen.«

»Aha, also wurde er verhaftet? Das könnte doch interessant sein.«

»Er wurde nicht verhaftet, Sir, er hat der BBC ein Interview gegeben. Das war Woggles große Chance.«

»Ich hab dieses Interview gesehen, das du über Anarchie und den ganzen Quatsch gegeben hast«, sagte Moon gerade zu Woggle, die eine verwandte Seele in ihm gefunden zu haben schien. »Du warst scheißgut, Babe. Voll geil.«

»Vielen Dank, meine Holde«, erwiderte Woggle.

»Aber was war das mit der mittelalterlichen Narrenkappe? Wolltest du irgendwie auf was hinaus oder so?«

»In der Tat wollte ich auf etwas hinaus, o kahles Weib. Wenn den so genannten weisen Männern die Antworten ausgehen, wird es Zeit, mit den Narren zu sprechen.«

»Und deshalb haben sie mit dir gesprochen«, bemerkte Jazz trocken.

»Correctomundo, Soul-Brother.« Woggle warf ihm lächelnd einen Blick zu, den er für diabolisch-hintergründig hielt, der jedoch aufgrund des Bartes und des Zustands seiner Zähne aussah, als wären ein paar Polo-Pfefferminzbonbons in einem Abfluss voller Haare hängen geblieben.

»Ich bin an dem Tag nicht zur Arbeit gekommen«, schimpfte Kelly. »Sie hatten die Oxford Street gesperrt. Was soll sich dadurch verändern, wenn man die Leute am Einkaufen hindert?«

Woggle gab sich alle Mühe, es ihr zu erklären, ohne jedoch besonders viele Details oder irgendwelche Analysen zu liefern. Er schien etwas wahrzunehmen, das er »das System« nannte, und dieses System war ganz und gar nicht nach seinem Geschmack. »Das war's eigentlich schon«, sagte er.

»Und was *ist* jetzt das System?«, fragte Kelly.

»Na ja, dieses ganze kapitalistisch-amerikanisch-globale Polizei-Geld-Hamburger-Fuchsjagd-Tierversuche-Faschistending, oder nicht?«, erklärte Woggle mit seiner nasalen, monotonen Stimme.

»Ach so, verstehe.« Kelly klang nicht besonders überzeugt.

»Was wir brauchen, sind makrobiotische, organische Gemeinschaften, die mit ihrer jeweiligen Umgebung in einer Atmosphäre gegenseitigen Respekts interagieren«, fügte Woggle hinzu.

»Was redest du da für 'n Scheiß?«, erkundigte sich Garry.

»Grundsätzlich wäre es netter, wenn alle netter wären.«

Wieder drückte Inspector Coleridge auf *Pause*. »Ich vermute, Woggles Abneigung gegen ›das System‹ hindert ihn nicht daran, davon zu leben.«

»Nein, Sir, das stimmt«, antwortete Trish. »Das System, mit dem er sich am besten auskennt, ist das Sozialhilfesystem.«

»Also darf der Staat ihn durchfüttern, während er ihn umstürzen will? Sehr praktisch, muss ich schon sagen.«

»Ja, Sir, das findet er auch«, sagte Hooper. »Später hat er noch einen Riesenstreit mit allen anderen, weil sie seine diebische Freude nicht teilen können, dass der Staat ihn, seinen erbittertsten Gegner, finanziert.«

»Vermutlich weil sie, wie wir anderen auch, den Staat finanzieren.«

»Das ist mehr oder weniger ihr Argument, ja.«

»Nun, ich stelle erfreut fest, dass ich mit diesen Leuten doch wenigstens eine Ansicht gemein habe. Gibt es irgendeinen Betrugsverdacht, was diesen Woggle betrifft? Falsche Adressen? Doppelnennungen, üble Tricks, etwas in der Art? Irgendetwas, dessen Entdeckung er fürchten müsste?«

»Nein, Sir, in dieser Hinsicht ist er absolut sauber.«

Es folgte eine kurze Pause, ehe alle drei fast gleichzeitig in schallendes Gelächter ausbrachen. Wenn Woggle irgendetwas nicht war, dann sauber.

»Scheiße, Mann«, meinte Jazz entgeistert. »Hast du noch nie was von Seife gehört?«

Woggle hatte seine Position eingenommen, die ihm bald zur Gewohnheit werden sollte, am Boden in der einzigen Ecke des Raumes kauernd, das bärtige Kinn auf den knochigen Knien, die er fest an seine Brust drückte, wobei große, schmutzige Krallen von Zehennägeln aus seinen Sandalen ragten.

Woggle war schmutzig, wie es nur jemand sein kann, der gerade aus einem selbst gegrabenen Tunnel steigt. Er war auf direktem Weg hierher zu *Hausarrest* gekommen, hatte sein bisheriges Zuhause hinter sich gelassen, einen Zweihundert-Meter-Tunnel unter dem zukünftigen fünften Terminal des Flughafens Heathrow. Woggle hatte der Grausamen Geraldine vorgeschlagen, vielleicht einmal zu duschen, bevor er zu der Gruppe stieß, aber Geraldine, die stets ein Auge für Elemente hatte, die »großes Fernsehen« ausmachten, versicherte ihm, sein Aussehen sei völlig in Ordnung. »Sei einfach du selbst«, hatte sie gesagt.

»Wer soll das sein?«, hatte Woggle erwidert. »Ich bin die Summe meiner früheren Leben und all jener, die ich noch zu leben habe.«

Woggle stank. Tunnel zu graben ist harte körperliche Arbeit, und jeder Tropfen Schweiß, den er ausgedünstet hatte, war im Stoff seiner schmutzigen Kleider hängen geblieben, einer kunterbunten Mischung aus Jeans und Resten eines alten Kampfanzuges. Hätte Woggle eine Lederjacke getragen (was, da er ein Tierbefreier war, niemals in Frage kam), hätte er wie einer dieser ekelhaften Hell's Angels ausgesehen, die ihre Jeans nie wuschen, egal wie voll gepisst sie waren.

»Junge, du stinkst!«, fuhr Jazz fort. »Du bist vielleicht drauf! Hier, Mann, nimm was von meinem Deo, bevor wir alle grausam ersticken!«

»Für mich sind Kosmetika nur ein Zeichen für die Affektiertheit des Menschen, ein weiteres Beispiel für die Unfähigkeit unserer Spezies, ihren Platz als eine Tierart unter vielen auf unserem Planeten zu akzeptieren«, erwiderte Woggle gelassen.

»Bist du auf Droge, oder was?«

»Die Menschen meinen, sie seien den Tieren überlegen, und das Putzen und Parfümieren sei nur ein Beweis dafür«, leierte Woggle mit der moralischen Selbstsicherheit eines Buddhas vor sich hin. »Aber seht euch mal das seidige Fell einer Katze oder die fröhlichen Schwingen eines Rotkehlchens an. Hat irgendein arrogantes Supermodel je so hübsch ausgesehen?«

»Aber hallo, Mann, allerdings«, meinte Jazz, der zwei verschiedene Deodorants benutzte und seine Haut täglich mit Duftölen salbte. »Ich hab beim Einschlafen noch nie davon geträumt, eine Katze zu knallen, aber Naomi und Kate sind mir jederzeit willkommen.«

Layla meldete sich aus der Küche zu Wort, wo sie sich einen Kräutertee zubereitete. »Ich habe ein paar organische Reinigungslotionen, Woggle, ganz ohne Tierversuche, falls du sie dir ausborgen möchtest.«

Layla. Beruf: Modedesignerin und Einzelhandelskauffrau. Sternzeichen: Skorpion.

»Die sind bestimmt nicht mehr unbedenklich, wenn die Plastikflasche auf einer Müllkippe landet und eine Möwe mit dem Schnabel drin stecken bleibt«, erwiderte Woggle.

»Lassen Sie sich von dieser Sache mit dem Modedesign nicht täuschen, Sir«, sagte Hooper. »Sie ist auch nur Verkäuferin. Es kommt im Lauf der zweiten Woche raus. Layla kann es nicht fassen, als Garry erklärt, dass sie und Kelly im Grunde den gleichen Beruf ausüben. Layla glaubt, sie stünde mindestens eine Million Meilen über Kelly. Es gab einen heftigen Streit.«

»Garry geht den anderen gern auf die Nerven, oder?«

»Oh, ja, er sucht immer eine Reaktion, unser Garry.«

»Und Lady Layla nimmt sich selbst sehr ernst?«

»Das tut sie. Den größten Ärger in den ersten Wochen gab es

wohl zwischen ihr und David, dem Schauspieler, und zwar darüber, wer von den beiden sensibler ist.«

»Die beiden halten sich für Dichter«, fügte Trisha an.

»Ja, ich sehe schon, es gibt reichlich unterschwelligen Zorn«, meinte Coleridge nachdenklich. »Eine ganze Menge fehlgelenkten Ehrgeiz auf beiden Seiten. Das könnte relevant sein.«

»Aber doch wohl nicht für Layla, Sir, oder? Sie ist rausgeflogen, bevor es zum Mord kam.«

»Dessen bin ich mir bewusst, Sergeant, aber nachdem wir rein gar nichts wissen, scheint es mir unabdingbar, alles zu untersuchen.«

Hooper hasste es, unter jemandem arbeiten zu müssen, der Worte wie »unabdingbar« benutzte.

»Der Groll dieser Layla und ihr Gefühl der Unzulänglichkeit könnten auf einige Resonanz innerhalb der Gruppe gestoßen sein. Möglicherweise war sie der Katalysator für die Selbstzweifel eines anderen. Wer weiß? Manchmal kommt bei einem Mord der absolut Falsche ums Leben.«

»Wie?«, sagte Hooper.

»Überlegen Sie doch mal«, sagte Coleridge. »Angenommen, ein Mann wird von seiner Freundin wegen mangelnder Standhaftigkeit im Bett verspottet. Irgendwann stürmt er in die Nacht hinaus, und ein Fremder, der gerade auf dem Heimweg ist, tritt ihm versehentlich von hinten auf die Hacken. Der Mann fährt herum und erschlägt den Fremden, obwohl er eigentlich seine Freundin erschlagen wollte.«

»Na, ja, Sir, ich kann mir vorstellen, dass es bei einem spontanen Wutausbruch so weit kommen mag, aber dieser Mord ist doch passiert, nachdem Layla schon lange weg war …«

»Also gut. Stellen Sie sich eine Gruppe von Freunden vor. A hat ein finsteres Geheimnis, das B entdeckt. Dann fängt B an, dieses Geheimnis zu verbreiten. Das wiederum kommt A zu Ohren, doch als A dann B zur Rede stellt, behauptet B, das eigentliche Plappermaul sei C, der in Wahrheit gar nichts davon weiß. *Der Falsche kommt um.*

Meiner Erfahrung nach sind normalerweise erheblich mehr Menschen in einen Mord verwickelt als nur der Täter und das Opfer.«

»Also behalten wir Layla im Auge?«

»Nun, natürlich nicht als eigentliche Tatverdächtige. Aber bevor sie das Haus verlassen hat, kann sie sehr wohl etwas angestiftet haben, das schließlich zum Mord führte. Machen wir weiter.«

Trisha drückte den Startknopf, worauf sich die Kamera von Woggle abwandte und mit einem Schwenk die zehnte und letzte Kandidatin ins Visier nahm.

Dervla. Beruf: Traumatherapeutin. Sternzeichen: Stier.

Sie war die Schönste, darüber waren sich alle einig, und die Geheimnisvollste. Still und auffällig ruhig, sodass man nie so recht sagen konnte, was hinter diesen lächelnden grünen irischen Augen vor sich ging. Augen, die stets über etwas anderes zu lachen schienen als der Rest der Gruppe. Als es zu dem Mord kam, stand sie auf der Beliebtheitsskala der Buchmacher an zweiter Stelle und wäre Nummer Eins gewesen, hätte nicht Geraldine Hennessy im Videoschnitt immer wieder gegen sie gearbeitet und sie als eingebildete Gans dargestellt, obwohl sie in Wahrheit vielleicht nur ein wenig entrückt war.

»Und was macht nun eine Traumatherapeutin zu Hause im stillen Kämmerlein?«, fragte Garry. Er und Dervla lagen ausgestreckt am Pool und genossen die Nachwirkungen des morgendlichen Champagners.

»Ich denke, mein Job besteht darin, zu begreifen, wie Menschen auf Stress reagieren, und ihnen dann zu helfen, damit fertig zu werden«, antwortete Dervla mit ihrem weichen Dubliner Akzent. »Deshalb wollte ich in diese Sendung. Ich meine, all das hier ist doch im Grunde nur eine Folge kleiner Traumata, oder? Es dürfte sehr interessant werden, den Menschen, die diese Traumata erleben, nahe zu sein und sie dabei selbst zu erleben.«

»Dann hat es also nichts mit der halben Million Mücken zu tun, die es zu gewinnen gibt?«

Dervla war schlau genug, die Behauptung nicht vollständig abzustreiten. Sie wusste, dass die Nation ihre Antwort bestimmt noch am selben Abend genau unter die Lupe nehmen würde.

»Na ja, das wäre natürlich nett. Aber ich bin mir sicher, dass ich lange vorher rausgeworfen werde. Nein, im Grunde bin ich hier, um etwas zu lernen. Über mich selbst und über Stress im Allgemeinen.«

Coleridge war der Verzweiflung so nahe, dass er sich noch einen Becher Tee machen musste. Da war diese wunderschöne, intelligente Frau, zu der er sich peinlicherweise auch noch hingezogen fühlte, mit Augen wie Smaragden und einer Stimme wie Milch und Honig, und dann redete sie absoluten, vollkommenen *Schwachsinn*.

»Stress! *Stress*!« Coleridge schrie für seine Verhältnisse beinahe. »Vor kaum mehr als zwei Generationen stand die gesamte Bevölkerung dieses Landes im Schatten einer drohenden brutalen Besatzung durch eine Bande mörderischer Nazis! Eine Generation vorher haben wir eine *Million* kleiner Jungs in den Schützengräben verloren. *Eine Million unschuldiger Knaben*. Jetzt haben wir ›Therapeuten‹, die das ›Trauma‹ studieren, aus einer Fernsehshow geworfen zu werden. Manchmal könnte ich verzweifeln, ganz ehrlich, wissen Sie. Ich könnte verzweifeln.«

»Ja, aber, Sir«, sagte Trisha, »im Krieg und so hatten die Leute was, wofür sie sich einsetzen konnten, woran sie glauben konnten. Heutzutage gibt es nichts mehr, woran wir besonders glauben könnten. Sind unsere Ängste und Qualen deshalb weniger bedeutend?«

»Ja, das sind sie!« Coleridge bremste sich, bevor er noch mehr sagen konnte. Gelegentlich fiel es ihm selbst auf, wenn er wie ein bigotter, reaktionärer alter Kauz klang. Er holte tief Luft und wandte sich wieder der jungen Frau auf dem Bildschirm zu.

»Die kleine Dervla ist also mit der rein intellektuellen Absicht in das Haus gegangen, Fallstudien zum Thema Stress zu betreiben?«

»Ja«, sagte Trisha und deutete auf ihre Akte zu Dervla, »ihrer Ansicht nach bietet der Nominierungsprozess mit seinen unvermeidlichen Gewinnern und Verlierern eine großartige Möglichkeit, menschliche Reaktionen auf Isolierung und Zurückweisung zu studieren.«

»Ausgesprochen lobenswert, muss ich sagen.«

»Und außerdem sagt sie, sie möchte ›eines Tages Fernsehmoderatorin werden‹.«

»Und wieso überrascht mich das nicht?« Coleridge trank seinen Tee und sah zum Bildschirm. »Ein Haus, zehn Kandidaten«, sagte er wie zu sich selbst. »Nur einer überlebt.«

30. Tag 7:00 Uhr

Es war der dritte Tag nach dem Mord, und Coleridge fühlte sich, als hätten seine Ermittlungen kaum begonnen. Die Durchsuchung des Hauses hatte keine brauchbaren Beweise zu Tage gefördert, die Vernehmung der Verdächtigen hatte nichts als Schock und Betroffenheit erbracht, die Leute von Peeping Tom hatten nicht einmal den Hauch eines Motivs zu bieten, und Coleridge und sein ausgezeichnetes Team waren dazu verdammt, vor einem Fernseher herumzusitzen und wilde Vermutungen anzustellen.

Coleridge schloss die Augen und atmete ganz langsam. Konzentrieren ... er musste sich konzentrieren, den Sturm vergessen, der um ihn tobte, und sich *konzentrieren.*

Er versuchte, sich von allem loszumachen, sämtliche Gedanken und vorgefassten Meinungen abzuschütteln, sich in ein leeres Blatt Papier zu verwandeln, auf das eine unsichtbare Hand die Antwort schrieb: *Der Mörder ist* ... Aber es fiel ihm keine Antwort ein.

Es schien nicht einmal glaubhaft, dass es überhaupt einen Mörder gab, und doch hatte ganz zweifellos ein Mord stattgefunden.

Wie war es möglich, mit einem Mord in einem gänzlich abgeschlossenen Raum davonzukommen, der von Fernsehkameras und Mikrofonen überwacht wurde?

Acht Mitarbeiter hatten die Bildschirme im Monitorbunker im Blick gehabt. Ein weiterer war noch näher dran gewesen und hatte hinter den einseitig durchsichtigen Spiegeln in den Kameragängen gestanden, von denen das Haus umgeben war. Sechs weitere Leute hatten in dem Raum gesessen, den der Mörder verlassen hatte, um sein Opfer zu verfolgen. Sie saßen noch immer dort, als er kurz darauf zurückkam, nachdem der Mord geschehen war. Etwa siebenundvierzigtausend Zuschauer hatten live über einen Internetlink zugesehen, den Peeping Tom seinen besessensten Fans zur Verfügung stellte.

All diese Leute waren Zeugen des Mordes gewesen, und doch hatte der Mörder sie irgendwie ausgetrickst.

Coleridge spürte, wie sich die Angst in seinem Inneren breit machte. Die Angst, dass seine lange und mehr oder weniger erfolgreiche Karriere mit einem spektakulären Misserfolg enden sollte, einem weltumspannenden Misserfolg, denn inzwischen war der Fall auf dem ganzen Planeten bekannt. Jeder hatte eine Theorie ... in jedem Pub, jedem Büro, jeder Schule, an jedem Nudelstand in Downtown Tokio, jedem türkischen Bad in Istanbul. Stunde um Stunde wurde Coleridges Büro mit Tausenden von E-Mails bombardiert, in denen erklärt wurde, wer der Mörder war und weshalb er oder sie es getan hatte. Überall tauchten Kriminologen und Klugscheißer auf – in den Nachrichten, in den Zeitungen, online, in allen Sprachen. Buchmacher nahmen Wetten an, Spiritisten sprachen mit dem Opfer, und das Internet drohte, ob der Masse an »Webheads« zu kollabieren, die miteinander Theorien tauschten.

Tatsächlich schien der einzige Mensch, der nicht einmal den leisesten Schimmer hinsichtlich der Identität des Mörders hatte, Inspector Stanley Spencer Coleridge zu sein, der für die Ermittlungen zuständige Polizeibeamte.

Er lief durchs Haus und versuchte ein Gefühl für dessen Geheimnis zu bekommen. Flehte es an, ihm einen Hinweis zu geben. Natürlich nicht das richtige Haus. Die Spurensicherung hatte ihre Arbeit dort nach einem Tag beendet und es anschließend den Besitzern wieder überlassen müssen. Es handelte sich um eine Kopie des Hauses, die Peeping Tom Productions der Polizei bereitwillig zur Verfügung stellte – die Version aus Gipsplatten und Klebstoff, in der die Produzenten monatelang mit Kameras geprobt hatten, um sicherzugehen, dass man sich wirklich nirgendwo verstecken konnte. Dieses nachgebaute Haus besaß weder ein Dach noch sanitäre Anlagen, ebenso wenig wie einen Garten, aber im Inneren waren sämtliche Farben und Dimensionen genau gleich. So bekam Coleridge ein *Gefühl* dafür.

Er fluchte über sich selbst. In diesem Haus war ihm, als wäre er selbst schon einer der Bewohner. Auf einmal gab es keinerlei brauchbare Gedanken in seinem Kopf, nur *Gefühle.*

Gefühle, dachte Coleridge. Der *modus operandi* einer ganzen Generation. Man muss nicht mehr denken oder auch nur glauben. Man muss nur noch *fühlen.*

Wie das echte Haus bestand auch dessen Kopie, die in einer leeren Halle der Shepperton Film Studios stand, aus zwei Gemeinschaftsschlafzimmern, einer Dusche, einem Badezimmer mit stählernem Trog, in dem man Wäsche waschen konnte, einer Toilette, einem offenen Wohn-Küchen-und-Ess-Bereich, einer Abstellkammer sowie einem kleinen Raum, dem »Beichtstuhl«, den die Bewohner betraten, wenn sie mit Peeping Tom sprechen wollten.

An den Seiten, die nicht zum Garten führten, war das Haus von drei dunklen Korridoren umgeben, in denen bemannte Kameras hin und her fuhren und die Kandidaten durch riesige Spiegel ausspionierten, die fast die ganze Wand einnahmen. Gemeinsam mit den ferngesteuerten »Hotheads« im Inneren des Hauses sorgten diese Kameras dafür, dass es keinen einzigen Quadratzentimeter gab, in dem man sich der Beobachtung entziehen konnte. Der einzige Raum, der sich nicht im Blick der manuellen Kameras befand, war die Toilette. Selbst Peeping Toms manischer Voyeurismus hatte davor Halt gemacht, Kameramänner vierzig Zentimeter vor den Bewohnern zu postieren, während diese ihren Darm entleerten. Allerdings mussten die Dienst tuenden Redakteure doch zusehen, da sich auch in der Toilette ein Hothead befand, dem absolut nichts entging. Und zuhören mussten sie ebenfalls, denn die Kabine war mit einem Mikrofon ausgestattet.

Coleridge dachte an den Slogan, mit dem man schon vor Beginn der Sendung die gesamte Stadt plakatiert hatte. »Es gibt kein Entrinnen« hatte dort gestanden. Für einen der Bewohner hatte sich der Spruch als grausam prophetisch erwiesen.

Der gesamte Haus- und Gartenkomplex war von einem Wassergraben und doppeltem Natodraht umgeben, an dem Sicherheitsbeamte patrouillierten. Der Monitorbunker, in dem das Produktionsteam arbeitete, lag fünfzig Meter hinter dem Zaun und war mit den Kameragängen über einen Tunnel verbunden, der unterhalb des Wassergrabens verlief. Durch diesen Tunnel waren Geraldine und die Nachtcrew gelaufen, nachdem sie auf ihren Monitoren einen Mord beobachtet hatten.

Der Mord.

Er nagte an Coleridge.

Zum x-ten Mal lief er über die Kopie des Bodens, über den das Opfer gelaufen und über den ihm sein Mörder kurz darauf gefolgt war. Dann stand er im Kameragang, sah in den Raum, so wie es auch der Kameramann in der Mordnacht getan hatte. Er kehrte in den Wohnbereich zurück und zog in der Küche eine Schublade auf, die oberste, die auch der Mörder aufgezogen hatte. In der Schublade, die Coleridge aufzog, lagen keine Messer. Das Haus war nur eine Probebühne.

Fast drei Stunden wanderte Coleridge in dem seltsamen, deprimierenden Nachbau herum, doch wollte ihm dieser nichts darüber verraten, was in den kurzen Augenblicken der Gewalt geschehen war. Zumindest nichts, was er nicht schon wusste. Er fragte sich, wie er den Mord begangen hätte, wenn er der Mörder gewesen wäre. Die Antwort lautete: genauso wie der Mörder. Nur so konnte es gehen, wenn man davonkommen wollte. Der Mörder hatte seine Gelegenheit erkannt, anonym zu bleiben, und sie ergriffen.

Das war doch wenigstens *etwas*, sagte sich Coleridge. Die Schnelligkeit, mit welcher der Mörder seine Chance ergriffen hatte, bewies, dass er gewartet, dass er gelauert hatte. Er oder sie hatte töten *wollen*.

Was um alles in der Welt hatte solchen Hass erzeugt? Ohne einen

Beweis für das Gegenteil musste Coleridge davon ausgehen, dass sich diese Leute noch vor weniger als einem Monat nicht gekannt hatten. Mit seinem Team hatte er den Background sämtlicher Bewohner überprüft, doch bisher nicht den kleinsten Hinweis darauf gefunden, dass sie sich gekannt hatten, bevor sie ins Haus kamen.

Warum also sollte jemand einen Fremden ermorden wollen?

Weil sie einander nicht mehr fremd waren. Irgendetwas musste in diesen drei Wochen geschehen oder gesagt worden sein, das einen Mord unausweichlich machte. Aber was? Natürlich waren im Haus ein paar entsetzliche Dinge vorgefallen, nur hatte man nichts beobachtet, was auch nur im Entferntesten ein Motiv für ein solches Verbrechen geliefert hätte.

Ließ es sich wirklich ausschließen, dass zwei Bewohner einander nicht unbekannt gewesen waren? Dass irgendeine alte Feindschaft unwissentlich Eingang in dieses Haus gefunden hatte? Dass irgendein finsterer, grausamer Zufall im Auswahlverfahren zu diesem Mord geführt hatte?

Wie auch immer die Antwort lauten mochte, würde Coleridge sie sicher nicht dort im dunklen alten Hangar in Shepperton finden. Sie lag im echten Haus, in den *Menschen* im echten Haus.

Müde kehrte er zu seinem Wagen zurück, in den sich Hooper schon vor einer halben Stunde zurückgezogen hatte, und gemeinsam fuhren sie wieder nach Sussex, wo das echte Peeping-Tom-Haus stand. Es war eine Fahrt von etwa zwanzig Meilen, für die sie, wenn sie Glück hatten, nur den restlichen Morgen brauchen würden.

30. Tag 9:15 Uhr

Während Coleridge und Hooper im Schneckentempo über den M25 krochen, unterhielt sich Trisha mit Bob Fogarty, dem Regisseur von *Hausarrest*. Fogarty stand in der Hierarchie von Peeping Tom direkt unter der Grausamen Geri. Trish wollte mehr darüber erfahren, wie es kam, dass die Leute so präsentiert wurden, wie sie es gesehen hatte.

»*Hausarrest* ist im Grunde Fiktion«, sagte Fogarty, reichte ihr einen Styroporbecher mit wässrigem Schaum, wobei er im Dunkel des Monitorbunkers beinahe ihre Hand verfehlte. »Wie alles beim Film und Fernsehen wird es erst beim Schneiden zusammengebastelt.«

»Sie manipulieren das Image der einzelnen Bewohner?«

»Aber selbstverständlich. Wir sind keine Wissenschaftler, sondern machen ein Fernsehprogramm. Menschen sind doch belanglos. Wir müssen sie interessant machen, sie in Helden und Schurken verwandeln.«

»Ich dachte, Sie sollten als Beobachter fungieren, und das Ganze wäre ein Experiment sozialer Interaktion?«

»Hören Sie, Constable«, erklärte Fogarty nachsichtig, »um eine Abendsendung von einer halben Stunde zu bekommen, stehen uns Bilder von insgesamt dreißig Fernsehkameras zur Verfügung, die vierundzwanzig Stunden am Tag laufen. Das macht siebenhundertzwanzig Stunden Material für eine *halbe Stunde* Fernsehen. Es lässt sich gar nicht vermeiden, subjektive Entscheidungen zu treffen, selbst wenn wir es wollten. Erstaunlich ist nur, dass die Nation *glaubt*, was wir zeigen. Die Zuschauer akzeptieren, dass das, was wir ihnen zeigen, real ist.«

»Ich glaube kaum, dass sie viel darüber nachdenken. Ich meine, wieso sollten sie?«

»Das stimmt wohl. Solange es gutes Fernsehen ist, kümmert es sie nicht, deshalb bleiben wir auch so nah wie möglich am Skript.«

»Am Skript bleiben?«

»Den Ausdruck verwendet man bei Nachrichten und Reportagen.«

»An welchem Skript?«

»Angenommen, Sie produzieren einen kleinen Beitrag für die Nachrichten über den Drogenkonsum in Wohnsiedlungen. Wenn Sie einfach nur mit einer Kamera in die nächstbeste Drogenhöhle spazieren und rumschnüffeln, können Sie bis Weihnachten auf die richtige Geschichte warten. Also erstellen Sie vorher ein *Skript* Ihrer Ermittlungen. Sie sagen ... okay, wir brauchen zwei Kids, die sagen, dass sie in der Schule ›H‹ bekommen können. Wir brauchen ein Mädchen, das sagt, sie würde für einen Schuss auf den Strich gehen; wir brauchen einen Sozialarbeiter, der sagt, dass die Regierung Schuld hat … Man *schreibt* das ganze Ding. Dann schickt man jemanden auf Recherche, der ein paar Schaumschläger auftreibt und ihnen im Großen und Ganzen sagt, was sie sagen sollen.«

»Aber wie können Sie das bei *Hausarrest* tun? Ich meine, Sie können den Bewohnern doch nicht vorschreiben, was sie sagen sollen, oder?«

»Nein, aber Sie können sich über die Geschichte, die Sie erzählen wollen, im Klaren sein und dann nach den entsprechenden Szenen suchen. Nur so lässt sich vermeiden, dass man völlig im Chaos versinkt. Sehen Sie sich das hier zum Beispiel mal an … Es ist Kellys erster Gang in den Beichtstuhl am Nachmittag des ersten Tages.«

1. Tag 16:15 Uhr

»Es ist völlig geil, voll fett, einfach unfassbar. Ich bin voll drauf und total drin«, sprudelte es atemlos aus Kelly auf dem Hauptmonitor hervor. Sie war in den Beichtstuhl gekommen, um zu erzählen, wie spannend und aufregend alles war.

»Ich meine, heute war der coolste Tag überhaupt, weil ich diese Leute wirklich, wirklich liebe und einfach weiß, dass wir alle einfach total gut miteinander auskommen werden. Ich gehe davon aus, dass es zu Spannungen kommt. Ich werde sie irgendwann alle hassen, zumindest für einen Augenblick. Aber das könnte man doch über jeden sagen, oder? Vor allem *liebe* ich diese Leute. Sie sind mein Haufen. Meine Clique.«

Weit hinten im Dunkel des Schneideraums funkelte Geraldine Fogarty böse an. »Und das willst du sie dann auch sagen lassen, ja?«

Bob versteckte sich hinter seinem Styroporbecher. »Na ja, das hat sie nun mal gesagt, Geraldine.«

Geraldines Augen blitzten auf, ihre Nasenwände bebten, und sie legte ihren kolossalen Überbiss frei. Es war, als wäre eben ein Alien aus John Hurts Bauch hervorgebrochen.

»Du blöder Pisser! Du blöder, fauler Pisser! Jeder Affe könnte senden, was sie wirklich gesagt hat! Jeder nervige, picklige, nutzlose, sitzen gebliebene Scheißpraktikant könnte senden, was sie *wirklich* gesagt hat! Ich bezahl dich dafür, dass du dir *ansiehst*, was sie *wirklich* gesagt hat, und etwas *suchst*, was wir *von ihr hören wollen*, du *Pisser*!«

Fogarty warf einen mitfühlenden Blick auf die jüngeren Mitarbeiter des Teams, die sich noch eher beeindrucken ließen.

»Wer ist Kelly, Bob?«, fuhr Geraldine mit einer wegwerfenden Handbewegung in Richtung des erstarrten Abbilds der hübschen jungen Brünetten auf dem Bildschirm fort. »Wer ist dieses Mädchen?«

Fogarty starrte den Fernseher an, aus dem ihm ein süßes Lächeln entgegenstrahlte; ein offenes, ehrliches, naives Gesicht. »Na ja …«

»Sie ist unser Biest, Bob, sie ist unsere Manipulatorin. Wir haben sie zu einer unserer Hassfiguren ernannt! Erinnerst du dich an die Gespräche beim Casting? Kess und ehrgeizig? Das ganze unschuldige Höschenzeigen? Der ganze *Girl-Power-Quatsch?* Weißt du noch, was ich gesagt habe, Bob?«

Fogarty erinnerte sich, aber Geraldine erzählte es ihm trotzdem noch einmal.

»Ich habe gesagt: ›Okay, du arrogante kleine Schlampe, wollen wir doch mal sehen, wie weit du damit kommst, deinen eigenen Style hier zu präsentieren, wenn erst die ganze Nation beschlossen hat, dass du ein Lästermaul und eine kleine Scheißfotze bist, die Männer nur am Schwanz spazieren führt.‹ Hab ich das nicht gesagt?«

»Ja, Geraldine, aber nach dem heutigen Tag hat sich herausgestellt, dass sie eigentlich ganz nett ist. Ich meine, sie spinnt ein bisschen und ist bestimmt eingebildet, aber sie ist nicht wirklich ein Biest. Ich denke, es dürfte uns schwer fallen, sie als so gehässig darzustellen.«

»Sie wird genau so *aussehen*, wie wir sie darstellen wollen, und genau das *sein*, was wir wollen«, höhnte Geraldine.

30. Tag 9:20 Uhr

»Redet Geraldine sonst auch so mit Ihnen?«, fragte Trisha.

»Sie redet mit jedem so.«

»Man gewöhnt sich also daran?«

»An so etwas gewöhnt man sich nicht, Constable. Ich habe einen Abschluss in Medieninformatik. Ich bin *kein* blöder Pisser.«

Trisha nickte. Sie hatte von Geraldine Hennessy schon gehört, bevor diese mit *Hausarrest* berühmt geworden war. Die meisten kannten sie. Geraldine war selbst prominent. Eine berühmte, *bissige*, *provokante* und *kontroverse* Fernsehpersönlichkeit, meinte Trisha.

»Blödsinn!«, sagte Bob Fogarty. »Sie ist eine Fernsehhure, die sich als Innovatorin verkleidet und damit durchkommt, weil sie ein paar Popstars kennt und Vivienne Westwood trägt. In Wahrheit klaut sie geschmacklose, schwachsinnige Ideen aus dem Sensationsfernsehen, meist aus Europa oder Japan, kleistert irgendwas Hippes drauf, etwas mit Drogen oder so, und haut sie der Mittelklasse als postmoderne Ironie um die Ohren.«

»Dann mögen Sie sie also nicht?«

»Ich verachte Sie, Constable. Leute wie Geraldine Hennessy haben das Fernsehen ruiniert. Sie ist eine Kulturvandalin. Sie ist ein bösartiges, dummes, gefährliches Luder.«

Im Dunkeln konnte Trisha sehen, dass Fogartys Becher in seiner Hand zitterte.

»Beruhigen Sie sich, Mr. Fogarty«, sagte sie erstaunt.

»Ich bin ganz ruhig.«

»Gut.«

Dann spielte Fogarty Kellys Beichte ein, wie sie gesendet worden war.

»Ich werde sie irgendwann alle hassen.«

Nur diese sechs Worte hatte sie gesagt.

1. Tag 16:30 Uhr

Kelly kam aus dem Beichtstuhl und kehrte in den Wohnbereich des Hauses zurück. Layla schenkte ihr ein leises, mitfühlendes Lächeln und strich über ihren Arm, als sie an ihr vorüberging. Kelly drehte sich um, lächelte ebenfalls, und dann nahmen sie sich kurz in die Arme.

»Hab dich lieb«, sagte Layla.

»Hab dich doll lieb«, erwiderte Kelly.

»Bleib stark, okay?«, sagte Layla.

Kelly versicherte Layla, dass sie ganz bestimmt versuchen wollte, stark zu bleiben.

Kelly war so froh, dass Layla sie umarmte. Sie hatten am selben Tag schon einen kleinen Streit gehabt, weil Layla darauf bestanden hatte, Walnussöl auf die erste Einkaufsliste der Gruppe zu setzen. Layla erklärte, sie esse hauptsächlich Salat, deshalb seien Dressings sehr wichtig für sie, und Walnussöl stelle nun mal die entscheidende Zutat dar.

»Außerdem ölt es meine Chakren«, hatte sie gesagt.

Kelly hatte Layla darauf hingewiesen, dass Walnussöl bei ihrem begrenzten Budget für Lebensmittel doch ein recht teurer Luxusartikel sei.

»Nun, ich denke, das dürfte eine absolut subjektive Betrachtung sein, meine Lieben«, erwiderte Layla und freute sich über ihre Wortgewandtheit, »und hängt offen gesagt davon ab, wie viel Wert ihr euren Chakren beimesst.«

In diesem Moment schaltete sich David ein und stellte sich auf Laylas Seite. Er meinte, seiner Ansicht nach sei der Speck, den Kelly gern haben wollte, weil sie ein geiles Frühstück brutzeln konnte, wohl kaum unverzichtbar ... »außer vielleicht für das Schwein, das ihn gespendet hat«, bemerkte David moralinsauer von der uneinnehmbaren Festung seines Lotussitzes aus. »Ich persönlich esse erheblich lieber Walnussöl als Kadaver.«

Alle anderen Jungs sprangen für Kelly in die Bresche, doch der

Umstand, dass David und Layla mühelos den moralisch einwandfreien Standpunkt besetzt hielten, gab Kelly das Gefühl, mies und klein zu sein, und einen Moment lang glaubte sie, in Tränen ausbrechen zu müssen. Stattdessen ging sie in den Beichtstuhl und erklärte Peeping Tom, wie sehr sie alle liebte.

Jetzt war sie wieder herausgekommen, und Layla belohnte sie mit einer Umarmung.

Kelly trug nur ein T-Shirt und winzige Shorts, und Layla war mit ihrem kleinen Seidensarong und dem passenden Bikinitop gleichermaßen minimalistisch bekleidet. Ihre festen kleinen Bäuche berührten sich, und ihre Brüste drückten aneinander.

Auf der anderen Seite des Raumes summte und sirrte und zoomte die Hothead-Kamera mit geradezu unschicklicher Eile auf sie zu.

30. Tag 9:45 Uhr

»Sie wissen, dass Geraldine trotz des warmen, sonnigen Wetters darauf bestanden hat, dass die Zentralheizung ununterbrochen läuft?«, meinte Fogarty.

»Sie haben geheizt, damit sich die Leute ausziehen?«, fragte Trisha erstaunt.

»Selbstverständlich. Was glauben Sie denn? Peeping Tom wollte nackte Leiber! Keine Labberpullis! Vierundzwanzig Grad Celsius ist die optimale Temperatur für gutes Fernsehen, warm, aber nicht zu heiß. Geraldine sagt immer, wenn es fünfundzwanzig Grad im Raum und minus fünf um die Nippel der Mädchen herum hätte, wäre die Temperatur perfekt.«

Nachdenklich sah Trisha Fogarty an. Er gab sich wirklich alle Mühe, seine Arbeitgeberin schlecht dastehen zu lassen. Wieso eigentlich?

»Jedenfalls«, schloss der Mann, »hat sich Miss Hochwohlgeboren, das ach so grandiose, machiavellistische Genie Geraldine Hennessy, komplett getäuscht, was Kelly anging, auch wenn sie es nie zugeben wollte. Nur weil *sie* Kelly nicht mochte, würde auch kein anderer sie mögen, dachte sie, aber die Öffentlichkeit mochte sie, und sie war – von Woggle abgesehen – die Beliebteste der ganzen Sendung. Wir mussten umdisponieren, und vom zweiten Tag an haben wir zu Kellys Gunsten geschnitten.«

»Also bestimmt das Thema doch manchmal das Programm?«

»Wenn auch nur mit meiner Hilfe, wie ich zugeben muss. Ich habe Kelly viele Einstellungen gegeben, in denen sie süß aussah. Ich wäre das allerletzte Arschloch, wenn ich Geraldines Drecksarbeit erledigen würde.«

31. Tag 8:30 Uhr

Nachdem er Trishas Bericht über ihre Vernehmung Fogartys gelesen hatte, rief Coleridge seine Beamten zu einer Besprechung zusammen.

»Im Augenblick«, sagte er entschlossen, »bin ich der Ansicht, dass wir die falschen sieben Verdächtigen *und* das falsche Opfer im Auge haben.«

Wie so viele Bemerkungen, die Coleridge von sich gab, wurde auch diese mit leeren Blicken quittiert.

»Warum denn, Boss?«, fragte Hooper.

»Boss?«

»Inspector.«

»Danke, Sergeant.«

»Warum denn, Inspector?«, beharrte Hooper müde. »Wie kann es sein, dass wir die falschen Verdächtigen und das falsche Opfer im Auge haben?«

»Weil wir uns diese Leute so ansehen, wie die Produzenten und Redakteure von Peeping Tom Productions sie aussehen lassen wollen, aber nicht so, wie sie *sind*.« Coleridge machte eine kurze Pause, da eine Beamtin im hinteren Teil des Raumes seine Aufmerksamkeit erregte, weil sie Kaugummi kaute. Am liebsten hätte er sie aufgefordert, ein Stück Papier zu suchen und den Kaugummi wegzuwerfen, aber er wusste, dass die Zeiten, in denen ein Inspector seine Constables so behandeln konnte, schon lange vorbei waren. Es hätte ihn nicht überrascht, wenn es einen Gerichtshof in Brüssel gäbe, der sich zu dem Urteil überreden ließe, dass Kaugummikauen ein Grundrecht der Menschen darstelle. Er beschränkte seine Reaktion auf einen vernichtenden Blick, der das Kinn des Mädchens für ganze drei Sekunden stillstehen ließ.

»Wir müssen mit unseren Schlussfolgerungen extrem vorsichtig sein, denn abgesehen von einer kurzen Vernehmung der überlebenden Hausbewohner nach dem Mord kennen wir diese Leute nur durch das trügerische Auge der Fernsehkamera, diesen falschen Freund ... so überzeugend, so plausibel, so *real* und doch, wie wir bereits gesehen haben, so launenhaft. Daher müssen wir mit allen ganz von vorn anfangen und dürfen nichts voraussetzen. Rein gar nichts.«

Also machten sie sich wieder an die trostlose Aufgabe, das *Hausarrest*-Archiv zu durchforsten.

»*Tag drei unter* Hausarrest, *und Layla ist zum Kühlschrank gegangen, um sich etwas Käse zu holen.*« Das war die Stimme von Andy, dem Erzähler von *Hausarrest.* »*Laylas veganer Käse ist ein entscheidender Bestandteil ihrer Ernährung, ihre wichtigste Proteinquelle.*«

»Sehen Sie, wie Fernsehen einem Sand in die Augen streut!«, rief Coleridge außer sich. »Hätten wir uns nicht darauf konzentriert, könnte der Eindruck entstehen, dass etwas von Interesse geschehen wäre! Das Talent dieses Mannes, noch den langweiligsten Beobachtungen einen Anschein von Bedeutung zu verleihen, der für gewöhnlich Fragen über Leben und Tod vorbehalten ist, erstaunt mich.«

»Ich denke, es liegt an seinem schottischen Akzent«, kommentierte Hooper. »Er klingt so aufrichtig.«

»Der Mann hätte ebenso gut über die Kubakrise berichten können, ohne seinen Tonfall zu ändern ... Es ist Mitternacht im Oval Office, und bisher hat Präsident Kennedy keine Nachricht vom Vorsitzenden Chruschtschow erreicht.«

»Wer war Chruschtschow?«, fragte Hooper.

»Oh, verdammt noch mal! Er war der Generalsekretär der Sowjetunion!«

»Nie davon gehört, Sir. Ist sie an den Dachverband der Gewerkschaften angegliedert?«

Coleridge hoffte, dass Hooper einen Scherz machte, beschloss jedoch, lieber nicht nachzufragen. Stattdessen drückte er wieder auf *Start.*

»Gerade hat Layla entdeckt, dass ein Stück von ihrem Käse fehlt«, sagte Andy.

»Er sagt es, als hätte sie gerade das Penicillin erfunden!«, stöhnte Coleridge.

3. Tag 15:25 Uhr

Wütend knallte Layla die Kühlschranktür zu. »Ach so … na gut, echt super … echt. Jetzt kommt schon, okay? Wer hat meinen Käse gegessen?«

»Ach ja, stimmt. Das war ich«, sagte David. »War das nicht okay?« David sprach mit anderen Menschen immer in einem sanften, leicht herablassenden Ton, als kenne er den Sinn des Lebens, glaube aber, es übersteige ohnehin den Horizont der anderen. Normalerweise sprach er die Menschen von hinten an, weil er ihnen gern die Schultern massierte, aber wenn er von vorn auf sie zuging, sah er sie offen an, da er seine Augen für klare, hypnotische Seen hielt, in die alle anderen instinktiv abtauchen wollten.

»Na ja, ich dachte, es wäre wohl okay, wenn ich ein kleines Stück von deinem Käse esse«, sagte er.

»Oh, ja«, erwiderte Layla. »Wohl eher die Hälfte … aber das ist schon okay, ich meine, ehrlich. Aber du besorgst doch wieder welchen, oder?«

»Klar, wenn es dich glücklich macht«, erwiderte David, als stünde er weit über Fragen, wem welcher Käse gehörte.

»Später«, sagte Andy, der Erzähler, *»vertraut Layla Dervla ihre wahren Empfindungen zu diesem Vorfall mit dem Käse an.«*

Layla und Dervla lagen auf ihren Betten.

»Es geht nicht um den Käse«, flüsterte Layla. »Es geht so was von überhaupt nicht um den Käse. Es ist nur, weißt du, es war *mein* Käse.«

31. Tag 8:40 Uhr

»Ich weiß ehrlich nicht, ob ich diese Ermittlungen weiterführen kann«, sagte Coleridge.

31. Tag 14:00 Uhr

»Im Grunde hat Laylas Käse Geraldine ihre erste echte Krise beschert.«

Trisha saß wieder im Monitorbunker, um noch einmal mit Bob Fogarty zu sprechen. Sie war sich mit Coleridge darüber einig, dass Fogarty am meisten über die Bewohner und darüber hinaus über Peeping Toms Arbeitsweise wusste. »Wieso kam es wegen des Käses zur Krise?«, fragte sie Fogarty.

»Na ja, weil der eingeteilte Redakteur gekündigt und seine beiden Assistenten mitgenommen hat. Ich musste den Job selbst übernehmen. Ist das für Sie keine Krise? Für mich ist es jedenfalls eine.«

»Weshalb hat er gekündigt?«

»Weil er im Gegensatz zu mir noch Reste von Berufsethos besitzt«, erklärte Fogarty bitter, während er ein Stück Schokolade in seinen Becher mit wässrigem Schaum warf, was Trisha noch nie vorher bei irgendjemandem gesehen hatte. »Als erwachsener Mensch mit hoch qualifizierter Ausbildung konnte er einfach nicht mehr länger jeden Abend zu seiner Frau und seinen Kindern nach Hause kommen und ihnen erklären, er hätte seinen gesamten Arbeitstag damit verbracht, zu dokumentieren, wie sich zwei halbe Hirne um ein Stück Käse streiten.«

»Und deshalb hat er gekündigt?«

»Ja, er hat Geraldine eine E-Mail geschickt, *Hausarrest* sei eine

Schande für die britische Fernsehindustrie, was zufällig den Tatsachen entspricht.«

»Und was hat Geraldine getan?«

»Was glauben Sie wohl? Sie hat sich aus dem Fenster gebeugt und gebrüllt: ›Ein Glück, dass wir dich los sind, du aufgeblasener Pisser!‹, als er gerade draußen in seinen Wagen stieg.«

»Dann war es ihr also egal?«

»Na ja, es kam sicher sehr ungelegen, besonders für mich, aber wir haben bald einen Ersatz gefunden. Die Leute kommen gern zu uns. Ich meine, wir machen ›Fernsehen am Puls der Zeit‹.« Fogartys Stimme troff vor Sarkasmus. »Wir sind die Speerspitze der Industrie, wir sind hip, anspruchsvoll und innovativ. Allerdings hielt man es in dieser Industrie auch für anspruchsvoll und innovativ, als die Nachrichtensprecher angefangen haben, sich vorn gegen ihre Schreibtische zu lehnen statt dahinter zu sitzen … Verdammt.«

Fogarty fischte mit einem Teelöffel in seinem Becher nach dem Schokoladenstück. Trisha schloss daraus, dass es nur außen ein wenig anschmelzen und sich nicht vollständig auflösen sollte. Menschen nehmen seltsame Gewohnheiten an, wenn sie ihr gesamtes Arbeitsleben in abgedunkelten Räumen verbringen.

»Gott, war ich neidisch auf den Burschen, der gegangen ist«, fuhr Fogarty fort. »Ich bin zum Fernsehen gekommen, um Endspiele und Grand Nationals zu schneiden! Spielfilme, Comedy, Reportagen, Musik. Und was mache ich hier? Ich sitze im Dunkeln und sehe mir zehn Schwachköpfe an, die auf einem Sofa rumlümmeln. *Von morgens bis abends.*«

Trisha stieß auf eines der großen Geheimnisse von *Hausarrest.* Die Leute, die dort arbeiteten, *verachteten* die Leute, die sie sich ansehen mussten.

»Es ist alles einfach so langweilig! Kein *Einziger* ist interessant genug, als dass man ihn sich so genau ansehen wollte, wie wir uns diese Leute ansehen … und ganz besonders nicht die Leute, die gern gesehen werden *wollen.* Wissen Sie, es ist eine echte Zwickmühle. Keiner, der gern in diesem blödsinnigen Haus sein möchte, ist als Mensch so spannend, dass man ihn dort haben wollte.« Fogarty starrte seine aufgereihten Fernsehmonitore an. Langes, tristes, leeres Schweigen folgte.

»Wissen Sie, am meisten hasse ich dieses *Umarmen*«, sagte er schließlich, »und *Streicheln* … aber vor allem dieses endlose *Gelaber*.«

»Sie sollten meinen Chef kennen lernen«, sagte Trisha. »Sie würden sich bestimmt gut verstehen.«

Wieder schwieg Fogarty, ehe er sein Thema noch einmal aufgriff.

»Wenn die Sippschaft in diesem Haus eine Ahnung davon hätte, mit welcher Verachtung wir sie hinter den Spiegeln betrachten, welche gemeinen Spitznamen wir ihnen geben … ›Nasenbohrer‹, ›Trauerkloß‹, ›Der Furzer‹ … Wenn sie unsere vernichtenden Urteile über sie hören könnten, mit denen wir alles zerschnipseln, was sie sagen, bis es so ist, wie wir es brauchen, wenn sie wüssten, dass wir nicht den geringsten Respekt vor ihren Motiven haben … na ja, dann wären sie vermutlich am liebsten *alle* ermordet worden.«

31. Tag 15:00 Uhr

Coleridge und sein Team waren zunehmend entnervt, was Woggle anging. Das Problem war, dass er alle anderen Bewohner ständig überlagerte. Die Leute von Peeping Tom hatten ihn für derart »großes Fernsehen« gehalten, dass die Aufnahmen aus der Anfangszeit vor allem seine Heldentaten und die daraufhin immer frustrierteren Reaktionen der anderen Bewohner zeigten.

»Wäre Woggle ermordet worden, hätten wir gegen jeden Einzelnen von denen einen Indizienfall aufbauen können«, klagte Coleridge. »Ich kann ihn selbst schon nicht mehr sehen, und ich musste mit dem Mann nicht mal zusammenleben.«

»Man kann den Produzenten keinen Vorwurf daraus machen, dass sie ihn in den Vordergrund gestellt haben«, sagte Hooper. »Ich meine, eine Weile war dieses Land doch wie besessen. ›Wogglemania‹ haben sie es genannt.«

Coleridge erinnerte sich. Selbst er hatte mitbekommen, dass dieser Name ständig in den Schlagzeilen der Boulevardpresse und auf den Seiten drei und vier der großen Tageszeitungen aufgetaucht war. Damals hatte er nicht den leisesten Schimmer gehabt, von wem die Rede war. Er hatte gedacht, dass es sich vermutlich um einen Fußballspieler oder einen berühmten Cellisten handelte.

Hooper holte das Video, mit dem sie sich gerade noch beschäftigt hatten, heraus und legte es auf den kleinen »Gesehen«-Stapel, dann nahm er eine andere Kassette von dem riesigen »Noch Nicht Gesehen«-Stapel und schob sie in den Recorder.

»Sie wissen, dass der ›Noch Nicht Gesehen‹-Stapel nur der Ableger eines weit größeren Stapels ist, oder, Sir? Den wir unten in den Zellen haben?«

»Ja, das weiß ich, Sergeant.«

Hooper drückte auf *Start*, und erneut wehte der düstere schottische Tonfall von Andy, dem Erzähler, durch die Einsatzzentrale.

»Tag vier im Haus, und Layla und Dervla haben vorgeschlagen, einen Stundenplan zu erstellen, um die anfallenden Hausarbeiten gerechter zu verteilen.«

Coleridge sackte auf seinem Stuhl zusammen. Er wusste, dass er noch fast fünfzig Minuten auf den nächsten Becher Tee warten musste. Ein Becher pro Stunde. Vierzehn große Becher pro Arbeitstag waren sein Limit.

4. Tag 14:10 Uhr

»Ich will eine Hausversammlung abhalten«, sagte Layla. »Also, wäre es cool, wenn alle zusammen abhängen? Damit wir vielleicht ein bisschen quatschen können?«

Auf der anderen Seite des Raumes ragte Moons kahler Schädel hinter dem Buch auf, in dem sie gerade las: *Du bist Gaia: Vierzehn Schritte, das Zentrum deines eigenen Universums zu werden*, lautete der Titel.

»Ist voll spirituell, dieses Buch«, erklärte Moon. »Es geht um das eigene Wachsen, deine Entwicklung und persönliche Entfaltung, worauf es doch im Grunde eigentlich ankommt, wenn du weißt, was ich meine, oder?«

»Klar, Moon, geil. Hör mal, äh, hast du gesehen, wie die Toilette aussieht?«

»Was ist damit?«

»Na ja, es ist nicht so richtig cool, oder? Und Dervla und ich …«

»Ich mach den Scheiß nicht weg«, sagte Moon. »Ich bin vier Tage hier und hab noch nicht den leisesten Furz gelassen. Ich bin total verstopft, aber echt, weil ich hier meine Darmspülung nicht bekomme, und außerdem schätze ich, dass mir die elektrischen Felder von den vielen Kameras mein Yin und Yang total versauen.«

»Layla bittet dich nicht, die Toilette zu putzten, Moon«, sagte Dervla freundlich. »Wir finden nur, es wäre gut, einige der Aufgaben zu organisieren, die hier im Haus erledigt werden müssen, mehr nicht.«

»Ach so. Stimmt. Meinetwegen. Soll mir recht sein. Aber auf jeden Fall schrubb ich nicht die Scheiße von anderen Leuten weg, wenn ich selbst noch nicht mal kann. Ich meine, das wäre jetzt echt verkehrte Welt, würd ich mal sagen.«

»Also, mir macht schwere Arbeit nichts aus. So was wie anheben und rumschieben«, sagte Gazzer und unterbrach seine Liegestütze, mit denen er sich mehr oder weniger durchgehend beschäftigt hatte, seit er im Haus war, »aber das Scheißhaus putz ich nicht, denn schließlich macht mir ein dreckiges Scheißhaus auch nichts aus. Da hat man doch was, worauf man zielen kann, wenn man eine Stange Wasser in die Ecke stellt, oder nicht?«

Beinahe zehn Sekunden lang füllte das Entsetzen auf Laylas zartem Gesicht den gesamten Bildschirm aus.

»Na gut, vergiss die Toilette, Garry. Was ist mit dem Abwasch?«, fragte Dervla. »Oder stört es dich auch nicht, von schimmligen Tellern zu essen?«

David, der in seinem weiten Hemd wirklich hübsch aussah, schlug nicht mal die Augen auf. »Vielleicht sollten wir uns in der ersten Woche oder so nur um unsere eigenen Sachen kümmern. Ich entgifte gerade und esse nur gekochten Reis, der wohl leichter von den Tellern zu kratzen sein dürfte als die verwesenden Kadaver, mit denen sich Garry, Jazz und Kelly voll stopfen.«

»Soll mir recht sein«, sagte Gazzer. »Ich wisch meinen Teller sowieso immer mit einem Stück Brot ab.«

»Ja, Garry«, sagte Layla, »und ich will jetzt nicht heavy werden oder irgendwas, aber vielleicht solltest du mal daran denken, dass Brot für *alle* da ist. Ich meine, ich hoffe, es ist okay für dich, wenn ich das sage? Ich will dich hier nicht anmachen oder so.«

Doch Gazzer grinste nur und machte sich wieder an seine Liegestütze.

»Wäre es nicht etwas albern, wenn jeder seinen Abwasch selbst erledigt, David?«, sagte Kelly.

»Und wieso, Kelly?« David schlug die Augen auf und fixierte Kelly mit einem weichen, sanften, toleranten Lächeln, das etwa so weich, sanft und tolerant wie eine Klapperschlange war.

»Na ja, weil ... weil ...«

»Versteh mich bitte nicht falsch. Ich empfinde es als ausgesprochen wichtig, dass du dich dazu in der Lage fühlst, mir zu sagen, dass ich dumm bin, aber wieso?«

»Ich meinte nicht ... ich meine, ich dachte nicht ...«, stammelte Kelly, ehe sie in Schweigen verfiel.

David schloss die Augen und kehrte in die schöne Welt seiner Gedanken zurück.

Hamish, der Assistenzarzt – der Mann, der nicht bemerkt werden wollte –, leistete einen seiner seltenen Beiträge zum Gespräch.

»Ich mag keine Putzpläne«, stellte er fest. »Als Student habe ich fünf Jahre in einer Wohngemeinschaft gelebt. Ich weiß, wie du drauf bist, Layla. Als Nächstes krieg ich eine reingewürgt, weil ich kein neues Klopapier hinstelle, wenn ich es aufgebraucht habe.«

»Ach, dann bist du das also immer, ja?«, meinte Dervla.

»Es war nur ein Beispiel«, fügte Hamish eilig hinzu.

»Ich sage euch, was noch schlimmer als ein Klopapieraufbraucher ist«, rief Jazz und stürzte sich mit Begeisterung in das Gespräch. »Ein Drapierer! So ein Scheißer, der die Rolle aufbraucht, bis auf ein einziges Blatt, das er dann über die leere Rolle drapiert!«

Jazz mochte zwar eine Kochlehre absolvieren, doch das war nur ein Job, keine Berufung. Jazz wollte gern Komiker sein. Deshalb war er in dieses Haus gekommen. Für ihn war es das Sprungbrett für eine Komikerkarriere. Er wusste, dass er seine Freunde zum Lachen bringen konnte, und träumte davon, eines Tages mit seinem Talent reich und berühmt zu werden. Aber nicht als Stand-up-Comedian. Er wollte geistreich sein, ein Anekdotenerzähler, ein schlauer Fuchs. Er wollte im Rateteam einer hippen Gameshow sitzen und mit den anderen Jungs inspirierte Beleidigungen austauschen. Er wollte Moderator supercooler Fernseh-Themennächte sein und gewisse Seitenhiebe gegen Ex-Prominente austeilen. Er wollte Conférencier einer Preisverleihung sein. Das war es, was Jazz mit seinem Leben anstellen wollte. Er wollte zu einer elitären Clique alter Recken gehören, die ihren Lebensunterhalt damit verdienten, dass sie *brillante* Bemerkungen aus dem Ärmel schüttelten. Er wollte hip und komisch sein und schicke Anzüge tragen, zum Zeitgeist gehören und sich einfach über alles nur bepissen.

Allerdings musste Jazz erst mal wahrgenommen werden. Die Leute sollten sehen, was für ein wirklich lustiger Typ und todkomischer Vogel er war. Seit er im Haus war, hatte er pausenlos nach Gelegenheiten gesucht, seine Ideen ins Gespräch einzubringen. Die Erwähnung der leeren Toilettenpapierrolle war ihm ein Geschenk.

»Der Drapierer ist ein Toilettennazi!«, schrie Jazz. »Er muss die Rolle nicht ersetzen, nein, denn sie ist ja noch nicht *alle*, oder? Er hat gerade so viel drangelassen, dass der Nächste sie mit den Fingern glatt durchbohrt und sie sich in den Arsch schiebt!«

Jazz' Gefühlsausbruch wurde mit überraschtem Schweigen quittiert, nicht zuletzt, weil er es vorgezogen hatte, das meiste davon direkt in eine der ferngesteuerten Kameras zu sprechen, die von der Decke hingen.

»Du weißt nicht mal, ob sie es senden, Jazz«, bemerkte Dervla.

»Man kann es nur immer wieder versuchen, Mädels«, erwiderte Jazz. »Billy Connolly hat für die *Möwen* gespielt, als er Hafenarbeiter in Glasgow war.«

»Hört doch zu! Bitte!«, protestierte Layla. »Können wir nicht cool bleiben? Wir versuchen hier, einen Putzplan aufzustellen.«

»Wieso lassen wir es nicht einfach ruhig angehen und sehen mal, was passiert?«, schlug Hamish vor. »Es wird schon irgendwie gemacht werden. Wird es doch immer.«

»Ja, Hamish, es *wird* gemacht ... von Leuten wie Layla und mir«, sagte Dervla, wobei die sanfte Poesie in ihrer Stimme inzwischen nicht mehr ganz so sanft und poetisch war, »woraufhin Leute wie du sagen: ›Siehst du, hab ich doch gesagt, dass es gemacht wird‹, aber der Punkt ist, dass *du* es nicht gemacht hast.«

»Wenn du meinst«, erwiderte Hamish und widmete sich wieder seinem Buch. »Stell einen Putzplan auf, wenn du willst. Ich bin dabei.«

31. Tag 15:10 Uhr

»Sehen Sie, Sir«, sagte Hooper und drückte die Pausentaste, »Hamish weicht aus, er will nicht auffallen. Nur wer auffällt, wird nominiert.«

Coleridge war verwirrt. »War Hamish nicht im Beichtstuhl und hat gesagt, er will vor allem Sex haben, bevor er das Haus verlässt?«

»Das war er ... der Arzt.«

»Nun, ist es nicht auffällig, so was zu sagen?«

Hooper seufzte. »Das ist was anderes, Sir. Der Beichtstuhl ist für die Zuschauer. Da muss Hamish etwas frecher sein, für den Fall, dass ihn die *Bewohner* zur Abwahl nominieren. Die Zuschauer werden ihn kaum rausschmeißen wollen, wenn er sagt, dass er im Fernsehen Sex haben will.«

»Aber es wäre doch ein ausgezeichneter Grund, ihn abzuwählen«, protestierte Coleridge.

»Für die meisten Menschen nicht, Sir.«

Das Achselzucken der anderen deutete darauf hin, dass Layla und Dervla die heutige Schlacht gewonnen hatten, und da den Bewohnern des Hauses weder Stift noch Papier gestattet waren, besann sich Jazz seiner Kochlehre und schlug vor, den Putzplan aus Spaghetti zu basteln.

»Nudeln kleben an der Wand«, sagte er. »Damit checkt man, ob sie gar sind. Du schmeißt sie an die Wand, und wenn sie kleben, sind sie gut.«

»Mann, das ist echt scheißblöd, Jazz«, protestierte Gazzer. »Ich meine, dann müsstest du doch dein Essen von der Wand kratzen, oder?«

»Man wirft nicht alles, du Arschgesicht, nur ein, zwei Nudeln.«

»Ach so.«

»*Jazz kocht ein paar Spaghetti al dente*«, sagte Andy, der Erzähler, »*und klebt einen Dienstplan an die Wand.*«

»Super«, sagte Jazz mit bewunderndem Blick auf sein Werk. »Jetzt können wir jeden von uns mit gekochten Reiskörnern darstellen. Wegen der Stärke kleben sie fest.«

»Geil!«, rief Moon. »Wir können den Körnern unser eigenes Zeichen geben wie diese komischen Typen in Indien oder so, die Reisskulpturen basteln. Hab ich auf Discovery gesehen. Die schnitzen die unglaublichsten winzigen Details rein, und das wirklich, wirklich Philosophische daran ist, dass es echt zu scheißklein ist, als dass man es erkennen könnte.«

»Das ist doch aber total beknackt, oder nicht?«, meinte Gazzer.

»Ist es nicht! Das ist doch echt superphilosophisch, oder? Wie ein Baum, der im Wald umfällt, und keiner hört es. Hat er Lärm gemacht oder was? Diese Typen tun es nicht für dich oder für mich. Sie verzieren die Reiskörner für ihren Gott.«

»Kapier ich nicht.«

»Weil du im Grunde total bescheuert bist, ehrlich, Garry. Du meinst, das bist du nicht, aber du bist es.«

Alle diskutierten darüber, wie sie ihre Reiskörner markieren konnten. An dieser Stelle meldete sich Woggle von seinem Platz in der Ecke zu Wort. »Leute, hört mich an. Ich finde, dass dieser häusliche Faschismus unnötig Zwietracht sät. Die einzig angemessene Methode der Hygienekontrolle kann nur sein, Arbeitsmuster per Osmose entstehen zu lassen.«

Alle sahen Woggle an.

»Hör zu, Mann, ich sag dir mal was«, meinte Jazz. »Das Einzige, was sich hier bei dir per Osmose entwickelt, ist Schimmel.«

»Woggle, du willst doch wohl nicht sagen, dass jede Form von menschlicher Organisation gleichbedeutend mit Faschismus ist?«, fragte Layla.

»Doch, will ich.«

Es entstand eine Pause, in der die neun Leute, die mit dem Monster aus der Schwarzen Latrine in ein kleines Haus gesperrt waren, die Bedeutung dieser Antwort auf sich einwirken ließen. Sie würden mit einem Menschen leben müssen, in dessen Augen die Organisation des Abwaschs mit der Invasion Polens gleichzusetzen war.

Woggle nutzte den Augenblick der Sprachlosigkeit, um seine Ansicht zu untermauern. »Strukturen sind in jedem Fall korrumpierend.«

»Was redest du da eigentlich?«, sagte Jazz. »Ich will dir was sagen, Mann, du klingst wie ein konservativer Sack.«

»Zentral geplante und rigide auferlegte Arbeitsinitiativen haben niemals wirksame Resultate oder entspannte, zufriedene Arbeitskräfte zur Folge. Seht euch die Sowjetunion an. Seht euch die Londoner U-Bahn an.«

»Woggle«, Layla klang etwas schrill, »wir sind hier zehn Leute, und ich sage nur: Wenn wir wollen, dass dieses Haus hübsch bleibt, wäre es gut, wenn sich jeder mal an der Hausarbeit beteiligt.«

»Was du damit sagen willst, meine Holde«, erwiderte Woggle mit seinem entnervend nasalen Tonfall, »ist, dass einem Menschen verantwortliches Handeln nur zuzutrauen ist, wenn man es ihm oder ihr befiehlt.«

»Ich werde dich noch *echt* hassen«, sagte Jazz und sprach damit für die ganze Gruppe.

»Im größeren Rahmen des Seins«, schwadronierte Woggle, »innerhalb der positiven und negativen Energie aller Schöpfung, ist Hass nur die andere Hälfte der Liebe, und alles hat seine Zeit. Nach den Regeln des Universums als Ganzes liebst du mich also im Grunde deines Herzens.«

»Das tu ich bestimmt nicht«, sagte Jazz.

»Doch, tust du«, erwiderte Woggle.

»Das tu ich *bestimmt* nicht!«, sagte Jazz.

»Tust du wohl«, erwiderte Woggle – er gab nie auf.

5. Tag 9:00 Uhr

Dervla schob das Seifenstück unter ihr T-Shirt und wusch ihre Achseln. Langsam gewöhnte sie sich daran, in Unterwäsche zu duschen. Am ersten Morgen war es sehr unbequem gewesen, und sie hatte sich etwas albern gefühlt, als wäre sie auf Klassenfahrt und wollte sich nur unter der Decke ausziehen. Die Alternative allerdings hieß, sich Millionen Zuschauern nackt zu präsentieren. Und danach stand Dervla der Sinn nun wirklich nicht. Sie hatte genug Reality-TV gesehen, um zu wissen, was die Produzenten am liebsten wollten, und deshalb achtete sie sorgsam auf jede ihrer Bewegungen. Es konnte ausgesprochen schnell passieren, dass sie versehentlich ihr Unterhemd hochzog und ihre Brüste preisgab, und sie wusste, dass ein Kameramann hinter den Spiegeln in der Duschkabine zusah und darauf wartete, dass sie genau das tat. Nur ein ultrakurzer Blick war nötig, und schon kursierten ihre Titten bis zum Sankt-Nimmerleins-Tag irgendwo im Internet.

Nach dem Duschen putzte sich Dervla die Zähne, wobei ihr die Buchstaben am Spiegel auffielen. Einen Moment lang glaubte sie, derjenige, der vor ihr geduscht hatte, hätte sie auf das beschlagene Glas gemalt, doch als immer mehr auftauchten, stellte sie erfreut fest, dass jemand auf der anderen Seite diese Buchstaben schrieb.

Dervla war zwar erst vier Tage eingesperrt, doch schon jetzt kam es ihr vor, als wären sie und ihre Mitbewohner die einzigen Menschen auf der Welt. Als wäre nur ihre abgeschlossene kleine Blase von dieser Welt noch übrig. Es war ein Schock, daran erinnert zu werden, dass dem nicht so war. Dass draußen – jenseits des Spiegels, nur Zentimeter entfernt, wenn auch in einer anderen Welt – ihr jemand etwas zu sagen versuchte.

»*Schschscht!*«

Das war das erste Wort, das dort stand. Das geschrieben wurde, während Dervla zusah. Buchstabe für Buchstabe durch Dampf und beschlagenes Glas, ganz am unteren Rand des Spiegels, gleich oberhalb der Wasserhähne.

»*Nicht starren*«, kam dann, und Dervla merkte, dass sie mit aufgerissenen Augen dastand, die Zahnbürste noch immer im Mund. Eilig wandte sie den Blick ab, betrachtete ihr Spiegelbild, wie man es von jemandem erwartete, der sich die Zähne putzte.

Einen Moment später glitt er wieder abwärts.

»*Ich mag dich*«, sagten die Worte. »*Ich kann dir helfen. Bis bald.*«

Es folgte eine Pause, dann folgten die letzten Buchstaben des anonymen Schreibers. »*XXX.*«

Hastig putzte Dervla ihre Zähne zu Ende, legte sich ein Handtuch um die Schultern, streifte ihre nasse Unterhose und das Hemd ab, zog sich so schnell wie möglich wieder an und ging nach draußen, um sich in den Gemüsegarten zu setzen. Sie musste nachdenken. Sie konnte sich nicht entscheiden, ob sie ärgerlich oder aufgeregt sein sollte. Vermutlich beides. Wütend, weil der Mann (sie war sich ziemlich sicher, dass es ein Mann sein musste) ihr offensichtlich seine ganz besondere Aufmerksamkeit widmete. Er hatte sie beobachtet, und jetzt wollte er die Macht, die er über sie hatte, dazu missbrauchen, sie zu bedrängen. Sie fühlte sich unbehaglich. Was waren seine Motive? Fühlte er sich von ihr angezogen? Stellte er ihr nach? Welchen Grund konnte er sonst haben, seinen Job auf diese Weise zu riskieren? Aber andererseits … war es vielleicht nur ein Scherz? War der Typ vielleicht ein Spinner, der seinen Spaß daran hatte, Peeping Tom zu ärgern? Dervla war sich sehr wohl darüber im Klaren, dass die Medien erheblich lieber Skandale und üble Tricks als aufrichtige Beziehungen in diesem Haus sahen. Die schlimmsten Bewohner bekamen immer die ganze Publicity. Sollte es diesem geheimnisvollen Briefschreiber gelingen, mit ihr in Dialog zu treten, wäre dies zweifellos mehr wert, als ein Kameramann im Monat verdienen konnte.

Das war doch ein Gedanke. Vielleicht stand er längst auf der Gehaltsliste einer Tageszeitung. Ständig versuchte die Presse, Flugblätter und Fallschirmspringer und Drachenflieger abzuwerfen. Bestimmt waren sie auch schon auf die Idee gekommen, einen Kameramann zu bestechen. Dann kam ihr ein anderer Gedanke: Vielleicht war dieser Mensch gar kein Freund, sondern ein Spitzel! Der sie in Versuchung führen wollte, die Regeln zu übertreten! War es eine Falle? Ein Trick? Wollten die Leute von Peeping Tom oder die Zeitungen sie reinlegen? Und wenn ja, versuchten sie den gleichen Trick auch bei den anderen?

Dervla malte sich aus, wie sie als Betrügerin enttarnt wurde und der Kommentator mit ernster Stimme ihre Schande offenbarte. Wie er es genoss. »*Wir hatten beschlossen, die einzelnen Kandidaten auf die Probe zu stellen, indem wir ihnen eine illegale Kommunikationsmöglichkeit mit der Außenwelt anboten. Dervla war die Einzige, die diesen Köder schlucken wollte, die bereit war zu betrügen …*«

Das wäre es dann gewesen, Vertreibung in Schande, bis ans Ende aller Zeit die »Doppelzüngige Dervla«, die »Dubiose Dervla« … *Dirty Dervla.*

Ihre Gedanken wirbelten wild umher. Sie zwang sich zur Konzentration.

Es konnte einfach nicht sein, dass Peeping Tom dahinter steckte. Jemandem eine Falle zu stellen, war unmoralisch, möglicherweise sogar eine Straftat. Wenn eine angesehene Produktionsfirma so etwas tat, dann würde ihr nie wieder irgendjemand glauben. Peeping Tom konnte es also nicht sein.

Was, wenn es die Medien waren? Na und? Bisher hatte sie nichts

Unrechtes getan, und sie würde dafür sorgen, dass es auch so blieb. Außerdem konnte eine Zeitung, die einen Kameramann bestochen hatte, nichts veröffentlichen, ohne ihre Quelle zu verraten, und damit würden sie ganz bestimmt noch etwas warten wollen. Dervla vermutete, dass ihr zumindest Zeit blieb abzuwarten, wie sich die Lage entwickelte. Und falls es wirklich ein Freund war, jemand, der ein Auge auf sie geworfen hatte und wollte, dass sie gewann? Wer konnte das schon sagen? Vielleicht lieferte ihr das die entscheidende Chance. Es konnte bestimmt nicht schaden, ein paar Informationen von außen zu bekommen ... Und schließlich hatte sie ja nicht um Hilfe *gebeten*, sodass es doch nicht wirklich unmoralisch sein konnte. So ein kleiner Blick in den Spiegel, oder?

32. Tag 21:20 Uhr

Eine Wand des Einsatzzentrums hieß mittlerweile nur noch »Die Karte«. Trisha hatte Fotos der zehn Hausbewohner daran gepinnt und diese kreuz und quer mit zahlreichen Streifen verbunden, die mit Klebespray am Gips befestigt waren. Auf die Streifen hatten Trisha und ihre Kollegen kurze erklärende Bemerkungen wie »mag gern«, »hasst«, »hatten Streit um Käse« und »sitzt zu lange auf der Toilette« geschrieben.

Hooper hatte versucht, Trishas Karte mit Hilfe seines Fotoscanners und endlosen Gigabytes dreidimensionaler Grafiksoftware auf seinen Computer zu übertragen. Doch leider schien es nicht zu funktionieren, denn immer wieder tauchte diese kleine Bombe auf, die ihn aufforderte, den Computer neu zu starten. Schon bald kehrte Hooper wieder zu Reißzwecken und Klebespray zurück, wie alle anderen auch.

Nun stand Coleridge vor der Karte und betrachtete mit ernster Miene die zehn Hausbewohner und das stetig wachsende Netz der Verknüpfungen untereinander. »Irgendwo«, sagte er, »irgendwo in dieser dichten Masse menschlicher Beziehungen muss unser Motiv liegen, unser Katalysator für den Mord.« Er sprach, als stünde er vor einem Auditorium voller Menschen, obwohl da in Wahrheit nur Hooper und Trisha saßen, denn alle anderen waren schon lange nach Hause gegangen. Sie hatten sich darauf geeinigt, dass Layla, die hübsche »Hippiebraut«, und David, der eifrige Schauspieler, ihr abendliches Diskussionsthema darstellen sollten.

Auf einen der Streifen zwischen den Fotos der beiden hatte Trisha geschrieben: »Freunde in den ersten ein, zwei Tagen. Dann sauer.«

»Worauf basierte diese anfängliche Beziehung denn eigentlich?«, fragte Coleridge. »Es kann ja nicht viel gewesen sein, wenn es gleich wieder vorbei war.«

»Na ja, sie haben viel gemeinsam«, antwortete Trisha. »Sie sind beide Veganer und geradezu besessen von Ernährungsfragen und Diäten, was sie anscheinend miteinander verbunden hat. Am ersten Abend haben die beiden fast ganz allein ein langes Gespräch über Lebensmittel und Magensäuren geführt. Ich hab die Aufnahme da.«

Und als Trisha auf *Start* drückte, erschienen dort auf dem Bildschirm, etwas abseits vom Rest der Gruppe, David und Layla, die in einen grandiosen Gedankenaustausch vertieft waren.

»Das stimmt so was von total«, sagte Layla.

»Ja, nicht?«, meinte David.

»Aber ist es nicht erstaunlich, wie viele Menschen noch immer glauben, Milchprodukte wären gesund?«

»Was sie so was von total überhaupt nicht sind.«

»Wusstest du, dass Eier im letzten Jahrhundert mehr Menschen umgebracht haben als Hitler?«

»Ja, ich glaube, das wusste ich. *Und* Weizen.«

»Iihh, Weizen! Fang bloß nicht mit *Weizen* an!«

In diesem Moment meldete sich die feierliche Stimme von Andy kurz zu Wort. *»David und Layla haben festgestellt, dass sie viel gemeinsam haben: Beide vermissen ihre Katzen ganz schrecklich.«*

»Pandora ist das schönste und intelligenteste Wesen, dem ich je begegnet bin«, erklärte David, »und traurigerweise muss ich die Menschen in dieser Aussage mit einschließen.«

Trisha hielt das Band an. »Fogarty, der Redakteur, hat mir erzählt, sie wären an diesem Abend ganz aufgeregt gewesen, was David und Layla anging. Sie dachten, die beiden würden sich sogar in die Ballerbude verdrücken und es auf der Stelle miteinander treiben, aber dann gab es doch nur eine Schultermassage.«

»Aber sie waren definitiv Freunde?«, fragte Coleridge.

»Ich glaube, es war wohl eher so, dass sie alle anderen gehasst haben. Wenn man sich die Bänder ansieht, ist es ziemlich offensichtlich, dass sie sich den anderen überlegen fühlten. Während der ersten ein, zwei Tage haben die Kameras sie oft dabei erwischt, wie sie sich überhebliche Blicke zuwarfen. Das hat Peeping Tom gesendet. Die Zuschauer fanden es schrecklich. David und Layla waren die unbeliebtesten Leute im Haus.«

»Aber natürlich wussten sie davon nichts.«

»Das war nicht möglich. Sie waren eingeschlossen. Wenn man sie sich so ansieht, bekommt man eher den Eindruck, als meinten sie, die Leute würden sie ebenso lieben wie sie sich selbst. Ganz besonders er.«

»Ja. David ist ziemlich großspurig«, meinte Coleridge. »Auf seine stille, passiv-aggressive Art einfach unglaublich arrogant.«

Überrascht nahm Hooper zur Kenntnis, dass Coleridge einen so modernen und überstrapazierten Begriff wie passiv-aggressiv verwendete, doch es bestand kein Zweifel daran, dass dieser Ausdruck David auf den Punkt beschrieb.

Sie betrachteten Davids sanfte Hundeaugen auf dem Bildschirm. Alle drei dachten dasselbe.

»Man muss schon ein besonders selbstsicherer Mensch sein, um zu glauben, dass einem gelingt, was unserem Mörder gelungen ist«, sagte Coleridge. »Jemand, der auch nur einen leisen Hauch an Selbstzweifeln hegt, hätte es nie gewagt.« Dann widmete er sich wieder dem Thema »Freundschaft«. »So hat also die Vertrautheit zwischen David und Layla bald schon ihren Tribut gefordert. Wie so viele Freundschaften, die allzu eifrig beginnen, konnte auch diese nicht bestehen.«

»Das stimmt«, sagte Trisha. »Als die Sache mit dem Käse passiert ist, ging auch alles andere den Bach runter.«

»Sie waren sich wohl zu ähnlich«, sagte Hooper. »Sie sind sich gegenseitig in die Quere gekommen. Sie wollten dieselbe Rolle im Haus. Die des Schöngeists, des Gefühlvollen. Alles ging unwiederbringlich wegen Laylas Gedicht in die Brüche.«

5. Tag 21:00 Uhr

Der Ärger begann mit den besten Absichten. In dem Versuch, eine Annäherung zwischen sich und Layla herbeizuführen (und damit zu verhindern, dass sie ihn nominierte), hatte David vorgeschlagen, er könne doch eines von Laylas Gedichten lernen und es für sie aufsagen, da er in der Kunst des Rezitierens ausgebildet und geübt sei. Layla war gerührt und fühlte sich geschmeichelt, und da sie im Haus weder Papier noch Stifte haben durften, hatte David angefangen, das Gedicht in Form mündlicher Überlieferung direkt von der Autorin zu erlernen.

»Laktation«, sagte Layla.

»Das ist wunder-, wunderschön«, sagte David.

»Es ist der Titel«, erklärte Layla.

»Verstehe«, sagte David und nickte sanft, als ließe sich nur mit einem ungeheuren Maß an geschärfter Wahrnehmung gänzlich begreifen, dass der Titel »Laktation« lautete.

»Wollen wir immer zwei Zeilen auf einmal nehmen?«, fragte Layla.

Als Antwort schloss David die Augen, legte seine Fingerspitzen aneinander und berührte mit seinen Lippen sanft die Zeigefinger.

Layla begann. »Mutter. Mutterschoß. Dick, rund, Bauch, prall mit Mädchenkind. Vagina, Zweibahnstraße der Wunder.«

David atmete tief und wiederholte die ersten beiden Zeilen von Laylas Gedicht. Es war ihm deutlich anzusehen, dass er glaubte, Layla müsse erstaunt und begeistert sein, wenn eine derart satt fließende und feinsinnige Stimme ihren Worten Flügel verlieh.

Sollte dies der Fall sein, verbarg sie es gut. »Eigentlich sollte diese erste Zeile optimistisch, fröhlich klingen«, sagte Layla. »Du bist zu feierlich. Ich sage es immer mit breitem Lächeln, besonders das Wort ›Mädchenkind‹. Ich meine, überleg doch mal, David, bringt dich der Gedanke an den Bauch einer kräftigen, spirituellen Frau, prall geschwollen von einem hübschen kleinen Mädchen, nicht zum Lächeln?«

»Gibst du mir *Anweisungen*, Layla?«, fragte er entgeistert.

»Nein, ich möchte nur, dass du weißt, wie man es sagt, mehr nicht.«

»Sinn und Zweck der Arbeit eines *Schauspielers* an einem literarischen Werk, *Layla*, kann es nur sein, die Interpretation eines anderen Künstlers zu erarbeiten. Ein Schauspieler findet in einem Gedicht manches, von dem der Autor nicht einmal wusste, dass es darin steckt.«

»Aber ich will nichts, was nicht da ist. Ich will das, was da ist.«

»Dann solltest du es wohl lieber selbst rezitieren«, stieß David hervor und sprang wütend auf. »Denn ehrlich gesagt ist das doch totaler Schwachsinn. Abgesehen von der unappetitlichen Metaphorik fetter, geschwollener Frauenbäuche von, wie ich hinzufügen sollte, einer Frau, die noch weniger Fleisch auf den Rippen hat als ein Chuba-Chups-Lolly, bin ich ein professioneller Schauspieler und werde mir von einer *Amateurdichterin* ganz sicher keine Anweisungen erteilen lassen! Besonders nicht, nachdem ich ernsthaftes Interesse an ihrem jämmerlichen Werk gezeigt hatte!« Und damit ging David hinaus, um in den Whirlpool zu springen.

32. Tag 22:15 Uhr

»Euch brennen aber schnell die Sicherungen durch, Master David«, sinnierte Coleridge. »Was meinen Sie: schnell genug für einen Mord?«

Als er ein Stück zurückspulte und Davids wutverzerrtes Gesicht erstarren ließ, schien es durchaus möglich.

»Er sieht tatsächlich aus, als wollte er sie ermorden«, sagte Hooper. »Aber Layla ist ja nicht ermordet worden, oder?«

»Wie wir bereits endlos diskutiert haben, Sergeant. Wäre das Motiv so offensichtlich, würde der Täter bereits auf seinen Prozess warten. Wir können nur hoffen, die Saat zu finden, aus der ein Mord erwächst.«

Dessen sei er sich wohl bewusst, informierte Hooper Coleridge so forsch, wie er sich traute.

5. Tag 21:15 Uhr

Nachdem David hinausgegangen war, beherzigte Layla tatsächlich seinen Rat und rezitierte das Gedicht selbst, wobei sie ununterbrochen grinste wie ein Pavian, der sich eine Banane quer ins Maul geschoben hatte.

Jazz, Kelly, Dervla und Moon lauschten respektvoll und bestätigten alle, wie gut sie es fänden, als sie fertig war.

Lyrik sei nur ein Versuch, Sprache zu formalisieren, und weise daher auf eine totalitäre Geisteshaltung hin, rief Woggle aus seiner Ecke. »Worte sind Anarchisten. Lasst sie frei«, meinte er. Aber die anderen ignorierten ihn, was sie inzwischen sooft wie möglich taten, während sie die Minuten bis zum Tag der Nominierung zählten.

»Das hat's echt gebracht, Layles. Das war voll geil ... echt Hut ab«, sagte Moon in ihrem Manchester-Akzent, der von Tag zu Tag immer breiter zu werden schien.

»Ist euch mein roter Lippenstift aufgefallen?«, sprudelte es aus Layla hervor.

Alle hatten ihn bemerkt.

»Es gibt Anthropologen, die glauben, dass Frauen ihre Lippen rot anmalen, damit ihr Mund an ihre Vagina erinnert.«

»Ganz ruhig, Mädchen«, sagte Gazzer, der am Wasserkessel stand. »Ich hab gerade erst gegessen.«

»Sie sagen, Frauen tun es, damit sie für Männer attraktiver werden, aber ich tue es zur Feier.«

»Wessen Feier?«, fragte Jazz unschuldig.

»Meiner Vagina.«

»Ach so, ja.«

»Sag Bescheid, wenn dir jemand beim Feiern helfen soll, Layles«, sagte Garry.

»Schnauze, Garry«, meinte Moon. »Dabei geht es nicht um Typen, es geht darum, eine starke und spirituelle Frau zu sein, oder, Layles?«

»Ja, Moon, genau darum geht es.«

Kelly war noch immer etwas durcheinander. »Also, ich versteh nicht, was diese Anthropologen wollen. Wieso sollte ein Mädchen ein Gesicht wie eine Muschi haben wollen?«

Darüber musste Layla kurz nachdenken, da ihr diese Frage noch nie gestellt worden war. Die Leute, die sie kannte, nickten normalerweise wissend und fragten, ob noch was von der Guacamole da sei.

»Ich glaube nicht, dass sie meinten, sie soll *genauso* aussehen. Es ist nur eine Imitation der Genitalien, um das Männchen auf die Fortpflanzung einzustimmen.«

»Ach so, verstehe«, meinte Kelly.

»Deshalb färben sich die Hinterteile weiblicher Affen rosa. Wenn sie es nicht täten, wäre die Spezies schon lange ausgestorben. Vertrau auf die Frau, wenn du nach dem rechten Weg suchst.«

Alle nickten nachdenklich.

»Wusstet ihr, dass Affen Sternzeichen haben?«, sagte Moon. »Einmal ist so eine Wahrsagerin in den Londoner Zoo gegangen und hat Horoskope für die weiter entwickelten Primaten erstellt, und wisst ihr was? Sie hat sie alle voll auf den Punkt getroffen, ihre Persönlichkeiten und alles. Echt abgefahren.«

7. Tag 8:00 Uhr

In den letzten ein, zwei Tagen hatte sich Dervla alle Mühe gegeben, morgens die Erste zu sein, damit sie die Dusche für sich allein hatte. Diesmal allerdings musste sie feststellen, dass ihr Moon zuvorgekommen war – nicht weil sich Moon plötzlich in eine Frühaufsteherin verwandelt hatte, sondern weil sie gerade erst auf dem Weg ins Bett war.

»Ich war die ganze Nacht wach und hab ›Roter Drache‹ gelesen, dieses Buch, das Sally mitgebracht hat. Du weißt schon, das erste mit Hannibal Lecter. Das ist echt der Hammer. Hab mir fast in die Hosen gemacht. Ich glaub, das ist wohl die unheimlichste Art von Mord, wenn es echt keinen anderen Grund dafür gibt, als dass der Typ total darauf steht, Leute zu köpfen, du weißt schon, ein echter Serienpsychopath.«

Dervla wartete, während sich Moon die Zähne putzte und ins Bett schlurfte.

»Weck mich, wenn ich irgendwelche Mahlzeiten verpasse«, sagte Moon, als sie das Badezimmer verließ.

Dann war Dervla allein und stand in Unterwäsche vor dem Waschbecken. Sie spürte, dass sich hinter dem Spiegel etwas bewegte. Hin und wieder bemerkten die Bewohner Leute hinter den Spiegeln. Man hörte leise Geräusche, und manchmal bei Nacht, wenn in den Schlafzimmern das Licht abgedreht war, konnte man vage Umrisse erkennen. Dervla wusste, dass ihr Freund gekommen war, um sich mit ihr zu treffen.

»Spieglein, Spieglein an der Wand«, sagte sie, als redete sie im Spaß mit sich selbst, »wer ist der Sieger bald im Land?« Sie tat, als müsste sie lachen, und gab etwas Zahnpasta auf ihre Bürste. Kein Redakteur, der zusah, würde darauf kommen, dass sie mit jemandem sprach.

Kurz darauf erschien die Schrift, wie jeden Morgen. Hässliche, unbeholfene Buchstaben. Offensichtlich musste der Verfasser rückwärts und vielleicht mit ausgestrecktem Arm schreiben.

»*Woggle Nummer eins bei Zuschauern*«, lautete die Botschaft.

Um ein Haar versaute sie es. Um ein Haar prustete sie Woggles Namen vor Überraschung laut heraus. Doch glücklicherweise blieb sie ruhig und gestattete sich nur einen kurzen Blick nach unten.

Ihr anonymer Informant vervollständigte seine Nachricht. *»Kelly 2. Du 3«*, stand da und dann: *»Viel Glück! XXX.«*

Dervla putzte ihre Zähne zu Ende und wusch sich das Gesicht. Also war sie Dritte. Nicht schlecht bei zehn Kandidaten. Natürlich war es eine echte Überraschung, dass Woggle so beliebt sein sollte, aber wenn man länger darüber nachdachte, konnte man durchaus auf die Idee kommen, dass es an seinem vordergründigen Unterhaltungswert lag. Der wäre bald abgenutzt.

Kelly war keine große Gefahr.

Sie war ein süßes Mädchen. Dervla mochte sie. Die Zuschauer offensichtlich auch. Egal, dachte Dervla bei sich, wir haben noch acht Wochen vor uns. In acht Wochen konnte eine Menge passieren, und ganz bestimmt blieb Kelly nicht ewig so fröhlich und sonnig.

Bevor sie das Badezimmer verließ, wischte Dervla die Worte vom Glas und blies ihrem Spiegelbild einen flüchtigen Kuss zu. Vielleicht würde sich ihr Freund, der Kameramann, über eine nette Geste freuen.

32. Tag 23:35 Uhr

Coleridge schlich auf Zehenspitzen mit seiner zweiten Dose Bier ins Wohnzimmer. Im oberen Stockwerk schlief seine Frau. Sie hatte schon geschlafen, als er nach Hause kam, und würde noch schlafen, wenn er am nächsten Morgen um sechs Uhr früh das Haus wieder verließ. Sie hatte Coleridge eine Nachricht hinterlassen, sie wohnten zwar im selben Haus, hätten sich aber seit drei Tagen nicht mehr zu Gesicht bekommen.

Coleridge suchte einen Kugelschreiber und schrieb »Ich bin immer noch der Alte« unter die Nachricht seiner Frau.

Der Zettel würde auch am nächsten Abend nach wie vor dort liegen, nur hätte Mrs. Coleridge dann »Umso schlimmer« hinzugefügt.

Sie meinte es nicht so. Sie mochte ihn wirklich, aber, wie sie oft bemerkte, war es leicht, liebevoll an jemanden zu denken, der nie da war.

Coleridge hatte die Pressemappe von Peeping Tom bekommen, die sich auf die erste Woche im Haus bezog. Am Deckel klebte ein fotokopiertes Memo auf Peeping-Tom-Notizpapier mit der Überschrift: »Zusammenfassung der Presse/Zuschauer-Profile aller Hausbewohner am achten Tag.« Der Autor hatte sich bewundernswert kurz gefasst.

Woggle ist der Liebling der Nation. Megapopulär.

David ist der Arsch. Gehasst.

Kelly hat den Boah-ey-Faktor. Beliebt.

Dervla ist eine geheimnisvolle Schönheit. Beliebt.

Layla ist enorm bumsbar, nervt aber. Unbeliebt.

Moon nervt und ist nicht mal bumsbar. Unbeliebt.

Gazzer und Jazz beliebt. (Nicht bei Feministinnen und Intellektuellen.)

Sally ist nicht sonderlich aufgefallen. Wenn doch, dann unbeliebt. (Die homosexuelle Gemeinde hält S. für ein wenig hilfreiches Stereotyp. Hätte lieber eine kuschelige Tunte oder eine schicke Yuppie-Lesbe gesehen.)

Hamish nicht aufgefallen.

Coleridge blätterte in den Ausschnitten herum, von denen die meisten das Memo von Peeping Tom bestätigten. Allerdings gab es auch einige Diskussionen darüber, woran es liegen mochte, dass *Hausarrest III* erheblich besser lief als erwartet.

»Das schlappe Soufflé geht auf!«, lautete eine Überschrift, die sich auf eine Vorhersage aus der letzten Woche bezog, dass kein Soufflé zweimal aufging ... und ganz bestimmt nicht dreimal. Coleridge war nicht bewusst gewesen, dass es bei Ankündigung der dritten Staffel von *Hausarrest* Spekulationen darum gegeben hatte, ob die Blase »Reality-TV« nicht längst geplatzt sei. Coleridge war davon ausgegangen, dass solche Sendungen garantiert ein Erfolg waren, doch damit irrte er sich. Die Presseausschnitte zeigten, dass viele Sendungen den Erwartungen nicht gerecht wurden, die in ihrer rauschhaften Phase konzipiert worden waren, als es noch schien, jede Sendung, in der ein großmäuliger Prolet auftrat, würde garantiert gut laufen. Und zu Beginn der ersten Woche der neuen Staffel von *Hausarrest* ging man mit einiger Gewissheit davon aus, dass sie ein Riesenreinfall werden würde. Allerdings hatte sie allen düsteren Vorhersagen getrotzt, und nachdem sieben Folgen gelaufen waren, machte sie sich ebenso gut wie ihre beiden Vorgänger. Niemand war überraschter als Geraldine selbst, was sie freimütig zugab, als sie in *The Clinic*, einer hippen Late-Night-Chat-Show auftrat, um die zweite Woche zu promoten.

Coleridge schob das Video in seinen Recorder und hatte im nächsten Moment alle Hände voll damit zu tun, die Lautstärke herunterzuregeln, da sein Wohnzimmer vom kreischenden, plärrenden Wahnsinn des Vorspanns erfüllt war. Zweifellos schoss der Lärm auf direktem Weg nach oben in den ersten Stock, wo seine Frau versuchte zu schlafen.

»Cooles Ding«, sagte das hippe Late-Night-Girl, als es Geraldine in der Sendung begrüßte. »Erste Woche im Haus geschafft. Das war doch geil.«

»Top-TV, die Frau!«, sagte der hippe Late-Night-Typ. »Respekt. Echt cooles Ding.«

»Yeah, Woggle, yeah!«, sagte das Mädchen. »Wir stehen auf Woggle.«

»Der bringt's«, sagte der Typ. »*Wer* bringt's?«

»*Er* bringt's«, sagte das Mädchen. »Woggle ist der *Bringer*!«

Darauf folgte allgemeiner Jubel. Die Zuschauer liebten Woggle.

»Erstaunlich«, meinte Geraldine, als der Applaus verebbt war. »Ich dachte, er wäre interessant und würde etwas Unruhe stiften, aber ich hätte nie gedacht, dass er bei den Zuschauern solchen Anklang finden würde.«

»Yeah, na ja, er ist so was wie ein Kuscheltier, oder?«, erwiderte das Mädchen. »Wie Dennis, die Nervensäge, oder das Tier von den Muppets oder so.«

»Ich meine, man will selbst nicht mit ihm zusammenwohnen, aber es ist voll witzig zuzusehen, wie andere es tun. Echt geil!«

»Woggle ist der *Bringer*!«

»Der *Ober*bringer. Respekt! Aber die ganze Show ist voll krass«, fügte der Mann eilig hinzu. »Cooles Ding, die Truppe in deiner Hütte!«

»Respekt!«

»Ich steh auf Kelly! Ooojah, ooojah!«

»Klar stehst du auf Kelly!«, meinte das Mädchen und boxte ihrem Partner in die Rippen. »Dervla ist mit Abstand die Hübscheste.«

»Dervla ist hübsch, das stimmt, und sie wärmt mein Herz, also Hut ab vor ihr, aber Kelly, also, die hat ... so was Besonderes.«

»Dicke Titten?«

»Was soll ich sagen? Das verstehen wohl nur Jungs.«

Die Jungs im Publikum taten lautstark kund, dass sie derselben Ansicht waren.

»Und *hassen* wir nicht alle David?«, fuhr das Mädchen fort. »Wir *alle* hassen ihn.«

»Tun wir *nicht*, echt nicht«, widersprach der Typ.

Zahlreiche Buhrufe waren zu hören, als Davids Name fiel, und der Producer spielte ein Bild direkt aus dem Live-Internet-Link zum Haus ein. David saß im Schneidersitz am Boden, spielte auf seiner Gitarre und fand sich offenbar unwiderstehlich. Wieder wurde gebuht und gelacht.

»Arme Sau!«, kreischte das hippe Mädchen.

Wie unglaublich brutal all das war, dachte Coleridge, während er sein Bier trank und sich ansah, was dreieinhalb Wochen zuvor aufgenommen worden war. Der Mann auf dem Bildschirm hatte absolut keine Ahnung, dass man ihn verhöhnte und der Lächerlichkeit preisgab. Es war, als hätte sich das ganze Land in einen riesigen Schulhof verwandelt, und das Publikum wäre der Rabauke.

»Genug davon«, sagte der Typ, den offenbar das schlechte Gewissen plagte. »Ich bin mir sicher, dass seine Mum ihn mag.«

»Yeah. Respekt vor Davids Mum! Aber könnt ihr nicht *bitte* sagen, dass er sich die *Haare* schneiden soll?«

»Und dass er aufhören soll, Gitarre zu spielen!«

Das Interview ging zum unerwarteten Erfolg der dritten Staffel über.

»Ihr habt es also den Nörglern und Nasen gezeigt, und die Sendung ist ein Riiiiiesenhit«, verkündete der Typ, »was eine echte Erleichterung sein muss, oder, Geri? Sag mir, dass ich Recht habe.«

»Du hast absolut Recht«, erwiderte Geraldine, »und wenn ich kein Mädchen wär, könnten sie mich damit bei den Eiern kriegen. Ich hab jeden Penny, den ich besitze, reingesteckt. Meine Ersparnisse und meine Abfindung, die ich von der BBC bekommen habe. Ich bin die allein verantwortliche Leiterin von Peeping Tom Productions, mein Freund, und wenn es schief geht, kann ich nur mir selbst und niemand anderem die Schuld zuschieben.«

»Wie waghalsig!«, schwärmte das Mädchen. »Das gefällt uns! Respekt!«

»Das kannst du laut sagen, Kleine«, meinte Geraldine. »Ich hab einen gemütlichen Job als Controllerin bei BBC 1 aufgegeben, um das *Hausarrest*-Ding durchzuziehen, und alle Welt hat erwartet, dass die dritte Staffel auf den Arsch fällt.«

»Yeah, Geri, du hast dich echt aus dem Fenster gehängt, als du bei der BBC gegangen bist«, sagte der hippe Late-Night-Typ. »Ich weiß, dass du oft als mögliche Intendantin gehandelt wurdest.«

»Ja, ich glaube, sie wollten mir den Posten anbieten«, erklärte sie, »aber scheiß drauf, ich will Programm machen. Ich will nicht mein Leben damit verbringen, Politikern wie Billy in den Arsch zu kriechen. Dafür bin ich noch nicht erwachsen genug.«

Die Kamera schwenkte zu Billy Jones hinüber, dem anderen Gast von *The Clinic*, der nachsichtig lächelte. Billy war der Kulturminister und hatte sich im Rahmen einer Regierungsstrategie zur Kontaktpflege mit der Jugend darauf eingelassen, in *The Clinic* aufzutreten.

»Ich bedaure sehr, dass mir eine so charmante Dame wie Sie nie in den Arsch kriechen wird, Geraldine«, konterte Billy Jones und erntete einen Lacher.

»Also, Billy«, sagte das Mädchen und wandte sich ihm mit ernster Miene zu. »Wie finden Sie denn *Hausarrest*? Top-TV oder ein Haufen Scheiße?«

»Oh, *Hausarrest* ist so was von Top-TV«, antwortete der Kulturminister. »Nie im Leben ein Haufen Scheiße.«

»Und was ist mit den Leuten, die sagen, dass das Fernsehen immer dümmer wird? Dass wir mehr – keine Ahnung – Geschichtssendungen und so altmodisches Fernsehspielzeug brauchen?«

»Na ja, sicher hat das ganze historische Zeug und der altmodische Fernsehspielquark seinen Platz, aber wir kommen nicht daran vorbei, dass Politiker, Lehrer und Sozialarbeiter auf die jungen Leute *hören* müssen, denn ich glaube kaum, dass Geschichte und all dieses Zeug für das, was junge Leute heute so interessiert, besonders relevant sein dürfte.«

»Hört, hört!«, rief der hippe Late-Night-Typ. »Das gefällt uns!«

»Denn unter uns gesagt«, fuhr Billy fort, »müssen sich Politiker und Lehrer und so darauf einstellen, worauf Kids wirklich stehen, wie zum Beispiel das Internet. Wir denken, dass das Web und das Internet von ungeheurer Bedeutung sind. Und natürlich auch diese geilen Reality-TV-Experimente wie *Hausarrest.*«

Als die Show zu Ende ging und man die letzte Band ankündigte, war Coleridge eingeschlafen. Beim Aufwachen sah er einen schwitzenden amerikanischen Skinhead mit Shorts und flächendeckender Tätowierung, der ihn vom Bildschirm anbrüllte: »Ich bin nur ein dreckiger Haufen Menschenmüll!«

Er kam zu dem Schluss, dass es Zeit wurde, zu Bett zu gehen. Geraldine hatte mit ihrer Sendung Glück gehabt, so viel stand fest. Im Grunde hätte sie ein Flop werden sollen.

David dagegen hatte weniger Glück gehabt. Er war der Sündenbock, der Witz des Jahrhunderts, und Geraldine hatte ihn dazu gemacht. Hätte David das gewusst, wäre er vielleicht versucht gewesen, sich an Peeping Tom zu rächen, aber natürlich konnte er es gar nicht wissen, oder doch?

32. Tag 10:15 Uhr

Das Bild von Woggle auf der Karte im Einsatzzentrum war fast gänzlich von den zahllosen Streifen überdeckt, die dort endeten. Soeben erst hatte Trisha das Geflecht vervollständigt, indem sie einen Streifen von Dervla zu ihm führte, auf dem »Schamhaarstreit« stand.

Es hatte so ausgesehen, als sei Dervla wild entschlossen, ruhig und gelassen zu bleiben, was allerdings nicht funktionieren konnte, wenn man nach Woggle das Badezimmer betrat.

8. Tag 9:30 Uhr

»Es ist der achte Tag im Haus«, sagte Andy, der Erzähler, *»und Dervla hat eben geduscht.«*

»Woggle!«, rief sie, als sie mit einem Stück Seife in der Hand aus der Dusche kam.

»Ja, meine Holde.«

»Könntest du *bitte* deine Schamhaare von der Seife waschen, wenn du geduscht hast?«

Natürlich waren sie selbst schuld gewesen. Woggle hätte am liebsten überhaupt nicht geduscht, aber die ganze Gruppe hatte eindringlich an ihn appelliert, sich doch mindestens einmal am Tag gründlich zu waschen.

»So bist du in ein, zwei Monaten vielleicht sauber«, hatte Jazz bemerkt.

Und nun bekamen sie die Quittung für ihre Pingeligkeit. Nie zuvor war Woggles verfilztes Schamhaarkraut derart regelmäßig heimgesucht worden, sodass es nun aufgrund der ungewohnten Aufmerksamkeit im Übermaß fusselte.

Dervla schwenkte das haarige Seifenstück vor seiner Nase. Sie hatte sich gut überlegt, ob sie Woggle damit konfrontieren wollte. Ganz abgesehen davon, dass sie grundsätzlich keine Szene mochte, wusste sie von ihrem geheimen Informanten, dass Woggle draußen ungeheuer beliebt war. Sie fragte sich, ob die Zuschauer sie wohl weniger mögen würden, wenn sie einen Streit mit ihm vom Zaun brach. Andererseits konnte es nicht schaden, wenn die Zuschauer einen Eindruck davon bekämen, womit sie und die anderen Bewohner zurechtkommen mussten. Am Ende blieb Dervla nichts anderes übrig: Sie *musste* einfach etwas sagen. Woggle nahm seine verdammten Waschungen mitten in der Nacht vor, und da sie als Erste aufstand, blieb es immer an Dervla hängen, sich mit seinen Rückständen auseinander zu setzen.

»Jeden Morgen muss ich ein kleines Toupet von der Seife kratzen, und am nächsten Morgen ist es wieder da. Sieht aus wie einer von den Grateful Dead!«

»Stell dich deiner Furcht vor der Natur, o Weib. Mein Pimmelhaar kann dir nicht schaden. Im Gegensatz zu Autos, von denen du selbst eingeräumt hast, eines zu besitzen.« Mit einem einzigen Rundschlag war Woggle von seinem Mangel an sozialem Gewissen zu ihrer Verantwortung für die Zerstörung des gesamten Planeten übergegangen. Wie immer.

»Das hat nichts mit irgendwelchen beschissenen Autos zu tun!« Erschrocken hörte sich Dervla schreien. Seit Jahren hatte sie ihre Stimme nicht mehr erhoben. Sie hatte ein ruhiges, nachdenkliches Gemüt, und jetzt schrie sie hier herum.

»Doch, das hat es, o Keltenweib, denn Eure Prioritäten machen mich fertig, die wollen mir nicht in den Kopf. Autos sind böse Drachen, die unsere Welt auffressen! Mein Haar dagegen ist absolut gutartige, nichtflüchtige, tote Materie.«

»Es ist gutartige, nichtflüchtige, tote Materie, die aus deinem *Hodensack* gewachsen ist!«, rief Dervla. »Ich könnte kotzen! Heilige Jungfrau Maria und Josef, woher kommt das alles? Wir hätten inzwischen eine ganze Matratze damit stopfen können! Benutzt du da unten irgendwelche Wundermittel?«

Dervla ahnte nicht, dass ihr Angriff Woggle tatsächlich ein wenig gekränkt hatte. Niemand war je davon ausgegangen, dass Woggle Gefühle haben mochte, da er die der anderen so gänzlich ignorierte. Aber im Grunde mochte Woggle Dervla, und sie gefiel ihm. Er war sogar schon im Beichtstuhl gewesen und hatte seine Bewunderung eingestanden.

»Zwischen uns besteht definitiv eine Verbindung«, hatte er gesagt. »Ich bin mir ziemlich sicher, dass sie irgendwann in einem anderen Leben eine große Prinzessin der Heiligen Runen gewesen sein muss, und ich war ihr Zauberer.«

Da er sich nun einer Attacke durch jemanden ausgesetzt sah, den er sosehr schätzte, gab sich Woggle alle Mühe, den Anschein würdevoller Distanz zu wahren. »Ich bereue meine Sackhaare trotzdem nicht«, murmelte er. »Sie haben das gleiche Recht, in diesem Haus zu sein, wie alle anderen menschlichen Ausscheidungen, wie beispielsweise der Eiter an Moons entzündetem Nippelring, den ich sehr wohl respektiere.«

Es war ein cleverer Schachzug. Am Abend zuvor hatte Moon die ganze Gruppe einen Blick auf ihren entzündeten Nippelring werfen lassen und sich damit keine Freunde gemacht.

»Hey, lass meinen Nippel aus dem Spiel, Woggle!«, rief Moon vom roten Sofa herüber, auf dem sie sich ausgestreckt hatte. »Ich hab es dir gesagt. Woher sollte ich wissen, dass dieser Drecksack in Brighton irgendein billiges Metall benutzt hat und nicht Gold, wie er es gesagt hat. Scheiße, er hat gesagt, es wäre Gold, ja? Dieser Drecksack. Außerdem reibe ich meinen Nippel mit Wundsalbe ein und verteile nicht alles, was da rauskommt, auf der Seife.«

»Genau, versuch nicht, das Thema zu wechseln«, stimmte Dervla zu. »Moon gibt sich alle Mühe mit ihrer Infektion, und du solltest die Seife abwischen, wenn du sie benutzt hast. Und nicht nur die Seife: Du solltest auch den Abfluss reinigen. Es sieht aus, als wäre da drin ein Bernhardiner gestorben und verwest.«

»Ich werde mein Haar entfernen«, sagte Woggle mit einer Haltung, die wohl von archaischer Würde zeugen sollte.

»Gut«, sagte Dervla.

»*Falls*«, fuhr Woggle fort, »du versprichst, deinem Auto abzuschwören.«

33. Tag 14:30 Uhr

Jedes Mal, wenn der »Noch Nicht Gesehen«-Stapel langsam etwas kleiner und nicht mehr ganz so Furcht einflößend aussah, brachte jemand Nachschub aus den Zellen herauf. Es schien endlos so weiterzugehen.

»*Es ist der achte Tag, und Jazz und Kelly plaudern im Garten.*«

8. Tag 15:00 Uhr

»Was war der schlimmste Job, den du je hattest?«, fragte Jazz.

Er saß mit Kelly am Pool, genoss die Sonne und die Tatsache, dass sie beide in ihren winzigen Badesachen sicher absolut umwerfend aussahen.

»Da gibt es nur einen«, antwortete Kelly. »Komparsin beim Film. Ich habe es gehasst.«

»Wieso das denn?«, fragte Jazz. »Klingt doch gar nicht schlecht.«

»Na, wahrscheinlich ist es wohl okay, wenn man nicht gerade Schauspielerin werden möchte. Dann nimmt man einfach das Geld, staubt die warme Mahlzeit ab und guckt, ob man irgendwo einen Star entdecken kann, aber es ist echt hart, wenn du richtig in den Beruf einsteigen willst wie ich. Dann kriegst du als Komparsin das Gefühl, als würdest du es nie schaffen.«

»Dann willst du also Schauspielerin werden?«

»Oh, Gott, liebend gern. Das wäre einfach sooooo cool! Aber, weißt du, man sagt heute nicht mehr Schauspielerin. Heutzutage sind sie alle nur noch Schauspieler, sogar die Frauen. Wegen dem Feminismus. Wie Emma Thompson oder Judi Dench oder Pamela Anderson oder so jemand. Die sind keine Schauspieler*innen*, sondern Schauspieler.«

»Tatsächlich? Hört sich irgendwie seltsam an.«

»Na ja, finde ich eigentlich auch. Ich meine, es sind doch Frauen, oder? Aber wir müssen uns alle daran gewöhnen, sonst ist es offenbar beleidigend. Ich bin mir nicht sicher, aber ich *glaube*, das kommt noch aus einer Zeit, in der offenbar alle Schauspielerinnen Prostituierte waren, und wahrscheinlich will Judi Dench nicht, dass irgendjemand denkt, sie wäre eine Prostituierte. Na ja, das würdest du auch nicht wollen, oder?«

»Nein, nicht wenn man so eine Klassebraut wie sie ist, dann bestimmt nicht«, räumte Jazz ein. »Das willst du dann also werden … ein weiblicher Schauspieler?«

»Absolut. Deshalb bin ich hier. Ich hoffe, ich werde entdeckt. Neulich war ich im Beichtstuhl und hab was vorgespielt, was ich aus einer dieser Fernsehserien habe. Es geht um ein Mädchen, das im Knast einen Affen schiebt.«

»Junge, Junge, harte Nummer.«

»Ich hab mich am Boden gekugelt, hab geheult und alles. Keine Ahnung, ob sie es senden. Ich würde alles dafür tun, Schauspielerin zu sein. Deshalb habe ich den Job als Komparsin angenommen. Ich dachte, ich könnte was lernen und vielleicht sogar ein paar Verträge machen, aber ich habe es gehasst.«

David beendete gerade eben betont gelassen einige Runden eleganten, schmerzhaft manierierten Brustschwimmens, welches der Welt verkündete, dass David nicht nur absolut wunderschön schwimmen konnte, sondern dabei auch absolut wunderschöne Gedanken hatte.

Er hatte gehört, was Kelly sagte. »Ich glaube kaum, dass jemand, der als Komparse arbeiten würde, wirklich Schauspieler werden will, Kelly. Ich kann dir nur raten, dir einen realistischeren Traum zu suchen.«

»Wie bitte?«, fragte Kelly.

»Verpiss dich, David«, sagte Jazz. »Kelly kann träumen, was sie will.«

»Und ich kann ihr einen Rat geben, wenn mir danach ist. Kelly ist ein großes Mädchen. Du brauchst sie nicht zu beschützen, Jason.«

»Jazz.«

»Vergess ich immer.«

»Komm schon, David«, sagte Kelly. »Was meinst du damit ... einen realistischeren Traum?«

David, der sich seiner ansehnlichen, glitzernden Rundungen und der kräftigen Arme unübersehbar bewusst war, entstieg dem Wasser. Auf halbem Weg hielt er einen Augenblick mit gespannten Armen inne, während seine Beine im Pool baumelten und sein harter, durchtrainierter Bauch sich an den Rand aus Terracotta presste. »Ich meine genau das, was ich gesagt habe.«

Mit einer einzigen schlichten, anmutigen Bewegung stieg David vollends aus dem Pool. »Schauspielerei ist die denkbar anstrengendste aller Berufungen. Schwerer, glaube ich, als alle anderen.«

»Und Bombenentschärfer?«, fragte Jazz, aber David ignorierte ihn.

»Du musst zutiefst von dir überzeugt sein und deinen Traum nicht für einen Traum, sondern für deine Pflicht halten. Wenn du schon am Anfang bereit bist, dich mit dem Zweitbesten abzufinden, dürftest du dein Ziel schätzungsweise nie erreichen. Ich persönlich würde lieber abwaschen, Autos putzen oder kellnern, als irgendeinen Job in der Branche anzunehmen, der nicht meinem Traum entspricht. John Hurt hat sich zu Beginn seine Karriere entschlossen, nur Hauptrollen anzunehmen. Soweit ich weiß, war er deshalb dreizehn Jahre arbeitslos. Aber welch ein Triumph folgte dann darauf!«

»Und was ist mit all den Schauspielern, die nicht John Hurt sind?«, wollte Jazz wissen. »Die erst dreizehn Jahre keine Arbeit hatten und dann noch einmal dreizehn Jahre und die an Alkoholvergiftung gestorben sind? Was machst du, wenn dir das passiert?«

»Sollte das mein Schicksal sein«, sagte David, »wüsste ich zumindest, dass ich nie Kompromisse eingegangen bin, und auch wenn mein Talent nicht erkannt wurde, hätte ich es doch auch nie verraten. Ich wäre erheblich lieber Van Gogh, den das Leben quälte und der unentdeckt starb, als irgendein bequemer Porträtmaler, der sein Talent aus Mangel an Selbstvertrauen prostituiert. Siegen ist alles. Trostpreise sind nichts. Davon bin ich wirklich überzeugt, Jason. Ich weiß, dass du mich für einen aufgeblasenen, arroganten Sack hältst ...«

»Allerdings«, erwiderte Jazz.

»Und vielleicht bin ich es auch. Aber ich meine, was ich sage. Es kann nur heißen: alles oder nichts. Und deshalb wirst du nie Schauspieler werden, Kelly, und ich sage das als Freund, der nur die besten Absichten für dich in seinem Herzen trägt. Tu dir selbst einen Gefallen. Such dir einen anderen Traum.«

33. Tag 14:35 Uhr

Hooper drückte auf *Stop*. »David weiß, was er tut, er weiß nur nicht, dass es nicht funktioniert.«

»Wie?«, fragte Trisha.

»Na ja, er ist nicht dumm. Er muss wissen, dass er arrogant und gemein wirkt. Ich glaube, das ist seine Strategie. Es sind nicht immer die netten Leute, die bis zum Schluss in diesen Sendungen bleiben. Manchmal sind es die Schweine. David will wahrgenommen werden, und zwar als extrem gut aussehend, arrogant und skrupellos. Mit anderen Worten: ein Hauptdarsteller, ein Star. Ich glaube kaum, dass es diesen Mann kümmert, was er tut oder was die Leute von ihm denken. Er will nur ein Star werden.«

8. Tag 23:20 Uhr

Die Mädchen lagen auf ihren Betten und tranken heiße Schokolade. Schon bald drehte sich das Gespräch um Woggle, wie schon an so vielen Abenden in letzter Zeit.

»Er ist ein Irrer«, sagte Moon. »Er sollte in der Klapsmühle sitzen. Er ist einfach nicht ganz dicht.«

»Er ist seltsam«, sagte Kelly. »Ich mache mir nur Sorgen, dass er sich was antun könnte. Wir hatten in der Schule mal so einen Jungen wie ihn, nur dass er einen Irokesen hatte, keine Dreadlocks. Saß immer allein da und hat dabei vor sich hin genickt, genau wie Woggle, und am Ende hat er mit einem Messer auf seinem Arm herumgekritzelt, und alles war voller Blut. Die Schulkrankenschwester ist in Ohnmacht gefallen, so eklig war das.«

Nach einer Weile meldete sich Sally zu Wort. Neben Woggle war sie am wenigsten in die Gruppe integriert und bisher erst einmal in Erscheinung getreten, als sie darauf bestanden hatte, ihre Flagge der »Rainbow Lesbian & Gay Alliance« hinten im Garten zu hissen. Allerdings war es kein großer Zwischenfall gewesen, denn obwohl sich Sally alle Mühe gab, hatte niemand etwas dagegen einzuwenden gehabt.

Offenbar hatte Moons Bemerkung über Klapsmühlen bei ihr einen Nerv getroffen.

»Woggle ist nicht verrückt!«, fuhr Sally die anderen an. »Er ist nur schmutzig und schrecklich und politisch unausgegoren. Das ist alles. Verrückt ist er nicht.«

»Na ja, ein bisschen verrückt ist er schon, Sally«, wandte Kelly ein. »Hast du gesehen, wie er diese Ameise aus dem Pool retten wollte? Ich meine, wenn das nicht verrückt ist …«

»Hör gut zu, Kelly, davon hast du keine Ahnung, okay?«, fauchte sie so boshaft, dass die anderen zusammenzuckten. »Keinen blassen Schimmer! Leute wie du sind so voller Vorurteile und einfach nur ignorant, was Geisteskrankheiten angeht. Es ist jämmerlich! Absolut jämmerlich und außerdem behindertenfeindlich!«

»Ich hab doch nur gesagt, dass er ein bisschen verrückt ist, Sally.«

»Ich weiß, was du gesagt hast, und ich finde es total beleidigend. Nur weil jemand vielleicht ein kleines Problem mit seinem Gemütszustand hat, ist er ja noch kein widerwärtiger, asozialer Schmarotzer.«

»Ja, aber er *ist* widerwärtig, Sally«, protestierte Kelly. »Ich meine, er tut mir Leid und alles, aber …«

»Und genau darauf will ich hinaus, du blöde, ignorante Kuh! Er ist widerwärtig, nicht geisteskrank. Das ist nicht dasselbe. Alle Welt hat ständig diese beschissenen Vorurteile. Scheiße, Mann, werd endlich erwachsen, okay?«

Kelly sah aus, als hätte man ihr ins Gesicht geschlagen. Sally hatte sich derart in Rage geredet, dass ihre Fäuste geballt waren und es fast schien, als würde sie im nächsten Augenblick zuschlagen.

Im Monitorbunker wurde wie wild an den Reglern herumgedreht, um per Fernbedienung die Hotheads zu schwenken und die entscheidenden Gesichter ins Visier zu bekommen. Geraldine gab beiden Männern in den Kameragängen Anweisung, die Kameras sofort auf das Mädchenschlafzimmer zu richten. Der seltenste aller Augenblicke im Reality-TV schien soeben heranzureifen: ein Augenblick echter, spontaner Dramatik.

»Hey, reg dich nicht auf, Sally«, sagte Dervla. »Kelly hat das Recht auf eine eigene Meinung.«

»Nicht, wenn sie damit Minderheiten unterdrückt.«

»Ich hab gar keine Meinung«, jammerte Kelly, der Tränen in die Augen traten. »Ehrlich.«

»Hast du doch. Du siehst nur deine eigene Borniertheit nicht!«, schnauzte Sally. »Alle hassen und stigmatisieren die geistig Behinderten und geben ihnen die Schuld an den Problemen der Gesellschaft. Man verweigert ihnen die Behandlung, das System ignoriert sie, und wenn alle Jubeljahre mal irgendwas passiert und ein armer Schizo, der nie wieder in die Gesellschaft hätte entlassen werden dürfen, jemandem ein Messer in den Kopf rammt oder sonst was, dann gilt plötzlich jeder leicht Depressive im Land als potenzieller Mörder. Das ist doch alles blöder, ignoranter Schwachsinn!«

Sally wurde immer wütender. Diese Seite an ihr hatten die anderen Mädchen noch nie gesehen. Die Knöchel an ihren geballten Fäusten wurden weiß, und zornige Tränen standen in ihren Augen.

Kelly war einerseits offenbar völlig entgeistert, dass sie der Auslöser für eine solche Verletzung gewesen sein sollte, zugleich aber auch erstaunt darüber, wie ungeheuer schnell Sally die Fassung verloren hatte. »Es tut mir Leid, Sally, okay?«, weinte sie. »Falls ich etwas Dummes gesagt haben sollte, tut es mir Leid. Das wollte ich nicht, aber du brauchst deshalb wirklich nicht zu weinen.«

»Scheiße, ich heul doch überhaupt nicht!«, schrie Sally.

Moon, die auf ihrem Bett gelegen und das Gespräch mit toleranter, amüsierter Miene verfolgt hatte, richtete sich auf. »Sally hat Recht, aber sie hat auch gleichzeitig Unrecht«, urteilte sie herablassend. »Woggle ist nicht wirklich geisteskrank, er ist nur ein Schwein, was seinen Körpergeruch angeht, aber andererseits wäre ich mir nicht allzu sicher, wie nett und kuschelig der durchschnittliche Irre ist, Sally ...«

Sally wollte sie wütend unterbrechen, aber Moon fuhr fort.

»Oder ›Leute, die Probleme mit ihrem Gemütszustand haben‹, wie du es zu bezeichnen beliebst. Ich habe in meinem Leben schon Durchgeknallte, echt Durchgeknallte und scheißgefährliche, fiese und gemeine Durchgeknallte gesehen, und eins kann ich dir sagen, meine Liebe: Die Gesellschaft hat guten Grund, sich vor denen zu fürchten. Ich jedenfalls tue es.«

»Das ist doch nur ignorante Scheiße«, widersprach Sally. »Was verstehst du denn schon davon? Woher willst du denn irgendwas über Geisteskranke wissen?«

»Und was ist mit dir, Sally?«, fragte Dervla, auf deren Gesicht ein leicht besorgter Ausdruck lag.

Doch bevor Sally Dervlas Frage beantworten konnte, fuhr Moon fort. »Ich verstehe eine ganze Menge davon, Sally!«, keifte sie und schien urplötzlich ebenso aufgebracht. »Und ich verrate dir auch gern, wieso: weil ich zwei Jahre – hörst du mich, Schätzchen? – zwei Jahre in einer psychiatrischen Klinik war. Hast du es jetzt begriffen? Eine Irrenanstalt, eine Klapsmühle, und deshalb, Sally, deshalb hab ich was gegen die Scheißbekloppten.«

Einen Moment lang herrschte Schweigen. Die plötzliche, unerwartete Bombe hatte die anderen Mädchen völlig überrascht.

»Warst du nicht«, sagte Kelly. »Du willst uns für dumm verkaufen.«

Aber anscheinend wollte Moon das keineswegs.

»Also erzähl mir nichts von Leuten, die Probleme mit ihrem Gemütszustand haben, Sally! Ich habe mit denen zusammengelebt, ich habe mit denen in einem Zimmer geschlafen, mit ihnen am selben Tisch gegessen, bin dieselben Korridore entlanggelaufen und hab zwei Jahre lang dieselben beschmierten Wände angestarrt. Also komm mir nicht mit diesem *Einer Flog Übers Kuckucksnest*-Quatsch! Als wären *sie* eigentlich die Normalen ... die beschissenen Helden.«

Sally wollte offensichtlich etwas erwidern, fand jedoch angesichts von Moons Sturmangriff, der unvermindert weiterging, keine Worte: »Oh, ja, ich bin mir sicher, dass es da haufenweise Nette gibt, haufenweise nette, süße kleine Manisch-Depressive, die niemandem etwas zu Leide tun würden, außer ihrer Mum, ihrem Dad und sich selbst ... aber ich rede hier von den *Durchgeknallten*. Von den anderen, die rumschreien und nachts an sich herumzerren. Die ganze Nacht! Die nach dir ausholen, wenn du auf der Station an ihnen vorbeikommst, die dich hinterhältig austricksen, dich packen, dich befummeln und dich allen Ernstes *fressen* wollen.«

Die vier anderen jungen Frauen saßen auf ihren Betten und starrten Moon fassungslos an. Sallys Gefühlsausbruch hatte sie überrascht, doch das hier war viel, viel mehr. Es war schockierend. Moon war so fröhlich gewesen, gleich vom ersten Tag an, und jetzt das.

»Aber wieso? Wieso warst du da, Moon?« Dervlas Stimme klang vollkommen ruhig. Nett und tröstend wie die eines Arztes oder eines Priesters, aber wer sie kannte, hätte die Angst darin gehört. Er hätte gewusst, dass sie sich fürchtete. »Warst du krank?«

»Nein, ich war nicht krank«, antwortete Moon verbittert. »Mein beschissener Onkel war krank. Mein Onkel ist ein mieses krankes Dreckschwein.« Sie stutzte und schien zu überlegen, ob sie weitersprechen sollte.

Layla fragte, ob sie ihre Hand halten sollte. Moon ignorierte sie.

»Er hat mich missbraucht, okay? Nicht ganz, keine Vergewaltigung, aber es hat gereicht. Ein Jahr lang ging das, bis ich es eines Tages meiner Mutter erzählt habe, dieser blöden Kuh. Ich kann das jetzt sagen, weil sie tot ist. Ich hätte nie gedacht, dass sie ihrem Bruder glauben würde und nicht mir, aber er war ein mächtiger Mann in der Gemeinde. Er war Arzt. Und er hatte Freunde, Rechtsanwälte, andere Ärzte und so, die es fertig gebracht haben, dass es so aussah, als wäre alles meine Schuld gewesen. Ich war ein böses, verlogenes kleines Luder mit gefährlich ausufernder Fantasie. Vielleicht wäre es anders gelaufen, wenn mein Dad da gewesen wäre, aber Gott weiß, wo der ist. Gott allein weiß, *wer* er ist.«

»Sie haben es geschafft, dich einweisen zu lassen?«, fragte Dervla erstaunt.

»Ja, man sollte nicht glauben, dass so was passieren kann, oder? Einem jungen Mädchen, heutzutage, aber so war es, und man hat mich eingesperrt, weil ich versucht hatte, allen zu erzählen, dass mein Onkel an mir rumgefummelt hatte.«

Es herrschte Schweigen im Raum. Zum ersten Mal, seit sie alle ins Haus gekommen waren, wusste niemand etwas zu sagen.

Die Stille hallte im Monitorbunker nach, wo Bob Fogarty, seine Regieassistentin Pru, diverse Redakteure und die versammelten persönlichen Assistenten sprachlos auf ihren Stühlen saßen.

»Das ist unglaublich«, sagte Fogarty.

»Allerdings«, bestätigte Geraldine Hennessy. »Das ist doch alles Blödsinn.«

Alle fuhren überrascht herum. Niemand hatte bemerkt, dass sie den Bunker betreten hatte. In Wahrheit aber sah sie schon eine ganze Weile zu. Sie kam vom Abendessen und hatte ihren derzeitigen Freund im Schlepptau, einen hübschen neunzehnjährigen Tänzer, den sie hinter der Bühne beim Virgin Summer Pop Festival kennen gelernt hatte.

»Ich hätte nicht gedacht, dass sich ausgerechnet Moon als Lügnerin entpuppen würde, wirklich nicht. Ich muss sagen, ich bin beeindruckt.«

»Sie lügt?«, fragten die zahlreichen Redakteure und Assistenten staunend.

»Natürlich lügt sie, ihr blöden Pisser. Glaubt ihr ernsthaft, ich würde ein misshandeltes Kind aus der Klapse in meine hübsche kleine Spielshow lassen? Quatsch! Verrückter als Woggle will ich sie nicht haben. Mama und Papa von dieser kahlen Schlampe sind wohlauf und wohnen in Rusholme. Er hat einen Tabakladen, und sie arbeitet in einer Chemischen Reinigung.«

Darüber herrschte im Bunker einige Erleichterung, dennoch sorgte es für Aufregung. Es schien, als würde sich das Spiel im Haus nun doch interessanter gestalten als befürchtet.

»Seht euch an, wie höhnisch sie grinst, weil es dunkel ist und die anderen sie nicht sehen können«, meinte Geraldine und deutete auf die Einspielung einer der ferngesteuerten Kameras. »Aber sie weiß, dass *wir* sie sehen können, oh, ja! Sie lacht sich ins Fäustchen, oder? Sie weiß, dass die Zuschauer Quertreiber lieben. Man wird viel berühmter, wenn man böse ist. Hol mir einen Kaffee, ja, Darren? Nimm einen aus der Maschine in meinem Büro, nicht den Mist, den die Bande hier trinkt.«

Der unglaublich hübsche Neunzehnjährige bewegte seinen makellosen Körper und tat, wie ihm geheißen.

»Gut, dass du recherchiert hast, Geraldine«, meinte Fogarty. »Wenn du nicht wüsstest, dass Moon lügt, wären wir jetzt wohl alle reichlich nervös.«

»Ich hätte es auch so gewusst«, erwiderte Geraldine großspurig. »Diese schwachsinnigen Proleten da drin können sich vielleicht gegenseitig manipulieren, vielleicht sogar die Zuschauer, aber nicht mich, mein Freund.«

»Du meinst, du hättest erraten, dass sie lügt, selbst wenn du es nicht gewusst hättest?«

»Selbstverständlich. Diese Frau war in ihrem ganzen Leben nicht mal in der Nähe einer Nervenklinik. Sie hat zu viele Filme gesehen, das ist alles. Die Leute schreien und kreischen dort nicht. Und wenn doch, dann werden sie ziemlich schnell und heftig ruhig gestellt, das kann ich euch sagen. Und gegrapscht und befummelt wird man dort nur von Krankenschwestern. In psychiatrischen Anstalten ist es nachts *still*. Man hört nur Weinen, Schlurfen und Wichsen.«

Einen Moment lang lag ein verträumter Blick in Geraldines Augen, sodass sie ihrem versammelten Personal fast menschlich vorkam. Im nächsten Augenblick jedoch war sie wieder ganz die Alte. »Gut, packt das ganze Zeug zusammen. Das brauchen wir jetzt nicht. Ich konzentriere mich auf Woggle. Außerdem will ich nicht, dass irgendeine kahl geschorene Schlampe wie Moon die Zuschauer schon so früh beeinflusst. *Ich* beeinflusse die Zuschauer, nicht die verdammten Kandidaten. Aber bewahrt es auf. Könnte später nützlich werden.«

»Wie? Du meinst, du willst es später irgendwann einbauen?«, fragte Fogarty verblüfft.

»Vielleicht«, antwortete Geraldine. »Wer würde den Unterschied schon bemerken?«

»Aber ... die Time-Codes auf dem Video ... die würden nicht stimmen. Wir könnten sie nicht anpassen.«

»Natürlich kannst du das, du blöder Arsch. Es sind nur Ziffern auf dem Bildschirm. Man kann sie verändern. Geh einfach ins Apple-Menü und ruf den Control Panel auf.«

»Ich weiß, wie es geht, Geraldine«, erwiderte Bob Fogarty kühl. »Ich meinte, wir können es aus moralischen, professionellen Gründen nicht machen.«

»Unsere moralische und professionelle Pflicht besteht darin, der Öffentlichkeit, die uns unser Gehalt zahlt, gutes Fernsehen zu liefern. Wir sind keine beschissenen Anthropologen, sondern Entertainer, mein Freund. Bei uns läuft es nicht anders als bei Illusionisten, Mystikern, Zauberern, Hypnotiseuren und all den anderen verlogenen Gaunern, die dieses grandiose Business ausmachen, das wir Show nennen. Und jetzt schieb das Ganze in einen separaten Ordner, und versteck es irgendwo.«

Das Team sagte kein Wort mehr, sondern arbeitete schweigend, und alle hofften, dass nicht sie die Anweisung bekamen, Sequenzen zu bearbeiten, um sie in verkehrter Reihenfolge senden zu können, falls Geraldine tatsächlich etwas derart Ungeheuerliches plante. Die Aufmerksamkeit des Teams wandte sich dem allgemeinen Huschen von BHs und Unterhöschen auf den Bildschirmen zu. Die Mädchen machten sich bettfertig.

»Nippel-Alarm!«, rief Geraldine. »Augen auf!«

Jede von ihnen hatte ihren eigenen Stil. Sally stieg mit T-Shirt und Höschen ins Bett. Kelly ließ hin und wieder einen kurzen Blick zu, wenn sie ihr Hemd abstreifte und ins Bett abtauchte. Moon wanderte am liebsten splitternackt vor den Infrarotkameras hin und her, während Layla und Dervla am verschämtesten waren: Beide zogen lange Nachthemden über, bevor sie aus ihrer Unterwäsche stiegen. Als Geraldine dies am ersten Abend sehen musste, hatte sie sich vorgenommen, die beiden prüden Hühner irgendwann schon noch zu erwischen, wahrscheinlich unter der Dusche oder vielleicht im Pool, und deren Nippel im Sonntagabend-Special zu bringen. Sie würde nicht zulassen, dass zwei hochnäsige kleine Flittchen ihnen ihre nackte Haut vorenthielten. Was glaubten die eigentlich, wozu sie im Fernsehen waren?

Die Stimmung im Schlafzimmer war gedrückt. An den letzten Abenden hatten die Mädchen gegackert und gekichert, wenn sie in die Betten stiegen, doch an diesem Abend herrschte Schweigen. Sie alle waren von Moons Enthüllungen zutiefst erschüttert. Nicht nur, weil es eine so traurige und schockierende Geschichte gewesen war, sondern auch weil ihr Kummer ganz ohne Frage das Mitleid der Zuschauer erregen und ihr nützen würde, wenn entschieden wurde, wer gehen musste. Es war wirklich seltsam, sich die ganze Zeit in Erinnerung rufen zu müssen, dass jedes Gespräch auch ein Gespräch zwischen Rivalen war, die miteinander um die Gunst der Zuschauer buhlten.

»Ach, übrigens, Mädels«, sagte Moon schließlich. »Was ich euch eben alles erzählt habe … das war Schwachsinn. Tut mir Leid.«

Wieder war es einen Moment lang totenstill.

»*Was?*« Layla, die fast nie laut wurde, war außer sich vor Wut.

»Mach dir keine Gedanken, Liebes«, sagte Moon mit ruhiger, sachlicher Stimme. »Ich hab mir nur einen kleinen Scherz erlaubt. Um mich von meinem entzündeten Nippel abzulenken.«

»Du hast gesagt, du wärst *missbraucht* worden!«

»Na ja, heutzutage sagt doch jeder, er wäre missbraucht worden, oder?«, antwortete Moon. »Mann, ey, wenn man sich diese Plakate von den Hilfsorganisationen anschaut, sieht es aus, als würde jedes Gör in diesem Land mehr oder weniger regelmäßig befummelt.«

»Was hast du vor, Moon?«, fragte Dervla mit kaum verhohlener Wut.

»Hab ich doch gesagt. Ich wollte mir nur einen kleinen Scherz erlauben«, sagte Moon. »Außerdem fand ich, dass unsere Sally ein bisschen zu ernst wurde, als sie so heftig über Kelly hergefallen ist, mehr nicht.«

»Biest«, sagte Layla.

»Blöde Kuh«, sagte Kelly.

»Das war ein ziemlich fieser Trick, Moon«, sagte Dervla. »Sexueller Missbrauch ist kein besonders witziges Thema.«

»Wieso, wir haben uns doch prima die Zeit damit vertrieben, oder?«, erwiderte Moon. »Gute Nacht.«

Wieder war alles still. Schließlich brach Kelly das Schweigen. »Aber das mit deinen Brustimplantaten stimmte doch, oder?«, fragte sie.

»Oh, ja, ohne meine Wummis würde es wohl nicht gehen. Die helfen mir beim Ausbalancieren, wenn ich oben auf dem Trapez stehe.«

Als sich schließlich Stille über den Raum legte, glaubte Dervla Sally schluchzen zu hören.

33. Tag 17:10 Uhr

Sechs Tage waren seit dem Mord vergangen, und Sergeant Hooper und sein Team waren nach wie vor damit beschäftigt, Peeping

Toms riesiges Archiv aus ungesendetem Material zu durchforsten und nach einem Hinweis auf jenen Zwischenfall zu suchen, der irgendjemanden auf den Gedanken gebracht hatte, einen Mord zu begehen. Es war eine zermürbende Arbeit, selbst für Hooper, der ein großer *Hausarrest*-Fan war und sowohl dem Zuschauerprofil als auch den Werbeerwartungen hundertprozentig entsprach. Hooper war das Gegenteil von Coleridge: ein sehr moderner Polizist, ein hipper, cooler Bursche aus dem einundzwanzigsten Jahrhundert, mit hängenden Hosen, Turnschuhen, Ohrstecker und einem Titanium-Apple-Mac-Powerbook. Hooper und seine Kumpels verpassten keine der zahlreichen Reality-TV-Shows, trotzdem machte auch ihm die Aufgabe, die nun vor ihm lag, schwer zu schaffen. Glücklicherweise standen der Polizei nicht *sämtliche* siebenhundertzwanzig Stunden tagtäglicher Aufnahmen zur Verfügung, da der größte Teil von den Cuttern bei Peeping Tom ausrangiert wurde. Aber dennoch blieben Hunderte Stunden übrig, und sie sich anzusehen war, als beobachtete man Farbe beim Trocknen. Schlimmer noch: Farbe *trocknete* wenigstens irgendwann, während diese Bande hier für immer und ewig feucht hinter den Ohren zu bleiben schien.

Wieder bohrte Hamish in der Nase … Jazz kratzte sich am Hintern.

Die Mädchen machten Yoga. *Schon wieder*.

Garry machte noch mehr Liegestütze.

Garry machte Klimmzüge am Türrahmen.

Garry lief auf der Stelle …

Langsam fing Hooper an, die Leute im Haus zu verachten – etwas, das er absolut nicht wollte. Ganz abgesehen davon, dass es ihm bei seinen Ermittlungen kaum weiterhelfen würde, waren das in gewisser Weise seine Leute. Sie teilten sowohl diverse Interessen und Ambitionen als auch die ehrliche Überzeugung, ein Anrecht auf das Glück zu haben. Hooper wollte nicht irgendwann wie Coleridge denken. Wie *war* dieser Mann überhaupt? Dauernd schimpfte er, die Bewohner hätten keinen Sinn für »Pflichtgefühl«,

»Diensteifer« oder »Gemeinschaft«. Als wäre man ein Feind der Gesellschaft, wenn man groß rauskommen wollte.

Nichtsdestoweniger fingen sie langsam an, ihm auf die Nerven zu gehen. Es lag einfach daran, dass sie nie irgendwas taten und – was noch nervtötender war – nie irgendetwas *dachten*. Dieser bedeutsamste Charakterzug des Menschen, die Fähigkeit zu abstraktem Denken, stand erzwungenermaßen einzig und allein im Dienste des ... des ... Nichts.

Hooper fluchte im Stillen. Langsam dachte er wie Coleridge.

Und Hinweise auf einen Mord gab es auch keine.

Bis Trisha etwas entdeckte.

Nicht viel, aber wenigstens etwas.

»Sehen Sie sich das mal an, Sergeant«, sagte sie. »Arschiger kleiner Moment zwischen Tussi Kelly und Schwuchtel David.«

»Arschig, Constable? Tussi? Schwuchtel?«, erwiderte Hooper mit Coleridges schulmeisterlichem Tonfall, was beiden ein düsteres Grinsen beim Gedanken an die linguistischen Beschränkungen entlockte, unter denen sie zu arbeiten hatten.

Es war nur ein kleiner Zwischenfall, nur der Hauch einer Möglichkeit, aber andererseits hatte die Polizei schon lange die Hoffnung aufgegeben, dass etwas Offensichtliches geschehen würde.

»Wir suchen nach einem Katalysator«, erklärte Hooper den versammelten Beamten. »In der Chemie kann manchmal das winzigste Element höchst explosive Resultate mit sich bringen, wenn man es zu anderen Verbindungen hinzugibt. Genau das suchen wir: einen winzig kleinen psychologischen Katalysator.«

Es hatte sich gut angehört, als Coleridge es zu Hooper sagte, und es hörte sich noch besser an, als Hooper damit vor seine Leute trat. Coleridge mochte die richtigen Sätze sagen, aber Hooper hatte das Gefühl, als wüsste er, wie man sie an den Mann bringen musste.

Der potenzielle Katalysator, den Trisha gefunden hatte, war wirklich ausgesprochen winzig. Die Sache war nicht interessant genug gewesen, dass Peeping Tom sie hatte senden wollen, aber Trisha fand sie interessant. Und Hooper ebenfalls.

9. Tag 12:20 Uhr

Kelly, Jazz und David saßen zusammen im Whirlpool. Wie üblich redete David.

»Ich finde interessant, was du gestern darüber gesagt hast, dass du schauspielern möchtest, Kelly. Denn im Grunde schauspielern hier drinnen doch alle. Das ist dir doch klar, oder? Dieses Haus ist eine Bühne, und alle Frauen und Männer sind nur Spieler.«

»Stimmt nicht«, antwortete Jazz mit seinem stets überbordenden Selbstbewusstsein. »Ich bin hier wirklich ich selbst, Mann. Ich zeig nur, was ich auch echt habe, denn was ich habe, ist zum Verstecken viel zu schade.«

»Was für ein Blödsinn! Niemand ist jemals wirklich er selbst.«

»Und woher willst du das wissen, Mister Superschlau?«

»Weil wir uns nicht wirklich kennen.«

»Das ist doch Quatsch, was du da redest.«

»Komm schon, gib es zu, Jason.«

»Jazz.«

»Wie auch immer. Hast du noch nie völlig überrascht irgendeine neue Seite an dir entdeckt, die dir vorher nie aufgefallen war?«

»Na ja, einmal hab ich mich über einen Spiegel gehockt. Das war ein kleiner Schock, das kann ich dir sagen«, sagte Jazz, worauf Kelly laut zu lachen anfing – ein aufdringliches, entnervendes Lachen.

Zumindest für David.

»Ich hab mir direkt in den Arsch gestarrt, Mann«, fuhr Jazz breit grinsend fort, »und es fiel sogar mir schwer, das zu mögen!«

Plötzlich wurde David wütend. Er nahm sich selbst sehr ernst und wollte gern, dass auch die anderen es taten.

»Ich kann dir versichern, Jason, dass wir im Leben alle nur Schauspieler sind und uns so darstellen, wie die anderen uns sehen sollen. Deshalb verstehen diejenigen unter uns, die tatsächlich Schauspieler *sind*, wie ich etwa, unsere Welt und die Menschen weit besser als gewöhnliche Menschen. Wir kennen die Tricks, wir verstehen die Zeichen. Wir sind uns darüber im Klaren, dass wir in einer Welt voller Darsteller leben. Manche von uns sind subtil, andere sind Schmierenkomödianten, aber wir alle *schauspielern*. Deinen Auftritt zu durchschauen, *Jazz*, damit bestreite ich meinen Lebensunterhalt.«

Jazz schwieg einen Moment lang. »Das ist Unsinn«, sagte er schließlich, womit er traurigerweise bei weitem nicht an seine übliche Schlagfertigkeit herankam.

David lächelte.

Kelly beugte sich vor und flüsterte David etwas ins Ohr. Es war schwer zu verstehen, aber es konnte keinen Zweifel daran geben, was sie gesagt hatte. »Ich *kenne* dich«, hatte sie gesagt.

Dann lehnte sie sich wieder an den Beckenrand zurück und sah David in die Augen.

David hielt ihrem Blick mit seinem typisch überheblichen Grinsen stand. Er wirkte unerschütterlich.

Er sollte erschüttert werden. Und zwar heftig.

Denn Kelly beugte sich noch einmal vor und flüsterte David etwas ins Ohr.

33. Tag 17:30 Uhr

Diesmal verstanden weder Sergeant Hooper noch Trisha, was Kelly sagte, ebenso wenig wie irgendeiner der anderen Beamten im Raum.

Es klang wie: »Korkwicken Danzig.«

»Das kann nicht stimmen«, stellte Hooper fest.

»Ziemlich unwahrscheinlich«, stimmte Trisha zu.

Was immer Kelly geflüstert haben mochte: David hatte es verstanden, und es hatte ihm nicht gefallen.

Auf dem Bildschirm war zu sehen, wie sich seine Miene veränderte, wenn auch nur ein klein wenig, denn er war ein zu guter Schauspieler. Dennoch war das selbstgefällige, überlegene Grinsen plötzlich wie weggewischt.

Er sah aus, als hätte er Angst.

Hooper zeigte Coleridge das Band am nächsten Morgen.

»Was auch immer ›Korkwicken Danzig‹ bedeuten mag, Sir, und es ist sicher nicht das, was sie gesagt hat, deutet es für mich trotzdem darauf hin, dass Kelly David schon kannte, bevor sie ins Haus kamen.«

»Möglich«, räumte der Inspector ein.

»Ich halte es für sehr wahrscheinlich, Sir«, sagte Hooper und stellte den Recorder wieder an. »Als sie sagt ›Ich kenne dich‹, dachte ich erst, sie meint es in psychologischer Hinsicht, denn davon hatte David gesprochen.«

»Natürlich.«

»Aber dann sagt sie dieses andere. Das mit Korkwicken, und das ist etwas, das offenbar nur David verstehen kann. Ein gemeinsames Geheimnis oder Erlebnis aus der Außenwelt.«

»Kein Zweifel, Sergeant«, stimmte Coleridge zu, »aber es bedeutet nicht unbedingt, dass sie sich schon begegnet sind. Vielleicht hat Kelly etwas an David wieder erkannt, woraufhin sie sich irgendwas zusammenreimen konnte.«

»Ich halte Kelly nicht gerade für die hellste Kerze am Baum, Sir. Sich etwas zusammenzureimen ist nicht gerade ihr Ding. Ich glaube, sie kennen sich.«

»Nun, sollte dem so sein, wäre es sicher eine bedeutende Entdeckung. Unsere ganze Katalysator-Theorie basiert auf der Annahme, dass keiner den anderen kannte. Sollten sich zwei doch gekannt haben, dann würde es die Dynamik der gesamten Gruppe verändern.«

Zum ersten Mal hatten die beiden Detectives das Gefühl, als hielten sie den Hauch einer Spur in Händen.

»Wie verstehen Sie es denn, Sergeant? Glauben Sie, dass Kelly das, was sie an David gesehen hat, von Anfang an wusste?«

»Nur wenn sie eine so gute Schauspielerin wäre, wie sie gern sein möchte. Am ersten Tag war sie doch absolut hohl, würde ich sagen. Sie ist nur kreischend rumgerannt, in den Pool gehüpft und aus ihrem Bikinioberteil gefallen. Ich kann nicht behaupten, dass ich auch nur einen einzigen nachdenklichen Moment bei ihr gesehen hätte. Nein, sollte bei Kelly irgendwie ein Groschen gefallen sein, dann ist es später passiert, glaube ich. Irgendwann hat sich David verraten, und Kelly hat etwas bemerkt, das ihr bekannt vorkam.«

»In diesem Fall vermute ich, dass es nicht allzu lange vor dem Augenblick passiert sein dürfte, als sich Kelly David anvertraut hat.«

»Bestimmt. Kelly scheint mir kein Mädchen zu sein, das etwas derart Heikles lange für sich behalten könnte. Sie konnte es kaum erwarten, es unserem David um die Ohren zu hauen, besonders nachdem er sie am Vortag wegen ihrer Schauspielambitionen dermaßen gedemütigt hatte.«

»Wenn das stimmt, muss ihr das, was sie gesehen hat, zwischen dem Gespräch am Pool und dem im Whirlpool aufgefallen sein. Was haben sie am Abend des achten Tages getrieben?«

»Tattoos!«, sagte Hooper. »Sie haben ihre Tattoos verglichen! Ich hab das Band gesehen.«

»Gut, dann sehen wir es uns eben noch mal an.«

Als Hooper das Video wieder in den Recorder geschoben hatte, gesellte sich Trisha zu ihnen, und gemeinsam setzten sie sich hin und beobachteten Kelly und David, während sich die Gruppe über Tätowierungen unterhielt.

Es war nach dem Abendessen, und mit Ausnahme von Woggle saßen alle Bewohner des Hauses auf den Sofas. Sie hatten gerade eine kleine Aufgabe erledigt, für die jeder von Peeping Tom Stift und Zettel bekommen hatte, um aufzuschreiben, wer von ihnen ihrer Ansicht nach am Ende der siebten Woche noch übrig sein würde. Darüber hinaus forderte man sie auf, alles niederzuschreiben, was ihnen sonst noch zur Entwicklung der Lage einfiel. Sämtliche Zettel kamen in einen großen braunen Umschlag mit der Aufschrift »Prophezeiungen«, der feierlich versiegelt und hinten in der Küchenzeile aufbewahrt wurde.

Danach wandte sich das Gespräch ihren Tattoos zu. Alle hatten etwas vorzuzeigen, nur Dervla und Jazz nicht.

»Ich bin zu schwarz«, sagte Jazz, »und außerdem habe ich so schöne Haut. Die kann man nicht verbessern.«

»Ich habe keine Erklärung dafür, weshalb ich nicht tätowiert bin«, meinte Dervla. »Ich kann nur sagen, wie bemerkenswert ich es finde, dass heutzutage, wenn Leute über ihre Tattoos sprechen, diejenigen sich rechtfertigen müssen, die *keine* haben. Vielleicht will ich deshalb keins.«

»Spricht für dich«, kommentierte Coleridge und nahm einen Schluck aus seinem Porzellanbecher.

Hooper und Trisha schwiegen. Hooper hatte das Emblem des Fußballclubs von Everton auf seine Schulter tätowiert, und Trisha trug einen Schmetterling auf ihrer linken Hinterbacke.

Auf dem Bildschirm erklärte Garry gerade, der Adler an seinem Knöchel sei ein Zeichen für Kraft, Ehre und Wahrheit.

»Was hat die geballte Faust an deiner Schulter zu bedeuten? Wichser?«, fragte Jazz.

»Nein, bestimmt nicht«, erwiderte Garry. »Obwohl ich in dieser Sportart olympiareif bin.«

Die Mädchen stöhnten.

»Auch meine geballte Faust steht für Kraft, Ehre und Wahrheit. Außerdem will ich mir noch eins auf den Rücken machen lassen. Ich lass mir ›Kraft, Ehre und Wahrheit‹ in gotischen Buchstaben draufschreiben. Das ist mein Motto.«

Die anderen ließen ihn wissen, dass sie sich das beinahe schon gedacht hätten.

Anschließend zeigte Moon das Blumenarrangement, das an ihrer Wirbelsäule entlanglief. »Die Blumen sind Symbole des Friedens und der inneren Stärke. Es sind spirituelle Blüten, und ich glaube, ägyptische Prinzessinnen wurden damit begraben, aber vielleicht habe ich das auch falsch verstanden. Es könnten auch irgendwelche altnordischen Frauen gewesen sein, aber jedenfalls sind sie alle voll bedeutsam und spirituell.«

Kelly zeigte den Phoenix her, der sich zwischen ihren Pobacken erhob. Sally führte eine Kriegerin im Kampf mit einem Drachen vor, die um ihren Bauchnabel herum tätowiert war, und Layla präsentierte den winzigen Schmetterling auf ihrem Hintern.

»Ich hab auch so einen«, stieß Trisha wutentbrannt hervor. »Der Typ, der ihn mir gemacht hat, hat gesagt, so einen gibt es nicht noch mal.«

Coleridge hätte sich beinahe an seinem Tee verschluckt. Er wäre nie auf die Idee gekommen, dass einer seiner Beamten, seiner *weiblichen* Beamten, tätowiert sein könnte. Besonders nicht Patricia, die er immer für ein so nettes Mädchen gehalten hatte.

Schließlich spreizte Layla stolz die Beine und führte ihren anderen Schmetterling vor, der oben an der Innenseite ihres durchaus reizvollen, weichen, gepflegten Oberschenkels flatterte.

»Den hab ich da«, erklärte Layla, »um meine Liebhaber an die Schönheit und Bedeutung zarter, leiser Berührungen zu erinnern.«

Coleridge stöhnte und wandte sich vom Bildschirm ab.

»Hast du auch so einen, Trish?«, fragte Hooper.

»Nie im Leben. Nicht da. Ist schon schlimm genug, sich die Bikinizone zu enthaaren, da muss man sich nicht noch von irgendeinem Hell's Angel mit seiner Tintennadel bearbeiten lassen.«

»Ruhe jetzt, alle beide!«, bellte Coleridge.

Inzwischen war Layla bei dem kleinen ostasiatischen Zeichen an ihrem Schulterblatt angelangt. »Es ist tibetanisch«, erklärte sie. »Ein buddhistisches Symbol, das auf ein friedliches Licht im Inneren hinweist.«

Alle waren sich einig, dass es besonders hübsch war.

Bis auf David.

»Tibetanisch?«, fragte er mit nachsichtiger Überraschung.

»Ja, tibetanisch«, verteidigte sich Layla.

»Oh ... okay, gut. Wenn du meinst.«

Layla hätte ihn am liebsten umgebracht. »Was willst du damit sagen: ›Wenn du meinst‹? Es ist tibetanisch, verdammt noch mal!«

»Ganz ruhig, Layla«, grinste Jazz. »Denk an das friedliche Licht in deinem Inneren.«

»Hör zu, Layla«, sagte David sanft. »Es ist sehr hübsch, und es kann und sollte bedeuten, was immer es für dich bedeuten soll. Egal ob tibetanisch oder Thai, was es in Wahrheit ist. Es ist *dein* Tattoo, und es bedeutet, was immer es für dich bedeuten soll.«

Wer hätte gedacht, dass Laylas ungeheure Gelassenheit so leicht zu erschüttern war? Ihr Gesicht lief vor Verlegenheit und Zorn rot an. »Es ist tibetanisch, du Blödmann«, wiederholte sie. »Ich weiß, dass es tibetanisch ist.«

David setzte sein provozierendes angedeutetes Lächeln auf und zuckte mit den Schultern, als wollte er sagen: »Du irrst dich, aber es ist unter meiner Würde, mich deswegen mit dir zu streiten.«

»Es ist tibetanisch! Es bedeutet ›Scheißfriedliches Licht im Inneren!‹«, schrie Layla und stapfte davon, um sich einen beruhigenden Kräutertee aufzubrühen.

»Ich hab mal von einem Typen gehört, einem Schwulen«, sagte Garry. »Der hat sich so ein chinesisches Sprichwort auf den Arm schreiben lassen, das hieß: ›Sanfter Suchender nach Wahrheit‹. Jedenfalls reißt er in einer Nudelbar in Soho eine Chinesenschwuchtel auf, und sein neuer Freund sagt: ›Eigentlich steht da, dass du eine blöde, naive, glubschäugige Fotze bist.‹«

Garry, Jazz, Sally und Kelly brachen in schallendes Gelächter aus. Hamish und Moon lächelten. Layla stand am Wasserkessel, puterrot vor Zorn, und biss sich auf die Lippen, während David einen Moment die Augen schloss, als sammelte er Kraft aus seiner eigenen Ruhe.

Dann zeigte Hamish das keltische Kreuz an seinem Unterarm, und schließlich war David an der Reihe. Er hatte eindeutig schon darauf gewartet.

»Ich habe nur ein Tattoo«, erklärte er, als wäre dies an sich schon Beweis genug für ausgezeichneten Geschmack und geschärfte Wahrnehmung. »Und es ist sehr, sehr schön.«

Mit diesen Worten schob David das Bein seiner weiten Seidenhosen hoch und legte seinen linken Knöchel frei, auf dem – dreimal um sein Bein geschlungen – die ersten vier Zeilen des »Sein oder nicht sein«-Monologs aus *Hamlet* geschrieben standen.

»Keine Schmetterlinge, keine tibetanischen Einkaufszettel, keine bösen Drachen. Schlicht und einfach die scharfsinnigste Betrachtung der essenziellen Absurdität menschlicher Existenz, die je zu Papier gebracht wurde.«

»Oder in diesem Fall auf die Haut«, erklärte Jazz, doch David ignorierte ihn.

»Existenzialismus, dreihundert Jahre bevor er überhaupt erfunden wurde. Humanismus in einer brutalen, barbarischen Welt. Ein winziger Lichtschein, der seither alle Jahrhunderte erhellt hat.«

»Ja, schon gut, aber wieso sollte man es sich aufs Bein schreiben lassen?«, fragte Jazz und sprach damit im Namen der ganzen Nation.

»Weil es mir das Leben gerettet hat«, antwortete David, ohne mit der Wimper zu zucken. »Als mein Leben finster war und ich keine Möglichkeit mehr sah, in dieser Welt weiterzumachen, hatte ich den Entschluss gefasst, meinem Leben ein Ende zu bereiten. Glaubt mir, ich war wild entschlossen, Selbstmord zu begehen.«

»Aber du hast es nicht getan, oder?«, sagte Garry. »Schon komisch.«

»Nein, hab ich nicht. Stattdessen habe ich in einer Nacht dreimal den *Hamlet* gelesen, von vorn bis hinten.«

»Meine Fresse. Eher würde ich mich umbringen«, sagte Garry, doch David ließ sich nicht aufhalten.

»Auch der traurige Prinz hatte eine solche Schreckenstat geplant, genau wie ich, nur erhob er sich darüber, erhob sich und entwickelte so großen Edelmut.«

»Und das ist der Grund, weshalb du es selbst nicht getan hast, David?«, fragte Moon, die sich offensichtlich alle Mühe gab, David bei seinem Geständnis zu unterstützen. »Weil nichts von dem, was du empfunden hast, jemals so schlimm wie *Hamlet* sein konnte?«

»Wir haben es in der Schule durchgenommen«, sagte Garry. »Glaub mir, nichts ist so schlimm wie *Hamlet*.«

»Oh, Mann, halt die Klappe, Garry«, warf Moon ein. »David weiß, was ich meine, oder?«

»Ja, ich weiß, Moon, und die Antwort ist ja und nein. Zweifellos haben mich die Qualen des dunklen Prinzen manches gelehrt. Aber eigentlich habe ich mich gegen den Selbstmord entschieden, weil mir beim Lesen dieses Stücks bewusst wurde, dass ich eine Welt niemals verlassen möchte, in der es etwas derart Wunderbares wie Shakespeares Verse gibt oder auch nur eine Blume oder einen Sonnenaufgang oder den Duft von frisch gebackenem Brot.«

»Scheiße, was hat denn Brot damit zu tun?«, sagte Moon.

»Ich glaube, wenn ein Mensch Schönheit erkennt, lebt in ihm die Möglichkeit von Schönheit in allen Dingen auf, Moon. Und deshalb habe ich beschlossen, die Worte, die der junge Prinz von Dänemark in diesem Augenblick tiefster Trauer sprach, stets bei mir zu behalten. Einfach um mich daran zu erinnern, dass die Welt schön ist und es eine Kränkung Gottes ist, an ihr zu verzweifeln.«

Am liebsten hätte Jazz David an den Kopf geworfen, er sei ein aufgeblasener Sack, aber er tat es nicht. David hatte irgendetwas an sich. Aus seiner kolossalen Selbstgefälligkeit sprach etwas so Liebreizendes und Betörendes, etwas zutiefst Unverhohlenes, dass Jazz unwillkürlich ein wenig davon berührt war.

Keiner von ihnen wusste so richtig, woran er war, was David betraf. Die offensichtliche Aufrichtigkeit, mit der sich David selbst liebte, war irgendwie ziemlich überzeugend. Eine derart wahre Liebe wie die, die David für sich selbst empfand, konnte nicht so ohne weiteres vom Tisch gewischt werden. Sie hatte etwas beinahe Edles an sich. Die anderen starrten vor sich hin und konnten sich offenbar nicht entscheiden, was sie denken sollten.

Bis auf Kelly.

Im Monitorbunker war der Zwischenfall in jener Nacht nicht aufgefallen, da sich die Redakteure auf die Großaufnahme konzentrierten und Kelly der Kamera den Rücken zuwandte, aber die Polizei besaß sämtliche verfügbaren Videoaufnahmen der Szene: Dieses Mal hatten sie Glück. Einer der Live-Kameramänner hatte die gegenüberliegende Perspektive eingenommen, und die Disk war nicht gelöscht worden. Es handelte sich um ein Dreierbild von Kelly, Moon und Hamish auf dem orangefarbenen Sofa.

Kelly grinste böse – kaum die passende Reaktion auf Davids Selbstmordabsichten, so absurd wichtigtuerisch sie auch klingen mochten.

»Sie hat dieses Tattoo schon mal gesehen«, sagte Hooper.

»Ja, das scheint mir auch so«, meinte Coleridge.

34. Tag 10:00 Uhr

Während sich einige der jüngeren Polizisten daranmachten, das Internet nach den Worten »Korkwicken Danzig« abzusuchen und durch diverse Stimmdecoder zu schicken, schoben Coleridge und seine engsten Mitarbeiter David für den Augenblick beiseite und widmeten sich dem Thema Woggle.

»Ich habe das Gefühl, wenn man die Zuschauer fragen würde, gab es in der zweiten Woche tatsächlich nur *einen* Bewohner im Haus«, sagte Coleridge bei einem Blick auf die Auswahl der Sendefassungen, die Trisha und ihr Team für ihn vorbereitet hatten. »Woggle, Woggle, Woggle und noch mal Woggle.«

»Ja, Sir«, antwortete Trisha. »Für kurze Zeit wurde er so etwas wie ein kleines landesweites Phänomen. Halb Großbritannien hat über ihn gesprochen, und die andere Hälfte hat sich gefragt, wer eigentlich dieser Woggle war, von dem alle redeten. Erinnern Sie sich nicht daran?«

»*Sehr* vage, Constable.«

»Je abstoßender er wurde und je heftiger er bestritten hat, abstoßend zu sein, desto mehr haben ihn die Leute geliebt.«

»Ich werde nie vergessen, wie sie ihn gezeigt haben, als er sich die Flöhe aus seinen Dreadlocks gezupft hat«, warf ein anderer Constable ein. »Wir haben im Pub gesessen, und es lief in der Glotze. Wir konnten alle nur noch nach Luft schnappen. Das war echt krass.«

»Krass, es sich anzusehen. Ziemlich unerträglich, wenn man damit leben musste«, sagte Trisha. »Diese Flöhe haben die ganze Sache fast zum Kippen gebracht. Schade eigentlich, denn dann wäre niemand ermordet worden.«

»Und wir müssten uns nicht dieses unsinnige Geschwätz ansehen«, bemerkte Coleridge. »Haben diese Sadisten von Peeping Tom ihnen denn kein Flohpulver gegeben?«

»Doch, haben sie, aber Woggle wollte es nicht benutzen. Er hat gesagt, seine Flöhe seien Lebewesen, und obwohl er das Jucken nicht mochte, wollte er sie auf keinen Fall ermorden.«

»Oh, mein Gott!«, stieß Coleridge hervor. »Ein abstrakter Gedanke! Ein moralischer Blickwinkel! Ich hatte die Hoffnung schon aufgegeben.«

»Also, für die anderen Bewohner war die Sache alles andere als abstrakt, Sir. Und Woggles Flohdebatte hat das ganze Land in Bann gehalten.«

10. Tag 15:00 Uhr

Woggle saß in seiner Ecke, umringt von seinen Mitbewohnern.

»Meine Flöhe zwingen euch zur Auseinandersetzung mit eurer Doppelmoral«, wehrte sich Woggle. »Würdet ihr einen Fuchs jagen?«

»Ja, würde ich, verdammte Scheiße«, sagte Garry, während die anderen jedoch einräumen mussten, dass sie es nicht tun würden. Und David, Layla und Moon waren sogar bei den jüngsten Anti-Jagd-Kampagnen mehr oder weniger aktiv gewesen, wie sich herausstellen sollte.

»Die Fuchsjagd ist verabscheuungswürdig«, sagte David mit gewohnter stiller Überlegenheit.

»Und doch würdet ihr meine Flöhe jagen«, stellte Woggle fest. »Erklärt mir den Unterschied zwischen einem Fuchs und einem Floh.«

Offensichtlich wusste niemand so recht, wo er anfangen sollte.

»Also …«, schlug Kelly ein wenig nervös vor, »Füchse sind süß und Flöhe nicht.«

»Ach, sei nicht albern, Kelly«, fuhr David sie an.

»Sie ist nicht albern«, sagte Woggle. »Sie hat eine universelle

Wahrheit ausgesprochen, denn es ist schändlich, dass wir Menschen den Wert des Lebens nach ästhetischen Gesichtspunkten beurteilen. Was wir als schön empfinden, pflegen wir, was wir hässlich finden, vernichten wir. Oh, verflucht sei der menschliche Virus, der diesen makellosen Planeten infiziert!«

David hatte offenbar die Nase voll. Er würde seinen Anspruch auf den moralischen Standpunkt nicht kampflos aufgeben. »Füchse richten nur sehr geringen Schaden an. Sie zu jagen ist ein Sport, keine Notwendigkeit, und das macht es für anständige, moderne Menschen im neuen Großbritannien des einundzwanzigsten Jahrhunderts so verachtenswert und zutiefst inakzeptabel.«

»Fuchsjäger sagen, Füchse richten reichlich Schaden an. Sie sagen, Füchse sind Schädlinge«, erwiderte Woggle.

»Diese Ansicht bestreite ich.«

»Wo wohnst du eigentlich, Dave?«, fragte Gazzer, der wie immer auf der Suche nach einem guten Spruch war. »Auf einem Bauernhof?«

»Ich wohne in Battersea«, antwortete David ärgerlich. »Aber das ist nicht der ...«

Gazzer und Jazz lachten über Davids Verlegenheit, was David nur noch wütender machte. Er hasste es, wenn die Leute so taten, als müsse man auf dem Land leben, um etwas von Füchsen zu verstehen.

»Das ist eine ernste Sache«, schnauzte er sie an. »Es geht nicht darum, billig zu punkten.«

»Kameraden, der Unterschied zwischen Füchsen und Flöhen besteht darin, dass Flöhe euch stören und Füchse nicht. Aber die Faschistenbauern und Jägernazis behaupten, Füchse würden sie stören. Sie *behaupten*, dass Füchse Hühner reißen und Wald und Flur terrorisieren«, schaltete sich Woggle ein.

»Ich bestreite diese Behauptungen vehement«, beharrte David, »aber der Punkt ist ...«

»Der Punkt ist, o Adolf des Insektenreiches, der Punkt ist, *Herr Hitler*, dass *ich*, mögen Füchse nun ländliche Terroristen sein oder nicht, sie ebenso wenig töten würde, wie ich meine Flöhe töte, selbst wenn sie mich auch beißen mögen. Es liegt daran, dass ich ein moralisch entwickeltes Individuum bin, wohingegen *du* ein mieses, mörderisches, scheinheiliges Gestapo-Schwein bist, dem man eine Briefbombe schicken sollte.« Woggles dünne, nasale Stimme klang fest. Offenbar meinte er, was er sagte. Er sprang sogar auf die Füße.

»Deine Sorge um das Wohl der Tiere«, rief er, wobei die Haut um seine buschigen Augenbrauen plötzlich rot anlief, »geht genau *so weit*, bis deine *eigenen* Interessen bedroht sind, und keinen Schritt weiter. Du bist genau wie die Millionen übler Abschaum in diesem Land, die Fuchsjagd und Robbenschlagen verbieten würden, aber kalt lächelnd gebratene Fabrikhühner und mutierte Rindfleischburger in sich reinstopfen! Wenn du meine Flöhe jagst, solltest du es mit der gebotenen Selbsterkenntnis tun. Ich schlage vor, du trägst einen roten Rock, o Dschingis Khan, und bläst dein grelles Horn. Ich schlage vor, du schmierst das Blut meiner Flöhe nach dem Töten deinen Jungen ins Gesicht und begehst das Fest mit einem Abschiedstrunk aus Bechern, geschnitzt aus den Hufen geschlachteter Hirsche! Denn du bist nicht besser als Lord Blutrunst von Bastardshire, David! Du, der du vorgibst, dich zu sorgen, bist in Wahrheit der selbst ernannte Meister der Peeping-Tom-Flohjagd!«

Das Seltsame war, dass die meisten Menschen, die Woggles Flohpredigt am Ende der ersten Woche von *Hausarrest* sahen, in gewisser Weise mit dem übereinstimmten, was er sagte. Die Fuchsjagd-Gegner hießen ihren landesweit prominentesten Fürsprecher willkommen, während die Freunde des Jagdsports einen Mann hochleben ließen, der städtische Tierschutzaktivisten zwang, sich der Widersprüchlichkeit ihres Vorhabens zu stellen.

Woggle war wie die Bibel: Alle behaupteten, er stütze ihre Argumente. Und die Leute liebten ihn. Plötzlich war es, als wäre Woggle der Schoßhund der Nation – schmutzig, stinkend und aufdringlich, aber irgendwie doch liebenswert.

Hätten die neun anderen Bewohner des Hauses eine Ahnung

gehabt, welches Ausmaß Woggles Popularität außerhalb des Hauses angenommen hatte, hätten sie nicht getan, was sie taten. Aber abgeschnitten, wie sie von der Außenwelt waren, hätten sie sich nie träumen lassen, dass dieser stinkende Flohzirkus, der sich nirgendwo hinsetzen konnte, ohne einen Fleck zu hinterlassen, zum Helden wurde.

Natürlich war es nicht fair. Geraldine wusste, dass es nicht fair war, dennoch war es keine große Überraschung, dass es ihr egal war. Geraldine wusste, dass niemand mit Woggle leben konnte. Tatsächlich waren die anderen neun Kandidaten unglaublich tolerant. Die meisten Menschen hätten Woggle vermutlich längst ermordet. Aber das Fernsehen ist – wie das Leben – nun mal nicht fair, und Geraldine, die nichts ahnend eine nationale Hysterie erschaffen hatte, bearbeitete die Aufnahmen mit dem größten Vergnügen in diese Richtung.

Daher zog sie es vor, die geduldigen und einleuchtenden Bemühungen nicht zu senden, mit denen die Bewohner Woggle dazu überreden wollten, seine Sachen zu waschen, sein Zeug wegzuräumen und sich vor allem um seine Flöhe zu kümmern. Sie zeigte nicht, wie Kelly ihm nachts Decken brachte und Dervla dafür sorgte, dass sich seine Lebensmittelwünsche auf der Einkaufsliste wieder fanden. Sie zeigte lediglich ein paar Ausschnitte der langatmigen Diskussionen, die Garry, Jazz und Woggle über Fußball führten – eine Leidenschaft, die alle drei teilten. Nein, Geraldine sprang direkt zu dem Tag, an dem sich Garry, Jazz, David und Hamish auf Woggle stürzten, als dieser im Garten lag, und sie ihn mit Gewalt auszogen, seine Kleider verbrannten und dann den zappelnden, entrüsteten Mann mit Flohpulver einpuderten.

11. Tag 19:30 Uhr

Der Zwischenfall geschah am zweiten Donnerstag unter *Hausarrest*, dem Tag der ersten Nominierungen.

Peeping Toms Regeln waren ziemlich gleich wie bei allen ähnlichen Sendungen, die es bisher gegeben hatte. In jeder Woche forderte man die einzelnen Bewohner auf, im Geheimen zwei Leute zu nominieren, die gehen mussten. Anschließend wurde in einer öffentlichen Telefonabstimmung ermittelt, wer von den beiden, die am häufigsten nominiert waren, aus dem Haus geworfen wurde.

Um den Bewohnern eine Möglichkeit zu geben, sich kennen zu lernen, hatte in der ersten Woche keine Abstimmung stattgefunden, deshalb kam es am elften Tag zur ersten Nominierung. Sie fand am Nachmittag statt, ehe die Öffentlichkeit am Abend zu sehen bekam, wer wen nominiert hatte, und die Kameras live zu den Bewohnern gingen, die erfuhren, wer am kommenden Sonntag rausfliegen sollte. Sobald diese Live-Sendung vorbei war und man in den Gesichtern aller Beteiligten nach Erleichterung, Schadenfreude, Gehässigkeit und derartigen Regungen gesucht hatte, kehrte man für den Rest der Sendung zur üblichen Zusammenfassung sämtlicher Aktivitäten jenes Tages zurück.

Als Erstes bekamen die Zuschauer am elften Abend die Nominierungen zu sehen. Mit einer Ausnahme hatten alle für Woggle gestimmt. Seltsamerweise handelte es sich bei demjenigen, der nicht für Woggle gestimmt hatte, keineswegs um Woggle, was für das Reality-TV eine Premiere war.

»Ich plädiere selbst dafür, dass man mich rauswirft«, leierte Woggle in die Kamera des Beichtstuhls, »weil ich dieses grässlich entzweiende Gladiatorensystem von ganzem Herzen verabscheue, da es auf dem hierarchischen Prinzip beruht, dass die Gesellschaft Sieger und Verlierer produzieren muss, ein Prinzip, das unausweichlich einen einzelnen Oligarchen mit sich bringt, was, und darüber sollten wir uns voll und ganz im Klaren sein, nichts anderes als Faschismus darstellt. Daher biete ich mich als Opfer an, um gegen die unübersehbar zynische Erstellung eines vorgetäuscht demokratischen Prozesses zu protestieren, der die wahre Demokratie unterminieren soll. Meine andere Stimme gebe ich Jason, weil sein Deodorant meine Nebenhöhlen verstopft.«

Nach dieser erstaunlichen Demonstration, die Woggle in den

Augen seiner verzückten Zuschauerschaft nur umso liebenswerter machte, wirkten die anderen Nominierungen vergleichsweise lahm.

David stimmte für Woggle und für Layla, weil er Layla für eine nervige und aufgeblasene Tussi hielt.

Kelly stimmte für Woggle und für Layla, weil sie meinte, Layla halte sich für etwas Besseres.

Jazz stimmte für Woggle und für Sally, weil es ihn nervte, dass Sally so humorlos damit umging, lesbisch zu sein.

Hamish stimmte für Woggle und für David, weil er meinte, er hätte bessere Chancen bei den Frauen, wenn David nicht mehr da wäre.

Layla stimmte für Woggle und für David, weil sie David für einen nervtötenden und aufgeblasenen Möchtegern hielt.

Garry stimmte für Woggle und für Layla, weil er sie für eingebildet hielt.

Moon stimmte für Woggle und für Garry, weil sie ihn für einen sexistischen Blödmann hielt.

Sally stimmte für Woggle und für Moon, weil sie das über die Geisteskranken gesagt hatte.

Dervla stimmte für David und für Layla, weil sie vom ewigen Gezänk der beiden genug hatte. Dervla hätte für Woggle gestimmt. Zweifellos wollte auch sie Woggle aus dem Haus bekommen … denn sie war ebenso wenig immun gegen ihn wie alle anderen. Aber im Gegensatz zum Rest der Bewohner wusste Dervla, wie beliebt Woggle bei den Zuschauern war. Der Spiegel hatte es ihr verraten.

Dies war ein wiederkehrendes Thema der Botschaften.

Woggle stand an erster Stelle, Kelly an zweiter, und Dervla hielt stur den dritten Platz.

»Sei nett zu Woggle. Die Leute lieben ihn«, hatte der Spiegelmann an jenem Morgen geschrieben, nachdem Dervla Woggle mit den Haaren auf der Seife konfrontiert hatte. Seitdem hatte Dervla diesen Rat sorgsam befolgt.

Als die Nominierungen live im Fernsehen verkündet wurden, legte Woggle ein ausgesprochen seltsames Verhalten an den Tag. Er saß in seiner üblichen Ecke, hatte sich jedoch eine Decke über den Kopf gezogen und nickte vor sich hin. Dazu gab er ein leises Summen von sich, das fast wie eine Totenklage klang. Die anderen neun Kandidaten saßen auf den Sofas.

»Hier spricht Chloe«, hieß es. Chloe war das »Gesicht« von *Hausarrest*, das Mädchen, das die Studio-Chats moderierte. »Die beiden Kandidaten, die in dieser Woche nominiert wurden, sind ... in alphabetischer Reihenfolge ... Layla und Woggle.«

Alle versuchten, sich nichts anmerken zu lassen, dennoch war die Erleichterung unübersehbar. Nur noch vier Tage, dann wäre Woggle weg. Nicht einmal Layla wirkte übermäßig besorgt. Es mochte sie vielleicht verletzen, dass sie ebenfalls nominiert war, dennoch war sie überzeugt davon, dass ihre letzten Tage noch nicht gekommen waren, denn wie für fast alle anderen war es für sie schlicht unvorstellbar, dass die Zuschauer nicht Woggle rauswählten. Ganz bestimmt fanden sie ihn genauso widerwärtig wie die Bewohner.

Dervla dagegen wusste es besser.

34. Tag 16:15 Uhr

»Die Zuschauer fanden Woggle tatsächlich widerwärtig«, stellte Bob Fogarty fest, während er ein halb geschmolzenes Schokoladenstück aus seinem Styroporbecher fischte, »aber sie haben ihn dafür geliebt, und als die Episode elf vorbei war, hatte er sich zum Nationalhelden entwickelt. Es war verlogen und unfair ... ich habe mich dafür geschämt. Ich habe mich bei Geraldine beschwert, aber sie sagte nur, es gehöre zum Job, und Pisser wie ich hätten jedes Recht auf Prinzipien verwirkt.«

Trisha war ein weiteres Mal in den Produktionsbunker gegangen, um die Kluft zwischen dem, was die Öffentlichkeit gesehen hatte, und dem, was tatsächlich geschehen war, zu überbrücken. In ihren Augen war es durchaus möglich, dass der entscheidende Hinweis zur Lösung dieses Falles darin lag zu verstehen, wie dieser Trick funktioniert hatte.

Schließlich hatten alle den Mord *gesehen*.

Fogarty lutschte hörbar an seiner Schokolade, während Trisha seinen Mund mit wachsendem Widerwillen betrachtete.

»Die blöde Kuh wusste ganz genau, dass sie die Sympathien der Zuschauer von Anfang an absichtlich von der Gruppe auf Woggle gelenkt hatte.«

»Und als dann dieser Übergriff auf Woggle kam und in dem von Geraldine vorgegebenen Kontext gezeigt wurde, sah dieser absolut belastend aus?«

»Allerdings, und die Nation ist völlig ausgeflippt, wie Sie sicher wissen. Ich habe Geraldine gesagt, dass wir Woggle zu viel Sendezeit geben. Ich meine, abgesehen davon, dass wir neun relativ unschuldige Leute ernstlich dämonisiert haben, wurde die Sendung darüber hinaus zu einem Ein-Personen-Stück, was meiner *bescheidenen* Meinung nach auf lange Sicht kein gutes Fernsehen sein konnte. Das wusste Geraldine natürlich, konnte aber einfach nicht widerstehen. Die anderen Jungs sahen wie die hinterletzten *Schweine* aus. Schrecklich. Wie irgendwas aus *Herr der Fliegen*.«

11. Tag 13:45 Uhr

Die Bewohner waren in alphabetischer Reihenfolge in den Beichtstuhl gerufen worden, um ihre Nominierungen abzugeben, und somit war Woggle als Letzter hineingegangen.

»Was treibt er da drin?«, fragte Jazz nach zwei Minuten.

»Ich hoffe, er ist tot und verwest inzwischen«, antwortete David.

»Er muss nicht sterben, um zu verwesen. Das tut er jetzt schon«, sagte Gazzer.

»Wir tun ihm nur einen Gefallen«, meinte Jazz. »Wir retten ihn vor sich selbst.«

Für Jazz war es das Schlimmste auf der Welt, schmuddelig zu sein. Er lebte dafür, sich zu pflegen.

Als Woggle schließlich wieder aus dem kleinen Raum trat, lauerten ihm die anderen Jungs bereits auf.

»Schönen Tag auch, verehrte Mithumanoiden«, sagte Woggle und schlenderte in den Garten hinaus. »Fröhliche Sommersonnenwende.«

Wortlos fielen sie über ihn her. Hamish und Jazz hielten ihn fest, während ihm Garry und David seine antiken Tarnhosen herunterzogen.

»Was soll das?«, schrie er, doch die Jungs waren zu sehr mit ihrer Mission beschäftigt, um ihm antworten zu können.

Woggle trat mit seinen dürren Beinen, die im grellen Sonnenschein käsig aussahen. Er trug schmutzige alte Unterhosen mit Eingriff und einem Loch, wo ein Hoden den Stoff durchgewetzt hatte. Als er mit seinen Angreifern rang, rutschten ihm gleich beide heraus. Es sah nicht komisch aus, sondern nur traurig und Mitleid erregend.

»Nein, nein! Was macht ihr?«, schrie Woggle, aber die anderen schenkten ihm noch immer keine Beachtung. Sie hatten den letzten Cider ausgetrunken und fühlten sich absolut im Recht. Es musste geschehen. Woggle hatte es darauf angelegt. Man konnte keine Flöhe ins Haus schleppen und dann glauben, die anderen würden nichts dagegen unternehmen.

»Zieht ihm die Unterhose aus. Die ist bestimmt auch verseucht!«, rief Jazz.

»Die rühr ich nicht an«, gab Garry zurück.

»Ich auch nicht«, sagte Hamish.

»Scheiß drauf«, sagte Jazz, ließ Woggle einen Moment lang los und holte sich die Handschuhe, mit denen sie die Hühner ausnahmen. Als er wiederkam, war es Woggle gelungen, sich halb umzudrehen, sodass sein knochiger weißer Hintern deutlich zu sehen war, als Jazz ihm seine Unterhose herunterzog.

Als Nächstes zogen sie ihm sein Hemd aus, wobei sie sämtliche Knöpfe abrissen, ehe sie ihm das schmutzige Trägerhemd über den Kopf zogen. Woggle war nackt. Ein zappelndes, kreischendes, blasses, knochiges Wesen, dessen Bart und riesiger Klumpen aus Dreadlocks in der Sommersonne flatterten.

»Das ist Nötigung! Man schändet mich! Lasst mich los!«, schrie er.

»Mich nötigen und schänden deine Flöhe!«, schrie Hamish und sprach damit im Namen aller. »Meine Achseln bluten schon!«

Hinter dem Haus gab es einen Grillplatz, den die Jungs schon vorbereitet hatten. Jazz warf Woggles Kleider und Sandalen ins Feuer, worauf ein sonderbares Knistern zu hören war. »Meine Fresse!«, schrie er. »Ich hör die Flöhe platzen!«

»Nicht platzen, schreien!«, brüllte Woggle.

»Scheren wir ihm den Kopf!«, rief David. »Der hat doch bestimmt Läuse.«

»Nein«, sagte Jazz entschieden. »Man rührt die Haare eines anderen nicht an, nicht mal Woggles.«

»Faschisten!«, schrie Woggle, aber seine Stimme ging im Husten unter, da Garry und Hamish ihn mit Flohpulver überschütteten. Einige Augenblicke lang verschwanden sie in einer gewaltigen Wolke, und als sie fertig waren, war Woggle von Kopf bis Fuß schneeweiß wie ein Gespenst.

Sie ließen den nackten Woggle mitten auf dem Rasen liegen. Als er sich kurz zu einer der Gartenkameras umwandte, liefen die Tränen in hautfarbenen Rinnsalen über sein totenblasses Gesicht.

34. Tag 17:00 Uhr

»Geraldine wollte, dass die Folge mit diesem Bild endet«, erklärte Fogarty. »Von dem anderen Zeug hier haben wir gar nichts gezeigt ...« Er drückte mehrere Knöpfe an seinem Schneidepult, worauf eine Aufzeichnung aus dem Inneren des Hauses erschien, die unmittelbar nach dem Übergriff entstanden war.

Die Bewohner waren von dem Zwischenfall alles andere als begeistert. Es gab kein Gejohle, kein Geschrei. Allen tat Woggle aufrichtig Leid. Dervla kochte ihm einen Kräutertee (den er schweigend entgegennahm), während Kelly einen Trostkuchen aus Tofu und Melasse plante. Die Stimmung war gedrückt, aber entschlossen. Alle hatten das Gefühl, die Männer hätten mit ihrem Vorgehen ein dringendes Thema aus der Welt schaffen wollen, welches das Wohlergehen der gesamten Gruppe gefährdete.

Im Schneideraum trat Fogarty in den kleinen Küchenbereich, um sich noch etwas Schokolade aus dem Kühlschrank zu holen. Trisha fragte sich, weshalb er sie kühlte, wenn er sie anschließend in den Kaffee werfen wollte.

»Es ist doch traurig, oder?«, meinte Fogarty. »Sie haben sich allen Ernstes vorgemacht, die Nation würde ihnen dafür applaudieren, dass sie in ihrer kleinen Gemeinschaft selbst für Recht und Ordnung gesorgt haben.«

Auf den Bildschirmen wurden die Rechtfertigungen fortgesetzt.

»Wir hätten streiken und verlangen können, dass man ihn rauswirft«, sagte Hamish, »aber wie hätte das ausgesehen? Als würden ein paar kleine Kinder nicht mit ihren Problemen fertig werden.«

»Ja«, bestätigte Layla. »Wir sind doch vor allem hier, um rauszufinden, ob wir zusammen funktionieren können. Wenn wir bei unserem ersten Gruppenproblem gleich zu Peeping Tom gelaufen wären, hätten wir den Test nicht bestanden.«

Ungläubig schüttelte Fogarty den Kopf. »Unfassbar. Diese Layla ist doch eigentlich nicht blöd, und trotzdem hat sie den ganzen Quatsch geglaubt, *Hausarrest* wäre tatsächlich ein Experiment zu sozialem Verhalten. Gott im Himmel, es ist eine Fernsehshow! Wieso ist ihr nicht klar, dass der ganze Scheiß einzig und allein dazu da ist, Werbekunden anzulocken?«

»Nun, das dürfte wohl gelungen sein, was?«, bemerkte Trisha.

»Oh, ja, unsere Quoten sind gestiegen, und damit auch Peeping Toms Einnahmen.« Fogarty wandte sich wieder den Bildschirmen zu. »Sehen Sie sich das an«, sagte er. »Es gibt noch mehr, was wir nicht gesendet haben.«

Auf den Bildschirmen kam Woggle aus dem Garten herein.

Wortlos lehnte er Kellys Kuchen ab.

Auch angebotene Kleider und Wasser wies er zurück.

Layla schlug ihm vor, eines oder zwei ihrer Heilgedichte vorzutragen. »Oder wir könnten uns auch bei den Händen halten und zusammen summen.«

Woggle sah sie nicht mal an. Stattdessen nahm er eine Decke, um seinen nackten Körper zu verhüllen, und zog sich schweigend in seine Ecke zurück.

»Das ist es, jetzt kommt's«, verkündete Fogarty. »Dervlas Beichte.«

Und tatsächlich trat Dervla in den Beichtstuhl.

»Natürlich verstehe ich den Frust der Jungs«, sagte sie. »Schließlich müssen wir hier alle ganz schön leiden. Aber ich möchte doch sagen, dass mir Woggles Elend schrecklich Leid tut, und ich wünschte, uns wäre eine bessere Möglichkeit eingefallen, mit seinen gesundheitlichen Problemen umzugehen. Im Grunde meines Herzens finde ich ihn schön.«

Fogarty hielt das Band an. »Also, ich habe damals geglaubt, und das tue ich noch heute, dass Dervla ein wirklich, wirklich süßes Mädchen ist und sie wegen Woggle ehrlich erschüttert war. Aber wissen Sie, was die beschissene kleine Zynikerin Geraldine daraus gemacht hat?«

»Was?«

»Sie dachte, Dervla hätte sich wohl irgendwie zusammengereimt, dass Woggle draußen beliebt war, und wollte sich nun bei den Zuschauern einschleimen, indem sie ihn unterstützte.«

»Wow, dafür müsste man ziemlich scharfsinnig sein.«

»Und ziemlich berechnend, was ich ihr nicht zutraue.«

»Andererseits hat sie ihn tatsächlich als Einzige nicht nominiert.«

»Sie sind ja schlimmer als Geraldine! Genau das hat sie auch gesagt! Sie sagte, wenn sie es nicht besser wüsste, würde sie annehmen, Dervla besäße Insiderwissen.«

»Aber das ist doch unmöglich, oder?«

»Das ist es allerdings. Eins will ich Ihnen sagen: Wenn irgendjemand schummeln würde, wüsste ich es. Ich sehe *alles*.«

»Aber falls sie *doch* einen geheimen Vorteil hatte und die anderen es herausgefunden hätten ...« Trisha sah in Dervlas dunkelgrüne Augen und versuchte, die Gedanken zu lesen, die Dervla im Beichtstuhl gehabt hatte. Bevor der Tod alles veränderte.

34. Tag 20:00 Uhr

Trisha kam aufs Revier zurück, ohne etwas gegessen zu haben. Nachdem sie Fogarty eine Stunde beim Schokoladelutschen zugesehen hatte, war ihr der Appetit vergangen, was sie mittlerweile bereute, denn es sah danach aus, als sollte es wieder mal eine lange Nacht werden.

»Lassen Sie uns Woggle heute Abend zu Ende bringen, ja?«, schlug Coleridge vor. »Ich glaube, ich könnte es nicht ertragen, wenn ich mich morgen noch mal mit ihm befassen müsste. Was ist nach dem Flohpulver-Überfall passiert?«

»Die Zuschauer waren nicht gerade begeistert, Sir«, antwortete Hooper. »Wenige Stunden nach der elften Folge hatte sich eine Menschenmenge draußen vor dem Peeping-Tom-Gelände versammelt und lautstark gefordert, Garry, Hamish, David und Jazz sollten wegen Nötigung verhaftet werden. Geraldine Hennessy musste im Haus Musik einspielen, um die Sprechchöre zu übertönen.«

Trisha schob das Band, das Fogarty ihr gegeben hatte, in den Videorecorder. »Die Leute im Haus waren auch nicht besonders begeistert. Sehen Sie sich Woggle an. Er ist am Boden zerstört.«

»Die anderen sehen auch nicht so gut aus.«

»Sie fühlen sich schuldig.«

Den gedämpften Gesprächen und unglücklichen Mienen nach zu urteilen, fühlte sich keiner besonders wohl in seiner Haut.

Sie flüchteten sich ins Putzen, verzweifeltes Putzen. Nachdem Woggle – Überträger und wichtigste Flohbrutstätte – entfloht war, konnte man damit beginnen, den Rest des Hauses zu reinigen, was alle mit gewaltigem Einsatz taten. Jede Matratze, jedes Laken wurde nach draußen ins Freie gebracht, gewaschen, getrocknet, eingepulvert und noch einmal gewaschen. Jedes Kleidungsstück, jedes

Kissen, jedes Tuch. Alle duschten und trugen noch mehr Pulver auf. Zehn Packungen hatten sie verbraucht, die ihr wöchentliches Budget belasteten. Woggles Flöhe hatten sie nicht nur bei lebendigem Leib so gut wie aufgefressen, sondern kosteten sie darüber hinaus dasselbe wie acht gute Flaschen Wein oder dreißig Dosen Bier.

Während des ganzen Tages, den die Putzaktion in Anspruch nahm, hockte Woggle in der Ecke unter seiner Decke, nickte und sang vor sich hin – ein ›traumatisierter Troll‹, wie ihn eine Tageszeitung nennen sollte.

Am Ende dieses Tages musste der erste Kandidat das Haus verlassen.

»An solchen Abenden senden sie zwei Folgen«, erklärte Hooper Coleridge, »was wohl durchdacht ist, denn damit haben die Zuschauer gerade so viel Zeit, zwischen den Sendungen kurz auf ein Bier und was zu futtern vor die Tür zu gehen.«

»Red nicht vom Essen«, sagte Trisha. »Ich hab den ganzen Tag noch nichts bekommen.«

»Sie können die Hälfte von meinem Mars-Riegel haben, wenn Sie wollen«, bot Coleridge an, wenn auch mit wenig Begeisterung.

»Nein, danke, Sir«, sagte Trisha. »Ich steh im Moment nicht so auf Schokolade.«

Coleridge gab sich alle Mühe, seine Erleichterung zu verbergen.

»Jedenfalls«, fuhr Hooper beharrlich fort, »in der ersten Sendung am Sonntag wird live verkündet, wer das Haus verlassen muss, und in der zweiten ist man live beim Rausschmiss dabei.«

»Großartig«, sagte Coleridge. »*Die* Gelegenheit, sich einen ganzen Abend anzusehen, wie jemand, den man nicht kennt, gebeten wird, ein Haus zu verlassen, in dem man nie gewesen ist, und zwar von Leuten, die man nicht kennt und von denen man auch nie im Leben wieder hören wird. Ein fesselnderes Szenario ist kaum vorstellbar.«

»Man muss nur darauf stehen, Sir. Wenn man darauf steht, ist es grandios.«

»Das ist es sicherlich, Hooper. Ich frage mich, ob wohl die alten

Griechen je von solcher Grandiosität zu träumen wagten, als sie den Grundstein der westlichen Zivilisation legten.«

»Wie gesagt, wenn Sie nicht darauf stehen, werden Sie es nicht begreifen.«

»Von Homer zu *Hausarrest* in nur zweitausendfünfhundert Jahren ... darauf kann man wohl stolz sein, meinen Sie nicht?«

»Sir!«, sagte Hooper. »Wir arbeiten hier vierzehn Stunden Minimum täglich, um diese Sache hinter uns zu bringen! Sie haben absolut kein Recht, diese Zeit noch auszuwalzen, indem Sie auf allem herumhacken!«

Es folgte betretenes Schweigen, das genau so lange anhielt, wie Coleridge brauchte, um seinen Mars-Riegel auszupacken. Hooper war hochrot im Gesicht. Er war müde, sauer und genervt. Coleridge, der nicht geahnt hatte, wie nervtötend er war, spürte einen Anflug von Trauer in seinem Inneren aufkeimen.

»Na gut«, sagte er schließlich. »Machen wir weiter.«

14. Tag 19:30 Uhr

»Liebe Leute unter *Hausarrest*, hier spricht Chloe. Könnt ihr mich hören? Der Erste, der das Haus verlassen wird, ist ...«, Chloe machte eine angemessen dramatische Pause, »... Layla.«

Layla sah aus, als hätte man ihr einen Kricketschläger ins Gesicht gedroschen, dennoch brachte sie das altehrwürdige Ritual zu Stande, das von Menschen in solchen Situationen erwartet wurde.

»Yeah!«, quiekte sie und reckte die Faust, als freute sie sich. »Endlich kann ich zu meiner Katze zurück!«

»Layla, dir bleiben zwei Stunden, um zu packen und dich zu verabschieden«, rief Chloe. »Dann sind wir wieder zurück zum ersten Rausschmiss bei *Hausarrest*! Bis gleich!«

Layla war sprachlos.

Alle waren sprachlos.

Selbst Woggle unter seiner Decke. Wie alle anderen im Haus (von Dervla abgesehen) war er davon ausgegangen, dass man seinen Aufenthalt wahrheitsgemäß dargestellt hatte, und auch wenn er sein Verhalten für mustergültig hielt, hatte er nicht erwartet, dass ihm die Zuschauer Sympathie entgegenbrachten. Jahrelange Verachtung und höhnisches Grinsen von fast allen für fast alles, was er sagte oder tat, hatten Woggle zu der Annahme verleitet, dass die Zuschauer ihm gegenüber ebenso eingestellt sein würden wie die vier Faschisten, die ihn im Garten nackt ausgezogen hatten und ohne *jegliche* Provokation einfach über ihn hergefallen waren.

Doch die Zuschauer waren ihm gegenüber keineswegs ebenso eingestellt, denn sie liebten ihren kleinen Kobold, den traumatisierten Troll. Er war ihr Maskottchen, und wenn Woggle auch keine Ahnung haben konnte, welche schwindelnden Höhen seine Popularität inzwischen erreicht hatte, war er doch einigermaßen erstaunt und begeistert, dass er dem Rauswurf entgangen war.

Er streckte den Kopf unter seiner Decke hervor. »Ihr könnt mich alle mal«, sagte er zu den versammelten Bewohnern und verschwand wieder hinter seiner Deckung.

In diesem Augenblick heulte Layla auf. Im wahrsten Sinne des Wortes. Diese Ungerechtigkeit war kaum zu ertragen. Tränen liefen über ihr Gesicht, während sie sich auf dem roten Sofa in Selbstmitleid hin und her wiegte. Sie konnte offenbar nicht glauben, dass die Zuschauer Woggle ihr vorgezogen hatten! *Woggle!*

Layla ging in den Beichtstuhl, um ihrem Ärger Luft zu machen.

»Ihr Schweine!«, keifte sie. »Ist doch klar, was ihr gemacht habt! Irgendwie habt ihr ihn zum Opfer gestempelt, oder? Ihr habt euren Spaß gehabt, und wir waren der Witz, stimmt's? *Ich* bin der Witz! Ihr wisst, wie Woggle ist! Womit wir leben mussten! Er macht nie sauber, er hilft nicht mit, er stinkt wie ein modernder Hundekadaver! *Alle* wollten, dass er geht, aber das habt ihr gar nicht gezeigt, oder? Nein! Das könnt ihr gar nicht gesendet haben, sonst müsste *er* gehen, nicht ich!«

»Hätte sie schon früher etwas mehr Elan gezeigt, wäre sie nicht nominiert worden«, sagte Hooper, der beobachtet hatte, dass Coleridge bei Laylas Wortwahl einige Male zusammengezuckt war.

»Aber sie täuscht sich, was die Wahl angeht«, sagte Trisha. »Bestimmt hat Peeping Tom die Berichterstattung zu Woggles Gunsten beeinflusst, aber trotzdem konnten alle sehen, was für ein Dreckschwein er war. Layla wäre sowieso rausgewählt worden. Die Leute, die in diese Sendungen kommen, begehen alle den Fehler zu glauben, dass sich irgendjemand tatsächlich für sie *interessiert*. In Wirklichkeit sind sie aber nur Lachnummern, über die sich alle amüsieren.«

Layla brach langsam, aber sicher auf dem Bildschirm zusammen. »Ich glaube, von ein paar Flohbissen werde ich Narben zurückbehalten, ihr Schweine! Die an meinem Hintern haben sich entzündet!«

»Iihh!«, sagte Trisha.

»Mehr, als ich wissen wollte!«, meinte Hooper.

»Wenn ich krank werde, verklag ich euch!«, wetterte Layla. »Ich schwöre es! Ich gehe jetzt, aber eins will ich noch sagen: Ich weiß, dass du es nicht senden wirst, Geraldine Hennessy, aber ich halte dich für eine miese kleine Fotze, und ich werde dich immer und ewig hassen!«

»Ich werde dich immer und ewig hassen«, wiederholte Coleridge. »Das ist ein langer Zeitraum, und es ist erst drei Wochen her. Ich bezweifle, dass sie inzwischen darüber hinweg ist.«

Auf dem Bildschirm ging Layla ins Mädchenschlafzimmer, um ihre Tasche zu holen. Kelly folgte ihr. »Es tut mir wirklich, wirklich Leid, Layla«, sagte Kelly. »Du musst dich schrecklich fühlen.«

»Nein, nein, ist schon in Ordnung …«

Doch in diesem Moment brach Layla erneut zusammen und sank schluchzend in Kellys Arme.

»Kelly tröstet Layla, nur weiß Layla nicht, dass Kelly sie nominiert hat«, sagte die Stimme von Andy, dem Erzähler.

»Darauf weisen sie einen immer hin, wenn so was passiert«, bemerkte Hooper. »Es ist das Beste an der ganzen Show.«

»Du musst jetzt stark sein, okay?«, sagte Kelly und drückte Layla an sich. »Sei eine starke Frau, denn das bist du.«

»Stimmt, das bin ich. Ich bin eine starke, spirituelle Frau.«

»Geh, Schätzchen. Ich hab dich lieb.«

»Ich dich auch, Kelly«, sagte Layla. »Du bist eine echte Freundin.«

Dann kehrte Layla in den Wohnbereich zurück und umarmte alle anderen, einschließlich – wenn auch nur sehr kurz – Woggle.

Ihre Umarmung mit David dauerte fast eine Minute.

»Das machen die Abgewählten immer«, sagte Hooper. »Sie tun so, als wären sie dicke Freunde.«

»Während sie es tun, meinen sie es auch, glaube ich«, sagte Coleridge. »Junge Leute leben oberflächlich und für den Augenblick. So ist es heute nun mal.«

»Sie haben ja so Recht, Sir«, warf Trisha ein. »Ich bin jetzt fünfundzwanzig und habe in meinem ganzen Leben weder einen vernünftigen Gedanken noch ein echtes Gefühl gehabt.«

Einen Moment lang wollte Coleridge Trisha schon beruhigen, dass dies eindeutig nicht der Fall sei, als ihm aufging, dass sie nur sarkastisch war.

»Layla, dir bleiben noch dreißig Sekunden, das Peeping-Tom-Haus zu verlassen«, sagte Chloes Stimme aus dem Fernseher.

14. Tag 21:30 Uhr

Als sie vor die Tür trat, war Layla augenblicklich in unfassbar grelles Licht getaucht, das sie und das Haus hinter ihr kreideweiß erscheinen ließ. Ein riesiger, kahler Security-Mann in gepolsterter Bomberjacke trat vor, nahm sie beim Arm und führte sie auf die Plattform eines Hebekrans, der sie unter dem Jubel der Menge über den Graben hievte. Peeping Tom war sehr stolz auf seine Verabschiedungen. Man machte so etwas wie eine Riesenparty daraus.

Busweise wurden Leute herangekarrt, man zündete ein Feuerwerk und kreuzte die Lichter von Suchscheinwerfern hoch oben in der Luft. Während Layla über die kreischende Menge gehoben wurde, spielte eine Rockband live auf der Ladefläche eines Lastwagens.

Dann folgte die kurze Fahrt in der Limousine zum speziell errichteten Studio und dem Live-Interview mit Chloe, dem hübschen, prallbusigen, etwas gewöhnlichen »Gesicht« von Peeping Tom. Allerdings war Chloe nicht nur ein hübsches Gesicht wie die Mädchen, die normale Mainstream-Shows moderierten. Nein, Chloe war ein hübsches Gesicht mit einem Schlangentattoo auf dem Bauch und einem kleinen tätowierten Teufel auf der Schulter, was natürlich viel, viel cooler war. Chloe nahm Layla an der Tür der Limo in Empfang. Mit ihren schwarzen Lederhosen und dem schwarzen Leder-BH sah sie wie eine umwerfende Rockerbraut aus, während Layla in ihrem gebatiktem Seiden-Sarong und dem ausgefransten Seidenhemdchen wie eine umwerfende Hippiebraut aussah. Die Frauen umarmten und küssten einander wie verloren geglaubte Schwestern und keineswegs wie vollkommen Fremde, von denen die eine dafür bezahlt wurde, sich mit der anderen zu unterhalten.

Die Leute rasteten aus. Vollkommen. Sie johlten, jubelten, schrien, schwenkten ihre selbst gebastelten Plakate. Dieser Wahnsinn war keineswegs inszeniert, sondern wurde einzig durch die Anwesenheit der Fernsehkameras und die althergebrachte Konvention provoziert, dass sich junge, hippe Leute in der Nähe von Fernsehkameras so zu verhalten hatten.

Schließlich erstarb das Gejohle, zumindest so weit, dass sich Chloe verständlich machen konnte. So würde es während des gesamten Interviews weitergehen, es würde abwechselnd abebben und aufwallen, aber Chloe nutzte die kurze Gelegenheit, ihren eigenen überschwänglichen Gefühlen Ausdruck zu verleihen.

»Whooo!«, rief sie. »Okay! Supergeil! Voll krass! Whooo!«

Das Publikum stimmte mit diesen Empfindungen gänzlich überein und nahm das Johlen wieder auf.

Chloe legte ihren wohl trainierten, muskulösen Arm um Layla. »Lieben wir diese Braut, oder was? Ist sie nicht eine echt starke Lady?«

Weiterer Jubel und Gejohle ließen darauf schließen, dass das Publikum Layla tatsächlich sehr liebte.

»Wir sind sooooooo stolz auf dich, Mädchen, du bist echt super.«

Einmal mehr ging die Veranstaltung im Gebrüll und Geschrei unter. Chloe rang darum, sich Gehör zu verschaffen, möglicherweise aber auch nur darum klarzumachen, dass sie begeisterter als alle anderen war.

»Und wie fühlst du dich jetzt so?«, jubelte Chloe.

Die Stimmung war ansteckend. Layla grinste breit. »Geil!«, sagte sie.

»Okay!«

»Yeah, voll gut drauf.«

»Super, Süße.«

»Aber auch ziemlich spirituell.«

»Ich weiß *genau*, was du meinst.«

»Als wäre ich erwachsener geworden.«

»Und das bist du auch. Respekt!« Chloe wandte sich dem Mob zu und rief: »Lieben wir dieses Superweib, oder was?«

Und der Mob johlte und jubelte mit neuerlicher Energie.

»Warst du wirklich echt geschockt, dass man dich nominiert hat?«

»Ach, weißt du, im Leben ist es wie mit den Jahreszeiten, ein ständiges Kommen und Gehen. Davon bin ich wirklich, wirklich überzeugt.«

»Das ist so *wahr*.«

»Man muss in seiner eigenen Gedankenwelt einfach positiv sein, der Geist ist ein Garten und muss ständig gejätet werden.«

»Fantastisch, und wie war das mit Jazz? Ist er ein geiler Typ, oder was?«

»Völlig geil.«

Nachdem die tiefgründige psychologische Analyse bewältigt

war, wandte sich Chloe der Riesenleinwand zu und zeigte Layla, wer sie nominiert hatte.

Zuerst kam David. Es war der Tag der Nominierung. Er saß da und sah hübsch und aufrichtig aus, während er in die Beichtstuhlkamera sprach.

»Und als Zweites nominiere ich Layla, denn obwohl ich sie für eine starke, spirituelle Frau halte, hat sie doch zur Gruppe als Ganzes nicht viel beizutragen.«

Die Nation sah sich an, wie Layla den Bildschirm betrachtete. Ihr manisches Grinsen ließ sie nicht im Stich. »David ist toll«, sagte sie. »Ich liebe ihn wirklich total, aber weißt du, wenn zwei starke, spirituelle, liebevoll umsorgende, starke Menschen aufeinander treffen, finden ihre Gedankenwelten manchmal nicht zusammen, aber das ist okay, ich liebe ihn wirklich, und ich weiß, dass er mich liebt.«

»Und natürlich hast du ihn nominiert«, stellte Chloe fest.

»Ja, ist das nicht irre? Es zeigt echt nur, was für eine Verbindung wir hatten.«

Dervla war eine Überraschung. »Nach David nominiere ich Layla«, sagte Dervla und sah dabei schmerzhaft aufrichtig, besorgt und wunderschön aus. »Sie ist ein liebes, liebes Mädchen, eine sehr sanfte, mitfühlende und bezaubernde Seele, aber ich denke, dass ihre Anmut außerhalb des Hauses erheblich besser blühen kann.«

Was alle, selbst Layla, als »Sie ist eine echte Nervensäge« übersetzten.

Dann kam Garry. »Layles ist eine echt scharfe Braut, und ich glaube auch, dass sie es gut meint, aber für meinen Geschmack ist sie ein bisschen zu eingebildet. Ihr wisst, was ich meine? Findet sich echt gut und so.«

Layla lächelte tapfer – ein Lächeln, das bedeuten sollte: »Ja, die Leute missverstehen meine Spiritualität oft als Hochnäsigkeit.«

Und schließlich kam Kelly. »Es ist wirklich, wirklich schwer, aber mir bleibt nichts anderes übrig, als mich für jemanden zu entscheiden, und ich entscheide mich für Layla, weil ich glaube, dass sie sich für was Besseres als mich hält, was sie vielleicht auch sein mag, aber verletzend ist es trotzdem.«

Chloe beugte sich vor und drückte Laylas Hand, um ihr Trost zu spenden und gleichzeitig ihre hübschen Brüste vorzuführen.

»Bist du okay, Mädchen?«, fragte Chloe. »Stark?«

»Yeah, stark.«

»Bleib stark, Mädchen«, sagte Chloe.

Layla stellte sich der Herausforderung. »Ich finde, David und Gazzer sind super«, sagte sie, »und Dervla und Kelly sind großartige, wirklich, wirklich starke Frauen. Wir alle mussten jemanden auswählen, und manchmal missverstehen die Leute meine Stärke und Spiritualität. Aber mal ganz unter uns gesagt, ja, ich liebe sie alle. Sie sind meine Bande.«

»Ein Riesenapplaus! Respekt!«, rief Chloe, ehe sie abrupt aufsprang, sich unter die Menge mischte und Layla allein dort sitzen ließ.

»Also, eine ist weg, bleiben nur noch acht Rausschmisse, und wir haben einen Sieger!«, rief Chloe in die Kamera. »Wer fliegt als Nächstes? Stinkemann? Tittentier? David mit seinem grausamen Gitarrenspiel? Jazz mit seinem Topbody? Gazz, der für ENGLAND spricht!? Die grimmige Sal? Langweiler Hamish? Die kahle Frau? Oder Dervla, unsere ach so sensible kleine irische Elfe? Ihr seid die Henker! Ihr könnt ihre kleinen Träume zerstören! IHR entscheidet! Nach den nächsten Nominierungen sind unsere Telefonleitungen wieder für euch offen! Respekt! Ich liebe euch alle.«

34. Tag 22:20 Uhr

Die drei Polizeibeamten sahen zu, wie Layla hinter der johlenden Menge verschwand, auf direktem Weg ins Nichts.

»Ich finde, wir sollten unbedingt mit ihr sprechen«, sagte Coleridge. »Da ist einiges an Wut im Spiel, und darüber müssen wir mehr herausfinden.«

»Außerdem«, bemerkte Hooper, »kennt sie die anderen besser,

als wir sie je kennen lernen können. Vielleicht hat sie eine Theorie.«

»Jeder hat eine Theorie«, erwiderte Coleridge bedrückt. »Nur wir nicht.«

Auf den Bildschirmen machten die verbliebenen Bewohner noch immer einen recht verstörten Eindruck.

»Nun, o Jäger und Mörder«, sagte Woggle durch sein Zahnlückenlächeln hindurch, »das Volk hat sich für das Leben und gegen den Tod, für das Licht und gegen das Dunkel entschieden. Es scheint, als sollte die Revolution nun ihren Anfang nehmen.«

David stand auf.

»Da hast du Recht, Woggle. Ich werde mal ein Wörtchen mit Peeping Tom sprechen.«

14. Tag 22:45 Uhr

»Hey, warte, ich komm mit«, sagte Moon.

David und Moon drängten gemeinsam in den Beichtstuhl, wo David unmissverständlich klarmachte, dass er zum selben Schluss gekommen war wie Layla etwas früher an diesem Abend.

»Du hast uns betrogen, Peeping Tom«, sagte er. »Du weißt, dass wir uns mit Woggle alle Mühe gegeben haben. Aber wir haben die Spruchbänder da draußen gesehen und die Leute gehört, die alle nach ihm rufen. Die halten uns für Schweine.«

»Es ist keine Frage des Betrugs«, erwiderte Peeping Tom, bei dem es sich natürlich um Geraldine handelte, die wie verrückt ihre Antworten niederschrieb und sie ihrer »Stimme« gab, einer ruhigen, sanften Dame namens Sam, die normalerweise Spülmittelwerbung sprach.

»Die Öffentlichkeit sieht einfach etwas in Woggle, das ihr gefällt«, fuhr die beschwichtigende Stimme fort.

»Er gefällt den Leuten, weil ihr ihn so dargestellt habt!«, knurrte David. »Ich bin Profi, ich bin aus der Branche, ich kenne eure Tricks. Mir reicht's, das kann ich euch sagen! Ich bin nicht hergekommen, um mich manipulieren und verarschen zu lassen. Ich will raus. Ihr könnt mir ein Taxi rufen, denn ich gehe«, sagte er.

»Scheiße, ich auch!«, fügte Moon hinzu. »Und ich schätze, die anderen werden auch gehen wollen, und dann bleibt euch nur noch das Rattenloch mit Woggle drin. Es ist doch nicht zu übersehen, dass ihr euch auf unsere Kosten auf die Schenkel haut.«

34. Tag 22:25 Uhr

Hooper drückte die Pausentaste. »Das ist sehr interessant, Sir. Nichts davon wurde je gesendet. Ich hatte absolut keine Ahnung, dass die Bewohner gecheckt hatten, was abging.«

»Gecheckt hatten, was abging?«

»Es bedeutet …«

»Ich weiß, was es bedeutet, Sergeant. Ich bin nicht geistig minderbemittelt. Ich habe mich nur gefragt, ob Sie schon mal darüber nachgedacht haben, wie hässlich das klingt?«

»Nein, Sir, ehrlich gesagt nicht. Möchten Sie, dass ich meinen Dienstausweis abgebe, weil ich im Rahmen einer Ermittlung nicht salonfähige Sätze verwendet habe?«

14. Tag 22:46 Uhr

»Einfach zu gehen wäre sehr dumm. Ihr würdet eure Chance auf den Gewinn von einer halben Million Pfund opfern«, sagte Peeping Tom, wobei Sam das ganze Gewicht ihres vermittelnden Wesens in jede einzelne Silbe legte.

»Das ist mir egal«, erwiderte David. »Wie gesagt: Ich kenne die Branche. Wir sind nur Woggles Stichwortgeber. Ich bin hierher gekommen, um der Welt zu zeigen, wer ich bin, aber ihr habt daraus eine Freakshow gemacht, eine reine Belastungsprobe. Ich spiel nicht mehr mit.«

»Ich auch nicht«, echote Moon.

Wieder entstand eine Pause, während Peeping Tom sich eine

Antwort überlegte. »Gebt uns zwei Tage«, sagte die beruhigende Stimme schließlich. »Dann ist er draußen.«

»Zwei Tage?«, erwiderte David. »Lüg mich nicht an. Der Nächste geht erst in einer Woche.«

»Gebt uns zwei Tage«, wiederholte Peeping Tom.

34. Tag 22:30 Uhr

»Das ist erstaunlich«, sagte Trisha. »Geraldine Hennessy muss das mit Woggle die ganze Zeit gewusst haben.«

»Miese Schlampe!«, stimmte Hooper zu. »Sie hat gesagt, sie hätte diese Ausschnitte anonym bekommen.«

»Wenn Sie so freundlich wären, mich darüber aufzuklären, wovon Sie reden, und bitte nicht eine unserer Zeuginnen als ›Schlampe‹ zu bezeichnen.«

»Nichts von allem, was wir eben gesehen haben, wurde gesendet, Sir. Wir konnten es nur sehen, weil wir die Bänder beschlagnahmt haben.«

»Erstaunlich, dass es nicht gelöscht wurde«, fügte Hooper hinzu.

»Das muss Fogarty gewesen sein. Er *hasst* Geraldine Hennessy.«

»Wovon reden Sie überhaupt?«, fragte Coleridge noch einmal.

»Sie müssen der einzige Mensch im ganzen Land sein, der nichts davon weiß, Sir. Woggle wurde von der Polizei gesucht. Aber das kam erst am fünfzehnten Tag heraus. Inzwischen ist klar, dass Geraldine Hennessy es die ganze Zeit gewusst hat. Deshalb konnte sie versprechen, dass er bald nicht mehr da sein würde.«

15. Tag 21:00 Uhr

»Ich kann einfach nicht glauben, dass sie sich die ganze Sache mit Woggle einfach ausgedacht haben«, erklärte Layla der versammelten Presse am Morgen nach ihrem Auszug. Die ganze Nacht hatte sie die Bänder der Sendung und die Zeitungsausschnitte durchgesehen, die ihre Familie für sie gesammelt hatte. Es war wirklich übel gewesen. Sie hatte festgestellt, dass sie durch die Art und Weise, wie über sie berichtet worden war, wie eine eingebildete, selbstverliebte Traumtänzerin dastand. Dieser Eindruck war größtenteils während der ersten paar Folgen entstanden, denn in der zweiten Woche schien Woggle das einzige Thema zu sein, das überhaupt noch interessierte.

»Es ging so was von *überhaupt* nicht um Woggle«, fuhr Layla fort. »Da waren noch neun andere im Haus … interessante, starke, spirituelle, wunderbare Menschen. Mir fällt die Aufgabe zu, für uns alle zu sprechen. Wir haben unsere Zeit unter Hausarrest damit verbracht, miteinander umzugehen, zu reden, zu lieben, uns zu umarmen, uns zu ärgern und einander gegenseitig zu inspirieren. Woggle dagegen hat seine Zeit im Haus als unzugänglicher Schmutzfink und Krankheitserreger vergeudet, und es ging einfach *überhaupt nicht* um ihn.«

Für die Zuschauer allerdings ging es doch um ihn, und an diesem Morgen umso mehr, denn dies war der Morgen, an dem Geraldine ihre Woggle-Politik einer drastischen Kehrtwende unterzog.

Die sensationelle Nachricht wurde während Laylas Pressekonferenz bekannt, und als sie sich im Raum verbreitete, stellte Layla fest, dass das Interesse an ihr und dem, was sie zu sagen hatte, augenblicklich auf den Nullpunkt fiel.

Geraldine hatte handeln müssen, und zwar sofort. Woggle war ein kolossaler Erfolg gewesen, doch inzwischen bestand die Gefahr, dass er sich in einen noch kolossaleren Fehlschlag verwandeln würde. Sollten die anderen Bewohner jetzt gehen, wozu sie alles Recht der Welt hatten, stünde Peeping Tom vor dem Problem, sieben Wochen Fernsehen nicht liefern zu können, zu denen sie dem Sender gegenüber vertraglich verpflichtet waren. Peeping Tom wäre bankrott. Was der Grund war, weshalb Geraldine der Polizei die alten Zeitungsausschnitte mit jenem bewussten Foto geschickt hatte, auf dem zu sehen war, wie Woggle auf das Mädchen eintrat.

Der Zwischenfall hatte sich vier Jahre zuvor ereignet, als Woggle noch ganz anders aussah. Damals war er etwas stämmiger gewesen und hatte einen pinkfarbenen Irokesen getragen, aber wenn man sich die große Nase, die buschigen Augenbrauen und das tätowierte Spinnennetz am Hals des jungen Mannes auf dem Foto näher ansah, konnte es keinen Zweifel daran geben, dass es sich um Woggle handelte. Ehrlich gesagt, hatte sich Geraldine gewundert, dass die Zeitungen das Bild nicht selbst ausgegraben hatten, aber da Woggle damals weder gefasst noch identifiziert worden war, hätte man schon ein gutes Gedächtnis für Gesichter haben müssen. Vier Jahre lag es zurück, dass das Foto auf allen Titelseiten gewesen war: »Wer ist hier das Tier?« hatte damals die Schlagzeile gelautet.

Es war eine Jagd-Sabotage-Aktion gewesen, die aus dem Ruder gelaufen war. Woggle war mit einer Hand voll radikaler Tierschützer in einen Zwinger in Lincolnshire eingedrungen, um die Hunde freizulassen. Der Hundehalter und ein paar Helfer hatten sich ihnen in den Weg gestellt, und so war es zu einer hässlichen Prügelei gekommen. Die Tierschützer hatten zuerst zugeschlagen und versucht, am Hundehalter vorbeizukommen. Als dieser nicht hatte nachgeben wollen, hatten sie ihn mit einer Eisenstange niedergestreckt. Daraufhin war es zu einer allgemeinen Schlägerei gekommen, und Woggle hatte sich mit Stiefeln und Fahrradkette mitten hineingestürzt. Von dieser Seite Woggles ahnten weder die Leute im Haus noch seine Fans unter den Fernsehzuschauern etwas. Es gab einiges an Woggle, das den Mitbewohnern nicht gefiel (eigentlich alles), aber es wäre ihnen nie in den Sinn gekommen, dass zu seinen Schwächen auch eine gewisse Gewaltbereitschaft zählte.

Was jedoch gelegentlich der Fall war. Allerdings wendeten sie, wie Woggle und seine alten Tierbefreier-Freunde erklärten, »Gewalt nur gegen Menschen« an. Wie die meisten Fanatiker hatte auch Woggle seine dunkle, intolerante Seite, und während ihm das Wohlergehen ahnungsloser Kreaturen – selbst Insekten – ungemein am Herzen lag, kümmerten ihn seine Mitmenschen keinen Deut. Als er also einer Mistgabel schwenkenden Pferdepflegerin gegenüberstand, trat er vor und verpasste ihr einen Schlag. Der Umstand, dass sie erst fünfzehn war und nur halb so viel wog wie er, kümmerte ihn nicht. Ritterlichkeit war kein Thema, wenn man Füchse retten wollte. Ging es nach Woggle, hatte jeder Fuchsmörder oder Verbündete eines solchen sein Recht auf Nachsicht verwirkt. Selbst wenn man noch so klein, blond und süß sein mochte … man war zum Abschuss freigegeben und hatte nichts Besseres verdient. Und dieses Mädchen war klein, blond und süß, sodass es keinen Zweifel daran gab, welches der zahlreichen, grauenvollen Dokumente der Gewalt, die die Bäuerin von ihrem Fenster aus geknipst hatte, in den Augen der Tagespresse die erste Wahl darstellen würde. Es war ein Foto, das für kurze Zeit ein ganzes Land schockierte: das süße blonde Kind mit Pferdeschwanz in Gummistiefeln und Barbour-Jacke, das mit Blut im Haar auf dem alten Kopfsteinpflaster des Bauernhofes lag, während der hässliche, brutale, gepiercte Punk mit seinen großen Stahlkappenstiefeln auf es eintrat. Es war ein Desaster für die Öffentlichkeitsarbeit der radikalen Tierschützer, zumal die Fünfzehnjährige ein hundenärrisches, fuchsvernarrtes Mitglied des Königlichen Tierschutzbundes war und regelmäßig Unterschriftenlisten zur Einführung weniger grausamer Jagdmethoden organisierte.

Woggle hatte Geraldine den Zeitungsausschnitt am letzten Abend gezeigt, bevor er mit den anderen ins Haus einziehen sollte. Er hatte sich so gefreut, dass er ausgewählt worden war, und hatte Peeping Tom aus Angst nichts von seiner Vergangenheit erzählt. Er freute sich auf *Hausarrest*, nicht zuletzt weil es ihm Vollpension und ein Dach über dem Kopf garantierte – eine ziemlich verlockende Aussicht, nachdem er monatelang in einem Tunnel gehaust hatte. Kurz davor allerdings machte er sich doch Sorgen, aufgrund seiner traurigen Berühmtheit möglicherweise als der Mann auf diesem Bild wiedererkannt und verhaftet zu werden.

»Und wieso zeigst du mir das alles gerade jetzt, Woggle?«, hatte Geraldine gefragt.

»Ich weiß nicht. Ich dachte, wenn Sie es vielleicht wissen und irgendjemand sagt was, könnten Sie sagen, Sie hätten sich darum gekümmert, und ich bin das gar nicht, sondern irgendein anderer Typ mit Spinnentattoo.«

Wie alle anderen Bewohner hatte auch Woggle auf Peeping Toms Beteuerungen gebaut, dem Wohlergehen der Kandidaten gelte die vordringliche Sorge, sodass er allen Ernstes glaubte, Geraldine sei bereit, Presse und Polizei in seinem Sinne zu belügen. In Wahrheit galt ihre einzige Sorge – als sie sich mit Woggles Geständnis konfrontiert sah – der Frage, ob sie damit davonkommen konnte, wenn sie jemanden, der wegen schwerer Körperverletzung gesucht wurde, in eine derart hochkomprimierte, abgeschlossene Umgebung aufnahm.

Am Ende hatte sie beschlossen, es zu riskieren. Es war nur eine Rauferei bei einer Protestaktion radikaler Tierschützer gewesen, und Woggle sah trotz allem wie ein friedlicher Althippie aus. Außerdem blieben ihr nur noch vier Stunden bis zum Beginn der Staffel, und Woggle hatte das Potenzial für wirklich großes Fernsehen, sodass sie es einfach nicht übers Herz brachte, ihn aufzugeben.

»Wir können immer noch abstreiten, dass wir etwas davon wissen, falls der Pisser verrückt spielt und jemandem eine reinhaut, nur weil der ein Schinkensandwich isst«, sagte Geraldine zu Bob Fogarty. »Ich meine, Presse und Polizei haben ihn damals nicht erwischt. Wieso sollten sie ihn also jetzt erkennen?«

Also hatte Geraldine die alten Zeitungsausschnitte in einer Schublade aufbewahrt und nicht mehr daran gedacht – bis zum fünfzehnten Tag, als sich Peeping Tom in einer Situation wieder fand, in der man, wie sie es auf dem Notfall-Planungs-Meeting in den frühen Morgenstunden formulierte, »den Pisser auf schnellstem Wege vor die Tür setzen« musste.

Es dauerte nicht lange, bis Woggles Foto wieder bei Peeping Tom Productions auftauchte. Geraldine hatte es der Polizei um 9:15 Uhr mit einem Begleitschreiben zugesandt, in dem sie erklärte, es sei am Morgen anonym in ihrem Büro eingegangen.

Gegen 9:30 Uhr hatte einer der Presseleute bei Scotland Yard die Zeitungen alarmiert, und um 9:45 Uhr klopften Presse und Polizei bei Peeping Tom an die Tür. Im Haus, wo man von all diesen

Entwicklungen nichts ahnte, herrschte noch immer gedrückte Stimmung.

Woggle hatte die Nacht in seiner gewohnten Ecke unter der Decke verbracht, während die anderen draußen im Garten getrunken hatten, bis es kühl geworden war und sie gegen vier Uhr ins Haus gegangen waren. Alle suhlten sich im Selbstmitleid: Woggle, weil er überfallen und geschändet worden war, die anderen, weil Woggle ihr hübsches kleines Abenteuer verdarb.

Und dann kam sie – die Erleichterung für acht und die Katastrophe für einen – wie ein Donnerschlag.

15. Tag 10:00 Uhr

»Hier spricht Chloe«, verkündete die Lautsprecheranlage. »Woggle, würdest du bitte deine Sachen packen. Du wirst das Haus in zehn Minuten verlassen.«

Garry, Kelly und Jazz jubelten, während die anderen, die stets das Spiel im Blick behielten, das sie spielten, ihre Freude hinter nachdenklichen, einfühlsamen Mienen verbargen.

Woggle streckte seinen Kopf unter der Decke hervor. »Ihr könnt mich nicht rausschmeißen. Ich bin nicht abgewählt worden«, sagte er. »Ich kenne meine Rechte. Einen Scheißdreck werde ich tun.«

»Woggle, hier spricht Chloe. Wir werfen dich nicht raus. Die Polizei möchte dich sprechen. Pack deine Sachen.«

Alle waren völlig sprachlos.

»Scheiße, Woggle, was hast du angestellt?«, fragte Garry.

»Nichts. Am Arsch. Ich geh nicht. Die müssen schon kommen und mich holen.«

Was sie auch taten. An diesem Abend sah die Nation einen der Fernsehcoups des Jahres, als drei uniformierte Polizisten ins Peeping-Tom-Haus eindrangen und Woggle wegen schwerer Körperverletzung verhafteten. Die meisten anderen Bewohner waren zu perplex, um irgendwie reagieren zu können, aber in einem zweifellos brillanten Akt der Zuschauermanipulation nahm Dervla urplötzlich die Rolle der lebhaften, gewitzten Freundin aller Unterdrückten an. Sie sprang vom Sofa auf und nannte Woggle den Namen ihres Anwalts.

»Du musst darauf bestehen, dass du dir die Nummer aus dem Telefonbuch suchen darfst«, sagte sie und ließ ihren irischen Akzent stärker als üblich durchklingen, da sie vermutlich glaubte, dies sei der passende Tonfall für einen Bürgerrechtsprotest. »Wenn du die Auskunft anrufst, sagen sie, du hättest deinen Anruf schon gehabt. Ich kenn die Tricks.«

David, der sich auf keinen Fall die Show stehlen lassen wollte, baute sich barsch vor den Polizisten auf und stellte sich schützend vor Woggle, der noch immer am Boden saß.

»Seien Sie sich darüber im Klaren, meine Herren, dass ich Ihre Gesichter und Dienstnummern sehr wohl memoriert habe. Ich bin Schauspieler, und mein Gedächtnis ist gut ausgebildet. Sollte Mr. Woggle etwas zustoßen, werden Sie mir Rede und Antwort stehen müssen.«

Es hörte sich toll an und hätte sich bestimmt noch besser angehört, wenn der verantwortliche Beamte David nicht auf den Boden der Tatsachen zurückgeholt und ihn darauf hingewiesen hätte, dass die Festnahme von sechs Videokameras aufgezeichnet würde und es somit kein Problem darstellen sollte, die Beamten zu identifizieren. Dann wandte sich der Polizist Woggle zu.

»Stehen Sie bitte auf, Sir.«

»Nein. Ich rühr mich nicht von der Stelle. Ich bin Peeping Tom Nummer eins. Freiheit für Peeping Tom Nummer eins.«

»Sie können ihn nicht verhaften, nur weil er Flöhe hat«, sagte Dervla.

»Wieso nicht?«, warf Garry ein. »Das hätten sie schon vor Wochen tun sollen.«

Kelly trat vor und legte Woggle ein paar Äpfel und Kekse auf den Schoß. »Falls sie dir nichts zu essen geben.«

»Gütiger Himmel, Kelly«, höhnte David. »Als ob es dich einen Dreck interessieren würde.«

»Er ist ein menschliches Wesen«, protestierte Kelly.

»Darüber lässt sich streiten«, sagte Jazz, der in der Küche den Kessel aufsetzte und sich alle Mühe gab, cool und unbeteiligt zu wirken. »Ich bin jung, begabt und schwarz«, sagte seine hippe, entspannte Haltung. »Die Bullen stehen jeden Tag vor meiner Tür.« In Wahrheit war Jazz in seinem ganzen Leben noch nie verhaftet worden, aber die Pose sah klasse aus, und sein Ansehen beim Publikum ging hoch wie eine Rakete.

»Wir werden über diese Verhaftung Zeugnis ablegen«, sagte Dervla mit fester Stimme.

»Ja, genau«, fügte Moon hinzu, wenn auch etwas lahm.

Hamish kam offensichtlich zu dem Schluss, dass er nicht mithalten konnte, und da er ohnehin der Auffassung war, dass nur nominiert wurde, wer auffiel, stand er auf und ging ins Jungenzimmer, um sich etwas hinzulegen.

»Sir«, sagte der verantwortliche Polizeibeamte, »wir wissen nicht, wie Sie heißen, nur dass man Sie Woggle nennt. Allerdings sind wir im Besitz von fotografischem Belastungsmaterial, welches darauf hinweist, dass die Polizei von Lincolnshire Sie im Zusammenhang mit schwerer Körperverletzung und Nötigung einer gewissen Lucy Brannigan sucht, ein Mädchen, das zur Tatzeit fünfzehn Jahre alt war.«

Die anderen Bewohner waren völlig verblüfft.

»Wie? *Sexuelle* Nötigung?«, fragte Garry.

»Kommen Sie mit, Sir«, sagte der Polizist.

»Ich kann es nicht glauben, Woggle«, sagte Jazz. »Ich wusste ja, dass du ein dreckiger, widerlicher kleiner Arsch bist, aber für einen Kinderschänder hätte ich dich nicht gehalten.«

Alle wichen vor der Gestalt zurück, die in der Ecke kauerte. Dervla zog sich zurück und verschwand im Mädchenzimmer.

»Sie war eine Fuchsmörderin!«, protestierte Woggle. »Eine Tierquälerin! Es war ein fairer Kampf, und ich hab ihr gegen den Kopf getreten. Sie hatte es nicht anders verdient, die Scheißfaschistin! Wer vom Schwert lebt, wird durch das Schwert umkommen.«

Und wie zur Bestätigung hoben die Polizisten ihn hoch und trugen ihn hinaus. Als sie den strampelnden Woggle duch die Tür bugsierten, fiel die Wolldecke zu Boden, sodass Woggles magerer Körper zu sehen war, noch immer nackt und weiß vom Flohpuder.

Er sah jämmerlich aus. Dies war die ultimative Demütigung.

34. Tag 23:50 Uhr

Auf der Fahrt nach Hause versuchte Coleridge, Woggle aus seinen Gedanken zu verdrängen, indem er Radio 4 hörte. Coleridge mochte Radio 4, denn worüber dort auch immer geredet wurde, er blieb doch jedes Mal daran hängen. Oft genug hatte er schon draußen vor dem Haus im Wagen gesessen und einer Diskussion über Getreiderotation in Westafrika oder irgendeinem anderen Thema gelauscht, von dem er noch nie gehört hatte und an das er auch nie wieder denken würde. Selbst die Vorhersagen des Seewetterdienstes hörte er sich gern an, da sie sonderbare Emotionen und Erinnerungen an dunkle, felsige Küsten, wilde Taifune und lange, einsame Wachen bei Nacht weckten.

Das Thema an diesem Abend war die wirtschaftliche Talfahrt des ländlichen Irlands. Durch das Abwandern von Geld und jungen Leuten in die Städte, gepaart mit Einschnitten bei den europäischen Agrarsubventionen, waren einige Dörfer in eine verzweifelte finanzielle Schieflage geraten. Schulden und drückende Hypotheken trieben manche Familie an den Rand des Ruins. Coleridge horchte auf, als eines der Dörfer genannt wurde, das am schlimmsten betroffen war: Ballymagoon. Er überlegte, wo er den Namen kürzlich erst gehört hatte.

Erst als er seine zweite Dose Bier öffnete (und überlegte, ob er sich ein Stück Schinken dazu gönnen sollte), fiel es ihm wieder ein. Er hatte den Namen in der Akte einer Tatverdächtigen gelesen. Ballymagoon war das Dorf, aus dem Dervla stammte.

»Es ist der fünfzehnte Tag im Haus, und nach dem Essen stellt Peeping Tom den Bewohnern ein Diskussionsthema, um sie von Woggle abzulenken«, dröhnte Andy, der Erzähler, unheilschwanger.

Coleridge rührte im zweiten Becher Tee seines Arbeitstages herum. Die zu Hause zählten nicht.

Trisha hastete zur Tür herein und zog ihren Mantel aus.

»Sie kommen gerade rechtzeitig, Patricia«, sagte Coleridge. »Unsere Tatverdächtigen wollen gerade über das bedeutendste und erhabenste aller Themen sprechen: über sich selbst.«

»Tatverdächtige *und* Opfer, Sir.«

Es war noch früh am Morgen, und Trisha war nicht in der Stimmung für Coleridges Überheblichkeit. Außerdem fand sie, dass zumindest den Toten Respekt gezollt werden sollte. Coleridge lächelte nur müde.

Auf dem Bildschirm hatte Garry das Wort ergriffen. »Ich will euch nichts vormachen«, sagte er. »Ich war nicht immer ein besonders netter Mensch.«

»Das bist du auch jetzt noch nicht«, warf Jazz ein, aber keiner lachte. Stattdessen wahrten alle die ernsthaften, mitfühlenden Mienen, die sie aufgesetzt hatten, seit Garry angefangen hatte zu sprechen.

Coleridge drückte die Pausentaste. »Sehen Sie, dass niemand über Jazz' Scherz lacht? Es ist die Zeit der Geständnisse. Jetzt wird es ernst. Eine Frage des Vertrauens. Garry betet vor dem Altar seiner eigenen Bedeutsamkeit, und Jazz lacht in der Kirche.«

»Sir, wenn wir jedes Mal anhalten, sobald diese Leute Ihnen auf die Nerven gehen, schaffen wir heute nicht mal dieses eine Band.«

»Ich kann nichts dafür, Patricia. Diese Leute reiben mich auf.« Aber Coleridge wusste, dass er dummes Zeug redete, und beschloss, sich mehr anzustrengen.

Garry begann zu erzählen. »Wie gesagt, ich war wohl so was wie ein fauler Hund, wenn ihr wisst, was ich meine. Hier ein bisschen, da ein bisschen, alles Mögliche, hab ein paar schräge Sachen gemacht, von denen ich gern zugeben will, dass ich nicht gerade stolz darauf bin. Aber schließlich und endlich … also, ich hab's gemacht, ich ganz allein, und ich kann es nicht mehr ändern. Ich wollte einfach groß rauskommen, und es war mir nicht so wichtig, auf wen ich mich einlassen musste, um dahin zu kommen. Versteht ihr, was ich sagen will?«

Mitfühlendes Gemurmel wurde laut, wenn auch nicht sehr.

»Ich glaube, in Wahrheit lag es wohl daran«, fuhr Garry fort, »dass ich mich selbst nicht geliebt habe.«

Alle nickten ernst. Das verstanden sie. Garrys sonstige Besonderheiten – die Schlägereien, die Sauferei, die faulen Geschäfte – mochten sich von ihren unterscheiden, aber wenn es um das zentrale Thema ging, sich selbst nicht ausreichend zu lieben, verstanden sie ganz genau, was er meinte.

»Scheiße, ich weiß genau, was du meinst«, sagte Moon.

»Ich glaube, ich konnte mich nicht wirklich auf mein Selbst einlassen«, fuhr Garry fort.

Coleridges Vorsatz, ruhig zu bleiben, hatte nicht einmal eine Minute gehalten. »Du meine Güte! Wieso reden die alle wie beim Therapeuten? Selbst *Garry*. Hören Sie sich das *an*! ›Ich konnte mich nicht wirklich auf mein Selbst einlassen.‹ Was um alles in der Welt soll das bedeuten? Himmelarsch, er ist ein *Halbstarker*! Kein Diplomsoziologe! Von wem haben die bloß alle diese albernen, leeren Phrasen?«

»Oprah, Sir.«

»Wer?«

Trisha wusste nicht, ob Coleridge einen Witz machte, und ging nicht weiter darauf ein.

Im Haus ahnte natürlich niemand etwas davon, wie sehr man eines Tages einem altgedienten Polizeibeamten auf die Nerven gehen würde, und so gingen die Geständnisse weiter.

»Ich weiß so *genau*, was du meinst«, sagte Moon gerade, »und ich finde es wirklich total stark von dir, dass du das sagst.«

Von so viel Unterstützung motiviert, fuhr Garry fort und liebte sich, indem er vorgab, sich zu hassen. »Jedenfalls hab ich damals reichlich Koks genommen, war ganz schön drauf, fünfhundert Pfund die Woche, ffffft, durch die Nase. Bitte schön. Vielen Dank auch. Das gefällt uns. Einen Riesen wegzuziehen war überhaupt nichts. Echt nicht. Ich bin nicht stolz drauf, okay? Ich war die große Nummer, und, Scheiße ... ich hatte, was ich haben wollte, versteht ihr? Ich war ein übler Typ. Ich bin echt nicht stolz drauf.«

Coleridge dachte daran, eine Bemerkung darüber fallen zu lassen, dass es diesem Gazzer, obwohl er so beteuerte, nicht eben stolz auf sein Verhalten zu sein, doch gut gelang, der Welt zu zeigen, wie stolz er darauf war. Aber er entschied sich dagegen. Es war ihm nicht entgangen, dass es Patricia langsam reichte.

Auf dem Bildschirm nickten alle anderen aus der Gruppe Gazzer ernst zu und konnten es offensichtlich kaum erwarten, selbst an die Reihe zu kommen.

»Aber wisst ihr, was mich gerettet hat? Wisst ihr, was mich da echt rausgeholt hat?« Plötzlich klang Garrys Stimme wie erstickt. Ihm kamen die Tränen, und seine Stimme brach.

»Du musst nicht weitersprechen, wenn du nicht möchtest«, sagte David, dessen Stimme vor Ehrenhaftigkeit und Mitgefühl troff. »Mach eine Pause. Komm später darauf zurück. Lass dir Zeit. Also, wenn *ich* jetzt ...«

»Nein, nein«, sagte Garry eilig. »Geht schon, Mann, danke, aber es hilft, darüber zu sprechen.«

David sank auf dem Sofa zurück.

»Ich will euch sagen, was mich verändert hat. Mein kleiner Junge, der war's, der kleine Ricky. Mein Sohn. Er bedeutet mir alles auf der Welt, alles. Scheiße, ich würde für ihn sterben, das würde ich, wirklich echt.«

Dieses Geständnis löste rundum ehrliches und engagiertes Kopfnicken aus. Doch während die Körpersprache der Gruppe Unterstützung ausdrückte, erzählten die Augen eine ganz andere Geschichte. Als die Einstellungen von einem Zuhörer zum nächsten wechselten, wurde klar, was die Blicke sagten: »Du langweilst mich zu Tode. Ich interessiere mich weder für dich noch für dein Gör, und ich wünschte, du würdest einfach *die Klappe halten und mich reden lassen.*«

»Also, ich hab Ricky an den meisten Wochenenden, und er ist einfach groß, ich meine, er ist echt erstaunlich, ich bin so stolz auf ihn und so, und alles, was er sagt, ist einfach klasse, ja? Wisst ihr, was ich meine? Ich mach echt keine Witze, er ist mein kleiner Schatz und das Beste, was mir je passiert ist.« Garrys Stimme erstickte fast vor Tränen, aber er hielt sich wacker.

»Und an einem Wochenende hatte ich es mir in der Nacht vorher reichlich gegeben, wenn ihr wisst, was ich meine. Hab mir alles reingetan, Schnaps, Koks, Spliff, ich bin nicht stolz darauf, und es ging mir ziemlich dreckig, und Rickys Mum bringt ihn mir und sagt: ›Heute hast du ihn‹, und ich denk: Scheiße, verdammte! Bitte nicht! Das kann ich gerade noch gebrauchen, mit einem Schädel wie ein Sack voll Scherben. Also sage ich: ›Ich nehm ihn morgen‹, aber sie sagt: ›Du nimmst ihn heute‹, und schon ist sie weg, ja? Also denk ich: Scheiße, ich bring ihn rüber zu meiner Mum. Aber dann sagt der kleine Ricky: ›Willst du denn nicht mit mir spielen, Daddy?‹ Und wisst ihr was? Er hat mich von meinem Kater geheilt, auf der Stelle. Nur mit seinem kleinen Lächeln und indem er das gesagt hat. Also hab ich *Spot the Dog* reingeschoben, bis ich mich auf die Reihe gebracht hatte, und dann sind wir zum Frühstücken ins Café gegangen, und danach sind wir runter in den Park und haben uns massenweise Eis und so Zeugs reingehauen. Es war einfach großartig, ich meine, echt erstaunlich, denn ich bin so stolz auf ihn, und es gibt so viel, was ich von ihm lernen kann, ja? Und unter uns gesagt, weiß ich, dass ich jeden Augenblick mit ihm auskosten und ihn in Ehren halten muss, weil er das Kostbarste ist, was ich je hatte.«

Gazzer wischte sich die Tränen ab. Er war von sich selbst überrascht. Normalerweise hatte er nicht nahe am Wasser gebaut, aber das alles über Ricky zu sagen war wirklich großartig gewesen. Er war ehrlich bewegt.

Die anderen nickten nur. Offenbar konnten sie es kaum erwarten, mit ihren eigenen Geschichten loszulegen, dennoch hielten sie sich zurück und belohnten Garry mit einem Augenblick der Reflektion und des Respekts. Keiner von ihnen wollte im Fernsehen als jemand dastehen, der die Gefühle eines anderen auf die leichte Schulter nahm. Besonders wenn ein kleines Kind im Spiel war.

In diese heuchlerische Pause kippte Kelly ihren Eimer mit kaltem Wasser. »Und was macht du dann hier drin, Garry?«, fragte sie.

»Bitte?«

Kelly sah nicht aus, als wollte sie gemein sein, trotzdem kam es genau so an.

»Ich meine, wenn du dich mit ihm so amüsierst und so viel lernst, wieso bist du dann hier? Es könnte sein, dass du zweieinhalb Monate hier bleibst. Wie alt ist er?«

»Fast vier.«

Garry versuchte zu begreifen, was hier vor sich ging. Wollte diese Frau sein ehrliches Geständnis *kritisieren*? Das war doch bestimmt gegen die Regeln.

»Dann bist du doch verrückt«, fuhr Kelly fort. »Ich meine, in dem Alter verändert er sich doch täglich. Du wirst es verpassen.«

»Ich weiß Kelly. Vielleicht verpasse ich sogar seinen Geburtstag, und bei dem bloßen Gedanken schnürt es mir die Kehle zu …«

»Und wieso bist du dann hier?«, wiederholte Kelly.

»Na, weil … weil …«

In diesem Augenblick konnte sich Coleridge nicht länger beherrschen. »Na komm schon, Mann! Sei einmal im Leben ehrlich zu dir selbst! Es liegt doch nahe! Weil es dein gutes *Recht* ist in diesem verdammten Haus zu sein. Weil es dein gutes *Recht* ist zu tun, was du willst: ein gänzlich selbstsüchtiges und unverantwortliches Leben zu führen und dabei in der rührseligen Sentimentalität deiner Vaterschaft zu waten, wenn dir gerade mal danach zu Mute ist! Komm schon! Sei ein Mann! Gib dem Mädchen eine Antwort.« Er hatte die Worte beinahe herausgeschrien, was ihm überhaupt nicht ähnlich sah.

»Sir, *halten Sie den Mund!*«, stieß Trisha hervor, ehe sie über ihre Dreistigkeit erstarrte. »Tut mit Leid, Sir. Ich …«

»Ich habe nichts gehört, Constable«, gab Coleridge leise zurück und beschloss abermals, sich zu beherrschen.

Auf dem Bildschirm rang Garry noch immer nach Worten.

»Versteh mich nicht falsch«, fuhr Kelly fort. »Ich will dich nicht runtermachen, weil du ein Kind hast oder so. Meine Schwester hat zwei Kinder von zwei verschiedenen Typen, und die sind super. Ich denke nur, weißt du, wenn du ein Kind hast, solltest du dann nicht auch versuchen, dich um es zu kümmern? Statt hier drinnen zu sitzen? Ich meine, wo ich doch sehe, wie sehr du ihn liebst.«

Garry, der normalerweise nie um einen schlauen Spruch oder eine schlagfertige Antwort verlegen war, fiel nichts ein. »Tja, wie es der Zufall will, Kelly«, sagte er schließlich, »tue ich es für ihn.«

»Wie soll das denn gehen?«, fragte Kelly.

»Damit er stolz auf mich ist.«

»Ach so?«

Am nächsten Abend unterbreitete Dr. Ranulf Aziz, der Fernsehpsychologe, den Zuschauern seine Meinung.

»Sehen Sie sich Garrys Körpersprache an: Schultern eingezogen, Unterkiefer angespannt, quasi eine klassische Konfrontationshaltung mit Obertönen halb versteckter Bosheit und Untertönen von mentaler Gewalt. Ähnliches finden wir im Tierreich, wenn einem großen Tier der Zugang zum besten Teil der Beute verwehrt wird. Garrys Arme sind fest verschränkt, so wie ein Löwe oder Tiger sein Gewicht auf die Hinterbeine verlagern würde und damit momentane Passivität, aber gleichzeitig eine Bereitschaft demonstriert, gewaltsam und mit extremem Zorn anzugreifen.«

Chloe, das sprühende, durchgeknallte *Hausarrest*-Busenwunder, setzte ihre intelligenteste Miene auf. »Sie wollen also sagen, dass Gazzer ein bisschen neben der Spur ist?«

»Das will ich allerdings sagen, Chloe. Gazzer ist ein bisschen volle Kanne neben der Spur.«

Gazzer war nicht nur neben der Spur, er war sprachlos vor Wut. Großer Schmerz und lodernder Zorn brodelten in seinem Herzen und in seiner Seele. Doch es gelang ihm, diese Gefühle zu verbergen und den Eindruck zu erwecken, als wäre er lediglich wütend. »Ja, na gut, meinetwegen«, sagte er.

»Ich wollte damit gar nichts sagen, Gazz«, meinte Kelly. »Weißt du, ich meine ja nur, mehr nicht.«

»Ja, na gut, meinetwegen«, wiederholte Garry. »Will jemand einen Becher Tee?« Er wandte sich von der Gruppe ab, aber es gab kein Entrinnen vor den Kameras, und ein Hothead folgte ihm zum Wasserkessel. Tränen standen in Garrys Augen, und er biss sich so fest auf die Lippe, dass Blut zu sehen war.

Wie konnte sie es wagen? Es war nicht zu fassen. Es war nicht seine Schuld, dass er mit der Mutter des Kindes nicht mehr zurechtkam. Was sollte er denn machen? Vierundzwanzig Stunden am Tag vor ihrem Haus campieren? Er musste doch auch sein Leben leben, oder?

Er liebte seinen Jungen *wirklich*. Sie hatte kein Recht dazu. Absolut kein Recht.

17. Tag 10:00 Uhr

Layla war erst eine Stunde bei der Arbeit gewesen, als sie wieder ging.

Wieder zur Arbeit? Es war unvorstellbar. Schrecklich. Niederschmetternd.

Während der ganzen Zeit, als sie im Haus gewesen war – im Grunde seit sie die aufregende Neuigkeit erhalten hatte, dass sie für das Team von *Hausarrest* ausgewählt worden war – hatte Layla kaum gewagt, darüber nachzudenken, was sie am dritten Tag nach ihrem Auszug tun würde. Natürlich hatte sie ein wenig geträumt, und in ihren wildesten Fantasien stellte sie sich vor, dass sie sich vor Angeboten kaum würde retten können, dass sie atemberaubende Kleider vorführen und aufregende Fernsehsendungen über Beauty-

Produkte und alternative Kultur moderieren würde. In ihren düsteren Momenten der Angst und des Zweifels hatte sie befürchtet, dass man sie in der Boulevardpresse verhöhnen würde und sie ihr Hippie-Ding in Radio-Chat-Shows verteidigen müsste.

Die brutale Wahrheit war, dass sich niemand für sie interessierte. Die Geschichte von Woggles Aufstieg und seinem spektakulären Absturz war *die* Story der ersten vierzehn Tage gewesen, und selbst das war inzwischen Schnee von gestern. Die Show war weitergegangen. Layla hatte der Presse nur insofern genutzt, als sie etwas über Woggle erzählen konnte. Und nachdem man diese kleine Goldader trauriger Berühmtheit nun ausgeschöpft hatte, war sie nur noch die hübsche, aber eitle Hippiebraut, die als Erste hatte gehen müssen.

Die eine, die beschissene Gedichte schrieb. Die eine, die offensichtlich voll und ganz von ihrer eigenen Pracht und Herrlichkeit geblendet war.

So hatte Peeping Tom sie dargestellt, wenn überhaupt. Als eingebildete, dumme Kuh, für die nur sprach, dass sie einen ausgesprochen bumsbaren Eindruck machte. Doch da die Woggle-Story etwaige Liebesgeschichten in den Hintergrund drängte, war selbst diese zweifelhafte Karte so gut wie nie ins Spiel gekommen.

Hinzu kam, dass Layla als letzte Tat im Haus den Beichtstuhl betreten und der Welt erzählt hatte, dass sie unzählige entzündete Flohbisse am After hatte. Es war der einzige Schnipsel von Laylas finaler Schimpfkanonade, den Geraldine gesendet hatte. Und der dämpfte ihre sexuelle Ausstrahlung um einiges.

Layla war mit der Chance, ein Star zu werden, ins Haus gegangen und nur zwei Wochen später wieder ausgezogen: als verzweifelte Wichtigtuerin, die sich am Ende in eine armselige Verliererin verwandelt hatte. Selbst ihre Freundinnen sahen sie inzwischen mit anderen Augen.

»Konntest du die anderen nicht daran hindern, so gemein zu Woggle zu sein?«, wollten die Radikaleren unter ihnen wissen. »Ich meine, in gewisser Weise hatte er doch Recht. Wo ist denn schon der Unterschied zwischen einem Fuchs und einem Floh?«

»Ich finde, du hättest David dein Gedicht aufsagen lassen sollen, als er es dir angeboten hat«, meinte ihre Mutter. »Ich fürchte, es ihm zu verweigern, sah doch etwas geziert aus, Liebes.«

Layla hatte das Gefühl, als sei ihr Leben ruiniert. Und wofür? Für nichts. Sie war verschmäht worden und schlimmer noch: Sie war pleite. Peeping Tom bezahlte seine Kandidaten nicht (vom Sieger einmal abgesehen). Man gab ihnen eine kleine Unterstützung, damit sie ihre Miete oder Kredite bezahlen konnten, solange sie im Haus waren, aber das war es auch schon. Von Ex-Kandidaten erwartete man, dass sie für sich selbst sorgten, aber bei den einzigen Angeboten, die Layla seit ihrem Rausschmiss bekommen hatte, ging es um Nacktfotos für Herrenmagazine. Am Ende, als der Wocheneinkauf anstand und Rechnungen zu begleichen waren, blieb ihr nur, sich wieder um ihren alten Job als Verkäuferin in einem Laden für Designerkleidung zu bemühen.

»Wozu willst du wieder zurückkommen?«, wollte der Geschäftsführer staunend wissen. »Du bist berühmt, du warst in der Glotze, du musst dich doch vor Angeboten kaum retten können.«

Keiner wollte glauben, dass Layla, die vierzehn Tage lang jeden Abend im Fernsehen gewesen war, allen Ernstes einen Job in einem Laden brauchte.

Aber so war es, und man nahm sie gern wieder auf, war begeistert, dass nun eine Berühmtheit dort arbeitete. Allerdings hielt die Begeisterung nur so lange an, bis man feststellte, dass im Laden haufenweise Idioten herumlungerten, die nichts Besseres zu tun hatten, als hinter den Kleiderständern über jemanden zu kichern, der im Fernsehen gewesen war.

»Ich hab dafür gestimmt, dass du gehst«, sagte ein gemein aussehender Teenager. »Ich hab sogar zweimal angerufen.«

»Ich hab einen von deinen Nippeln unter der Dusche gesehen«, sagte ein anderer.

»Und meinst du, Kelly poppt mit Hamish?«

Alle nannten sie Layla, oder schlimmer noch: Layles. Man kannte ihren Namen, kannte *sie* oder meinte zumindest, sie zu kennen.

Ein Mann mittleren Alters brachte ihr eine kleine Flasche Walnussöl, was Layla im ersten Moment nett fand, ehe er sie fragte, ob sie mit ihm ausgehen wollte. In diesem Moment wurde ihr klar, dass die Leute glaubten, Mädchen, die in *Hausarrest* auftraten (und sofort wieder rausgeworfen wurden), seien von der Sorte, die sich für die halben Zutaten eines Salatdressings vögeln ließ.

Um kurz nach zehn kam ein Fotograf der Regionalzeitung. »Dürfte wohl der schnellste ›Was ist aus ihnen geworden?‹-Beitrag in der Geschichte des Showbiz sein«, meinte er und knipste los, ohne vorher zu fragen.

Der Geschäftsführer hatte die Zeitung angerufen. »Ich dachte, du würdest dich freuen, Layles. Ich meine, schließlich hast du es doch wegen der Publicity getan.«

Layla legte den Pulli beiseite, den sie schon seit einer Weile zusammenzufalten versuchte, nahm £ 9.50 aus der Kasse, was ihr Lohn für eine Stunde Arbeit war, und ging nach Hause. Dort nahm sie den Hörer in die Hand und ließ sich von der Auskunft die Telefonnummer der Zeitschrift *Men Only* geben.

Wo man über ihren Anruf hocherfreut war. »Wir hatten überlegt, ob Sie vielleicht ein erotisches Shooting mit diesem hübschen Mädchen machen würden, deren Küche in *Changing Rooms* renoviert wurde. Wir dachten, wir könnten es vielleicht ›Promi-Lesben allein zu Haus‹ nennen. Sie wissen schon, als Scherz irgendwie.«

Layla legte auf. Sie war *so* wütend. Wütend auf Peeping Tom Productions natürlich, aber besonders auf die Leute, die sie für den Rauswurf nominiert hatten. Sie quälte sich damit, das Band immer und immer wieder anzusehen. Da saßen sie im Beichtstuhl, so selbstgerecht, so selbstverliebt. Sie hatten ihr Schicksal besiegelt, sie hatten sie dazu verdammt, die Erste zu sein, die gehen musste.

David. Dervla. Garry und *Kelly*.

Kelly war die wahre Erniedrigung, die kleine Nutte von einer Proletin besaß die Frechheit, *sie* zu nominieren.

Dervla hasste sie genauso. Dieses Geschwafel aus dem Beichtstuhl brannte in ihrer Seele. »Sie ist ein liebes, liebes Mädchen, eine sehr sanfte, mitfühlende und bezaubernde Seele, aber ich denke, dass ihre Anmut außerhalb des Hauses erheblich besser blühen kann.« Was für eine eingebildete, scheinheilige irische Kuh. In Wahrheit sollte Layla gehen, weil sie nicht wollte, dass ihr eine hübschere und intelligentere Frau die Stimmen der sensiblen Männer wegschnappte.

Dervla und Kelly. Irgendwie schmerzten die Frauen am meisten. Vermutlich weil Layla der Ansicht war, eine so viel bessere Frau als die anderen zu sein. Sie hätten *sie* unterstützen sollen, sie hätten *sie* zu ihrer Vorreiterin gegen Pseudos wie David und Rüpel wie Garry und Jazz machen sollen. Ihre Ablehnung war fast schon *sexistisch*.

Dervla und Kelly. Das waren die beiden, die sie wirklich hasste. Aber besonders Kelly. Dieselbe Kelly, die sie nominiert und dann umarmt und geküsst hatte, als sie rausgewählt worden war. Die gesagt hatte, wie sehr sie sie liebte. Kelly, die so getan hatte, als sei sie aufgebracht, die Laylas Erniedrigung vor den Augen der Welt so sehr verschlimmert hatte.

17. Tag 20:00 Uhr

Es war zwei Tage nach Woggles Auszug, und das Abenteuer *Hausarrest* war wieder zum üblichen Jammern und Lästern und der Frage zurückgekehrt, wer wen leiden mochte.

»*Es ist der siebzehnte Tag im Haus*«, sagte Andy, der Erzähler. »*Nach dem Mittagessen, einer Mahlzeit aus Pasta und Gemüsesoße, die Sally zubereitet hat, spricht die Gruppe über erste Liebe.*«

»Das kann ja wohl nur der Chelsea FC sein, oder?«, sagte Gazzer. »Man vergisst doch nie das erste Mal, als man das blaue Trikot gesehen hat.«

»Weil sie so scheiße sind«, meinte Jazz.

»Selbst wenn sie scheiße sind, sind sie schön.«

»Wir sprechen hier von wahrer Liebe, Gazzer«, sagte Moon. »Nicht von Fußball.«

»Ich auch, Mädchen. Sieh es ein: Die Liebe, die ein Mann für seinen Fußballverein empfindet, übersteigt alles andere. Überleg mal. Ich steh auf haufenweise Bräute, *alle* Männer stehen auf haufenweise Bräute, außer Schwuchteln, und die stehen auf haufenweise Typen. Schwul oder hetero, Männer treiben sich gern ein bisschen rum, Punkt. Aber wenn es um Fußball geht, steht man nur für ein Team ein, oder? Man ist *treu*, Moon. Das ist wahre Liebe.«

Als sie in den Tiefen ihres Monitorbunkers saß, stellte Geraldine Hennessy fest, dass das Leben ohne Woggle im Haus etwas eintönig wirkte. Sie musste etwas unternehmen, um das Ganze aufzupeppen. Die Lösung war, den Bewohnern mehr Alkohol zu geben.

»Worin besteht das größte Interesse der Zuschauer, sich diese Sendung anzusehen?«, fragte sie ihr Produktionsteam am nächsten Tag beim morgendlichen Meeting. Alles schwieg. Geraldines Handlanger lernten schnell, dass die meisten ihrer Fragen rhetorischer Natur waren.

»Um zu sehen, ob irgendwelche Kandidaten ficken, hab ich Recht? Natürlich hab ich Recht. Wenn man es auf den Punkt bringen soll, dann geht es einzig und allein darum. Aber, scheiße, es passiert fast *nie*, oder? Keiner tut es wirklich! Wir alle tun so, als würde es passieren. Wir, die Zeitungen und die verfluchte Programmkontrollkommission, wir alle *tun*, als wäre es so schrecklich aufregend, was es aber gar nicht ist. Niemand kommt jemals ernstlich zur Sache. Und weshalb ist das so, frage ich mich?«

Sie stellte diese Frage tatsächlich nur sich selbst, denn ihre eingeschüchterten Wasserträger schwiegen beharrlich.

»Weil niemand jemals *breit* genug ist, deshalb! Was, kurz gesagt, ganz allgemein das Problem von Reality-TV ist! Nicht genug Alkohol! Oh, wir können ihnen heiße Bäder und Massageräume und Bumshütten und den ganzen Quatsch hinstellen, aber auf lange Sicht wird niemand einen wegstecken, den Muff bürsten, ein Rohr verlegen, den Biber knuddeln, die Lok in den Schuppen fahren oder das bärtige Monster mit der einäugigen Liebesschlange spalten, sofern sie nicht sturzbetrunken sind!«

Alle raschelten verlegen mit ihren Papieren. Ihnen war klar, dass sie in ein reichlich ordinäres Unternehmen verstrickt waren, wünschten sich aber dennoch, Geraldine würde nicht ganz so oft darauf herumreiten.

Anschließend verkündete Geraldine, sie würde die Regeln ändern. Sie wollte die Budgets für Lebensmittel und Alkohol voneinander trennen, um der üblichen Zurückhaltung entgegenzuwirken, eine Mahlzeit für einen Drink zu opfern.

Natürlich hagelte es Proteste von den Anstandsdamen und Bischöfen. Geraldine argumentierte von einem moralischen Standpunkt aus, was ihre übliche Strategie war, wenn sie sich in die Gosse begab. »Wir glauben, man sollte die Menschen wie Erwachsene behandeln«, erklärte sie naserümpfend. »Wenn man ein Experiment wie unseres durchführt und es dann von außen wie eine Klassenfahrt überwacht, erfährt man nichts über die Beteiligten. Unsere Absicht ist es, echte soziale Interaktion erst zu ermöglichen und dann zu fördern.«

Doch davon ließ sich natürlich niemand täuschen. Die Revolverblätter formulierten es kurz und bündig in ihren Kommentaren. »SCHNAPS-ARREST! Füllen wir sie ab und sehen ihnen beim Vögeln zu.«

Natürlich musste selbst Geraldine irgendwo eine Grenze ziehen. Diese Leute waren eingesperrt, ohne Fernseher, ohne Schreibzeug, ohne Zeitgefühl und ohne irgendeine Beschäftigung, abgesehen von einer Reihe dümmlicher Aufgaben, und das wochenlang. Hätten sie Gelegenheit, würden die meisten Menschen wohl schon morgens nach dem Aufstehen zu trinken anfangen und weitermachen, bis sie abends bewusstlos kollabierten. So etwas konnte Peeping Tom nicht zulassen. Schließlich gab es strenge Sendestandards zu beachten. Aus diesem Grund hatte Peeping Tom Alkohol tagsüber verboten und an den Abenden während der Woche rationiert. An den Wochenenden dagegen war Partytime, und die Bewohner durften so viel trinken, wie sie wollten.

»Und mein ganzes Leben lang hat die Regel gegolten«, erklärte

Geraldine auf einer Pressekonferenz, »dass das Wochenende am Donnerstag beginnt.«

An diesem Nachmittag, dem Donnerstag nach Laylas Rausschmiss und Woggles Verhaftung, stapelte sich in dem Raum, in dem Peeping Tom die Vorräte lagerte, der Alkohol.

Unter normalen Umständen hätte am Donnerstag die nächste Runde der Nominierungen stattfinden sollen, doch nach Woggles unerwartetem Abgang verkündete man, die Wahlen seien für diese Woche abgesagt, und man würde erst am kommenden Donnerstag wie gewohnt weitermachen. Wenn es einen guten Grund für eine Party gab, dann diesen.

36. Tag 13:00 Uhr

Coleridge hatte einen weiteren ergebnislosen Morgen damit verbracht, auf dem Gelände der Shepperton Studios herumzuwandern und seine Fantasie nach einem Geistesblitz zu durchforsten, der in einer Theorie münden konnte.

Irgendetwas wuchs in ihm heran, der Keim einer Idee, doch es war nur eine Theorie. Bisher gab es nicht viel, womit sie sich stützen ließe. Allerdings war es immer noch besser, auf irgendwas herumzukauen als auf gar nichts, selbst wenn es sich am Ende als Pferdefuß entpuppen sollte. Als er wieder aufs Revier kam, wartete dort schon ein Fax der irischen Polizei auf ihn. Es war die Antwort auf seine Nachfrage wegen Ballymagoon, jenem Dorf, von dem Coleridge im Radio gehört hatte und das sich im Zentrum der bäuerlichen Wirtschaftsflaute Irlands befand. Dervlas Heimatort.

Familie der Tatverdächtigen im Dorf ansässig, stand in dem Fax. *Beide Eltern und zwei jüngere Schwestern wohnen noch zusammen. Familie scheint den Auswirkungen der Wirtschaftkrise nicht entgangen zu sein. Erhebliche finanzielle Not, Auto verkauft, Hypothek auf Haus und Hof, Schuldenberg. Jüngstes Kreditersuchen negativ.*

Nun, dachte Coleridge, wenn je ein Mädchen einen dringenden Grund hatte, eine halbe Million Pfund gewinnen zu wollen, dann

Dervla. Andererseits wusste er aus langjähriger Erfahrung, dass die meisten Menschen keinen dringenden Grund brauchten, wenn es darum ging, eine halbe Million Pfund besitzen zu wollen.

Aber ihre Eltern liefen Gefahr, ihren Hof zu verlieren. Und sich freiwillig für *Hausarrest* zu melden passte nicht recht zu einem Mädchen wie Dervla. Von allen Bewohnern war sie zweifellos die … Coleridge suchte nach dem richtigen Wort … »Bezauberndste« kam ihm in den Sinn, doch er schob es wieder beiseite. Schließlich entschied er sich für »Ungewöhnlichste«. Dervla war die Ungewöhnlichste.

Im Hinblick auf Motive stand zweifellos fest, dass Geld immer eine gute Wahl war. Gepaart mit drohender Familienschande war es mehr als gut … nur konnte ihr der Mord an einem Mitbewohner kaum den Sieg sichern. Sie befanden sich erst in der vierten Woche, und es gab noch sieben weitere Mitbewerber. Es war wohl eher unwahrscheinlich, dass sie alle umbringen wollte.

Sie konnte noch nicht einmal wissen, dass sie beliebt war. Keiner wusste, wie die Welt draußen über ihn dachte.

Etwas, das er sich für später aufsparen wollte … mehr konnte Coleridge aus dem Fax der irischen Polizei nicht herauslesen. Er legte es zu Dervlas Akte und bat einen Constable, einen »Motiv«-Zettel neben ihr Foto an der Wandkarte zu kleben. Dann gesellte er sich zu Trisha und Hooper, die in ihrer üblichen Haltung vor dem Videobildschirm kauerten.

Sie widmeten sich dem achtzehnten Tag.

»Seht euch die vielen Flaschen an. Die müssen mindestens hundert Pfund gekostet haben«, sagte Trisha.

»Es war die einzige Möglichkeit, Schwung in die Sache zu bringen«, erwiderte Hooper. »Geraldine Hennessy hat so was in der Art auch damals der Presse gegenüber gesagt.«

»Diesen Leuten muss doch aber klar gewesen sein, dass sie manipuliert wurden, oder?«, meinte Coleridge. »Sie betrunken zu machen ist doch ein plumper Trick.«

»*Natürlich* war es ihnen klar, aber Sie müssen versuchen zu verstehen, dass diese Leute anders sind als Sie. *Es war ihnen egal.* Und ehrlich gesagt: Wäre ich mit David und seiner Gitarre wochenlang in so einem Haus eingesperrt, und mir würde jemand fünf Kisten Alkohol auf den Tisch stellen, würde ich auch zuschlagen.«

»Aber haben diese Leute denn keinen Sinn für Privatsphäre? Für ihre eigene Würde?«

Hooper konnte seinen Frust nicht mehr verhehlen. »Nun, Sir, nachdem sie sich alle freiwillig für diese Sendung gemeldet haben und seither in Unterhosen rumlaufen, würde ich mal sagen, dass die Antwort vermutlich negativ ausfallen dürfte.«

»Reden Sie nicht in diesem Ton mit mir, Sergeant.«

»In welchem Ton, Sir?«

»Sie wissen verdammt genau, in welchem.«

»Ich weiß nicht, welchen Ton Sie meinen.«

»Wie auch immer. Sparen Sie ihn sich jedenfalls.«

Während die anderen Bewohner auf dem Bildschirm ihr abendliches Gelage begannen, stand Moon auf und machte sich auf den Weg zum Beichtstuhl. »Ich wollte nur sagen … ich habe über den Streich nachgedacht, den ich Sally und den Mädchen neulich gespielt habe, ihr wisst schon, als ich erzählt habe, dass ich missbraucht wurde und in einer Anstalt war …«

Moon setzte zu einem langatmigen Monolog über sich und darüber an, was für eine wilde Braut sie sei, die kein Blatt vor den Mund nahm und immer sagte, was ihr in den Sinn kam. Schließlich begann sie mit ihrer Entschuldigung.

»Ich wollte nur sagen: Ich möchte nicht, dass die Leute mich grausam finden oder so, besonders nachdem ich sie später schluchzen gehört habe, und ich schätze, die Zuschauer wohl auch. Obwohl … wenn ihr mich fragt, war das wohl eher eine Überreaktion … aber ich will damit nur sagen, falls Sally missbraucht wurde oder was und, ich weiß nicht, irgendwelche Psychogeschichten laufen hat oder so, dann nichts für ungut, okay? Denn schließlich würde es mir auch nicht gefallen, wenn ich denken müsste, jemand verarscht mich, weil ich einen Sprung in der Schüssel habe, besonders wenn ich echt einen Sprung in der Schüssel habe, was bei Sally der Fall zu sein scheint, auch wenn ich das nicht behaupten will, wenn ihr versteht, was ich meine. Also, das wollte ich nur sagen, okay? Wenn ihr versteht, was ich meine.«

Das alles war für Coleridge völlig neu. Geraldine hatte das Gespräch im Mädchenzimmer nie gesendet, ebenso wenig wie Moons Entschuldigung im Beichtstuhl.

»Sally hat ›Psychogeschichten‹ laufen?«, fragte Coleridge.

»Scheint so«, antwortete Trish und nahm das Band mit Moons Geständnis aus dem Recorder.

»Ich habe mit Fogarty, dem Regisseur, gesprochen. Er hat mir erzählt, dass Sally eines Abends etwas in der Art gesagt hat, als die Mädchen geplaudert haben. Sie haben es nie gesendet, aber die Grausame Geri hat das Band behalten, für den Fall, dass sie es später noch mal gebrauchen kann. Deshalb haben wir es beim ersten Durchgang nicht gesehen, denn es war noch immer auf der Harddisk mit dem Rohmaterial versteckt. Fogarty hat es rübergeschickt. Hier ist es.«

Also hörten sich Coleridge, Hooper und Trish dieses Gespräch am achten Abend im Mädchenzimmer an, bei dem Moon log, was ihre Vergangenheit anging, und Sally so empfindlich reagierte, als es um das Thema »Geisteskrankheit« ging. Ein Satz ließ die drei Polizisten aufhorchen. Etwas, das Sally gesagt hatte, als sie dort im Dunkeln saß und ihre Stimme vor Erregung zitterte.

»... wenn dann mal alle Jubeljahre irgendwas passiert und ein armer Schizo, der nie wieder in die Gesellschaft hätte entlassen werden dürfen, jemandem ein Messer in den Kopf rammt oder sonst was, dann gilt plötzlich jeder leicht Depressive im Land als Mörder.«

Trisha hatte den Time-Code der Bemerkung festgehalten, ehe sie das Band zurückspulten und es sich noch mal anhörten.

»Jemandem ein Messer in den Kopf rammt.«

»Jemandem ein *Messer* in den Kopf rammt.«

Rückblickend betrachtet offenbar eine eher unglückliche Wortwahl.

»Halten Sie es für einen Zufall?«, fragte Coleridge.

»Vermutlich. Ich meine, falls Sally die Mörderin sein sollte, woher konnte sie schon Wochen vorher wissen, wie sie es machen würde? Wir haben doch festgestellt, dass der Mord improvisiert war.«

»Nichts dergleichen haben wir festgestellt, Constable«, fuhr Coleridge sie an. »Wir haben etwas in der Art *vermutet*, weil es schwer vorstellbar scheint, wie so etwas zu planen wäre. *Falls* allerdings jemand im Haus ein Faible für Messer haben sollte, dann könnten wir *vermuten*, dass dadurch die Mordmethode weniger eine Frage des Zufalls als vielmehr eine Unausweichlichkeit wäre.«

Einen Moment lang herrschte Schweigen in der Einsatzzentrale, ehe Coleridge hinzufügte: »Und Sally ist eine sehr, sehr kräftige Frau.«

»Dann wäre Sally also die Mörderin?«, fragte Trisha mit einem Anflug von Verzweiflung. »Das ist eine mächtig gewaltige Mutmaßung für eine so kleine Bemerkung.«

»Ich mutmaße nicht, Constable. Ich spintisiere.«

Spintisieren? Sollte das ein Scherz sein? Wer spintisierte denn heutzutage noch? Die Menschen dachten nach, sie überlegten, vielleicht sinnierten sie sogar hin und wieder, aber seit fünfzig Jahren hatte niemand mehr *spintisiert*.

»Sally hat eine Formulierung gewählt, die den Mord exakt beschreibt. Sie sagte ›jemandem ein Messer in den Kopf rammt‹. Wir müssen die Implikationen bedenken.«

»Wie wäre es, wenn wir Folgendes bedenken würden, Sir …« Trisha verdrängte dieses Gefühl in ihrer Magengrube, dass sie möglicherweise aus absurder schwesterlicher und sexueller Solidarität Position für Sally ergriff. Sie war davon überzeugt, dass sie eine Lesbe ebenso gern wie jeden anderen verhaften würde … andererseits gefiel ihr nicht, dass die Leute Sally so leichtfertig verdächtigten.

»Sie ist sehr kräftig«, sagte sie. »Sehr, *sehr* kräftig.«

Es war nicht Sallys Schuld, dass sie kräftig und muskulös war. Trisha wäre liebend gern genauso kräftig gewesen. Wenn auch vielleicht nicht ganz so muskulös.

»Weiter, Patricia«, forderte Coleridge sie auf.

»Na ja, ich frage mich, ob Moon vielleicht *wollte*, dass wir daran erinnert wurden, was Sally gesagt hatte. Vielleicht hat sie all das im Beichtstuhl nur gesagt, weil sie wollte, dass wir in genau die Richtung spintisieren, in die Sie augenblicklich spintisieren, Sir.«

Coleridge hob eine Augenbraue. »Das wäre eine Möglichkeit«, räumte er ein, »und zwar eine, über die wir ernstlich spin... die wir ernstlich im Auge behalten sollten.«

Sie wandten sich wieder dem Bildschirm zu.

18. Tag 20:15 Uhr

Nachdem Moon ihre kleine Ansprache über Sally vom Stapel gelassen hatte, trat sie aus dem Beichtstuhl und verkündete ihre Absicht, sich auf der Stelle »die Birne breit zu hauen«.

»Ist echt mein Ernst«, sagte sie und riss am Ring einer Dose Special Brew. »Ich kann es gar nicht erwarten. Ich hau mir die Birne breit und sauf mir das Hirn weg!«

»Schon komisch, oder?«, meinte Jazz. »Was wir sagen, wenn wir uns einen netten Abend machen wollen.«

»Hä?«, sagte Moon.

»Komische Art, einen netten Abend zu beschreiben, Moon«, wiederholte er.

»Hä?«

Jazz, der jede Gelegenheit nutzte, Sprüche zu klopfen und damit weiterzumachen, was er für seinen öffentlichen Auftritt als Komiker hielt, hatte etwas entdeckt, das ein fruchtbarer Einstieg zu sein schien. »Die englische Sprache ist die umfangreichste der ganzen Welt, und trotzdem fällt dir nichts Besseres ein, um zu beschreiben, wie du dich amüsieren willst. Heute Abend werde ich mich so amüsieren, dass mein Kopf am Ende flach wie ein Brett aussieht und ich kein Gehirn mehr habe! Was hat all das eigentlich zu bedeuten?«

»Hää?«, kam von Moon.

»Äußerst amüsant, Jazz«, sprang Dervla ein, während sie eine

Flasche Wein öffnete. »Ich würde ja lachen, aber ich bin noch nicht hirnlos genug.« Lächelnd schlang sie die Arme um sich, als hütete sie ein ganz besonderes Geheimnis.

»Kelly 1. Dervla 2.« Das hatte die geheimnisvolle Hand an den beschlagenen Spiegel geschrieben. *»Bleib dran, meine Schöne. XXX.«*

Die Empfängerin dieser kleinen Liebesbotschaft grinste breit durch den Zahnpastaschaum.

Also war sie in der Zuneigung des Publikums auf den zweiten Platz vorgerückt. Nicht schlecht nach zweieinhalb Wochen. Nur Kelly lag noch vor ihr, und Dervla war sich sicher, dass sie besser durchhalten würde als Kelly. Schließlich würde es für die Verbleibenden ein langes, langes Spiel werden, und Dervla vertraute auf ihre Reserven, was innere Stärke anging. Es schien ihr, als sei Kelly für den Kampf nicht ganz so gut ausgerüstet. Sie war zu offen, zu lieb, zu verletzlich, mental nicht darauf eingestellt, bis zum Ende durchzuhalten. Dervla hatte das Gefühl, als müsste sie nur bei der Stange bleiben. Wenn sie das Ganze überlebte, würde sie das Spiel gewinnen.

Mehr musste sie nicht tun.

Nur überleben.

Jazz brach in Dervlas Träumereien ein. »Dann wirst du dir also auch das Hirn wegsaufen, Dervo?«, fragte er und legte ihr freundlich einen Arm um die Schulter. »Kann ich mitmachen?«

»Es wäre mir ein Vergnügen«, erwiderte sie.

Jazz' weiches, hübsches Gesicht, das so nahe an ihrem war, duftete. Sie spürte seinen kräftigen Arm.

»Ich hab dich noch nie fluchen gehört, Dervs«, lachte er. »Du entspannst dich, Süße.«

»Ach, na ja, selbst wir Nonnen legen hin und wieder mal unseren Schleier ab.«

Jazz – ermutigt von Dervlas Aufgeschlossenheit – beschloss, einen Versuch zu starten. »Weißt du was?«, sagte er. »Man erfährt eine ganze Menge über dich, wenn du dir die Zähne putzt.«

Vor Schreck fuhr Dervla derart zusammen, dass beide ihre Drinks verschütteten. Alle drehten sich überrascht zu ihnen um.

»*Scheiße*, was weißt du über mich beim Zähneputzen?«, fuhr sie ihn zornig an. Nur selten hörte man Dervla »Scheiße« sagen.

»He, bleib locker, Mädchen«, erwiderte Garry. »Pass auf, was du sagst. Ich bin nicht so grob gestrickt wie du.«

Dervla sah völlig erschüttert aus. Sie versuchte sich zu sammeln. »Was meinst du damit, Jazz? Was ist mit mir beim Zähneputzen?«

Verwirrt suchte Jazz nach Worten. »Na ja, nicht nur über dich, Dervs«, sagte er. »Ich meine, über jeden. Ich wollte nur sagen, dass die Zahnbürsten der Leute einiges über sie verraten.«

»Ach so«, sagte Dervla. »Also hast du mich nicht beim Zähneputzen beobachtet oder so?«

»Was willst du damit sagen, Mädchen? Dass ich so was wie ein Zahnputzperverser bin? Ich hab keinem von euch beim Zähneputzen zugesehen, okay? Denn wenn ich meine Waschungen vornehme, tue ich das allein. Das ist was ganz Persönliches, okay? Mein Leib ist ein Tempel, und dorthin gehe ich, um zu beten«, erwiderte Jazz.

Alle lachten, und Dervla entschuldigte sich. Die Anspannung verflog, und Jazz fuhr fort.

»Also, ich wollte nur sagen, dass ich keinem von euch je beim Zähneputzen zugesehen habe. Aber ich wette, ich weiß, wem die einzelnen Zahnbürsten gehören.«

Damit gelang es ihm, die halbtrunkene Aufmerksamkeit der anderen einen Augenblick lang auf sich zu ziehen – nur nicht die von Kelly und Hamish. Kelly war schon zu weit drüber, als dass sie sich noch für das Gespräch interessierte, und Hamish war zu sehr damit beschäftigt, an Kelly herumzuschrauben. Hamish war mit der Absicht ins Haus gekommen, Sex im Fernsehen zu haben, und bei Kelly witterte er eine mögliche Gelegenheit. Er hatte eine Hand auf Kellys Knie gelegt, und sie kicherte.

»Es gab einmal eine Zeit«, fuhr Jazz fort, »als Zahnbürsten Gebrauchsgegenstände waren. Sie waren alle gleich, Mann, es gab verschiedene Farben, aber das war's. Jetzt ist deine Zahnbürste ein *modisches Statement*. Wir sprechen hier von *Designerware*!«

»Hör auf zu labern, und fang an«, unterbrach David. »Wem gehört welche Bürste?«

»Ich bereite nur meinen Auftritt vor, Mann, ich bereite nur meinen Auftritt vor.«

»Wem gehört welche Bürste?«

»Also, Gazzers dürfte wohl wie meine sein. Sie ist hip, schick, ordentlich hart und auf dem neuesten Stand der Technik! Sie hat sogar Stoßdämpfer, Mann! Sie hat einen großen, weichen, runden, aerodynamisch handfreundlichen Griff, eine Federung und einen abnehmbaren Kopf. Vorn hat sie eine federnde Knautschzone, und sie sieht aus wie eine Strahlenpistole, außerdem hat sie 'ne richtig schrille Farbe. Hab ich Recht, Gazz?«

»Meine Fresse, du bist ja ein echter Scheiß-Sherlock-Holmes, Jazz.«

»Ganz genau, Mann, denn das ist doch scheiß-elementar. Und du, Dervo, du hast die mit dem Streifen, der dir anzeigt, wann du eine neue brauchst, würde ich sagen.«

Dervla versuchte, ihr Pokerface zu wahren. »Wieso kommst du denn darauf, Jazz?«

»Weil du eine echt pingelige Braut bist, okay? Du bist süß und sauber, und du willst dir kein dreckiges, altes, abgewetztes Ding in den Mund schieben.«

»Schade!«, rief Gazzer, woraufhin Dervla errötete.

»Halt's Maul, Gazz«, knurrte Jazz. »Dervo ist eine echte Lady, also spar dir deine schlüpfrigen Bemerkungen übers Blasen, okay? Außerdem, der Punkt ist doch: Hab ich Recht, oder hab ich Recht? Als du im Drogeriemarkt warst und dir eine Bürste für deine makellos perlweißen Beißerchen kaufen wolltest, hast du dir da eine normale Bürste ausgesucht, oder hast du die genommen, die dir anzeigt, wann es Zeit wird, eine neue zu kaufen?«

Wieder lief Dervla rot an. »Also gut, hab ich, du Mistkerl!«, lachte Dervla, wenn auch vielleicht eine Spur zu laut.

»Dann mal los, Jason.« Nach wie vor bestand David darauf, Jazz bei seinem richtigen Namen zu nennen. »Welche ist meine?«

»Pipi-einfach, Mann. Du hast die Blaue, die ohne alles, kein Federdings in der Mitte, kein Putz-Schneller-Streifen, nur eine schlichte, ganz normale Bürste.«

»Tja, zufällig hast du Recht«, sagte David leicht verärgert. »Ich muss sagen, ich fühle mich geschmeichelt, weil du begriffen hast, dass ich die Sorte Mensch bin, die auf diesen Marketing-Quatsch nicht reinfällt. Ich möchte eine Bürste, die ihren Job macht und die Klappe hält. Eine Zahnbürste ist eine Zahnbürste, kein Turnschuh oder ein Sportwagen.«

»Da täuschst du dich aber, Mann«, sagte Jazz. »Ich hab dich nicht erkannt, weil du so ein erdverbundener Bursche bist, nie im Leben. Ich hab richtig getippt, weil du ein größerer Wichser als alle anderen bist.« Jazz lachte, David jedoch nicht.

»Und wieso ist das so?«, fragte er, wobei er sich nach Kräften bemühte, seine überlegene Miene aufrechtzuerhalten.

»Weil du eine *Classic* genommen hast, Mann! So nennt man solche Bürsten heute. Du hast keine stinknormale Bürste in deinem Zahnputzbecher, David, auf keinen Fall, Mann, du hast eine ›Wisdom *Classic*‹. Und die sind heutzutage nicht leicht zu finden, nicht jeder Laden hat sie auf Lager, und man muss sie zwischen all den pinkfarbenen, federnden und den transparenten biegbaren Dingern suchen. Denn die schicken, effekthascherischen Bürsten sind heute die *Norm*, David. *Das* sind die stinknormalen Bürsten, die heute gekauft werden. Was du da hast, ist ein Designerstück. *Retro Classic*, die man suchen muss, was du offenbar getan hast. Genau wie du dir bestimmt die Hacken abgelaufen hast, um diese Retro-Old-Style-Sneakers aufzutreiben, die du da anhast, und auch die nennt man ›Classic‹. Hergestellt nur für das Marktsegment der Leute, die meinen, *Stil* und *Klasse* zu haben, und niemals im *Trend* sein wollen. O nein, sie doch nicht, sie bevorzugen den *Classic*-Style. Mit anderen Worten, David: Das sind die Wichser.«

Es war ein guter Auftritt, und alle lachten lauthals. David hatte offenbar das Gefühl, mitlachen zu müssen, obwohl es ihm nicht sonderlich gut gelang. Er sah eher wütend aus. Stinksauer. Und erstaunt. Jazz hatte ihn durchschaut. Offenbar hatte David von Jazz' Seite nie eine intellektuelle Bedrohung erwartet, und doch hatte dieser großmäulige *Kochlehrling* ihn wie einen Idioten dastehen lassen. Und dazu vermutlich noch im landesweiten Fernsehen.

In seinem Hinterkopf hatte David ein kleines Buch, in das er die Namen von Leuten schrieb, mit denen er noch eine Rechnung offen hatte. Jazz hatte sich soeben eine ganze Seite reserviert.

18. Tag 22:00 Uhr

Kelly verkündete, es sei an der Zeit, ins Bett zu gehen. Sie habe einen tollen Abend gehabt, sagte sie, aber langsam fange alles an, sich um sie herum zu drehen. Als sie aufstand, kippte sie sofort rückwärts und landete auf Hamishs Schoß.

»'tschuldigung«, sagte Kelly.

»Macht nichts«, sagte Hamish. »Kannst du ruhig öfter machen.«

Kelly kicherte und schlang ihre Arme um Hamishs Hals. »Ich glaube, ich bin auf was Hartes gefallen«, stellte sie fest und lachte betrunken. »Gib mir einen Kuss.«

Das brauchte man Hamish nicht zweimal zu sagen. Sie küssten sich. Kelly schürzte die Lippen, während Hamish sofort mit offenem Mund ranging. Einen Moment lang ging Kelly darauf ein und knutschte wild mit ihm herum.

Im Monitorbunker brach Jubel aus. Es war der erste echte Kuss in *Hausarrest III*. Sie wussten, dass Geraldine begeistert wäre.

»Wenn er seine Hand unter ihr Oberteil schiebt, gewinnen wir die Magnum«, sagte Pru, Bob Fogartys Assistentin, die an diesem Abend verantwortlicher Redakteur war.

Tatsächlich hatte Peeping Tom Productions *dem* Team eine Magnum-Flasche alten Dom Perignon versprochen, das in der glücklichen Lage war, die erste Fummelei aufzunehmen.

Auf dem grünen Sofa war Moon nicht eben begeistert. »Scheiße, Kelly, wenn du nicht aufpasst, nuckelst du ihm noch den Kopf ab. Wie schmecken denn seine Mandeln?«

Aber Kelly hatte offenbar ihren Spaß. Sie war betrunken und fühlte sich ungezogen, und Hamish war ein hübscher Junge.

»Sehr schön«, sagte sie, als sie unsicher auf die Beine kam, »und jetzt geh ich ins Bett.«

»Ich helf dir«, sagte Hamish und sprang auf … unter dem Jubel der anderen.

»Ich danke Euch, edler Herr«, erwiderte Kelly kichernd.

»Vergesst nicht, dass Peeping Tom zusieht«, warnte Dervla.

»Ist mir egal«, antwortete Kelly, und das war es auch. Schlagartig hatte sie beschlossen, dass sie doch noch nicht ins Bett wollte. Wieso sollte sie sich nicht kurz mal mit Hamish verdrücken? Wer weiß, vielleicht küsste sie ihn sogar noch mal. Warum nicht? Es war eine Party, oder? Also torkelten sie in Richtung Mädchenschlafzimmer und überließen die anderen sechs Bewohner dem Alkohol.

»Lasst euch Zeit!«, rief Jazz.

»Ja, jedenfalls, bis wir alles ausgetrunken haben«, fügte Garry hinzu.

Im Monitorbunker drückten alle die Daumen. Es war ohne jeden Zweifel die bisher sexuell vielversprechendste Entwicklung. Atemlos beobachteten die Redakteure und Assistenten, wie das angetrunkene Pärchen von einer Kamera zur nächsten torkelte und nacheinander über die einzelnen Bildschirme zog.

Auf halbem Weg zum Schlafzimmer änderten sie ihren Kurs. Es war Kellys Idee. Sie packte Hamish beim Hemd und bugsierte ihn durch die Schiebetüren in die warme Nacht hinaus. Gemeinsam wankten sie zum Pool, und einen Augenblick lang fragten sich die Zuschauer, ob sie vielleicht Schwein haben würden und eine kleine Nacktbadeshow zu sehen bekämen.

»Kamera vier, unter den Pool, aber fix!«, bellte Pru in ihre Gegensprechanlage, worauf unten in den Kameragängen eine schwarz behängte, roboterähnliche Gestalt den Korridor entlangglitt und unter dem gläsernen Boden des Pools in Position ging.

Doch obwohl das angesäuselte Pärchen am Rand entlangschwankte, sich leidenschaftlich küsste und schallend lachte, fielen die beiden nicht hinein.

»Oh, mein Gott! Ich glaube, sie sind auf dem Weg zur Ballerbude!« Pru konnte ihre Aufregung kaum verbergen. »Ruf Geraldine an!«

Die Ballerbude war eine Holzhütte, die man hinter dem Pool aufgebaut und mit Kissen und verhängten Lampen ausgestattet hatte. Sie sah aus, als hätte jemand ein arabisches Liebeszelt in einer Gartenlaube einrichten wollen. Peeping Tom hatte die Hütte in der durchschaubaren Hoffnung dort hingestellt, dass das eine oder andere Pärchen vielleicht die Gelegenheit nutzen würde, um – sobald sie den neugierigen Blicken der Mitbewohner entkommen konnten – dort Sex zu haben. Man hoffte, das Vorhandensein von nicht weniger als *fünf* Kameras in diesem kleinen Raum würde die Leidenschaft nur mäßig dämpfen.

Kelly führte Hamish in die Bude, wo sie sich albern kichernd auf den Berg von Kissen fallen ließen.

Hamish hatte von Anfang an ein Auge auf Kelly geworfen, und die Kameras turnten ihn an. Ganz abgesehen von der erregenden Vorstellung, mit Kelly zu schlafen, während Millionen eifersüchtiger Männer zusahen, erschien ihm dies als großartiger Ausgangspunkt für die Moderation seiner eigenen quasi-medizinischen Fernseh-Sex-Show zu sein, für die er sich bereits den Titel *Hier Spricht Dr. Popp* ausgedacht hatte.

Die Küsse wurden länger, drängender ... innigere, noch betrunkenere Küsse. Theatralische, animalische, gurgelnde Küsse. Küsse, bei denen eher der Exhibitionismus als die Leidenschaft im Zentrum stand, denn wenn sich Kelly und Hamish – selbst in ihrem alkoholisierten Zustand – über etwas im Klaren waren, dann darüber, dass sich dieser Augenblick morgen Abend in der Sendung und dann am nächsten Morgen in den Zeitungen wiederfinden würde.

Welch ungeheuer erregender Gedanke! Dass sie einfach nur ihre Münder aufeinander pressen mussten, um sich selbst zu Stars zu machen!

Getrieben von echter Lust und reinem, prahlerischem Exhibitionismus, wagte Hamish einen Vorstoß. Sanft schob er seine Hand unter den Saum von Kellys weitem Hemd. Den ganzen Abend schon war ihm und den vier Millionen Zuschauern, die es sich später ansehen würden, klar, dass Kelly keinen BH trug.

»Mh-mh, so gut kennen wir uns noch nicht«, hauchte Kelly und schob seine Hand beiseite.

Im Bunker saßen alle inzwischen ganz vorn auf ihren Stühlen.

»Hat er ihre Titte berührt? Haben wir die Magnum gewonnen?«

»Ich glaub nicht, sie hat ihn gebremst.«

»Blöde Kuh! Lass ihn mal drücken, Mädchen, mach schon. Tu es für England!«

»Ich glaube, er könnte sie berührt haben, echt.«

»Wir müssen die Wiederholung abwarten.«

»Ist sowieso noch reichlich Zeit. Seht sie euch an.«

In der Ballerbude war Hamishs Enttäuschung über den fehlgeschlagenen Versuch bereits vergessen. Anscheinend war Kelly schon wieder scharf.

»Ich hab 'ne Idee«, schlug sie vor. »Lass uns heute hier übernachten, hm? Dann sind wir echt berühmt: Hamish und Kelly schlafen zusammen im Liebesnest am Pool! Ha, ha!« Dann zog sie ihre Jeans aus.

»Yeah!«, riefen alle im Monitorbunker und reckten ihre Fäuste in die Luft, als Kellys atemberaubender Hintern, bekleidet (wenn man es überhaupt so bezeichnen konnte) mit einem winzigen G-String, ins Bild kam.

»Oh, yeah!«, riefen sie noch einmal, und ihre Finger zitterten buchstäblich an den Reglern.

»Komm schon«, hauchte Kelly, »zieh deine Hosen aus. Du wirst in meinem Liebesnest nicht in dreckigen, stinkigen Klamotten schlafen.«

Hamish machte sich augenblicklich daran, seine makellosen Chinos herunterzuziehen. Als er versuchte, sie über seine Schuhe zu bekommen, war die Erektion in seiner Unterhose deutlich zu erkennen.

»Schamlos!«, sagte Kelly. »Ist das etwa für mich?« Und damit zog sie die Wolldecken über sich und Hamish.

»Mist!«, sagten sie im Bunker. »Wir hätten ihnen nichts zum Zudecken geben dürfen.«

Im Dunkel unter den Decken hielt Kelly eine Hand über ihr Mikrofon und flüsterte: »Jetzt haben sie erst mal was, worüber sie nachdenken können.«

Kelly war am Ende ihrer Fahnenstange angekommen. Eilig versuchte Hamish, sie weiterzutreiben. »Wieso geben wir ihnen nicht *wirklich* was, worüber sie nachdenken können, Kelly?«

»Wofür hältst du mich?«, kicherte Kelly verschlafen. »Ich bin müde.« Sie flüsterte es so leise, dass es selbst Hamish schwer fiel, sie zu verstehen. Und sie hielt eine Hand über ihr Mikrofon.

Außer ihm hatte es niemand gehört.

Der Alkohol und die weichen Kissen forderten ihren Tribut. Kelly dämmerte vor sich hin. Hamish fluchte im Stillen. Hamish küsste sie. Er küsste sie noch einmal, flüsterte ihr ins Ohr und versuchte, eine Stimmung wieder zu beleben, die ohnehin nie das gewesen war, was er vermutet hatte.

»Nein«, murmelte Kelly. »Sei nicht albern. Zu müde, zu breit, zu kuschelig.«

Zumindest hörte es sich danach an. Inzwischen war sie so weit weg, dass man sie nicht mehr verstehen konnte.

Hamish drückte Kelly an sich. Noch immer lagen ihre Arme um ihn, genau so, wie sie ihn vor dem Einschlafen gehalten hatte. Er drängte sich gegen sie, seinen verzweifelten Leib, der zu bersten drohte. Noch einmal schob er seine Hand unter Kellys Hemd. Die Hand, die sie eben erst zurückgewiesen hatte. Diesmal tat sie es nicht. Sie war eingeschlafen. Hamish hielt ihre Brust.

Im Bunker gab es keine Feier. Dem Team war nicht klar, dass es die Flasche Magnum gewonnen hatte. Sie konnten nichts erkennen. Sie wussten es nicht.

»Was machen die da drunter?«, fragte Pru.

»Nicht sehr viel, fürchte ich«, sagte die Assistentin. »Zu breit. Ich kenn das.«

Unter den Decken drückte Hamish vorsichtig Kellys Brust. Erst sanft, dann mutiger spielte er mit seinen Fingerspitzen an dem hübschen kleinen, sexy Nippelring herum. Er zog etwas daran. Kelly rührte sich nicht einmal.

Hamish war Arzt und wusste, dass Kelly nicht schlief. Sie war bewusstlos. In Hamishs Kopf drehte sich alles in der Dunkelheit.

Die Dunkelheit! Plötzlich wurde Hamish bewusst, wie dunkel es war. Sie waren zugedeckt. Es war stockfinster unter den dicken, schweren Decken, die nach Moschus rochen.

Ganz langsam, um keine Bewegung an den Decken zu verursachen, ließ Hamish seine Hand abwärts gleiten. Über ihre Rippen, die sich so gleichmäßig hoben und senkten, über ihren weichen, flachen Bauch, bis er seine Finger unter das winzige Dreieck ihres G-Strings schob.

Hamish war wie blind vor Erregung. Die Aussicht, eine derart verbotene Frucht zu kosten, berauschte seinen trunkenen Geist nur umso mehr. In diesem Moment gab Kelly ein sonores Schnarchen von sich.

Im Bunker hatte man Kellys Schnarchen gehört, und da sich die Decken, unter denen Hamish und Kelly lagen, kaum bewegten, kam man mit einigem Bedauern zu dem Schluss, dass die Aufregung der Nacht vorüber war.

Allerdings war dies keineswegs so – im Gegenteil: Sie strebte ihrem Höhepunkt entgegen. Mittlerweile hatte Hamish seine Hand zwischen Kellys Beinen, berührte sie, erkundete sie und entdeckte zu seiner Überraschung, dass Kelly ein kleines Geheimnis hatte … ihre Schamlippen waren gepierct. Davon hatte sie der Gruppe nichts erzählt. Von den Nippelringen hatte sie oft genug gesprochen, aber dieses höchst private Schmuckstück hatte sie für sich behalten. Bis jetzt.

Während Hamish sie sanft erkundete, ging ihm plötzlich eine Formulierung durch sein angesäuseltes Hirn, eine Formulierung, die er aus dem gerichtsmedizinischen Seminar kannte. Sie lautete *Digitale Penetration.*

Genau das machte er gerade. So würde man es nennen, falls irgendwer je davon erfahren sollte.

Plötzlich wurde sich Hamish des enormen Risikos bewusst, das er einging. Er beging ein schweres *Verbrechen.* Diese betrunkene Improvisation, dieser *Sexstreich*, war eine Vergewaltigung. Dafür konnte er ins Gefängnis wandern.

Hamish zog seine Hand zurück, wenn auch widerwillig. Sehr widerwillig. Dabei zog er den schmalen, feuchten Zwickel von Kellys G-String beiseite, und in diesem kurzen Schwindel erregenden Augenblick der Lust dachte er ernstlich daran, seine schmerzende Erektion aus seiner Unterhose zu befreien und in die bewusstlose Kelly einzudringen.

Doch der Gedanke hielt sich nur einen Augenblick. So betrunken er auch sein mochte, war ihm das enorme, schicksalsträchtige Risiko, das er schon jetzt eingegangen war, doch eindeutig bewusst. Allein der Gedanke daran, diesen Missbrauch noch weiter voranzutreiben, führte ihm die Schwere dessen, was er bereits getan hatte, vor Augen.

Digitale Penetration. Um Gottes willen, das war ernst genug. Lass es sein. Lass es sein. Mit der geübten, ruhigen Hand eines Arztes arrangierte Hamish hastig den Zwickel wieder so, wie er meinte, ihn vorgefunden zu haben. Er schob das warme, feuchte Band in die Falte ihrer Vagina und fädelte es zwischen ihren Hinterbacken hindurch.

Die ganze Zeit über gab er sich allergrößte Mühe, die schweren Decken, unter denen sie lagen, nicht zu bewegen. Es war von elementarer Bedeutung, dass die Leute, die zweifellos zusahen, glaubten, dass er – ebenso wie Kelly – schlief.

Nachdem er seine Hand zurückgezogen hatte, tat Hamish, als schnarchte er leise, nicht allzu sehr, sondern nur gelegentlich ein leises Geräusch, das Kellys tiefen, alkoholisierten Schlaf begleitete.

Als er die Hand nach unten ausstreckte, bemerkte Hamish, dass seine Hose feucht war. Er musste unbewusst einen Samenerguss gehabt oder zumindest vor Erregung erheblich getropft haben. Hatte er Flecken auf den Kissen hinterlassen? Oder, schlimmer noch, an ihrer Unterwäsche? Und wenn ja: Konnte er es als peinliches Versehen abtun? Starr vor Angst tastete er herum, um festzustellen, ob ihm ein Beweis seiner Schande entkommen war. Anscheinend nicht. Er hatte Glück gehabt.

Kelly war bewusstlos, und er hatte keine Spuren hinterlassen.

Die Decken waren dick und hatten sich kaum bewegt.

Er war gerettet. Er war überzeugt davon, dass ihm nichts passieren konnte. Aber das Risiko. Das *Risiko*, das er eingegangen war! Allein beim Gedanken daran lief es ihm kalt über den Rücken.

Hamish zuckte leicht, als hätte er geschlafen und sei gerade wieder aufgewacht. Kelly rührte sich nicht, als er die Decke beiseite schlug, sich am Kopf kratzte, sich die Augen rieb und sich umsah, als wollte er sagen: »Wo bin ich?«

Dann täuschte er ein Lächeln vor und zwinkerte in die Kamera. »Nah dran, was?«, flüsterte er dem kleinen roten Licht über sich zu. »Ich kann's kaum glauben, und dann bin ich auch noch zuerst eingeschlafen. Zeigt es bloß nicht im Fernsehen. Das verzeihen mir meine Kumpels nie.«

Mit diesen Worten erhob er sich von den Kissen, zog seine Hose wieder an, arrangierte die Decke sanft über der reglosen Kelly und kehrte zur Party zurück.

Wo er mit anzüglichem Jubel begrüßt wurde.

»Tut mir Leid, aber ich muss euch enttäuschen, Leute«, sagte Hamish, »aber wir sind beide eingenickt. Und – ob ihr es glaubt oder nicht – ich zuerst.« Hamish hoffte inbrünstig, sie würden es glauben.

Dann zog er sich in sein Bett zurück und verbrachte eine ausgesprochen unruhige Nacht, da ihn ständig die Frage quälte, ob Peeping Tom wissen konnte, was er Schreckliches in dieser Nacht getan hatte.

Digitale Penetration.

Schweigend dankte er Gott dort in der Dunkelheit, dass er ihn aufgehalten hatte, bevor noch Schlimmeres geschehen war.

19. Tag 7:00 Uhr

Kelly stöhnte einmal kurz auf und war wach. »Was zum ...?« Dann fiel es ihr wieder ein. Sie war in der Ballerbude. In Poppenhausen, in der Knallkabine, der Lotterlaube. Schon vor Beginn der ersten Sendung, als Peeping Tom diese Raffinesse in der häuslichen Struktur verkündete, hatte die Presse etwa fünfzig Namen dafür gefunden. Und jetzt lag sie hier drinnen unter den Augen der Nation. Wie musste das aussehen?

»Keine Sorge«, sagte sie. »Ist nichts passiert.«

Sie griff unter der Decke hervor nach ihrer Jeans und grinste verlegen. Wie Hamish fühlte auch sie sich bemüßigt, in die Kamera zu sprechen.

»Ich war wohl gestern ziemlich dicht, oder ...?«

Kellys wohlgeformte Beine kamen zum Vorschein, und mit angesichts ihres Katers bemerkenswerter Anmut stieg sie in ihre Jeans. »Ich wette, Hamish fühlt sich genauso mies.«

Noch einmal lächelte sie in die Kamera, dennoch war ihr das Unbehagen deutlich anzusehen. Wieso fühlte sie sich so schmutzig? Wieso fühlte sie sich wie ein armseliges Flittchen? Doch bestimmt nur, weil sie verkatert war, oder? Schließlich wusste sie, dass nichts passiert war. *War* etwas passiert? Hatte sie Hamish näher rangelassen, als gut für sie war?

Ganz bestimmt nicht. Sie war sich ganz sicher. Sie erinnerte sich genau. Sie hatte mit ihm rumgeknutscht und war dann eingepennt. Nachdem sie genau so weit gegangen war, wie sie hatte gehen wollen.

Woher kam dann dieses Gefühl? Woher das Unbehagen?

Da war etwas, irgendwas an ihr, das sie nicht recht in Worte fassen konnte, nur dass sie sich fragte … *War* irgendwas passiert? Wie denn? Sie konnte sich genau erinnern, immer. Das zeichnete sie beim Trinken aus: *Sie erinnerte sich immer an alles, was sie getan hatte. Und was nicht.*

Und auch jetzt erinnerte sie sich. Sie hatte ihn geküsst und war eingepennt. Und dennoch … sie hatte so ein Gefühl, als hätte man sie …

Missbraucht? War es das? Fühlte sie sich missbraucht? Bestimmt nicht. Niemals.

Es war reine Einbildung. Bestimmt. Das Peeping-Tom-Haus war der sicherste Ort auf Erden. Die Kameras sahen *ununterbrochen* zu. Niemand würde unter solchen Umständen ein derartiges Risiko eingehen. Und schon gar nicht Hamish. Er war ein guter Typ. Und Arzt.

Irgendein anderer? Später? Nein, es war absoluter Irrsinn. Selbst jetzt, als sie dasaß und nachdachte, wurde sie von fünf Kameras beobachtet. Fünf Anstandswauwaus, denen nichts entging, behielten sie im Blick. Wieder sah sie lächelnd zu ihnen auf. »Ja, gut, dass nichts passiert ist, hm? Du bist mein Beschützer, oder, Peeping Tom? Mein Dad muss sich doch keine Sorgen machen, oder? Mir kann nichts passieren, wenn du zusiehst.«

Im Monitorbunker flippte Geraldine, die noch in den frühen Morgenstunden atemlos herbeigestürzt war, um am Ende nichts als eine riesige Enttäuschung zu erleben, beinahe aus.

»Das ist nicht der Sinn der Sache, du blöde Kuh!«, schrie sie

Kelly auf den Monitoren an. »Das ist absolut überhaupt nicht der Sinn der Sache!«

Kelly kam aus der Hütte und tauchte sofort in den Pool. Sie zog nicht mal ihre Jeans aus. Es war eine spontane Idee, ein plötzliches Bedürfnis, sich rein zu waschen. Und wieder war ein Mikro für 500 Pfund hinüber.

Hinter den Glastüren schliefen alle noch. Jazz, Moon und Sally hatten sich gar nicht erst die Mühe gemacht, vom Sofa aufzustehen.

Selbst Hamish war irgendwann eingeschlafen, auch wenn seine Träume unruhig und von Schuldgefühlen gebeutelt waren. Und als er aufwachte, wurde es immer schlimmer. Wusste sie davon? Wusste irgendwer davon? Was hatten die Kameras gesehen? Nichts. Wenn doch, hätte Peeping Tom eingegriffen, denn anderenfalls machten sie sich der Förderung einer Straftat schuldig. Nein, nein. Hamish war sich sicher, dass von außen nichts Verdächtiges zu sehen gewesen war. Falls doch, hatte niemand was gesagt. Entlarvt werden konnte er nur von jemandem im Haus. Ob Kelly sich erinnerte? Wie sollte sie? Sie hatte geschlafen. Sie hatte *definitiv* geschlafen.

19. Tag 8:00 Uhr

Kelly ging nicht zu Bett. Nachdem sie trockene Sachen übergezogen hatte, machte sie sich einen Becher Tee, setzte sich aufs grüne Sofa und versuchte, diesen Verdacht abzuschütteln, mit dem sie aufgewacht war.

Eine Stunde später kam Dervla an ihr vorbei, als sie auf dem Weg zur Dusche war. Wie alle anderen war auch Dervla lange wach gewesen, aber sie wollte nicht ausschlafen. Sie schlief nie aus, da sie morgens immer die Erste in der Dusche sein wollte. Sie wollte in den Spiegel sehen.

»Guten Morgen, Kelly«, sagte Dervla. »Wurde gestern kurz mal eng mit Hamish, was?«

»Wie meinst du das? Wir haben uns doch nur ein bisschen amüsiert.«

Der Umstand, dass Kelly sofort in die Defensive ging, entlockte Dervla ein Lächeln. Vielleicht war doch was passiert.

»Na ja, ihr wart beide ziemlich betrunken, oder? Und er hat dich den ganzen Abend schon angesabbert, mit hängender Zunge, aber echt. Wenn der arme Kerl nicht vor dir eingeschlafen wäre, hättest du ihn wahrscheinlich mit einem Stock verscheuchen müssen.«

»Vor mir eingeschlafen? Hat er das so gesagt?«

»Hat er … Bist du okay, Kelly?«

»Ja! Ja, absolut«, erwiderte Kelly viel zu eifrig, ehe sie sich in Schweigen hüllte.

Dervla ging duschen und ließ Kelly allein. Sie hörte, wie sich die Kamera hinter dem Glas bewegte.

»Morgen, Herr Kameramann«, sagte sie, während sie sich unter ihrem T-Shirt einseifte. »Ich hoffe, es geht Ihnen besser als mir.« Sie schob ihre glitschige, seifige Hand in ihre Unterhose.

Hinter dem Glas summte leise der Elektromotor der Kamera, als sie sich scharf stellte. Wäre die Dusche nicht angestellt gewesen, hätte Dervla es vielleicht gehört.

Die Nachricht war bereits geschrieben, als Dervla ans Waschbecken trat, um sich die Zähne zu putzen. Der Tonfall des Schreibers hatte sich verändert.

»K ist deine Feindin«, stand da. *»Scheißschlampe liegt noch vorn. Geilt die Jungs auf, um nicht nominiert zu werden.«* Außerdem hatte der unsichtbare Finger die ersten vier Worte unterstrichen.

»K ist deine Feindin.«

36. Tag 23:50 Uhr

Sergeant Hooper überlegte, ob er sich ein Taxi rufen sollte. Er hatte einen langen, erfolglosen Tag gehabt, was die Mordermittlungen anging, gefolgt von einer nicht unerheblichen Menge an Bier und Fast Food, und jetzt war es an der Zeit, einen Abflug zu machen.

So weit war der Abend mit den Jungs ganz nett gewesen, aber langsam wurde ihm langweilig. Nicht dass er irgendwas gegen Pornografie einzuwenden hatte, auch wenn er selbst kein sonderlich engagierter Konsument war, aber er hatte nie besonders viel Sinn darin gesehen, sich einen gemeinsam mit seinen Kumpels reinzuziehen. Seiner Meinung nach bestand der Sinn von Pornos doch in der sexuellen Stimulation – entweder für Sex mit sich selbst oder mit einem Partner. Dazu gab es sie. Um dabei zu onanieren oder um sie sich mit einer Freundin anzusehen, wenn man den Horizont nächtlicher Aktivitäten erweitern wollte. Allerdings stand er überhaupt nicht darauf, mit glasigen Augen bei einem Freund auf dem Sofa zu hocken und nach Feierabend in Gesellschaft sturztrunkener Bullen rumzusabbern – mit einem Döner in der einen Hand und einer Dose Bier in der anderen.

»Ihr seid ein jämmerlicher Haufen«, sagte er. »Ich hau noch mein Bier weg und lass euch allein. Aber macht mir keine Flecken auf das Sofa.«

»Du versteht das nicht, Hoops«, sagte Thorpe, ein Detective von der Sitte. »Es geht dabei nicht um Sex, sondern um Qualität. Wir sind Kritiker. Pornos sind eine Kunstform, und wir sind *aficionados*. Wusstest du, dass es bei den Porno-Oscars in Cannes einen Preis für den besten Come-Shot gibt?«

»Das finde ich doch reichlich schwer zu schlucken«, erwiderte Hooper und handelte sich damit unwillkürlich etwa fünf Minuten hysterisch betrunkenes Gelächter ein.

»Pornografie ist ein legitimes Filmgenre«, beharrte Blair. »Genauso wichtig wie zum Beispiel der Abenteuerfilm oder die Romantische Komödie.«

»Wie gesagt, Blair, du bist jämmerlich«, erwiderte Hooper. »Wieso kannst du nicht ehrlich sein? Du siehst dir das Zeug an, weil du davon einen Ständer kriegst. Nichts für ungut, Mann, das kann ich verstehen. Ich weiß nur nicht, wozu du dabei Gesellschaft brauchst.«

»Du irrst dich, Hoop, du verstehst es einfach nicht. Das Ganze hat was Verbindendes. Wir sprechen über die Filme, die Schauspieler, das Stöhnen, ob eine goldene Dusche gelungen ist, ob der Schwanz, der reingeschoben wird, wirklich dem Typen gehört. Wir haben hier ein Kritikerforum. Und du glaubst anscheinend, dass alle Pornofilme gleich sind.«

»Sind sie das nicht?«

»Genauso wenig wie Horrorfilme oder Western. Ist *Butch Cassidy* das Gleiche wie *Für eine Handvoll Dollar*? Natürlich nicht. Ist der *Exorzist* das Gleiche wie ein *Hammer*-Horror? Wohl kaum. Und genauso ist es bei Pornos. Zum Beispiel der, den ich hier einlege. Das ist ein Billig-Teil, echtes Hardcore-Nageln. Ein echt fieser, schmieriger, dreckiger Streifen.«

»Danke für die Warnung, Kumpel«, sagte Hooper und trank sein Bier aus. »Ich glaub, den lass ich aus. Ich nehme mir ein Taxi.«

»Du bist verrückt. Du verpasst einen Klassiker, eine Ikone der Kultur. Die *Akkordficken*-Serie ist ein Meilenstein des Genres.«

Hooper war schon auf dem Weg zur Tür, als in seinem Kopf eine Glocke schrillte. »Welche Serie?«, fragte er und drehte sich um.

»*Akkordficken*. Legendärer, harter Volle-Pulle-Porno. Keine schwachsinnige Handlung, kein langatmiges Vorspiel. Es ist genau das, was auf der Hülle steht. *Akkordficken* ist der Titel, und ein Akkordficken ist es auch. Das hier ist Nummer drei, ein früher Film, wirklich nur was für Kenner. Die Serie hatte noch nicht zu sich gefunden. Der anerkannte Höhepunkt der Reihe ist *Akkordficken Neun*, und die hat reichlich Preise gewonnen, nicht weniger als …«

»Gibt es auch *Akkordficken Zwanzig*?«, fragte Hooper sichtlich aufgeregt.

»Kann man wohl sagen. Bis jetzt haben sie sechsundzwanzig davon gedreht. Ich kann sie dir alle besorgen, wenn du willst … Wieso grinst du denn so blöd?«

Hooper lächelte in der Tat. Das war es bestimmt, was Kelly David im Whirlpool ins Ohr geflüstert hatte. Woraufhin David so besorgt ausgesehen hatte.

38. Tag 9:00 Uhr

Als er Hut und Mantel in der Garderobe ablegte, hörte Chief Inspector Coleridge zu seiner Überraschung Jubel und laute Stimmen aus der Einsatzzentrale. Als er das Zimmer betrat, sah er, dass sich einige seiner Mitarbeiter – beiderlei Geschlechts – um einen Videomonitor drängten, aus dem seltsames Ächzen und Stöhnen drang.

»Den kriegt sie *nie* in den Mund!«, sagte ein Constable gerade.

»Der kann nicht echt sein!«, kreischte eines der Mädchen. »Der ist doch computeranimiert.«

In diesem Augenblick erkannte Coleridge, was für eine Art Video sie sich ansahen, und wollte die Bande schon zurechtweisen, als Hooper die Pausentaste drückte und sich zu seinem Vorgesetzten umwandte.

»Äh, Sir«, sagte er. »Entschuldigen Sie den Lärm, aber wir sind heute Morgen alle ziemlich gut drauf. Ich glaube, wir wissen, wo sich Kelly und David früher schon mal begegnet sind.«

Auf dem Bildschirm war eine junge Frau in ihrem Vorhaben erstarrt, an einem Mann Oralsex auszuüben, der eine Kreuzung zwischen Mensch und Esel zu sein schien. Die Frau war definitiv nicht Kelly.

»Das ist nicht Kelly«, sagte Coleridge unwirsch, »und David sehe ich auch nicht. Was soll das?«

»Sehen Sie da, hinter der Hauptdarstellerin, Sir. Sehen Sie sich die beiden Mädchen an, die ihr von hinten an die Eut… an die Brüste fassen, die da rechts, die zum Teil hinter dem Schwanz … dem Penis von dem Mann verschwindet, das ist Kelly.«

»Gütiger Himmel«, sagte Coleridge. »Das ist sie.«

»Sie sagte, sie sei Komparsin gewesen, Sir. Jetzt wissen wir, in was für Filmen das war. Kein Wunder, dass sie nicht weiter darauf eingegangen ist. Dieser Film ist übrigens Kellys ›Korkwicken Danzig‹.«

»Komischer Titel.«

»Nicht, wenn man weiß, dass sie eigentlich *Akkordficken Zwanzig* gesagt hat.«

»Oh, ich verstehe. Also, ich … Und der Besitzer dieses … äh, Körperteils … Ist das David?«

»Nein, Sir, das ist nur einer der zahlreichen körperlosen Penisse, die in diesem Film auftauchen. Das hier ist David.« Und Hooper spulte ein Stück vor bis zu dem Auftritt des Stars in diesem Film, einer haarsträubenden bisexuellen Gestalt mit langer dunkelroter Perücke und aufgedonnertem Make-up, rosafarbenen Lippen, glitzerndem Lidschatten und einem Höschen aus Fell und Federn, das er gerade ablegte.

»David, Sir«, sagte Hooper, »oder Boris Pecker, wie er sich in der Reihe *Akkordficken* nennt. Außerdem tritt er unter den Namen Olivia Newton-Dong, Ivor Biggun und als zweite Hälfte eines Schwulen-Porno-Comedy-Duos namens Ben Doon und Phil McCavity auf.«

»Großer Gott.«

»Ich habe heute Morgen mit seinem Agenten gesprochen. Anfangs hat er versucht, mich hinzuhalten, aber am Ende wollte er sich doch lieber nicht wegen Behinderung polizeilicher Ermittlungen einbuchten lassen. Unser David führt ein geheimes Doppelleben als Pornostar. Offensichtlich ist er sehr gefragt.«

»Deshalb kommt er also ohne Arbeit so blendend zurecht.«

»Ja, Sir, der hochtrabende, ernsthafte Schauspieler, der nie im Leben als Komparse arbeiten würde und lieber arbeitslos wäre, als sich zu prostituieren.«

»Was für ein mieser kleiner Heuchler unser Freund doch ist.«

»Absolut. Wissen Sie noch, wie er Kelly an den Kopf geknallt hat, sie solle sich lieber einen anderen Traum suchen, weil sie die Schauspielerei sowieso längst verraten hätte?«

»Allerdings.«

»Tja, sehen Sie ihn sich an.«

Das Band lief weiter, und David – oder Boris Pecker – stolzierte mit seinem absurden Make-up zwischen den sich windenden, kopulierenden Körpern umher. Abgesehen von der roten Perücke und einer rosa Schleife um seinen Penis war er splitterfasernackt.

»Ich bin Lord Lanzenlot!«, deklamierte er. »Verneigt Euch vor der Macht meiner Ehrfurcht gebietenden Keule!« Woraufhin alle Nackten augenblicklich aufhörten herumzutollen und sich vor ihm zu Boden warfen.

»Ich bin erstaunt, dass noch keine Zeitung darauf gekommen ist«, bemerkte Coleridge.

»Na ja, sehen Sie ihn sich an, Sir. Das Make-up, die Perücke, das Getue. Hätten Sie ihn erkannt, wenn Sie es nicht wüssten?«

»Nein, wahrscheinlich nicht.«

»Genau wie alle anderen. Es sei denn, sie würden ein absolut unveränderbares Merkmal wiedererkennen. Sehen Sie sich Kelly an.«

Kelly lag David zu Füßen, die Augen kaum fünf Zentimeter von seinem linken Knöchel entfernt.

»Sein oder nicht sein, Sir«, sagte Hooper lächelnd.

38. Tag 22:15 Uhr

Während sich Hooper und Coleridge Davids tragender Rolle in *Korkwicken Danzig* widmeten, hatte sich Trisha wieder einmal auf den Weg zum Peeping-Tom-Komplex gemacht, um mit Bob Fogarty zu sprechen.

»Es geht um diese Sache mit Kelly und Hamish in der Ballerbude«, hatte sie ihm am Telefon gesagt, bevor sie sich auf den Weg machte. »Am Tag danach war Kelly im Beichtstuhl, aber wir haben nur die geschnittene Version davon. Meinen Sie, das Original gibt es vielleicht noch?«

»Nichts wird jemals wirklich von einer Harddisk gelöscht«, erklärte Fogarty, offenbar erfreut, dass er über Computer reden konnte. »Sofern es nicht bewusst überspielt wurde, fliegt es für immer und ewig in der digitalen Schattenwelt herum. Wenn man die Löschtaste drückt oder es in den Papierkorb verschiebt, versteckt man es nur. Wenn man weiß, wo man suchen muss, kann man fast alles auf einem Computer wieder zurückholen. So werden diese Porno-Typen meist geschnappt.«

»Dann graben Sie mir Kellys Beichte von Tag neunzehn wieder aus. Ich bringe Ihnen auch eine Tafel Schokolade mit.«

Fogarty hatte das Material gefunden, das Trisha brauchte, sodass sie nun dasaßen und es sich gemeinsam ansahen.

»Es ist 7:15 Uhr am neunzehnten Tag«, sagte Andy, der Erzähler, *»und Kelly kommt in den Beichtstuhl, weil sie sich Sorgen um die Ereignisse des gestrigen Abends macht.«*

»Hallo, Tom.«

»Hallo, Kelly«, sagte Sam, Peeping Toms beruhigende Stimme.

»Ähm, ich wollte nur mal was fragen wegen der Party gestern Abend und ... äh ... als ich mit, äh ... Hamish in dieser kleinen Hütte war.«

»Ja, Kelly«, sagte Peeping Tom.

»Na ja, ich war ein bisschen betrunken ... also, ehrlich gesagt, war ich ziemlich betrunken, und jetzt wollte ich mal fragen ... Ist da was passiert? Ich meine, ich weiß, dass nichts passiert ist, ich bin mir sicher, und ich mag Hamish, er ist toll, aber, na ja ... Ich kann mich nicht richtig erinnern, und ... ich wollte es nur wissen.«

»Warum fragst du nicht Hamish, Kelly?«

»Na, er war ja auch betrunken, und ... Es ist doch etwas peinlich, oder? Zu einem Jungen zu sagen: ›Haben wir gestern Nacht irgendwas gemacht?‹«

»Peeping Tom erinnert dich an die Regeln, Kelly, dass den Bewohnern keine äußeren Einflüsse oder Informationen gestattet sind. Dazu gehört auch die nachträgliche Erörterung des Verhaltens eines Kandidaten. Peeping Tom erwartet von dir, dass du weißt, was du getan hast.«

»Ich weiß, was *ich* getan habe, ich möchte nur wissen, was ...«

Kelly hielt die Luft an. Schweigend saß sie einen Augenblick lang da, und es schien, als blickte sie flehentlich in die Kamera.

Trisha sah sich Kelly genau an. Was hatte sie gerade sagen wollen? Vielleicht »was *er* getan hat«?

»Bitte, Peeping Tom, ich will ja keine Einzelheiten wissen, ich frage doch nur, ob in der Hütte irgendwas passiert ist.«

Es folgte eine Pause. »Peeping Tom wird sich in dieser Sache wieder an dich wenden, Kelly.«

»Was?«, keuchte Kelly. »Sag es mir einfach! Darüber müsst ihr doch wohl nicht erst nachdenken! Ich meine, ihr habt zugesehen. *Ist irgendwas passiert?*« Kellys Stimme bebte. »Soll das hier ein Gag sein? Macht ihr euch über mich lustig? Wie wenn jemand auf einer Party einpennt und mit rasiertem Kopf und voll geschmiert mit Zahnpasta wieder aufwacht? Kommt schon, ich kann Spaß vertragen. Hab ich mich zum Affen gemacht? Hat *mich* irgendwer zum Affen gemacht?«

»Ich selbst hatte keinen Dienst gestern Abend, Kelly. Wir müssen mit dem zuständigen Redakteur sprechen. Du kannst im Beichtstuhl warten, wenn du willst.«

Also saß Kelly da und wartete.

Trisha und Fogarty beobachteten sie dabei.

»Sie scheint sich nicht besonders wohl in ihrer Haut zu fühlen, was?«, meinte Fogarty. »Sie glaubt, sie hätte sich volllaufen lassen und es dann mit ihm getrieben. Hat sie natürlich nicht. Sie haben die Aufnahmen gesehen. Echt langweilig.«

Schließlich war Peeping Toms Stimme wieder zu hören. »Peeping Tom hat mit dem zuständigen Redakteur gesprochen, Kelly, und wir sind zu dem Schluss gekommen, dass wir uns im Rahmen der Regeln bewegen, wenn wir dir versichern, dass ihr zwei geknutscht und gekuschelt habt, woraufhin ihr beide unter den Decken eingeschlafen seid und keine weiteren Bewegungen bemerkt wurden.«

Kelly sah erleichtert aus. Sie hatte nur sichergehen wollen. »Danke, Peeping Tom«, sagte sie. »Bitte, sendet das nicht, ja? Ich meine, ich war nur blöd und wollte Hamish nichts nachsagen, denn er ist echt toll, und ich mag ihn … Ihr sendet es doch nicht, oder?«

»Peeping Tom kann keine Versprechungen machen, Kelly. Man wird deinen Wunsch jedoch im Hinterkopf behalten.«

»Danke, Peeping Tom.«

»Und wie Sie sehen konnten, haben wir es natürlich doch gesendet«, sagte Fogarty, »oder zumindest die bearbeitete Version.

Geraldine war *begeistert*. Sie sagte, es sei *riesengroßes* Fernsehen. ›Ein armseliges, besoffenes Flittchen bettelt darum, dass man ihm sagt, ob es sich gestern Abend zur Fotze gemacht hat‹, wie Geraldine es formuliert hat. Sie meinte, ihr würde es ständig passieren, dass Typen auf Partys behaupten, sie hätten sie angeblich letzten Dienstag besinnungslos gerammelt, obwohl sie sich absolut an nichts erinnern kann.«

»Ziemlich schräge Type, Ihre Geraldine, was?«

»Sie ist eine Schlampe, nicht mehr und nicht weniger.«

»Seltsam, dass Kelly dachte, sie könnte all das in die Kamera sagen und dann darum bitten, dass es nicht gesendet würde.«

»Ich weiß, das tun sie alle. Erstaunlich, wirklich. Die glauben tatsächlich, ihre Wünsche wären uns wichtiger als die Aussicht auf großes Fernsehen. Ständig schleichen sie in die Kiste und sagen: ›Oh, bitte, zeigt das nicht.‹ Ich meine, wenn sie nur mal einen Augenblick nachdenken würden, könnten sie sich vielleicht fragen, wozu wir über zweieinhalb Millionen Pfund allein für den Bau dieses Haus ausgegeben haben. Wohl kaum, um ihnen eine hübsche Abkürzung ins Showgeschäft zu ermöglichen, oder?«

»Nein, aber mal einen Augenblick nachzudenken ist nicht so wirklich das Ding dieser Leute, oder? Sie sind viel zu sehr mit ihren Gefühlen beschäftigt.« Trisha fiel auf, dass sie einen Moment lang genau wie Coleridge geklungen hatte. Sie war fünfundzwanzig Jahre alt und fing schon an, wie ein Mann von Mitte fünfzig zu reden, der zielstrebig auf die siebzig zuging. Sie musste wirklich mal wieder unter Leute gehen.

»Es ist echt jämmerlich«, fuhr Fogarty fort. »Sie bedanken sich sogar bei uns, wenn wir ihnen eine kleine Freude bereiten, die sie eigentlich nur dazu bewegen soll, sich auszuziehen. Das ist das Stockholm-Syndrom.«

»Wenn sich Gefangene in ihre Peiniger verlieben.«

»Ganz genau. Wenn sie anfangen, sich auf sie zu verlassen, ihnen zu *vertrauen*. Ich meine, wie kann dieses Mädchen noch nicht gemerkt haben, dass sie für uns nur eine Requisite ist, eine Statistin, die wir *gebrauchen*, *missbrauchen* und so darstellen, wie es uns gerade passt?«

»Wenn Sie es so sagen, ist es wohl ziemlich offensichtlich, aber ich denke, nicht nur die Bewohner fallen darauf rein. Auch die Zuschauer glauben Ihnen.«

»Die Zuschauer! Die Zuschauer sind schlimmer als wir! Wir werden ja wenigstens dafür bezahlt, dass wir diese Leute quälen. Die Zuschauer tun es aus Spaß. Die wissen genau, dass sie sich Ameisen ansehen, die unter einer Lupe verbrennen, aber es ist ihnen egal. Es ist ihnen egal, was wir denen antun, wie wir sie quälen, solange wir nur eine Reaktion bekommen.« Ärgerlich starrte Fogarty auf den Bildschirm, wo Kelly noch immer eingefroren war. »Die Leute in diesem Haus glauben, sie sitzen in einem Kokon. In Wahrheit ist es eine Redoute. Sie sind von Feinden umzingelt.«

20. Tag 18:15 Uhr

»Es ist vierzehn Uhr fünfzehn«, sagte Andy, der Erzähler, *»und nach einer Mahlzeit aus Reis, Huhn und Gemüse, die Jazz zubereitet hat, bittet Sally Kelly, ihr beim Haarefärben zu helfen.«*

Geraldine starrte den Bildschirm an, der aus unterschiedlichen Kamerablickwinkeln zeigte, wie Kelly Sallys Irokesenschnitt einshampoonierte, ehe sie ihn färbte.

»Ein neuer Tiefpunkt«, sinnierte Geraldine. »Ich dachte, Laylas Käse wäre unsere Talsohle gewesen, aber sich anzusehen, wie ein großer, plumper Vogel die Federn gewaschen bekommt, dürfte wohl ungekannte, einzigartige Tiefen grottenschlechten Fernsehens ausloten. Leck mich am Arsch, in den Anfangsjahren des Fernsehens haben sie zwischen den Sendungen eine Töpferscheibe gezeigt. Inzwischen ist die Töpferscheibe das beschissene *Programm*.«

Fogarty biss die Zähne zusammen und fuhr mit seiner Arbeit fort. »Welche Einstellung willst du, Geraldine?«, fragte er. »Kellys Hände an ihrem Kopf? Oder eine Totale?«

»Setz Sally oben auf den Hauptmonitor … die Nahaufnahme

von ihrem Gesicht, durch den Spiegel. Lass die ganze Sequenz laufen. Von da, wo sie sich übers Becken beugt.«

Fogarty drückte die Knöpfe, während Geraldine weiter laut nachdachte. »Harte Zeiten. Morgen gibt es einen Abschiedsabend ohne Abschied. Dieser Pisser Woggle hat uns den wöchentlichen Höhepunkt geraubt. Wir hängen echt durch. Ein Tiefpunkt, ein Stillstand. Das Ganze hat uns den Wind aus den Segeln genommen, Bob. Der Viagra-Topf ist leer, und unser televisionärer Pimmel hängt schlaff runter.«

Andy, der Erzähler, trat aus der Synchronisationskabine, um sich einen Becher Kräutertee zu holen. »Vielleicht könnte ich erzählen, was alle zum Nachtisch hatten«, schlug er vor. »David hat ein Soufflé gemacht, aber es ist nicht richtig aufgegangen. Ist das nicht interessant?«

»Geh wieder in deine Kiste«, befahl Geraldine.

»Aber Gazzer hat seins nicht aufgegessen, und ich glaube, David war etwas gekränkt.«

»Ich habe gesagt: Geh wieder in deine Scheißkiste!«

Mit seinem Kamillentee in der Hand zog sich Andy zurück.

»Dauernd will er Extrazeilen schinden, dieser Mistbock. Ich hab ihm gesagt, wenn er noch eine einzige beschissene Bierwerbung macht, ist er weg vom Fenster. Fürs nächste Mal hol ich mir sowieso 'ne Tante ... Halt mal an!«

Fogarty ließ das Bild mit Sallys Gesicht erstarren. Shampooschaum lief an ihren Schläfen herab. Kellys Fingerspitzen waren am oberen Bildrand zu sehen. Sally hatte ihre Hand vor dem Mund, die in jenem Augenblick erstarrt war, als sie sich ein Stück Mandarine hineinschob.

»Lass es laufen, aber ohne Ton«, wies Geraldine ihn an.

Einen Moment lang betrachteten sie Sallys wortloses Gesicht, während sich ihr Unterkiefer bewegte, sie die Lippen spitzte und die Wangen leicht einsog, ehe sie den Mund ein Stück weit öffnete und mit der Zungenspitze darüber fuhr.

»Sehr hübsch«, erklärte Geraldine. »Ich liebe dieses lautlose

Kauen, den Freund jedes Cutters. Gut, schneid die Mandarine vorn ab und lass die Sequenz über Kellys Satz laufen, dass sie Kopfmassagen sinnlich findet.«

Fogarty schluckte, bevor er antwortete. Es schien, als hätte er diesmal wirklich genug. »Aber ... aber, Kelly hat das zu David gesagt, als sie Jazz' Mittagessen gegessen haben. Wenn wir es mit Sallys Gesicht unterlegen, sieht es aus, als ob ... als ob ...«

»Ja-a?«, fragte Geraldine.

»Als würde sie darauf stehen, Sally den Kopf zu massieren!«

»Während Sally«, fügte Geraldine hinzu, »mit ihrem Unterkiefer, den eingesogenen Wangen, den Lecki-Lecki-Lippen und dieser kleinen, glänzenden Zungenspitze offensichtlich gerade einen feuchten Zwickel kriegt, und *wir*, mein Liebster, haben etwas, das sich ernsthaft nur als halbwegs brauchbarer Augenblick lesbischer Liebe bezeichnen lässt.«

Die Stille im Monitorbunker kündete lauthals von der Beklommenheit, die Geraldines Belegschaft empfand. Auf Geraldines Gesicht breitete sich ein breites, triumphierendes Grinsen aus.

»Wir sitzen in einem Quotental, ihr Pisser!«, schrie sie. »Ich zahl hier eure Gehälter!«

22. Tag 18:10 Uhr

»Wie schade, dass gestern Abend keiner rausgeworfen wurde«, sagte die junge Frau gerade. »Letztes Mal war super, obwohl es mir Leid tat, dass Layla gehen musste. Ich meine, ich weiß, sie war ziemlich eingebildet, aber ich hatte Respekt vor ihrer Integrität als Vegetarierin.«

»Liebes, sie war eine Angeberin, alles Schauspielerei, ich habe sie *gehasst*«, sagte der Mann, ein bleiches Individuum von etwa dreißig Jahren.

Chief Inspector Coleridge lauschte ihrem Gespräch nun schon seit etwa fünf Minuten und hatte keine Ahnung, von wem oder wovon sie sprachen. Sie schienen sich über Leute zu unterhalten, die sie gut kannten, Freunde vielleicht, und trotzdem schien es, als hätten sie nur Verachtung für sie übrig.

»Was halten *Sie* denn von Layla?«, fragte der Mann, der Glyn hieß, als er sich schließlich zu Coleridge umwandte.

»Ich fürchte, ich kenne sie nicht«, antwortete Coleridge. »Ist sie eine Freundin von Ihnen?«

»Mein Gott«, sagte Glyn. »Sie meinen, Sie wissen nicht, wer Layla ist? Sehen Sie sich denn nicht *Hausarrest* an?«

»Schuldig in beiden Punkten«, erwiderte Coleridge, der einen kleinen Scherz machen wollte. Sie wussten, dass er Polizist war.

»Sie wissen einfach nicht, was Sie verpassen«, sagte Glyn.

»Und möge es lange noch der Fall sein«, erwiderte Coleridge.

Es war Vorsprechabend in Coleridges Amateur-Theatergruppe. Seit über fünfundzwanzig Jahren war Coleridge dort Mitglied und hatte bereits an dreiunddreißig derartigen Abenden teilgenommen, ohne dass man ihm je eine Hauptrolle angeboten hätte. Der Höhepunkt bisher war Colonel Pickering in *My Fair Lady* gewesen, und das auch nur, weil die Erstbesetzung nach Basingstroke gezogen und die Zweitbesetzung an Windpocken erkrankt war. Die nächste Produktion der Theatergruppe sollte *Macbeth* sein, und Coleridge wollte liebend gern den Killerkönig spielen.

Macbeth war sein absolutes Lieblingsstück – voller Leidenschaft und Mord und Rache –, doch ein einziger Blick auf Glyns arrogante, gönnerhafte Miene verriet Coleridge, dass seine Chance, den Macbeth zu spielen, etwa so groß war wie die, beim nächsten Grand Prix d'Eurovision den britischen Beitrag zu stellen. Er konnte von Glück sagen, wenn er den Macduff abbekam.

»Ja, ich plane eine sehr *junge* Produktion«, nuschelte Glyn. »Eine, die wieder *junge Leute* ins Theater lockt. Haben Sie Baz Luhrmans *Romeo und Julia* gesehen?«

Hatte Coleridge nicht.

»Da sehe ich meine Inspiration. Ich will einen zeitgenössischen, *sexy* Macbeth. Meinen Sie nicht auch?«

Selbstverständlich war Coleridge ganz und gar anderer Ansicht.

Glyns Produktion würde drei Abende im Gemeindehaus laufen und zwar in erster Linie vor einem Publikum, das Rüstungen und Schwerter und lange schwarze Umhänge sehen wollte.

»Soll ich jetzt lesen?«, fragte er. »Ich habe etwas vorbereitet.«

»Himmel, nein!«, sagte Glyn. »Wir sind hier noch nicht beim Vorsprechen. Das ist nur ein *Vorgespräch*. Eine Gelegenheit für *Sie*, *mich* zu beeinflussen und mir Ihr Feedback zu geben.«

Es folgte eine lange Pause, in der Coleridge überlegte, was er sagen sollte. Der Tisch, der zwischen ihm und Glyn und Val stand, stellte einen regelrechten Abgrund dar. »Und wann ist dann das eigentliche Vorsprechen?«, fragte er schließlich.

»Nächste Woche um dieselbe Zeit.«

»Gut, also, soll ich dann wiederkommen?«

»Tun Sie das«, sagte Glyn.

23. Tag 15:00 Uhr

Sally war mit ihrem neuen, knallroten Irokesenschopf noch nicht zufrieden.

»Ich will nur ein Büschel«, sagte sie, »wie ein Rasierpinsel.«

»Lass es schön so, wie es ist«, sagte Moon. »*Ich* bin hier das kahle Huhn im Stall. Zwei davon kann es nicht geben, sonst sieht es aus wie beim Billard.«

Sally antwortete nicht. Normalerweise antwortete sie Moon kaum oder sah ihr gar ins Gesicht.

Dervla war erleichtert, dass Kelly beschlossen hatte, Sallys Haar im Wohnbereich zu schneiden. Es war die reine Folter gewesen, als Sally ihr Haar im Badezimmer gefärbt hatte. Natürlich wischte Dervla ihre Nachrichten jedes Mal weg, außerdem waren sie ohnehin nur auf beschlagenem Glas geschrieben, aber zu sehen, wie nahe Sally mit dem Gesicht der Stelle kam, wo sie erschienen, war doch äußerst beunruhigend gewesen. Als Kelly Sallys Haar wusch und der Spiegel beschlug, hatte eine unerklärliche Furcht von Dervla Besitz ergriffen, dass plötzlich eine Nachricht erscheinen könnte. Jetzt und hier, direkt vor Sallys Augen. Sie wusste, dass es unwahrscheinlich war, es sei denn, der Mann hätte beschlossen, Sally zu schreiben.

»Fertig«, sagte Kelly.

»Gefällt mir«, meinte Sally, nachdem sie das kleine rote Büschel inspiziert hatte, das noch von ihrem Haar geblieben war. »Wenn ich rauskomme, lass ich mir den Schädel tätowieren.«

»Was willst du dir denn machen lassen?«, fragte Kelly.

»Vielleicht mein Sternzeichen. Das ist Widder, aber logischerweise will ich ja kein männliches Tier auf meinem Kopf, also wird es wohl ein Schaf werden.«

»Das klingt aber nicht so besonders toll, Sally«, bemerkte Dervla.

»Scheiße, sei eine Löwin, Sal«, sagte Jazz. »Ich meine, mal ehrlich, diese Bilder, die sie aus den Sternen lesen, sind doch sowieso totaler Quatsch. Drei beschissene Punkte, und schon malen sie einen Bullen oder einen Zentaur drumherum. Ist doch lächerlich. Wenn man wirklich alle Punkte miteinander verbindet, kriegt man nur einen Klecks, wie eine Amöbe oder eine Pfütze. Geboren im Zeichen der Pfütze.«

»Ehrlich gesagt, Jazz«, sagte Moon, »geht es dabei nicht nur um die Formen, ja? Es geht um die Persönlichkeit, die Charakteristika der Menschen, die unter bestimmten Zeichen geboren sind.«

»Das ist doch Blödsinn«, beharrte Jazz. »Die Leute sagen ... Oh, Jungfrau – todesmutig, oder Steinbock – schlau und introvertiert. Wo sind die Sternzeichen für all die blöden, langweiligen Leute? Ich meine, die Welt ist voll davon. Sind die sternezeichenmäßig denn nicht vertreten? Stier – wir sind voll lahm und kriegen nichts gebacken ... Ich hab gewusst, dass du Waage bist, die sind so aufgeblasen.«

»Du hast zu jedem Scheiß was zu sagen, oder, Jazz?«, stellte Moon fest. »Weißt du das eigentlich?«

24. Tag 10:00 Uhr

»Und was ist ein Schwitzkasten, wenn ich fragen darf?«, sagte Gazzer.

»Hier steht, es ist eine alte Tradition der amerikanischen Ureinwohner«, antwortete Hamish.

»Amerikanische Ureinwohner?«

»Für dich wohl Indianer, schätze ich«, sagte Dervla.

Die Kandidaten hatten ihre Anweisungen für die wöchentliche Aufgabe bekommen, doch bisher war Gazzer nicht sonderlich beeindruckt.

»Und was ist das jetzt für 'n Scheiß?«

»Wie der Name schon sagt«, meinte Hamish, der die Anweisungen las. »Ein Kasten, in dem man schwitzt. Nach allem, was hier steht, ist es mehr oder weniger dasselbe wie eine Sauna, nur etwas netter. Hier steht, es ist eine historische Aufgabe, denn die Dinger wurden von den Kriegern der amerikanischen Ureinwohner benutzt.«

»Und Kriegerinnen«, warf Sally ein. »Kriegerinnen der amerikanischen Ureinwohner.«

»Gab es denn welche?«, fragte Kelly. »Ich dachte, die waren nur Squaws.«

»Es liegt daran, dass die Geschichte von Männern geschrieben wurde«, versicherte Sally. »Kriegerinnen wurde der rechtmäßige Platz in den Chroniken verweigert, genau wie Künstlerinnen und Wissenschaftlerinnen, die nie für die erstaunliche Menge an künstlerischen und wissenschaftlichen Errungenschaften gewürdigt wurden, für die man ihre Männer bewundert hat.«

»Wow, davon hatte ich ja keine Ahnung«, sagte Kelly ehrlich überrascht.

»Denk doch mal nach, Kelly. Erzählung ... *Er*-Zählung.«

»Oh, ja.«

»Können wir mit dem Scheißschwitzkasten weitermachen?«, meinte Gazzer. »Was sollen wir damit anfangen?«

Hamish widmete sich erneut dem Brief von Peeping Tom. »Also, erst mal sollen wir einen bauen. Sie geben uns alles, was wir dafür brauchen, und wenn wir fertig sind, sollen wir ihn benutzen.«

»Benutzen?«, fragte Dervla.

»Na ja, offensichtlich haben diese amerikanischen Ureinwohner, wenn sie gekämpft oder Sport getrieben hatten oder so was, gewartet, bis es dunkel wurde, sind dann in den heißen, engen Kasten gestiegen und haben ganz eng zusammengesessen und geschwitzt.«

»Das klingt total homoerotisch«, stellte Sally fest. »Was die meisten militärischen Rituale ja sind, falls ihr das noch nicht wusstet.«

38. Tag 16:45 Uhr

»Du meine Güte, *homoerotisch*«, knurrte Coleridge.

»Klingt in meinen Ohren ganz vernünftig«, warf Hooper ein.

»Ja, natürlich tut es das, Sergeant! Leicht gesagt und unmöglich, dem zu widersprechen. Wie kommt es, dass heutzutage jeder in absolut allem ein sexuelles Motiv sieht? Militärische Rituale homoerotisch? *Wieso*, um Himmels willen?«

War Freud schuld? Möglicherweise, dachte Coleridge. Und sonst Jung oder irgendeiner dieser unterbelichteten Typen aus den Sechzigern, Andy Warhol beispielsweise.

»Wie Sie meinen, Sir«, sagte Hooper.

Coleridge ging nicht weiter darauf ein – wie er in letzter Zeit auf so vieles nicht mehr einging, was ihn störte.

»Ich kann noch immer nicht fassen, dass diese Leute tatsächlich zugestimmt haben, diese Aufgabe zu übernehmen. Ich meine: vier Stunden in diesem Ding. Nackt.«

»Na ja, Dervla hat versucht zu widersprechen, oder?«

»Ach, ja«, meinte Coleridge. Dervla, die er insgeheim verehrte, hatte widersprochen. Einen Moment lang war er froh, dass sie widersprochen hatte. Dann verfluchte er sich im Stillen. Es war absolut unangemessen, irgendeinen von denen zu mögen oder froh über etwas zu sein, das sie taten oder nicht taten.

25. Tag 20:00 Uhr

Der Schwitzkasten, den die Bewohner im Jungenzimmer bauen sollten, war halb fertig. Der doppelte Boden, unter dem man die Heizelemente installieren sollte, war gelegt. Die Stützpfähle für das Dach standen in Position, außerdem hatten sie damit begonnen, die dicke Plastikplane für die Wände zusammenzuheften. Bis jetzt sah der Bau eher eng und wenig einladend aus, und bisher deutete wenig darauf hin, dass es anders wäre, wenn sie fertig waren.

»Ich werde so was von überhaupt nicht mit einem Haufen nackter Jungs in diesem Ding da sitzen«, sagte Dervla.

»Vier Stunden lang, sagen sie«, meinte Jazz.

»Niemals«, wiederholte Dervla.

»Wieso nicht? Keiner hatte was dagegen«, warf Moon ein.

»Was hat das denn damit zu tun?«, fragte Dervla.

»Na ja, was ist an dir denn so Besonderes? Und außerdem, willst du im Fernsehen denn nicht sexy aussehen?«

Selbstverständlich wollte Dervla im Fernsehen sexy aussehen, sonst hätte sie sich nie darum beworben, überhaupt dorthin zu kommen, aber andererseits war ihr auch klar, dass der echte Reiz darin bestand, ein kleines Geheimnis zu wahren. Sie war gut gebaut, aber sie wusste, dass alles, was man der Fantasie überließ, noch besser gebaut war. Darüber hinaus konnte sie auf ihre grünen Augen, ihren verschleierten Blick, das blitzende Lächeln bauen. Sie hatte es nicht nötig, ihre Unterwäsche vorzuzeigen.

Dervla ging in den Beichtstuhl und bat darum, die Aufgabe im Badeanzug erfüllen zu dürfen. »Er hat einen hohen Beinausschnitt und ein hübsches Muster«, argumentierte sie.

Die Antwort darauf wurde im ganzen Haus übertragen.

»Hier spricht Peeping Tom«, sagte eine erheblich ernstere Stimme als sonst. Eine Stimme, die normalerweise Werbung für BMW und Aftershave sprach. »Die traditionelle Nutzung des Schwitzkastens amerikanischer Ureinwohner geschah nackt, und Peeping Tom erwartet, dass die Aufgabe auch auf diese Weise durchgeführt wird. Wie bei allen Gruppenaufgaben müssen sich sämtliche Hausbewohner den Regeln unterwerfen, und sollte sich auch nur einer der Bewohner dem verweigern, hat die gesamte Gruppe versagt und wird somit auf einen gewissen Prozentsatz ihrer Lebensmittel und Getränke für die kommende Woche verzichten müssen.«

Das Ganze war so zynisch, dass man nur sprachlos sein konnte, was Geraldine wusste und was auch der Grund war, weshalb sie keineswegs beabsichtigte, diese haarsträubende Anweisung zu senden. Zweifellos zwang sie Dervla, sich auszuziehen, aber die Öffentlichkeit sollte sich der Illusion hingeben, dass die Hausbewohner es schlicht und einfach nicht erwarten konnten, aus ihren Kleidern zu steigen.

»Ich kann nicht glauben, dass sie versuchen, damit durchzukommen«, schäumte Dervla.

»Ehrlich gesagt, Dervla, denke ich, wir sollten es tun, denn ich fürchte, wir könnten wie Rassisten dastehen, wenn es so aussieht, als wären wir uns zu fein für eine legitime ethnische Tradition, besonders für eine mit so deutlich homoerotischen Obertönen.«

Sally freute sich, dass Peeping Tom ihr Gelegenheit gab, sich über einen Bereich auszulassen, für den ihr Herz so leidenschaftlich schlug.

»Als lesbische Mulattin weiß ich, was es bedeutet, wenn die Mehrheit der Gemeinschaft meine Sitten und Gebräuche fürchtet und verachtet. Peeping Tom bietet uns eine Gelegenheit, die verbindenden Rituale unterdrückter Ureinwohner zu erleben. Ich finde, wir sollten versuchen, daraus zu lernen.«

26. Tag 9:15 Uhr

Bob Fogarty wartete mit seiner Beschwerde bis zum Produktionsmeeting am nächsten Morgen. Er wollte, dass seine Einwände öffentlich wahrgenommen wurden. Es war nicht einfach, den richtigen Augenblick zu finden, weil sich Geraldine vor Lachen kaum halten konnte, wenn sie daran dachte, mit welcher Begründung Sally auf die wöchentliche Aufgabe eingestiegen war.

»Ich will sie nur dazu bewegen, dass sie sich gegenseitig befummeln, und dann stellt sich raus, dass ich für Minderheitenrechte kämpfe. Aber mal abgesehen von dem ganzen Ethno-Sex-Blödsinn wird Dervla den Jungs ihre Dinger zeigen müssen, sonst kriegt nächste Woche keiner was zu trinken.«

Fogarty musste aufstehen, um ihre Aufmerksamkeit auf sich zu ziehen. »Geraldine, wir zwingen dieses Mädchen dazu, sich gegen ihren Willen auszuziehen.«

»Ja, Bob, das wissen wir alle. Wieso stehst du auf?«

»Weil ich es für korrupt halte.«

»Ach, leck mich doch.«

Fogarty hatte endgültig genug. »Mrs. Hennessy, ich kann Sie nicht daran hindern, Ihre Sätze mit Schimpfworten zu untermalen, aber ich bin ein erwachsener Mann und hoch qualifizierter Mitarbeiter, und es steht mir zu, darauf zu bestehen, dass Sie in Zukunft eine derartige Sprache sowohl mir als auch denen gegenüber, die mir unterstellt sind, vermeiden.«

»Scheiße, nein, das tut es nicht, du kleiner Pisser. Und jetzt setz dich hin, oder verpiss dich.«

Fogarty tat weder das eine noch das andere.

»Willst du mit mir vors Arbeitsgericht?«, fragte Geraldine. »Wegen Fluchens? Werd erwachsen, Bob. Ganz so jämmerlich ist dieses bekackte Land nun doch nicht. Wenn du gehst, ist das eine ganz normale Kündigung, und du kriegst einen Scheißdreck. Also, bleibst du, oder gehst du?«

Fogarty setzte sich.

»Gut. Du magst ja ein Arschloch sein, aber du bist ein talentiertes Arschloch, und ich will dich nicht verlieren. Und davon mal abgesehen«, fuhr Geraldine fort, »steht es Dervla jederzeit frei, das Haus zu verlassen. Sie hätte gehen können, und sie könnte noch immer gehen. Aber sie hat es nicht getan, oder? Und wieso? Weil sie im Fernsehen sein will, deshalb, und wenn sie sich dafür ausziehen muss, kannst du deine letzte Kohle darauf verwetten, dass sie sich dazu überreden lässt.«

Bob starrte in seinen Kaffee. »Wir korrumpieren sie«, murmelte er.

»Was?«, bellte Geraldine.

»Ich habe gesagt, wir korrumpieren sie«, wiederholte er, wenn auch noch leiser.

»Hör zu!«, schrie Geraldine. »Ich bitte die blöde, hochnäsige Kuh nicht, uns ihre Dinger volle Breitseite zu zeigen, oder? Es gibt Richtlinien, wie du weißt. Es *gibt* eine Programmkontrollkommission in diesem Land. Die Plastikwände dieser Kiste sind transparent, und das Licht wird aus sein. Die Idee dahinter ist doch, es so dunkel zu machen, dass die Anonymität einige ködert, es zu treiben – was, wie ich euch versichern kann, erheblich interessanter sein dürfte als das heilige kleine Höschen der süßen kleinen Dervla. Ich will, dass es in der Kiste buchstäblich so schwarz wie in der Hölle ist.«

ABSCHIED

28. Tag 18:00 Uhr

Coleridge drückte den Aufnahmeknopf an seinem Bandgerät.

»Zeugenaussage. Geraldine Hennessy«, sagte er, bevor er das kleine Mikrofon so weit über den Schreibtisch schob, dass es vor Geraldine stand.

»Kleine Umstellung für Sie, was, Miss Hennessy?«

»Mrs.«

»Verzeihung, Mrs. Hennessy. Kleine Umstellung, wenn *Sie* jetzt mal aufgenommen werden, meinte ich.«

Geraldine lächelte nur.

»Erzählen Sie mir von dem Abend, an dem es passiert ist.«

»Sie wissen genauso viel wie ich. Die ganze Sache wurde von Anfang bis Ende gefilmt. Sie haben die Bänder gesehen.«

»Ich möchte es von Ihnen hören. Von Peeping Tom persönlich. Fangen wir mit dem Schwitzkasten an. Warum um alles in der Welt wollten Sie ihn haben?«

»Es war eine Aufgabe«, antwortete Geraldine. »Jede Woche sollen sich die Kandidaten einer Herausforderung stellen, damit sie beschäftigt sind und wir sehen, wie sie zusammenarbeiten. Sie setzen dafür einen Teil ihres wöchentlichen Kontingents an Alkohol und Lebensmitteln aufs Spiel. Wir haben ihnen Holz, Werkzeug und Plastikplane gegeben, ein paar Heizgeräte und die Anleitung. Zufällig haben sie ihre Sache verdammt gut gemacht.«

»Sie haben ihnen gesagt, wie es geht?«

»Natürlich, wie hätten sie es sonst schaffen sollen? Wenn ich Ihnen Holz und Plastik geben und sagen würde, Sie sollten einen achtsitzigen Schwitzkasten bauen, wie ihn die amerikanischen Ureinwohner verwendet haben, könnten Sie das?«

»Wahrscheinlich eher nicht.«

»Nun, diese Bande auch nicht. Wir haben ihnen die Pläne und das Material gegeben und genau gesagt, wo sie das Ding hinstellen sollen, damit es für unsere Hothead-Kameras Sinn macht. Das haben sie getan. Es hat drei Tage gedauert. Dann, am Samstagabend, haben wir ihnen eine Wagenladung Alkohol geschickt und gesagt, sie könnten jetzt loslegen.«

»Weshalb haben Sie zugelassen, dass sie sich betrinken?«

»Das dürfte doch wohl klar sein, oder nicht? Um sie zum Sex zu animieren. Die Sendung lief schon seit drei Wochen, und abgesehen von einem Fast-Treffer mit Kelly und Hamish in Poppenhausen hatten wir bisher nicht das kleinste Nümmerchen zu sehen bekommen. Ich wollte, dass die mal ein bisschen loslegen.«

»Nun«, meinte Coleridge, »das ist Ihnen ja gelungen.«

»Verfluchte Scheiße, es war nicht meine Schuld, dass jemand dabei umgekommen ist, Inspector.«

»Nicht?«

»Nein, Scheiße, war es nicht.«

Coleridge konnte es auf den Tod nicht ausstehen, wenn Frauen fluchten, wusste aber, dass er nichts dagegen unternehmen konnte.

»Hören Sie, ich bin keine Sozialarbeiterin, Inspector. Wir machen Fernsehen!«, fuhr Geraldine fort. »Und es tut mir Leid, falls es Sie stören sollte, aber Fernsehen muss sexy sein!«

Sie redete mit ihm, als hätte sie einen senilen Achtzigjährigen vor sich. In Wahrheit war Coleridge nur zwei Jahre älter als sie, aber die Kluft zwischen beiden hätte nicht größer sein können. Sie hatte jede neue Generation willkommen geheißen und sich ihr angeschlossen, als diese vor ihren Augen heranwuchs, und war so, zumindest in ihren eigenen Augen, ewig jung geblieben. Er dagegen war schon alt geboren.

»Warum musste es so dunkel sein?«

»Ich dachte, es würde ihre Hemmungen abbauen, wenn sie sich nicht sehen. Ich wollte, dass sie alle vollkommen anonym blieben.«

»Das ist Ihnen gelungen, Mrs. Hennessy, was auch der wichtigste Grund sein dürfte, weshalb sich meine Ermittlungen so schwierig gestalten.«

»Hören Sie! Ich wusste nicht, dass einer Scheiße bauen und jemanden ermorden würde, ja? Verzeihen Sie, aber in meinen vielen Jahren beim Fernsehen ist es mir nie in den Sinn gekommen, meine Arbeit auf den unwahrscheinlichen Fall hin auszurichten, dass die Bullen sie sich später zur Klärung eines Mordfalles ansehen wollen.«

Dagegen ließ sich nicht viel sagen. Coleridge zuckte mit den Schultern und bedeutete Geraldine fortzufahren.

27. Tag 20:00 Uhr

Der Schwitzkasten stand im Jungenzimmer, aber vorerst blieben die Kandidaten im Wohnbereich, um sich Mut anzutrinken.

»Also, wir müssen da drin vier Stunden durchhalten«, sagte Gazzer, »und wenn wir nicht alle noch nackig rumlaufen wollen, wenn die Sonne aufgeht, müssen wir spätestens um eins loslegen.«

»Ich will lange vorher damit fertig sein«, sagte Dervla und stürzte ihren Apfelwein hinunter.

»Pass auf, dass du nachher nicht zu breit bist, Dervla«, warnte Jazz. »Es dürfte wohl nicht besonders clever sein, in einem Schwitzkasten rumzureihern.«

Peeping Tom hatte ihnen allen Luxus gewährt, der nötig war, um sich in angemessen alberne Stimmung zu versetzen: reichlich Alkohol natürlich, und darüber hinaus Partyhütchen, Knabberkram und Sexspielzeug.

»Was gibt's denn da so?«, fragte Garry.

»Liebeskugeln«, antwortete Moon. »Die schiebt man sich in die Muschi.«

»Oh, Mann.«

»Ich hab ein Paar davon zu Hause. Die sind klasse, halten einen permanent erregt, können aber auch todpeinlich werden. Ich trag meistens keine Höschen und hatte meine Liebeskugeln zum Einkaufen drin, na ja, und da sind sie mir im Supermarkt rausgerutscht und am Gemüsestand rumgekullert. Ein alter Mann hat sie für mich aufgesammelt, aber der hat nichts geschnallt. ›Verzeihen Sie, meine Liebe, ich glaube, Ihnen ist da was runtergefallen.‹«

Jazz wühlte in der Partykiste herum und holte eine Art Plastikrohr heraus. »Was ist das denn?«, fragte er.

»Schwanzmassierer«, sagte Moon, die so etwas wie eine Expertin auf dem Gebiet zu sein schien. »Du steckst deinen Pimmel rein, und dann holt dir das Ding einen runter.«

»Ach so. Na ja, ich bin da eher Traditionalist«, sagte Jazz. »Wozu eine Maschine machen lassen, was per Hand viel besser geht?«

Alle waren damit beschäftigt, sich bewusst zu betrinken, während sie sich einredeten, sie seien auf einer Party unter Freunden und nicht unter Rivalen und Konkurrenten.

»Ehrlich gesagt«, meinte Moon, »bekommen fünfundneunzig Prozent aller Sexspielzeuge weder jemals Schwanz noch Muschi zu sehen, wenn man es genau betrachtet. Die Leute kaufen sie aus Gag, als peinliches Geburtstagsgeschenk oder so. ›Was schenken wir Sue zu ihrem Achtzehnten?‹ ›Oh, ich weiß, kaufen wir ihr so einen superdicken Dildo mit drehbarem Kopf. Das wird ein Spaß, wenn sie den auspackt und ihre Oma daneben sitzt.‹ Niemand will diesen Scheiß ernstlich *benutzen*. Ich hab zu Hause ein paar Nippelklammern, mit denen ich meine Rechnungen zusammenhalte.«

Neben dem Sexspielzeug hatte Peeping Tom ihnen eine Kühlbox mit Eiscreme zukommen lassen, und zwar die moderne, teure Eis-Variante altbekannter Schokoriegel. Alle schlugen begeistert zu.

»Ich weiß noch, wie es Eis *und* KitKat gab«, meinte Jazz, »und die Vorstellung, dass einer je das Territorium des anderen betreten würde, war völlig undenkbar. Total ausgeschlossen. Unvorstellbar. Für die Kids heute ist es ganz normal.«

»Mars hat damit angefangen«, sagte Dervla. »Ich kann mich noch erinnern, wie aufregend es war. Damals schien es eine unglaublich tolle Idee zu sein: ein *Mars-Riegel* aus Eis. Bescheuert. Inzwischen machen sie sogar *Opal Fruits* aus Eis.«

»Die nennen sich jetzt *Starbursts*«, sagte Jazz mit gespielter Verachtung. »Willkommen in der Jetztzeit, Mädchen. Wahrscheinlich meinst du immer noch, *Snickers* wäre *Marathon*. Es ist die abgefuckte Scheißglobalisierung, sonst nichts. Wir müssen unsere Süßigkeiten so nennen wie die Yankees. Man sollte protestieren.«

»Und was war eigentlich an *Mivvis* und *Rockets* so schlecht? Das würde ich gern mal wissen«, fügte Dervla hinzu. »Wir mochten sie.«

»Wir sind die letzte Generation«, verkündete Jazz feierlich, »die das Vergnügen an echt beschissenen Lutschern kennt. Kein Kind muss je wieder das rote und orangefarbene Zeug aus einem Eisblock lutschen und sich dabei anhören, dass es was ganz Tolles ist.«

Im Monitorbunker wurde Geraldine langsam, aber sicher immer frustrierter. Sie hatte ihnen das Eis in der Hoffnung gegeben, dass sie es sich gegenseitig von den Leibern lecken und nicht nur darüber quatschen würden.

»Du bist ein Philosoph, Jazz«, sagte Dervla.

»Was ist das denn? Irisch für Wichser?«, fragte Gazzer.

»Es bedeutet«, sagte David, »dass es mehr Dinge zwischen Himmel und Erde gibt, als du dir je erträumen könntest.«

»Du hast keine Ahnung, wovon ich träume, mein Freund.«

»Nackte Weiber?«

»Leck mich! Du bist ein echter Hellseher. Du hast die Gabe.«

Aber so leicht ließ sich Jazz nicht ablenken. Er war auf ein Thema gestoßen, das, wenn man seinem Buch über Comedy Glauben schenkte, das Zeug für erstklassige Witze besaß.

»Heutzutage tut alles so, als wäre es, was es nicht ist. Nichts gibt sich mit dem zufrieden, was es ist. Nehmt die Smarties. Nicht mehr zufrieden, jetzt braucht man Mini-Smarties und gottverdammte Riesen-Smarties.«

»Und natürlich die normalen Smarties«, fügte Moon hinzu.

»Das sind selbstverständlich die Smarties Classic – wie bei deinen Zahnbürsten, David. Alles muss so tun, als sei es etwas anderes, und das Ganze hört nicht wieder auf, nachdem es einmal angefangen hat. Alles, was wir lieben, wird sich verändern – neu verpackt – und uns dann verbessert um die Ohren fliegen … Fischstäbchen. Ich wette, eines Tages fangen sie an, Mini-Fischstäbchen herzustellen, Mega-Fischstäbchen …«

»Eiscreme-Fischstäbchen«, sagte Dervla.

»Das wird kommen. Ich schwöre, es wird kommen«, meinte Jazz.

Inzwischen lachte Dervla. »Oder Salatdressing im Riegel!«

»Du hast es durchschaut, Mädchen!«

»Eure Lieblings-Frühstücks-Müslis als Minutensuppen!«

»Ja, schon gut, schon gut.«

Jazz erschrak, wie leicht es war, ihm das Comedy-Zepter aus der Hand zu winden. Es sollte *sein* Auftritt werden, nicht Dervlas. Sie war Traumatherapeutin.

Im Monitorbunker wuchs Geraldines Ungeduld. »Kommt schon!«, rief sie. »Runter mit den Klamotten und rein in den Kasten, ihr Pisser!«

Vielleicht hatte man sie im Haus gehört, oder man war einfach hinreichend betrunken, jedenfalls wandte sich das Gespräch der bevorstehenden Aufgabe zu.

»Wie wollen wir es jetzt machen?«, fragte Sally. »Ich zieh mich hier nicht einfach so aus, wenn überall dieses Licht an ist.«

»Dann mach es im Schlafzimmer«, sagte David. »Da ist es dunkel.«

»Niemals«, sagte Dervla. »Die haben Infrarotkameras und alles Mögliche. Wir würden alle wie Pornostars aussehen.«

»Gefällt mir«, meinte Gazzer.

Kelly warf David einen kurzen Blick zu. Nur einen Blick und ein angedeutetes Lächeln. Falls er es bemerkt hatte, erwiderte er es nicht.

»Ist mir kackegal«, sagte Moon und zog ihre Schuhe aus.

»Mir aber nicht«, sagte Sally. »Nur weil ein Schwitzkasten ein echtes ethnisches Experiment ist, müssen wir ja noch keinen Striptease hinlegen.«

»Wieso denn nicht?«, wollte Moon wissen. »Das ist doch der Sinn der Sache, oder?«

»Ich weiß nicht, Moon«, sagte Hamish. »Sie haben uns Tücher gegeben, die wir uns umhängen können, wenn wir aufs Klo müssen.«

»Ach, das ist doch nur Show, mit der sie ihre wahren Absichten verbergen wollen«, sagte Dervla.

»Genau«, stimmte Moon zu. »Was doch für uns nur heißen kann, dass wir es der Bande zeigen und dabei trotzdem unseren Spaß haben.«

»Du kannst so zynisch sein«, sagte Hamish.

»Hamish!«, fuhr Moon fort. »Die haben uns sogar Kondome mit Schokoladengeschmack gegeben!«

»Ich hab nichts zu verbergen.« Garry lachte. »Wer meinen Schwanz sehen will, muss nur Bescheid sagen. Manchmal nicht mal das, um ganz ehrlich zu sein.«

»Also, ich verspüre absolut kein Bedürfnis danach, mir deinen Penis anzusehen«, sagte David. »Wir müssen uns dieser Aufgabe stellen, sonst werden wir nächste Woche auf halbe Kost gesetzt, aber das ist noch lange kein Grund, sich körperlich ausnutzen zu lassen.«

»Am Arsch, David«, höhnte Moon. »Den ganzen Tag rennst du wie ein Gockel durchs Haus und zeigst allen, wie toll du gebaut bist. Was du ja auch bist, obwohl du wie eine totale Schwuchtel rüberkommst, weil du so dermaßen selbstverliebt bist ... Und jetzt willst du nicht mal deine Hose runterlassen, um unsere Aufgabe zu erfüllen?«

»Ein Mann in Unterhosen, Moon«, antwortete David, »ist noch nackter als in seiner Badehose.«

Geraldine zerquetschte ihren Styropor-Becher mit den Händen. »Oh, verdammte Scheiße noch mal, ihr blöden *Pisser!* Lasst endlich die HOSEN RUNTER!«

Doch am Ende mussten sie die Aufgabe in Angriff nehmen, also machten sich alle auf den Weg ins dunkle Jungenzimmer und entkleideten sich mit höchst unterschiedlich ausgeprägtem Wagemut. Dervla war zweifelsohne die Zaghafteste und behielt ihr Höschen an, bis sie direkt vor dem Schwitzkasten stand, ehe sie es hastig abstreifte und hineinhuschte.

Geraldine war einigermaßen zufrieden. »Ich glaube, wir haben eine von ihren Titten, oder?«, fragte sie. »Auf jeden Fall ihren Arsch. Den setzen wir in den Trailer. Die ganze Nation wartet schon darauf, ein bisschen mehr von der süßen kleinen, keuschen Dervo zu sehen.«

Im Schwitzkasten herrschte absolute Finsternis. »FINSTER WIE IN EINEM GRAB«, sollte am nächsten Morgen in den Zeitungen stehen.

Und es war heiß. Sehr, sehr heiß.

Der Bauanleitung entsprechend hatten Jazz und Gazzer einen doppelten Boden aus duftendem Kiefernholz angefertigt, unter dem sich die elektrischen Heizgeräte befanden, die bereits seit dem Nachmittag liefen.

»Oh, das riecht aber echt nett«, bemerkte Moon.

»Autsch! Da versengt man sich ja den Hintern«, quiekte Kelly.

»Du wirst dich dran gewöhnen«, versicherte ihr Dervla. »Lass dir eine Minute Zeit, dich zu akklimatisieren.«

Der Boden war tatsächlich heiß auf ihrer nackten Haut, wenn auch nicht unerträglich. Tatsächlich war es eher angenehm, fast erregend.

»Heilige Mutter Gottes«, fuhr Dervla im Dunkel fort. »Jetzt weiß ich, warum das Ding Schwitzkasten heißt.« Sie war erst wenige Augenblicke drinnen, merkte aber jetzt schon, wie der Schweiß in Strömen über ihre Haut lief. Stirn und Achselhöhlen waren augenblicklich tropfnass.

»Also, *ich* schwitze auf der Ritze, so viel ist mal klar!«, kreischte Moon, und alle lachten. »Oh, mein Gott! Wessen Arsch war das?«

»Meiner!«, antworteten drei oder vier Stimmen gleichzeitig.

Sie spürten, wie ihre nackte Haut aneinander streifte, aber die Finsternis war undurchdringlich. Niemand wusste, welcher Hintern wem gehörte.

»Vier Stunden«, sagte Hamish. »Wir brauchen noch einen Drink.«

Mit einiger Tasterei gelang es ihnen, Plastikflaschen mit warmem Bacardi und Cola (hauptsächlich Bacardi) herumzureichen.

»Ich könnte mich fast daran gewöhnen«, bemerkte Garry, womit er in gewissem Maße für sie alle sprach.

Auf jeden Fall wurden sie wärmer miteinander.

29. Tag 20:00 Uhr

Nachdem sie den Tag damit verbracht hatten, sich die Aufnahmen des allerersten Tages im Haus anzusehen, widmeten sich Coleridge und Hooper erneut dem Band aus der Mordnacht. Dieselben Bilder, die Geraldine, das Peeping-Tom-Produktionsteam und 47.000 Internet-Abonnenten knapp achtundvierzig Stunden vorher live gesehen hatten. Dieselben seltsamen, verschwommenen, bläulich-grauen Bilder, die die Nachtsichtkameras aus dem Jungenzimmer übermittelt hatten. Ein Schlafzimmer, das unschuldig und leer aussah, ganz normal, abgesehen von der merkwürdigen Plastikkiste mitten im Raum. Dieser Kiste, von der man wusste, dass acht betrunkene Nackte darin saßen, die lediglich an den sonderbaren Wölbungen zu erkennen waren, die von Zeit zu Zeit gegen die Plastikwände zu drücken schienen. Es war ein unheimlicher und deprimierender Anblick für die beiden Polizisten, denn sie wussten, dass eine dieser lebenden Wölbungen in Kürze tot sein würde.

»Er hätte es in der Kiste tun können«, sagte Hooper nachdenklich. »Wieso hat er es nicht dort getan?«

»Oder sie«, rief ihm Coleridge in Erinnerung, »oder sie. Wir sprechen aus rein praktischen Gründen von dem Mörder als einer männlichen Person, aber wir dürfen nie, nie vergessen, dass es sich auch um eine Frau handeln könnte.«

»Ja, in Ordnung, Sir, ich weiß. Was ich sagen will, ist, dass niemand etwas bemerkt hätte, wenn er oder sie es in der dunklen Kiste mit einem kleinen Messer getan hätte. Der Mörder hätte es ohne weiteres hineinschmuggeln können. Es wäre relativ einfach gewesen, jemandem in der Dunkelheit die Kehle durchzuschneiden und abzuwarten, bis die Leute das Blut riechen oder fühlen konnten. Bis jemand gemerkt hätte, dass das warme Zeug, in dem sie saßen, kein Schweiß war, wären sie alle voll davon gewesen. Vielleicht hatte er es so geplant.«

»Da war kein kleines Messer in dem Kasten, als wir ihn durchsucht haben. Und auch im ganzen Zimmer nicht.«

»Na, ja, Sir, wenn er plötzlich beschlossen hätte, dem Opfer stattdessen zur Toilette zu folgen, hätte er es wieder in die Küchenschublade legen können, als er das größere holte.«

»Das glaube ich nicht, Sergeant. Wie hätte er sich in dieser Finsternis denn sicher sein sollen? Ob er die richtige Person erstochen und die Sache ordentlich zu Ende gebracht hatte? Wahrscheinlich wäre es ein entsetzliches Chaos geworden. Er hätte nur eine Nase oder sonst was abgeschnitten. Oder die falsche Nase oder sich selbst einen Finger.«

»Aber irgendwann musste er es ja tun. Woher sollte er wissen, dass sich eine bessere Chance ergeben würde?«

»Das wusste er nicht, aber er hat gewartet. Wäre die Chance nicht gekommen, hätte er vermutlich einfach weiter gewartet.«

»Wie lange? Bis sein Opfer rausgewählt worden und ihm endgültig entkommen wäre?«

»Aber er oder sie wusste, dass das Opfer in dieser Woche nicht nominiert war, was ihm eine Gnadenfrist von mindestens acht Tagen gab.«

»Ich sage ja nur«, beharrte der Sergeant, »wenn ich in diesem Haus jemanden ermorden wollte, würde ich wahrscheinlich denken, dass sich mir kaum eine bessere Gelegenheit bieten dürfte als so ein enger, dunkler Schwitzkasten, in dem nur Betrunkene hocken.«

»Der Alkohol ist bestimmt ein Faktor. Meiner Ansicht nach hat er gewusst, dass die Leute früher oder später zur Toilette mussten.«

»Er konnte nicht sicher sein.«

»Er konnte in keiner Hinsicht sicher sein. Wann und wieso er diese Tat auch immer begehen wollte: Die ganze Sache wäre in jedem Fall riskant.«

Coleridge sah sich den Time-Code auf dem Video an. Sie hatten die Pausetaste bei 23:38 Uhr gedrückt. Er wusste, wenn er *Start* drückte, würde das Zählwerk auf 23:39 Uhr weiterticken, und Kelly Simpson würde aus dem Schwitzkasten kommen und den letzten, kurzen Gang ihres Lebens antreten.

Kelly Simpson, so jung, so leidenschaftlich und ihres spaßbestimmten Schicksals so sicher, sollte in diesem blödsinnigen Haus sterben. Coleridge sah sie noch vor sich, wie sie an jenem ersten Tag im Haus ausgesehen hatte, wie sie begeistert in den Pool gesprungen war. Und nun war es 23:38 Uhr an Kellys letztem Tag im Haus, und in wenigen Minuten würde sie einmal mehr im Nassen liegen – in einer Lache aus ihrem eigenen Blut.

»Worauf ich hinauswill, Sir«, drängte Hooper, »ist Folgendes: Wenn er geplant hatte, sie umzubringen, wovon wir ja ausgegangen sind, dann muss er die Möglichkeit in Betracht gezogen haben, sie im Schwitzkasten zu erledigen. Er hätte weder mit Sicherheit sagen können, dass sie aufs Klo gehen würde, noch dass er seine Identität würde geheim halten können, wenn er ihr dorthin folgte.«

Coleridge starrte lange den Bildschirm an. Kaum zu glauben, dass acht Leute in dieses dämliche kleine Plastikding passten. »Es sei denn, der Katalysator für den Mord wäre erst ins Spiel gekommen, nachdem sie in den Kasten gestiegen waren«, sinnierte er. »Es sei denn, das, was den Mörder dazu bewegt hat, Kelly ermorden zu wollen, ist erst kurz, bevor sie zur Toilette ging, passiert, und er wäre ihr tatsächlich in einem Akt spontanen Zorns nachgelaufen.«

»Oder aus Angst.«

»Ja, das stimmt. Oder aus Angst. Denn da sich diese Leute schließlich gar nicht kannten, bevor sie ins Haus einzogen …«

»Das zumindest hat man uns gesagt, Sir.« Diese Bemerkung stammte von Trisha, die gerade mit einer Runde Tee hereingekommen war.

»Ja, das stimmt, Constable, das hat man uns gesagt«, meinte Coleridge. »Wir sind von der Theorie ausgegangen, dass der Auslöser für diesen Mord irgendwann zwischen dem Einzug der Bewohner ins Haus und dem Moment stattgefunden haben muss, als sie in die Kiste gestiegen sind. Aber natürlich könnte auch etwas Schreckliches passiert sein, *nachdem sie schon in der Kiste saßen.*«

»Es würde bestimmt erklären, wieso bei Peeping Tom keiner eine Idee für ein Motiv hat«, räumte Trisha ein, während sie Zucker in Coleridges Tee gab.

»Das würde es allerdings. Denn schließlich hat sich diese Situation zu einer Orgie ausgeweitet.«

Coleridge sprach das Wort »Orgie« mit rollendem »r«. Hooper fragte sich, ob er es wohl mit Absicht tat, und kam zu dem Schluss, dass es wahrscheinlich so war. »Eine eher brisante Konstellation, schätze ich, so eine Orgie«, fuhr Coleridge fort.

»Vermuten Sie eine Vergewaltigung, Sir?«, fragte Trisha. »Dass sich jemand Kelly aufgedrängt und sie dann ermordet hat, um den Konsequenzen zu entgehen?«

»Es wäre nicht das erste Mal, dass eine Vergewaltigung mit einem Mord endet.«

»Aber die anderen? Wir haben mit allen gesprochen. Sie haben nichts bemerkt. Ich meine, so etwas könnte man einfach nicht geheim halten.«

»Nein? In einer solchen Situation? Und bedenken Sie die Möglichkeit, dass sie sich alle verschworen haben. Dass sie alle denjenigen decken, der die Drecksarbeit erledigt hat.«

»Sie meinen, vielleicht wollten *alle*, dass Kelly stirbt?«

»Vielleicht«, sagte Coleridge. »Es würde den erstaunlichen Mangel an Beweisen in ihren Aussagen erklären.«

»Sie meinen, dass sie möglicherweise die anderen in der Hand hatte? Dass Kelly etwas über sie wusste?«

Coleridge nahm seinen Becher Tee von Trisha entgegen, ohne sie dabei anzusehen. Stattdessen starrte er weiter die Kiste auf dem Bildschirm an. »Oder weil sie ihr alle etwas angetan haben«, sagte er schließlich.

»Eine Art gemeinsamer Missbrauch?«, meinte Hooper.

»Ein Gang-Bang?«

Coleridge hätte Hooper am liebsten gesagt, er solle einen passenderen Begriff benutzen, hielt sich aber lieber zurück. Zum x-ten Mal drückte er auf *Start*, und aus 23:38 Uhr wurde 23:39 Uhr. Kelly stieg aus dem Schwitzkasten.

27. Tag 23:39 Uhr

Geraldine war gespannt. Gespannt und aufgewühlt.

Als die Polizei später um eine Beschreibung der Szenerie bat, berichteten alle, die an jenem Abend mit ihr zusammen gewesen waren, sie sei bester Laune gewesen. Fast hysterisch, hatte der eine oder andere gemeint.

Und Geraldine hatte auch allen Grund, glücklich zu sein. Ein Blick auf die graue, durchscheinende Plastikkiste, die mittlerweile nahezu *pulsierte*, genügte, um ihnen klarzumachen, dass ihr Plan funktionierte und echter Sex auf dem Programm stand. Die Hälfte der vorgesehenen vier Stunden war bereits vorbei. Es war bereits unübersehbar zu sexuellen Handlungen gekommen, und sicher würde es noch mehr davon geben.

Das Geschrei, das Gekreische und die großmäuligen Kommentare der anfänglich verlegenen Erregung waren verklungen, und mittlerweile waren nur noch Gemurmel und Geflüster zu hören. Die Leute im Kasten waren offensichtlich sehr betrunken und nach zwei Stunden des Schwitzens und Krümmens in der absoluten Finsternis gänzlich orientierungslos.

Alles konnte passieren. Was auch der Fall war.

Etwa zehn Minuten, nachdem Jazz vorgeschlagen hatte, ein Fummelspiel zu veranstalten, bei dem die Leute versuchen sollten, sich gegenseitig im Dunkeln zu erkennen, teilten sich die Plastikklappen am Eingang des Schwitzkastens, und Kelly trat heraus.

»Aye, aye«, sagte Geraldine. »Wir gehen pissen.«

Bob Fogarty zuckte zusammen und konzentrierte sich auf seine Monitore.

Auf den Bildschirmen richtete sich Kelly auf. Ihr nackter Körper schimmerte und tropfte vor Schweiß.

»Sehr schön«, flüsterte Geraldine aufgeregt. »Sehr, sehr, *sehr* schön.«

Kelly schien es eilig zu haben. Sie machte sich nicht die Mühe, eines der großen, langen Tücher aufzusammeln, die Peeping Tom freundlicherweise für derartige Eventualitäten bereitgelegt hatte, sondern lief einfach nackt aus dem Jungenzimmer durch den Wohnbereich und in die einzige Toilette, die der Gruppe zur Verfügung stand.

»Wunderbar!«, rief Geraldine. »Ich hab mir schon gedacht, dass sie die Tücher gar nicht benutzen werden, wenn sie erst mal aufgeheizt sind. Außer vielleicht diese eingebildete Kuh Dervla. Moon hatte Recht. Ich hab sie alle nur da reingesetzt, damit es aussieht, als wäre ich nicht total pervers. Was ich natürlich bin, genau wie der Rest der Bevölkerung, wie ich vielleicht hinzufügen sollte.«

Kellys Weg zur Toilette war für die Leute im Monitorbunker mächtig aufregend gewesen. Das erste Mal, dass in dieser Staffel deutlich erkennbar volle Breitseite nackte Haut zu sehen war.

»Mit Möse und allem Drum und Dran«, wie Geraldine es begeistert formulierte. »Jetzt müssen wir nicht mehr ständig diese alte Aufnahme von ihrer einen Titte nehmen, als sie aus dem Pool gestiegen ist.«

»Und alles in super Qualität«, bemerkte Fogarty.

»Ihre Figur oder die Bilder?«, erkundigte sich Geraldine.

»Ich bin für die Technik zuständig, nicht für die Ästhetik«, gab Fogarty ärgerlich und ein wenig verlegen zurück.

Allerdings hatte er Recht, was die Qualität anging. Es war keine verstohlene, körnig-blaue Nachtaufnahme, wie sie ihnen gelegentlich im Schlafzimmer gelang. Kelly war quer durch den Wohnbereich gelaufen, der ständig beleuchtet wurde, und obwohl die Lampen gedimmt waren, damit kein Licht ins Jungenzimmer dringen konnte, wenn die Tür offen stand, war es doch eine hervorragende Aufnahme.

»Super Ding, Larry«, rief Geraldine ins Mikrofon dem einzigen Live-Kameramann zu, der noch im Dienst war. »Ich bin froh, dass wir dich dabehalten haben.«

Damit spielte Geraldine auf die Tatsache an, dass sie erst am Tag zuvor eine Debatte geführt hatten, ob man die Nachtkameraleute insgesamt nach Hause schicken sollte, weil zu dieser Zeit im Haus so wenig passierte und der gesamte Bereich ohnehin von ferngesteuerten Kameras abgedeckt war. Geraldine allerdings hatte darauf bestanden, nachts mindestens einen Mitarbeiter in den Kameragängen zu behalten – für einen Fall, wie er eben geschehen war. Ein nacktes Mädchen, das quer durchs Zimmer rannte, musste von Hand gefilmt werden. Die Aufnahmen von den Hotheads kamen nicht nur von oben, sondern umfassten außerdem drei verschiedene Blickwinkel, die man entsprechend zusammenschneiden musste. Larry, der Kameramann, hatte hingegen eine lange, wunderschöne, tittenwippende, schenkelwabbelnde, flachbäuchige Frontalaufnahme inklusive Großbild mit Schamhaaren. Eine Einstellung, die in Zeitlupe absolut atemberaubend aussehen würde.

»Grandiose Arbeit, einfach so aus heiterem Himmel«, fuhr Geraldine fort und lobte, wo Lob angebracht war. »Sieht so aus, als hättet ihr Typen doch noch eine Chance beim Fernsehen. Warte an der Toilettentür, Larry, und nimm sie weiter auf, wenn sie wieder rauskommt.«

In der Toilette gab es natürlich nur ferngesteuerte Bilder, da nur eine einzige Kamera hoch oben in der Ecke oberhalb der Tür hing.

Diese Kamera blickte auf Kelly herab, wie sie mit dem Kopf in Händen auf dem Sitz der Toilette kauerte.

In der Monitorbox herrschte leicht betretenes Schweigen. An diesen Teil des Jobs hatte sich keiner aus dem Produktionsteam bisher so recht gewöhnen wollen. Leuten zuzuhören, wie sie furzten und pinkelten. Tagsüber spielten sich noch eine Menge anderer Dinge ab, die man sich ansehen oder anhören konnte, aber nicht bei Nacht. Wenn einer der Bewohner nachts zur Toilette ging, gab es nur ihn und die sechs Leute in der Box, die zusahen und lauschten: eine seltsam eindringliche und erniedrigende Erfahrung für die Mitglieder des Teams, die sich wie die schlimmsten Perverslinge vorkamen.

In diesem Fall hätte natürlich einiges an Ablenkung aus der durchscheinenden Plastikkiste dringen sollen, doch urplötzlich schien die Party ein wenig durchzuhängen. Auf einen Schlag hatten sich übermütige Ausgelassenheit, Gekicher und Gestöhne des Fummelspiels in etwas verwandelt, das in seiner Einsilbigkeit auf allgemeinen Vollrausch hindeutete. Leises Gemurmel und Glucksen war zu hören, das jedoch nicht zu verstehen war. Nichts, was das Team von dem Mädchen auf der Toilette hätte ablenken können.

Und so saßen sie da: erwachsene, gebildete Menschen, die darauf warteten, dass eine junge Frau ihre Blase und vermutlich ihren Darm entleerte. Sie kamen sich alle ziemlich dämlich vor.

»Nun mach schon, Kleine«, forderte Geraldine sie auf. »Du hast doch wohl nach drei Wochen kein Lampenfieber mehr. Wir haben dir alle schon mal beim Pissen zugehört.«

»Vielleicht weint sie ja«, sagte Fogarty. »Normalerweise lässt sie beim Pinkeln den Kopf nicht so hängen.«

»Sie meinen, irgendwer hätte es im Schwitzkasten etwas zu weit getrieben?«, gab Geraldine eifrig zurück. »Schätzungsweise werden wir es morgen im Beichtstuhl zu hören bekommen.«

»Sie sitzt nur so da, weil sie betrunken ist«, meinte Pru, die Regieassistentin.

»Wahrscheinlich.«

Gemeinsam starrten alle das Mädchen auf der Toilette an. Das war schließlich ihr Job.

»Apropos«, sagte Geraldine. »Mir platzt gleich die Blase.« Seit Stunden saß sie schon im Bunker und hatte fast ununterbrochen Kaffee getrunken. »Wetten, ich bin vor ihr fertig?« Geraldine war reichlich stolz auf die Effizienz ihrer Körperfunktionen.

»*Und* ich geh 'ne Runde kacken«, fügte sie im Hinausgehen über ihre Schulter hinweg hinzu. Geraldine wusste, wie geschmacklos ihre Leute sie fanden, und hatte ihren Spaß daran, darauf herumzureiten und sie vor den Kopf zu stoßen, indem sie deren düstere Erwartungen noch übertraf.

»Weit, weit mehr, als wir wissen wollten«, kommentierte Fogarty bedrückt, nachdem Geraldine hinausgegangen war.

Schweigend warteten sie.

»Ich glaube, sie ist sauer«, sagte Pru.

»Wer? Geraldine? Das möchte ich bezweifeln.«

»Nein, Kelly. Sie will nicht pinkeln. Sie ist doch nur aufs Klo, um mal rauszukommen, oder?«

»Gut möglich.«

»Na ja, jedenfalls pinkelt sie nicht. Sie sitzt nur da. Sie wollte nur aus dem Schwitzkasten raus, aber wenn sie es tut, erfüllt sie die Aufgabe nicht, und Geraldine wird der Gruppe das Budget um die Hälfte kürzen. Das weiß sie. Sie kann nur Pause machen, wenn sie so tut, als müsste sie pinkeln.«

Kurz darauf war Geraldine wieder da und kam zum selben Schluss wie Pru. »Sie drückt sich«, schimpfte Geraldine. »Sie hängt nur rum. Die will nicht pissen, die will sich *verpissen*, und da mach ich nicht mit. Die kriegt von mir eine Peeping-Tom-Ansage, dass sie pinkeln oder von der Schüssel runterkommen soll. Wo ist meine Stimme? Wo ist Sam? Ich werde der kleinen Nutte sagen, sie soll entweder ihren nackten Arsch wieder in den Schwitzkasten bewegen, oder sie kriegt von mir die Quittung.«

»Moment mal«, sagte Pru. »Jetzt passiert was.«

29. Tag 20:10 Uhr

Die Ziffernreihe am unteren Rand des Fernsehbildschirms in der Einsatzzentrale zeigte an, dass es 23:44 Uhr war. 23:44 Uhr und einundzwanzig Sekunden, zweiundzwanzig, dreiundzwanzig.

Coleridge fiel es schwer, es sich anzusehen, obwohl er es schon mehrfach miterlebt hatte. Angeblich war die ganze Sequenz bereits im Internet zu bekommen und schon viele zehntausend Male heruntergeladen worden. Coleridge würde wahrscheinlich niemals begreifen, wie es möglich war, dass zur menschlichen Rasse sowohl Jesus Christus als auch Menschen gehören sollten, die sich ein Video vom Mord an einer jungen Frau herunterladen wollten. Er vermutete, dass dies wohl genau der Punkt war, auf den der Messias seinerzeit hinauswollte, was es jedoch weder verständlicher noch einfacher zu akzeptieren machte.

Er, Hooper und Trisha sahen zu, wie sich – während Kelly nackt und ahnungslos auf der Toilette saß – am anderen Ende des Hauses im Jungenzimmer die Plastikklappen am Schwitzkasten bewegten. Undeutlich war hastiges Treiben zu erkennen, als eine dunkle Gestalt eilig eines der Tücher aufhob, die Peeping Tom für den Weg zur Toilette bereitgelegt hatte, es über dem Eingang ausbreitete, sich um die Schultern legte und schließlich aus dem Kasten trat. So sehr sie sich bemühten und trotz der besten verfügbaren Bildverstärkertechnik, die eingesetzt worden war, hatte die Polizei nichts Brauchbares auf dem unscharfen bläulichen Bild erkennen können. Einen Moment lang war eine Hand zu erkennen, doch ließ sich unmöglich sagen, ob sie einem Mann oder einer Frau gehörte, nicht einmal, ob ein Ring daran steckte oder nicht.

Anschließend bahnte sich die gebückte Gestalt – von Kopf bis Fuß in Tuch gehüllt – vorsichtig ihren Weg aus dem Jungenzimmer in den von Neonröhren grell beleuchteten Wohnbereich. Von dort betrat sie die Küchenzeile, wo sie der Polizei einen weiteren Blick auf ihre Hand gestattete, als diese in eine der Küchenschubladen griff und das größte verfügbare Küchenmesser, ein wunderschönes

Sabatier-Messer, herausnahm. Während das Gemurmel und Gekicher aus dem Schwitzkasten noch immer an die Mikrofone drang, durchquerte die Gestalt den Rest des Wohnzimmers, betrat den Versorgungsbereich und näherte sich der Toilettentür.

27. Tag 23:44 Uhr

»Wer ist das denn jetzt?«, fragte Geraldine, als sie sah, wie die Gestalt unter dem Tuch das Jungenzimmer verließ.

»Keine Ahnung«, sagten Pru und Fogarty im Chor.

»Jemand macht sich einen Spaß«, meinte Fogarty. »Will Kelly einen Schreck einjagen.«

Die Gestalt ging hinüber in die Küche und nahm das Messer aus der Schublade.

»Das gefällt mir nicht«, sagte Geraldine. »Das ist nicht komisch.«

Inzwischen befand sich die Gestalt auf dem Weg zur Toilette.

»Die sind alle viel zu besoffen für so einen Quatsch«, sagte Geraldine. »Wir müssen eine Ansage machen. Dem blöden Pisser unter dem Tuch da sagen, dass er keinen Scheiß bauen und das Messer wieder in die Schublade legen soll, bevor er uns eine Zensur durch die beschissene Programmkommission einbrockt. Sam ist nicht da. Mach du es, Pru, schnell, stell die Lautsprecher an.«

Aber dafür blieb keine Zeit.

Plötzlich riss die verhüllte Gestalt die Toilettentür auf und drängte sich hinein.

Kelly musste das Gesicht ihres Mörders gesehen haben, doch unglücklicherweise war sie die Einzige. Jeder Hausbewohner wusste, wo sich die Kameras befanden. Und wer dort in die Toilette platzte, wusste genau, dass sich die einzige Kamera, die ihn erfassen konnte, oberhalb der Tür befand. Als er hineintrat, hob er das Tuch mit beiden Händen über seinen Kopf, wobei in einer davon das Messer deutlich zu erkennen war. Zweiffellos hatte Kelly überrascht aufgeblickt, doch es war unmöglich, ihren Gesichtsausdruck in diesem Augenblick auszumachen, da sich das Tuch über und hinter dem Mörder aufspannte und beide vor dem Blick der Kamera verbarg.

Im nächsten Moment schien das Tuch vor den Augen von Geraldine und ihrem Team auf Kelly herabzusinken. Dies war, so sollte sich herausstellen, der erste Hieb. Der Messerstich in ihren Hals.

In der Monitorbox hielt man es nach wie vor für einen Scherz. Sie hatten keinen Grund, etwas anderes anzunehmen.

»Was *macht* der Pisser da?«, fragte Geraldine, als das Tuch erneut aufwehte, bevor es wieder hinabstieß.

29. Tag 20:30 Uhr

»Ich schätze, er wollte eigentlich nur einmal zustechen«, sagte Coleridge. »Schließlich durfte er nicht riskieren, blutig zu werden.«

»Gar nicht so einfach, wenn man gerade jemanden ersticht.«

»Nur ein Stich, mitten ins Gehirn. Sofort tot.«

»Und keine Blutfontäne.«

»Ganz genau, aber das Mädchen muss wohl den Kopf bewegt haben, und deshalb hat er den Hals getroffen.«

»Zum Glück nicht die Halsschlagader.«

»Nein, nicht die Halsschlagader. Er hat nichts abbekommen, wenn auch nur knapp.«

»Da hat er aber echt Schwein gehabt.«

Dem konnte Coleridge nur zustimmen. Der Mörder hatte tatsächlich Schwein gehabt.

»Ich würde sagen, nur ein Mann könnte einen solchen Hieb ausführen, und ein kräftiger noch dazu«, fuhr Hooper fort.

»Stimmt nicht. Das haben wir bewiesen«, hielt Trisha ein wenig ungeduldig dagegen. Sie hatte einen eher unerfreulichen Nachmittag damit verbracht, in der Schlachterei um die Ecke Messer in Schweinsköpfe zu stoßen.

»Ich weiß, dass eine Frau es hätte tun *können*, aber wie groß wäre das Risiko gewesen?«, beharrte Hooper. »Wenn das Messer beispielsweise im Schädelknochen stecken bleibt … das ist bei den

Schweinen passiert, Trish. Bei der Hälfte deiner Versuche. Außerdem braucht man enorm viel Kraft, und ein Küchenmesser hat keine Parierstange. Du hast Handschuhe getragen, und trotzdem bist du immer wieder mit der Hand abgerutscht. Was, wenn es ihr so gegangen wäre? Sie hätte sich selbst die Finger abgeschnitten. Kelly hätte nach dem Tuch gegriffen. Alles wäre schief gegangen. Die Chance, dass einer Frau ein solcher Hieb gelingt, ist doch gering.«

»Bis auf Sally«, sagte Coleridge. Die große, fleischige Sally. Die Lieblingsmörderin des Internets.

»Warum um alles in der Welt sollte Sally Kelly ermorden wollen?«, sagte Trish etwas vorschnell.

»Warum sollte das irgendjemand wollen?«, erwiderte Coleridge. »Mit Sicherheit lässt sich nur sagen, dass jeder von ihnen es hätte tun *können*. Der Mörder war Rechtshänder wie alle anderen Hausbewohner. Trotzdem ist es *wahrscheinlicher*, dass einer der Kräftigeren es getan hat, muss ich einräumen. Wahrscheinlich ein Mann.«

Alle drehten sich wieder zum Bildschirm um. Die Gestalt hatte die Tür um 23:44 Uhr und neunundzwanzig Sekunden aufgerissen. Zum ersten Hieb war es zweieinhalb Sekunden später gekommen, zum nächsten und letzten zwei Sekunden danach. Insgesamt war der Mörder alles in allem keine zehn Sekunden im Toilettenraum gewesen.

»Wenn nicht alles so verdammt kaltschnäuzig abgelaufen wäre«, sagte Coleridge, »hätte ich gesagt, das Ganze war ein Wutanfall.«

Das Band lief weiter. Offenbar hatte der Mörder zwei Tücher vom Stapel genommen, als er aus dem Schwitzkasten getreten war, denn als er sich nun für den zweiten Hieb aufrichtete, warf er eines der Tücher über sein Opfer. Das andere hielt ihn nach wie vor bedeckt, als er die Toilette verließ.

»Und Sie haben mit dem zuständigen Kameramann gesprochen, Constable?«, erkundigte sich Coleridge.

»Ja, das habe ich«, antwortete Trish, »sehr ausführlich. Sein Name ist Larry Carlisle. Er hat gesehen, wie die verhüllte Gestalt die Toilette betreten und kurz danach wieder verlassen hat.« Trisha nahm ihre Notizen und zitierte aus dem Vernehmungsprotokoll des Kameramanns:

»Ich habe gesehen, wie dieser Jemand dem Opfer etwa zwanzig Minuten vor Mitternacht in die Toilette gefolgt ist. Kurz darauf ist er wieder rausgekommen und durch den Wohnbereich zum Jungenzimmer gegangen. Ich habe ihn nicht mit der Kamera verfolgt, weil ich Anweisung hatte, Kelly im Auge zu behalten, um noch mehr gute Nacktaufnahmen zu bekommen. Ich hab also draufgehalten und die Tür beobachtet, bis der Alarm losging. Ich weiß noch, wie ich dachte, dass sie aber lange auf dem Klo sitzt. Ich hatte nur noch zwanzig Minuten Dienst und dachte schon, ich würde sie wohl der nächsten Schicht übergeben müssen. Jedenfalls kamen vier oder fünf Minuten, nachdem dieser verhüllte Jemand wieder rausgekommen war, alle vom Monitorbunker angelaufen, und den Rest wissen Sie.«

»Vier oder fünf Minuten?«, meinte Coleridge, als Trisha zu Ende gelesen hatte.

»Das hat er gesagt.«

»Nach den Leuten im Bunker und dem Time-Code waren es nicht mehr als zwei.«

»Ich schätze, wenn man eine Tür anstarrt, kann man sich leicht in der Zeit verschätzen.«

»Was hat er gesagt? Wie viele Minuten waren vergangen, nachdem Kelly aus dem Schlafzimmer gekommen war, bis zu dem Moment, als der Mörder ihr folgte?«

»Er sagte zwei, aber auch da irrt er sich, denn es waren etwa fünf.«

Coleridge nahm das große rote Buch, in dem er seine Notizen festhielt, und schrieb Carlisles Namen und die Diskrepanzen hinsichtlich der Zeiten nieder. Coleridge schrieb in Schreibschrift, und jedes Mal schien es eine gute Woche zu dauern, bis er einen Satz zu Ende brachte.

Geraldines Zeugenaussage war bis zum Zeitpunkt des Mordes vorgedrungen. Sie erzählte dieselbe Geschichte wie alle anderen. »Ich habe gesehen, wie der Kerl mit dem Tuch aus dem Schwitzkasten kam, durchs Wohnzimmer lief, wie er den Toilettenraum betreten und Kelly ermordet hat.«

»Wie lange hatte Kelly Ihrer Einschätzung nach auf der Toilette gesessen, bis der Mörder kam?«, fragte Coleridge.

»Etwa vier oder fünf Minuten, denke ich.«

»Konnten Sie den Mörder sehen?«

»Na ja, das Tuch war im Weg. Wir haben nur gesehen, wie das Tuch zweimal auf und ab wehte, und uns gefragt, was los war. Dann hat sich der Kerl schnurstracks wieder auf die Socken zum Schwitzkasten gemacht und Kelly unter dem Tuch liegen lassen.«

»Sie haben gesehen, wie die verhüllte Gestalt wieder zum Schwitzkasten zurückkehrte und hineinging?«

»Ja, wir haben es alle gesehen.«

»Was passierte dann?«, fragte Coleridge.

»Wir haben dagesessen und zugesehen. Kelly saß noch immer auf dem Topf, aber unter diesem Tuch.«

»Das fanden Sie nicht seltsam?«

»Ja, natürlich fanden wir das reichlich seltsam, aber die ganze Sache war doch insgesamt reichlich seltsam, oder? Wir wussten nicht, was da vor sich geht. Wir hatten den Eindruck, als hätte sich jemand ein kleines Späßchen mit den Tüchern erlaubt, mehr nicht. Ich meine, kommen Sie schon, Inspector, wir haben doch keinen Mord erwartet, oder? Wir haben wohl angenommen, dass sie eingeschlafen war. Alle waren total besoffen. Es wäre ja seltsam gewesen, wenn es *nicht* seltsam gewesen wäre.«

»Und was dann?«

»Na ja, dann haben wir die Pfütze gesehen.«

»Wie lange nach dem Moment, als die Gestalt mit dem Tuch aus der Toilette gekommen war, dürfte das gewesen sein?«

»Ich weiß nicht. Fünf Minuten höchstens.«

»Ja, das hat der Kameramann auch gesagt.«

»Ist das wichtig?«

»Der Redakteur und seine Assistenten haben ausgesagt, es seien eher zwei gewesen.«

»Vielleicht auch das, ich weiß nicht, mir kam es wie fünf Minuten vor. Die Zeit zieht sich ein bisschen, wenn man dasitzt und eine Frau auf der Kloschüssel unter einem Tuch anstarrt. Was steht auf dem Time-Code?«

»Zwei Minuten und acht Sekunden.«

»Na, dann wissen Sie es doch. Wieso fragen Sie mich dann?«

»Und dann haben Sie also die Pfütze gesehen?«

»Ja, plötzlich konnten wir so ein irgendwie feuchtes, dunkles Schimmern erkennen, das sich um die Toilette ausbreitete.«

»Blut?«

»Na ja, jetzt wissen wir es, oder?«

»Das muss Ihnen doch auch da schon in den Sinn gekommen sein.«

»Natürlich, aber es kam uns so unwahrscheinlich vor.«

»Das Tuch war mittlerweile aufgeweicht. Weshalb haben Sie das nicht gesehen?«

»Wie Sie wissen, war das Tuch dunkelblau. Der Fleck war mit der Nachtkamera nicht zu erkennen. Alle Tücher im Haus haben dunkle Farben. Unser Psychologe ist der Ansicht, dass sie die Menschen eher zum Sex animieren.«

»Und was dann?«

»Na ja, ich gebe es nur ungern zu, aber ich habe geschrien.«

27. Tag 22:00 Uhr

Inzwischen saßen sie ein paar Minuten im Schwitzkasten und warteten darauf, dass sich ihre Augen an die Dunkelheit gewöhnten. Doch war es sinnlos, etwas erkennen zu wollen. Um sie herum war alles schwarz.

»Spielen wir Tat oder Wahrheit«, rief Moon.

»Tat oder Wahrheit?«, fragte Dervla. »Meine Güte. Was sollen wir denn noch tun? Wir sind doch schon splitternackt, verdammt.«

»Das eine oder andere würde mir schon einfallen«, knurrte Gazzer.

»Behalt es einfach für dich, Gaz«, antwortete Dervla und schaffte es, dabei fast prüde zu klingen, was eine echte Leistung war, wenn man die Lage bedachte, in der sie sich befanden. »Denn ich werde mit keinem von euch poppen.«

Dervlas Stimme und Betonung kamen Dublin mit jeder Silbe näher. Wann immer sie sich verletzlich fühlte, suchte sie Trost und Zuflucht im harschen, Vertrauen erweckenden Akzent ihrer Kindheit. »Jessas Maria, meine Mutter würde mich umbringen, aber echt.«

»Na gut. Meinetwegen«, räumte Moon ein. »Dann spielen wir eben Wahrheit. Stellt eine Frage.«

Plötzlich war eine schneidende, bittere Stimme in der Dunkelheit zu hören. »Welchen Sinn macht es, dich nach der Wahrheit zu fragen, Moon?« Es war Sallys Stimme, und sie hatte etwas Beunruhigendes an sich. Ihr harter, böser Klang schnitt durch die betrunkene Flachserei.

»Hey, Sally«, verteidigte sich Moon zornig. »Ich hab mir nur einen kleinen Spaß erlaubt, okay? Komm endlich runter.«

»Was geht denn da ab?«, fragte Garry. »Was läuft da zwischen euch, Mädels?«

»Frag Sally«, sagte Moon. »Sie kann einfach keinen Spaß vertragen.«

Aber Sally schwieg. Und wollte auch nicht runterkommen. Sie hat nicht die Absicht, jemals wieder runterzukommen. Moon hatte etwas Verabscheuungswürdiges getan. Sie hatte das schreckliche Leid der Misshandelten und Geisteskranken für einen billigen Lacher missbraucht. Sally hatte die Absicht, Moon eines Tages die Kränkung vor Augen zu führen, deren sie sich schuldig gemacht hatte.

»Ach, scheiß drauf«, sagte Moon. »Du kannst mich mal, Sally.«

Jetzt kam Bewegung in die Kiste. Jemand ging.

»Wer ist das?«, fragte Hamish.

»Wer ist rausgegangen?«, sagte Jazz.

Sally war bereits vor dem Kasten. »Ich geh pissen«, verkündete sie.

»Komm ja wieder«, sagte Jazz. »Wir müssen das hier alle zusammen machen, sonst gilt es nicht.«

»Ich weiß«, versicherte ihm Sally.

In der Monitorbox sahen sie sich an, wie Sally aus dem Jungenzimmer kam und durch den Wohnbereich zur Toilette spazierte. Sally hatte sich nicht die Mühe gemacht, sich zu bedecken, trotzdem war Geraldine alles andere als begeistert.

»Na ja, nicht übel, aber so toll sieht sie nun auch wieder nicht aus«, stöhnte sie. »Und außerdem haben wir ihre Rieseneuter schon hundertmal gesehen. Wir bräuchten eine Frontalaufnahme von Kelly oder Dervo.«

Müde starrte Geraldine den Bildschirm an. »Und ich wünschte wirklich, sie würde irgendwas wegen ihrer Schambehaarung unternehmen. Ich meine, seht sie euch an. Das muss doch nicht sein. Ich kenne Lesben mit wunderhübsch gestylten Bibern.«

Bob Fogarty schnappte sich ein, zwei Pfund tröstender Schokolade.

Als Sally fort war, nahm Moon ihr Thema wieder auf. »Kommt schon, spielen wir jetzt das Wahrheitsspiel oder nicht? Lasst mal eine saftige Frage hören.«

Und natürlich stellte Garry die unvermeidliche Frage. »Also gut. Wir müssen alle sagen, wen wir im Haus vögeln würden, wenn unsere einzige Wahl wäre, es zu tun oder zu sterben.«

»Dervla«, sagte Jazz, ehe ihm schlagartig klar wurde, dass er geradezu peinlich schnell geantwortet hatte. Diese Bemerkung wurde mit kollektivem »Whooo« belohnt.

»Jazz steht auf Dervo. Jazz steht auf Dervo«, leierte Kelly mit schwerer Zunge.

»Na ja, ich fühle mich sehr geschmeichelt, Jazz«, sagte Dervla, »aber – wie gesagt – ich suche kein Schäferstündchen, also, nein danke.«

»Aber wenn doch, Dervs«, beharrte Garry. »Wer wäre es?«

»Du musst antworten«, sagte Moon. »Wir müssen alle antworten.«

»Okay, na gut, also«, antwortete Dervla. »Wahrscheinlich wohl Jazz, aber nur weil er ein Gentleman war und mich genannt hat.«

»Ich auch. Ich nehme ihn, wenn du mit ihm fertig bist«, warf Moon ein, »weil ich finde, du bist ein echt geiler Typ, Jazz. Das kann ich hier drinnen sagen, weil es dunkel ist und ich hacke bin und du nicht sehen kannst, wie rot ich werde, aber wenn es sein muss, würde ich dir das Hirn rausficken, wenn ich könnte. Also nichts für ungut, denn ich finde dich echt klasse.«

»Sein Hirn rausficken? Das dauert keine zehn Sekunden!«, rief Garry.

»Du bist nur neidisch, Gazzer«, rief Jazz zurück, »weil es zwei zu null für mich steht! Zwei null! Zwei null! Zwei null.«

Sally kam von der Toilette zurück. Stöhnen und Kichern wurde laut, als sie sich einen Weg zwischen den nackten Körpern hindurch bahnte.

»Eins sag ich dir, Jazz«, meinte sie. »Wenn ich dich und Gazzer so reden höre, bin ich froh, dass ich lesbisch bin.«

»Ja, du solltest lieber aufpassen, Jazz«, fügte Dervla hinzu. »Sonst entscheide ich mich um.«

»Na gut, dann nehme ich Hamish«, rief Kelly. »Weil er Arzt ist, und davor muss man doch Respekt haben, oder?«

Eigentlich stand Kelly auf Jazz, wie alle Mädchen außer Sally, trotzdem entschied sie sich für Hamish, weil sie nett zu ihm sein wollte. Sie hatte ein schlechtes Gewissen wegen dieses unausgegorenen Verdachts, den sie nach ihrer gemeinsamen Nacht gegen ihn gehegt hatte, besonders da auch Peeping Tom davon wusste. Natürlich hatte sie nicht allzu viele Worte darüber verloren, aber immerhin war sie im Beichtstuhl gewesen, um nachzufragen, ob etwas passiert war, was einige Rückschlüsse darauf zuließ, was sie dachte. Dieses Verhalten war wirklich schlimm gewesen. Für alle anderen musste es so ausgesehen haben, als machte sie sich Gedanken darum, ob Hamish versucht hatte, ihren betrunkenen Zustand auszunutzen. Kelly wusste, dass es ein sehr schwerwiegender Vorwurf war, vor allem einem Arzt gegenüber, und ganz besonders nachdem sie inzwischen definitiv zu dem Schluss gekommen war, dass an jenem Abend in der Ballerbude nichts Ungehöriges vorgefallen war. Wenn sie ihn als bevorzugten Partner nannte, machte sie damit deutlich, dass sie keinen weiteren Verdacht gegen ihn hegte, dachte sie.

Hamish war begeistert. Kellys unerwarteter Ausflug in den Beichtstuhl war ihm nicht entgangen und hatte ihn schrecklich nervös gemacht. Jetzt aber wusste er, dass ihm nichts mehr passieren konnte. Kelly hatte ihn als potenziellen Partner genannt, und sollte sie in irgendeiner Form Zweifel an seinem Charakter hegen, hätte sie das doch wohl kaum getan, oder?

»Außerdem«, fuhr Kelly fort, »haben Ärzte so sensible Hände, und Mädchen mögen es, wenn man sie sanft berührt.«

Garry und Jazz johlten, während Hamish entsetzt nach Luft schnappte. *Sensible Hände? … Sanft berühren?* War das ein Zufall? Wusste sie etwas? War sie die ganze Zeit bei Bewusstsein gewesen und hatte seine … Erkundungen, seine *Digitale Penetration* genossen? Das war natürlich möglich, denn schließlich war Kelly ein ziemlich wilder Feger. Hamish grinste breit – ein großes, seliges Feixen, das niemand sehen konnte. Es würde alles gut werden, vielleicht sogar besser als das. Vielleicht würde er sogar noch mal eine Chance bei ihr bekommen.

»Prost, Kelly!«, rief Hamish. »Ich fühle mich zutiefst geschmeichelt und möchte die Nominierung in jedem Fall erwidern.«

»Und ich schließe mich dir an, mein Sohn«, rief Garry. »Nichts für ungut, Mädels, aber Kelly muss es einfach sein, oder? Ich meine, allein schon wegen der Wummis.«

»Vergiss es, Garry«, erwiderte Hamish. »Ich persönlich stehe nicht auf flotte Dreier.«

»Hört euch die beiden an!«, kreischte Kelly. »Man kämpft um mich! Ist das nicht romantisch?« Was, wenn man bedachte, dass sie nackt in einem Gemeinschafts-Schwitzkasten saß, nur zeigte, wie betrunken sie mittlerweile war.

»Und was ist mit dir, Sally?«, fragte Jazz. »Wen würdest du nehmen, wenn du dich entscheiden müsstest?«

»Ich würde Dervla nehmen, danke der Nachfrage«, antwortete Sally leise. »Ich finde, wir wären ein hübsches Paar auf dem nächsten Pride Festival.«

»Das freut mich und schmeichelt mir«, sagte Dervla von irgendwo aus der Dunkelheit. »Ich finde es wirklich süß von dir, das zu sagen, Sally, und wenn ich in deiner Liga wäre, würde ich jederzeit auf dein Angebot zurückkommen.«

»Yeah!«, rief Garry. »Kann ich zusehen?«

»Dann hast du also zwei Nominierungen, Dervo«, stellte Jazz fest. »Eindrucksvolles Ergebnis, Mädchen. Gleichstand mit dem Jazz-Meister.«

»Zählen Lesbenstimmen denn überhaupt?«, fragte Garry. »Ich meine, nicht dass ich was gegen Schwule hätte oder so, aber ich dachte, die wären in einer anderen Kategorie, oder nicht?«

»Was für ein absoluter Schwachsinn«, fuhr Dervla ihn an, »und außerdem hast du sehr wohl was gegen Schwule.«

»Nie im Leben«, verteidigte sich Garry. »Ich bin ein großer Anhänger der lesbischen Liebe. Ich könnte den ganzen Tag lang zusehen. In Wahrheit besitze ich sogar ein paar ausgezeichnete Videos, falls sich jemand dafür interessiert, wenn wir alle hier rauskommen.«

Diese Bemerkung erinnerte Kelly an David und sein kleines Geheimnis. Garry sammelte also Pornos. Sie fragte sich, ob er wohl auch Filme aus der *Akkordficken*-Reihe besaß. »Wen nominierst du denn, David?«, fragte sie.

»Mit wem ich aus unserer kleinen Gruppe Sex haben möchte?«, gab David zurück und meldete sich damit zum ersten Mal im stockfinsteren Schwitzkasten zu Wort. »Mit wem wohl, wenn nicht mit mir selbst? Für mich ist Sex nichts ohne Liebe und Bekenntnis, und ihr alle wisst, dass ich auf dieser Welt niemanden so sehr mag wie *moi.*«

Alle lachten, wie David gehofft hatte. Er war sich sehr wohl darüber im Klaren, dass die Zuschauer ihn für schrecklich eitel halten mussten. Immer und überall hielt man ihn für schrecklich eitel, was daran lag, dass er schrecklich eitel *war.* Das Lustigste an Davids Eitelkeit allerdings war, dass sie sowohl sein nervigster als auch sein charmantester Charakterzug war. Davids Ausmaß an Liebe für sich selbst hatte etwas beinahe Rührendes oder zumindest Komisches an sich, und wenn man ihn näher kennen lernte, sah man auch den Witz darin. David hoffte, dass es im Haus ebenso funktionieren würde. Im Laufe seines Lebens hatte er sich von jemandem, den alle anderen einfach nur hassten, erst in jemanden verwandelt, den die anderen nur allzu gern hassten, um dann schließlich als jemand zu enden, den die anderen liebten, auch wenn sie sich selbst dafür hassten. Es war eine komplizierte Gleichung, aber im Großen und Ganzen war dies Davids gesellschaftlicher Stellenwert, und möglicherweise war es um sein Verhältnis zur Öffentlichkeit ähnlich bestellt, dachte er. Sein kleiner Scherz über den Sex mit sich selbst (falls er überhaupt gesendet wurde) würde vielleicht seinem Ansehen bei der Zuschauerabstimmung nützen. David war etwas Besonderes, und er glaubte, wenn die Zuschauer erst einmal begriffen hatten, dass er *wusste,* wie eitel er war, würden sie ihn vielleicht lieber mögen.

»Nicht schlecht, nicht schlecht«, sagte Geraldine und beugte sich über das Monitormischpult. »Wenigstens reden sie über Sex. Da haben wir ein paar hübsche Sachen, die wir senden können. Davids Wichserwitz fand ich super. Langsam zeigt er, was in ihm steckt. Würde fast ein paar Scheine darauf wetten, dass er es unter die letzten drei schafft. Wäre das nicht eine Überraschung?«

»Ich hoffe, sie sprechen weiter so laut«, schaltete sich der Toningenieur ein. »Denken Sie daran, dass sie keine Sender tragen. Wir sind auf die Mikros angewiesen, die von der Decke hängen.«

»Das weiß ich, aber was sollen wir tun? An nackten Leuten kann man keine Batterien befestigen. Die wären im Weg. Außerdem, woran wollten Sie die Mikros aufhängen?«

»Also gut, kommt schon«, sagte Moon. »Noch eine Wahrheitsfrage. Wer hat eine? Oh, ich hab eine. Hat schon mal einer für Sex bezahlt?«

»Meine Fresse, Moon«, lachte Gazzer. »Ich hab am nächsten Tag dafür bezahlt, wenn ich meiner Freundin erzählt habe, dass ich gerade ihre Schwester oder ihre beste Freundin oder sonst wen flachgelegt hatte.«

»Nein, ich meine damit ein Honorar. Einer Nutte oder so.«

Der Grund für Moons Frage wurde bei ihrer nächsten Bemerkung klar. »Also gut. Wer wurde schon mal für Sex *bezahlt*? Ich gebe es freiwillig zu.«

Dieses Bekenntnis löste allgemeines Interesse aus.

»Ich bin nicht stolz darauf oder so, aber wenn ich ehrlich sein soll, hab ich das Geld gebraucht. Ich hab Kunst und Sozialwissenschaften an der Uni in Preston studiert, als es noch die Poly war, und ich hatte meine Studiengebühren nicht zusammen und wollte ganz bestimmt nicht die ganze Nacht hinterm Tresen stehen, wenn ich zwanzig Minuten auf dem Rücken liegen und damit das gleiche Geld verdienen konnte.«

Alle hatten ihren Spaß daran, nur Sally nicht. Sie hasste Moon aus tiefster Seele, ihre endlose Aufschneiderei, diese Lügengeschichten. Und wenn sie Prostituierte gewesen war? Wen interessierte das? Außerdem glaubte Sally ihr nicht. Sie glaubte überhaupt nichts mehr von dem, was Moon erzählte, und das würde sie auch nie wieder tun.

»Ich hab in einem Porno mitgespielt«, sagte Kelly. »Zählt das auch?«

David erstarrte in der Finsternis. Was hatte sie vor?

»Na ja, das hängt davon ab, ob du es echt vor der Kamera getrieben hast oder nicht«, sagte Garry. »Ich hab da diesen Film, der heißt *LA 100*, und der ist nichts anderes als ... also ihr werdet es nicht glauben, aber es stimmt: Da ist nur diese Braut, die *hundert* Kerle nacheinander bumst. Könnt ihr das glauben? Ich konnte es nicht, bis ich es gesehen habe. Einer nach dem anderen. Rein mit dir, guter Mann, zack, danke sehr, rubbeldirubbeldi, das gefällt uns! Nächster bitte!«

»Das glaube ich nicht«, sagte Dervla. »Man kann keine hundert Leute bumsen, das ist unmöglich.«

»Nein, nein, ehrlich. Das war alles koscher. Die hatten echte Schiedsrichter mit Klemmbrettern und allem. Diese Frau hat echt die Hundert voll gemacht. Und wenn ich ehrlich sein soll: Hut ab.«

»Na ja, ich hatte nie wirklich Sex in einem Film«, räumte Kelly ein. »Das würde ich nicht tun. Kann man voll vergessen. Die sind alle so schmierig, diese Pornodarsteller. Das Risiko will man nicht eingehen. Ich war nur Komparsin, ein Paar Titten im Hintergrund. Ich musste einem anderen Mädchen die Nippel küssen, aber das war es auch schon, und wir mussten dauernd lachen, aber einige waren echt dabei, das kann ich euch sagen, und es war widerlich: Poppen und Lecken und Schlabbern und alles. Der Star hat beides auf einmal gemacht. Ich konnte es kaum glauben, *beides auf einmal*, poppen und gepoppt werden. Ich meine, mal ehrlich.«

»Rhythmisch gesehen gar nicht so einfach, denk ich mal«, meinte Jazz. »Ich könnte mir vorstellen, dass man ein Metronom braucht, sonst könnte es echt ungemütlich werden.«

»Sonst wüsste man ja gar nicht, ob man kommt oder geht!« Garry brüllte vor Lachen, und alle brüllten mit.

Bis auf David. Was hat sie vor?, dachte er und ballte vor Anspannung die Fäuste. *Was hat sie damit vor?*

»Er hieß Boris Pecker, und er stand nur rum und hat auf diese Mädchen eingerammelt, während ihn diese Kerle von hinten gestoßen haben. Das war echt unglaublich.«

David hatte auch bisher schon beträchtlich geschwitzt, aber falls es überhaupt möglich war, wurde es jetzt noch viel schlimmer. Würde sie gleich alles verraten? Würde diese dreiste, ignorante Kuh ihn verraten? Am liebsten hätte David ihr in der Dunkelheit ihr großes Maul gestopft, bevor sie noch mehr sagen konnte. Am liebsten hätte er sie geknebelt, mundtot gemacht, für immer zum Schweigen gebracht.

David war sonnenklar, dass Kelly in Wahrheit mit ihm sprach. Er war fast so weit gewesen, diesen Augenblick im Whirlpool nicht mehr ganz so ernst zu nehmen, als sie ihm zugeraunt hatte, sie würde ihn kennen. Es hatte ihn schwer erschüttert, aber als sie im Laufe der Tage kein Wort mehr darüber verlor, dachte er, er hätte sie möglicherweise nur falsch verstanden oder sie behalte ihr Geheimnis doch lieber für sich.

Und jetzt …

Jetzt ärgerte sie ihn, nein, sie verarschte ihn mit ihrem Wissen um sein Geheimnis – dieses Geheimnis, das seine Träume für alle Zeit zerstören würde.

Denn es gab nur eine Sache in Davids Leben, die ihm wirklich etwas bedeutete, und das war seine Schauspielerei. Er hatte nie etwas anderes und würde nie etwas anderes werden wollen als Schauspieler, ein gefeierter Schauspieler natürlich, ein Star. Kurz nach der Beendigung der Schauspielschule hatte es einen Punkt in seinem Leben gegeben, an dem es schien, als sollte sein Traum in Erfüllung gehen. Er hatte Preise gewonnen, die ersten vernünftigen Jobs bekommen, und einflussreiche Agenten hatten in höchsten Tönen von seinem Talent geschwärmt. Nur hatte es irgendwie nicht angehalten. Während andere, die mit ihm den Abschluss gemacht hatten, ihren Weg zum National Theatre, zur Royal Shakespeare Company oder sogar nach Hollywood gefunden hatten, hatte sein Licht zu flackern begonnen und war matt geworden.

Doch David war von ganzem Herzen überzeugt davon, dass er eine faire Chance hatte. Er *war* ein guter Schauspieler, sein Talent war viel zu ausgeprägt, als dass es für alle Zeiten unbemerkt bleiben sollte. Außerdem sah er gut aus, geradezu unheimlich gut. Ihm fehlte nur der Durchbruch, und deshalb hatte er sich darum beworben, bei *Hausarrest* mitzumachen. Natürlich wusste er, dass es ein ziemlich verzweifelter letzter Versuch war, aber er war auch ein ziemlich verzweifelter Mann, in Wahrheit ein *völlig* verzweifelter Mann.

Nach *Hausarrest* wäre David eine Fernsehgröße. Er war überzeugt davon, dass es ihm schon irgendetwas einbringen würde. Eine hübsche kleine Shakespeare-Hauptrolle im Glasgow Citizen's Theatre oder vielleicht am West Yorkshire Playhouse ... und dann, wenn die Kritiken gut ausfielen, würde man ihn schleunigst wieder nach London holen ... und schon ... schon wäre er wieder im Rennen!

Wieder im Rennen mit den kleinen Lichtern aus seinem Jahrgang, denen es so viel besser ging als ihm. Wieder im Rennen, damit er das Feuilleton der Tageszeitungen wieder aufschlagen konnte, ohne jedes beschissene kleine Porträt von irgendeinem Pickelgesicht zu verfluchen, das zehn Jahre jünger war als er und gerade erst die Kunst, Shakespeare zu spielen, in einer Feld-Wald-und-Wiesenproduktion in irgendeiner Gartenlaube auf der Isle of Dogs neu definiert hatte.

Aber nichts von alledem würde je passieren, wenn die Leute erfuhren, dass David Dalgleish, Schauspieler, Künstler, der Mann, der keinen Job annahm, der seines Talentes unwürdig war, in Wahrheit kein anderer als Boris Pecker war! Olivia Newton Dong! *Ivor Biggun!*

Dann wäre er der Lächerlichkeit preisgegeben. Der Ruf als »Pornostar« ließe sich nie mehr abschütteln, ganz besonders nicht, wenn man so ein Pornostar gewesen war wie er, der nicht nur austeilte, sondern auch einsteckte. Oh, natürlich, etwas Polanski oder Ken Russell in den frühen Filmen einer Karriere waren in Ordnung. Zweifellos durfte man für einen Regisseur mit großem Namen in jungen Jahren ungestraft die Hosen runterlassen. Im Gegenteil, das hatte sogar Klasse. Selbst einen kleinen Ausrutscher ins Soft-Sex-Lager konnte man überleben, besonders wenn man ein Mädchen war. Eine handgreifliche *Lady Chatterley* konnte kaum schaden, ebenso wenig wie eine *Fanny Hill* ohne Korsett.

Aber *Akkordficken Zwanzig.*

Und *Der Ballermann.*

Oder *Pussy-Picknick.*

David fragte sich, wo Kelly saß, doch in der heißen, stinkenden Finsternis war es schwer zu sagen. Ihm kam der Gedanke, dass er sie – wenn er sie erreichen würde – gleich an Ort und Stelle erdrosseln konnte, ohne dass irgendwer es merken würde.

Das würde dieser Schlampe das Maul stopfen.

Aber man brauchte Kelly das Maul nicht zu stopfen, jedenfalls nicht sofort, da sie Davids Geheimnis vorläufig mit keinem weiteren Wort mehr erwähnte. Sie hatte sich auf seine Kosten einen Spaß erlaubt. Zweifelsohne hatte er verdient, dass man ihn ein wenig aufzog. Kellys Wissen hatte für sie nicht im Entferntesten dieselbe Bedeutung wie für ihn. Sie ahnte nichts von dem emotionalen Aufruhr und dem Hass, den sie in ihm auslöste, und bald schon wandte sich das Gespräch anderen Themen zu.

Es kam zu einigen Fummel- und Trinkspielen. Es wurde reichlich Alkohol konsumiert und noch mehr davon verschüttet, wenn die Plastikflaschen in der Dunkelheit weitergereicht wurden. Der Alkohol zischte und dampfte, wenn er zwischen den heißen Holzbohlen auf die Heizgeräte tropfte. Infolgedessen entwickelte sich der Schwitzkasten nach und nach in eine Art Sauna, in der Wein und Schnaps verdampften.

Langsam entspannte sich David ein wenig, wenn auch nur minimal. Er war überzeugt davon, dass dies Kellys Botschaft an ihn war, er solle sie nett behandeln und nicht nominieren. Sie zeigte ihm, dass seine Zukunft in ihren Händen lag und sie ihre Waffe nutzen würde, wann immer ihr danach zu Mute war. Nun, falls ja, dachte David, spielte sie ein gefährliches Spiel. Er war ein stolzer Mann. Er konnte und würde nicht zulassen, dass man ihn erpresste, besonders nicht so eine hirnlose Nullnummer wie Kelly. Aber er würde warten müssen, bis seine Zeit gekommen war.

Die Meute trank weiter. Man gab Lieder und Witze zum Besten, nette und schmutzige, manche sogar zu schmutzig, als dass Geraldine sie hätte senden können.

Gleichzeitig schien alles langsamer zu werden. Langsamer und aufgeheizter. Die Hitze, der Schnaps und die völlige Orientierungslosigkeit in der Dunkelheit forderten langsam, aber sicher ihren Tribut. Sie wurden immer träger und mutiger, und ihr Selbstschutz verdampfte wie der Alkohol, der auf die Heizung tropfte.

»Okay, dann wollen wir doch mal sehen, ob wir uns *wirklich* kennen, eh?«, lallte Jazz mit heiserer Stimme. »Wir sind alle etwas wirr und durch den Wind, stimmt's? Also streckt jeder seine linke Hand aus, und wenn er jemanden berührt, muss er sagen, wer es ist, okay? Aber nur tasten ... nicht reden, bis man es weiß.«

Dieser Vorschlag wurde mit ausgelassenem Jubel quittiert, obwohl Dervla, so betrunken sie auch sein mochte, nicht ganz sicher war, wie sie ihn finden sollte. Alle anderen jedoch schienen die Idee mit so großer Begeisterung aufzunehmen, dass ihr nichts anderes übrig blieb, als mitzumachen. Schließlich wollte sie sich nicht irgendwann auf sämtlichen Nominierungslisten wieder finden, nur weil sie eine prüde Spielverderberin war.

»Okay«, sagte Jazz. »Alle wissen, wo ich bin, weil ich geredet habe, und mir wäre es lieber, wenn man mich an meinem Riesending erkennt und nicht an meiner Stimme, denn schließlich bin ich bestückt wie ein Derbysieger, also werde ich ein bisschen rumrutschen und alle etwas durcheinander mischen, ja? Dann möge das Tasten beginnen. Also los, das sind meine letzten Worte ...«

Erneuter Jubel brandete auf, gefolgt von Juchzen und Stöhnen, als die anderen spürten, wie sich Jazz' glatter, strammer, schwitzender Leib durch die glitschige kleine Gruppe gebückter nackter Gestalten schob.

Die Zuschauer im Monitorbunker konnten vor Aufregung kaum an sich halten. Die durchscheinenden Plastikwände des Schwitzkastens beulten aus und waberten. Selbst im gespenstisch blauen Licht der Nachtkameras waren deutlich Körperteile zu erkennen, die sich in der Plastikfolie ausformten und dann wieder verschwanden. Ellbogen, Köpfe, Hinterteile ... sexy, aufreizende Hinterteile. Es sah so aus, als sollte es tatsächlich zu einer Orgie kommen.

»Wir hätten durchsichtiges Plastik nehmen sollen«, sabberte

Geraldine. »Die armseligen Pisser hätten sich bestimmt darauf eingelassen, außer der scheißheiligen Dervla natürlich.«

»Der Ansicht bin ich nicht«, erwiderte Fogarty. »Erstens hätten wir es gar nicht senden können. Zweitens wäre sowieso alles total beschlagen gewesen, und drittens wäre das alles nur halb so aufregend, selbst wenn wir es sehen könnten, denn das Berauschende daran ist ja die Anonymität. Wir wissen nicht, wer wer ist, und die da drinnen auch nicht.«

»Wenn ich deine Meinung hören will, Bob, sag ich Bescheid.«

Dervla spürte, wie Jazz über sie hinwegglitt. Sie fühlte seinen straffen Körper und die wunderbar steinharten Muskeln an ihrer nackten Haut.

Mein Gott, dachte sie. Er weiß gar nicht, dass ich es bin.

Jazz tat, als wäre er eine Schlange, und bewegte sich zischend und schlängelnd vorwärts. Sie spürte seinen muskulösen Bauch auf ihrem Schoß, als er sich kichernd und zappelnd über sie hinwegschob, und dann … dann spürte sie, wie sein Penis über ihre Oberschenkel strich, groß und schwer, offenbar schon halbwegs hart. Sie konnte nicht widerstehen. Im Dunkeln griff sie danach und ließ ihn absichtlich in ihre Hand gleiten.

Dann drückte sie ganz sanft. Wunderschön fühlte es sich an, in dieser pechschwarzen Anonymität etwas derart Unerhörtes zu tun. Sie merkte, dass sie sogar noch stärker schwitzte, als Jazz einen Augenblick lang stillhielt und das Objekt der Begierde in ihrer Hand immer größer und härter wurde. In diesem Moment war Jazz für Dervla nicht länger der unbeschwerte Mister-Klugscheißer-Was-kostet-die-Welt-Partylöwe, den sie kannte und immer mehr zu schätzen lernte. Nein, er war ein griechischer oder römischer Gott, eine lebende, atmende Ausgabe all jener wundervollen Kunstwerke, die sie in den Sommerferien in Europa gesehen hatte. Er war eine märchenhafte Muse nächtlicher Liebe.

Dann hörte sie seine Stimme, und natürlich war er nach wie vor nur Jazz. »Bist du das, Kelly, du böses, böses Flittchen, du?«

»Was?«, fragte Kellys Stimme unten bei Jazz' Füßen.

»Aha«, sagte Jazz, »dann also nicht Kelly.«

Dervla stieß ein leises Stöhnen aus, schockiert von ihrer eigenen Schamlosigkeit!

Sie hatte Jazz' Penis in die Hand genommen! Das war schrecklich! Absolut fürchterlich. Sie würde ihm beim Frühstück am nächsten Morgen in die Augen sehen müssen! Sie, die erbitterte Feindin jeglicher Derbheit. Miss Etepetete. Das brave Mädchen in der Gruppe. Was war, wenn er wusste, dass sie es gewesen war?

Er wusste es.

Ihr leises Stöhnen hatte sie verraten. Selbst im allgemeinen Grunzen und Kichern hatte Jazz sie erkannt.

»Dann frage ich mich doch, wer«, sagte er und summte eine Zeile aus »When Irish Eyes Are Smiling«.

Dervla merkte, wie sie in der Dunkelheit puterrot anlief. Was war, wenn er es Peeping Tom erzählte? Was war, wenn er in den Beichtstuhl ging und der Nation erzählte, dass sie im Dunkeln seinen Penis in die Hand genommen und gedrückt hatte, bis er hart war? Doch in diesem Moment wurde sie aus ihren Gedanken gerissen, weil Gazzer dafür sorgte, dass alle in brüllendes Gelächter ausbrachen.

»Leck mich am Arsch, bin ich froh, dass Woggle nicht hier drinnen ist!«

Alles kreischte. Es war eine derart grauenvolle, fürchterliche, urkomische Vorstellung, mit Woggle in einem überfüllten Schwitzkasten zu sitzen. Ihn fühlen, ihn riechen zu müssen.

Auch Dervla lachte, und plötzlich machte es ihr nichts mehr aus, dass sie Jazz berührt hatte. In Wahrheit war sie sogar stolz darauf. Sie hoffte, er würde es erzählen. Sie wusste, dass die anderen Bewohner sie für prüde hielten, und zweifellos sahen auch die Zuschauer sie so. Es würde ihre Chancen auf den Sieg nicht schmälern, wenn sie auch etwas von einer großherzigen, gutmütigen Proleten-Tante raushängen ließ. Jazz fand sie hübsch, das hatte er oft genug erklärt, und sie *war* hübsch. Wieso sollte sie seinen Schwanz nicht in die Hand nehmen? Es hatte ihm gefallen, er war ganz hart geworden. Und im Grunde hatte es ihr selbst gefallen, es hatte sich großartig angefühlt. Dieses große, starke, adrige Stück männlichen Fleisches in ihrer kleinen weichen Hand zu halten, hatte sie schwer angetörnt. Als sich die Wogen des Gelächters glätteten, setzte Dervla noch einen obendrauf.

»Hey, Jazz«, rief sie triumphierend in die Finsternis. »Eben hab ich dein Ding angefasst!«

»Stets zu Diensten, Teuerste, stets zu Diensten!«, rief Jazz zurück, und wieder grölten alle vor Lachen.

Draußen im Gang zuckte der letzte verbliebene Kameramann zusammen, als hätte man ihm einen Stromschlag verpasst.

Larry Carlisle hatte den Eingang zum Schwitzkasten von der anderen Seite des Wohnraums aus durch die offene Tür des Jungenzimmers im Auge behalten, da diese einen Spalt weit offen stand. Nun ruckte die Kameralinse wild aufwärts und zeigte einen Moment lang die nicht gerade aufregende Decke. Carlisle hatte Glück, dass im Monitorbunker gerade niemand darauf achtete, was von seiner Kamera kam, weil die ferngesteuerten Hotheads im Schlafzimmer wesentlich bessere Bilder der schattenhaften Kiste lieferten. Sofort hatte Carlisle seine Kamera wieder unter Kontrolle und richtete sie auf die richtige Stelle.

Dennoch musste er sich alle Mühe geben, damit seine Hand nicht an den Reglern zitterte. Carlisle konnte kaum seinen bitteren Zorn beherrschen. *Sein Mädchen*, das hinreißende, wenn auch prüde Mädchen hinter dem Spiegel, hatte eben den Schwanz von diesem Schwarzen in die Hand genommen! Es war ungeheuerlich, es war widerwärtig. Es war ein Verrat an der Reinheit der Beziehung, die sie zueinander aufgebaut hatten.

Alle kreischten, lachten und johlten. Niemand konnte es fassen, dass Dervla die Erste sein sollte, die sich so lüstern benahm. Es ermutigte sie und schien dem ganzen Spiel echte Klasse zu verleihen.

Den berechnenderen Hausbewohnern im Kasten war klar, dass Dervlas plötzliches Interesse am Sex ein ziemlich cleverer Trick war, mit dem sie Einfluss auf ihr Ansehen in der Öffentlichkeit nehmen wollte. Nichts hielt das Interesse des Publikums besser wach als eine Überraschung, besonders wenn sie sexueller Natur war. Und der Umstand, dass Dervla nach Jazz gegriffen hatte, zielte ohne jeden Zweifel darauf ab. Moon, David, Hamish und Garry war bewusst, dass Dervla die Latte höher gehängt hatte, deshalb würden sie entsprechend nachlegen müssen.

In diesem Moment fasste Moon den Entschluss, Peeping Tom später zu gestehen, dass sie in der Kiste Geschlechtsverkehr gehabt hatte, ohne zu wissen, mit wem. Sie beschloss, es zuzugeben, ob es nun passierte oder nicht. Im Grunde war es aber ohnehin ziemlich wahrscheinlich, dass es passieren würde, denn inzwischen begann heftiges allgemeines Tasten und Befummeln.

»Spielen wir jetzt dieses Erkennungsspiel oder nicht?«, rief Jazz.

»Ja!«, kam die Antwort.

»Okay, dann mal los!«, rief Jazz. »Alle rutschen rum, und keiner sagt was, okay? Und wenn ihr ordentlich gerangelt habt, greift zu und ratet, wen ihr da habt.«

Plötzlich waren nur noch Kreischen und Kichern und besoffene Geilheit zu hören, als sich alle durch den Schwitzkasten schoben.

Hamish war fast außer sich vor Erregung. Genau deshalb war er in dieses Haus gekommen. Wie Moon wollte auch er Sex haben und es alle wissen lassen. Am liebsten mit Kelly, aber im Grunde wäre ihm jede Partnerin recht. Er spürte, wie eine Hand an seinem Rücken hinabstrich, zärtlich sein verschwitztes Rückgrat streichelte und sanft an seiner Pofalte entlangfuhr. War sie es? Sollte er sich umdrehen und versuchen, mit ihr zu schlafen, egal, wer ihn da berührte?

Er hörte ein Flüstern an seinem Ohr. »Sally?« Es war Davids Stimme.

»Du bist wohl schon zu lange in diesem Haus, Mann«, flüsterte Hamish zurück.

»Scheiße!«, bellte David und riss seine Hand zurück, als wäre Hamish ein glühender Ofen.

»Schschscht!«, zischte Jazz unmittelbar neben ihm.

David war genervt. Sein Irrtum hatte ihn angreifbar gemacht. Er fragte sich, ob Kelly ihn gehört hatte. Sämtliche Zweifel stürzten wieder über ihn herein. Lachte sie im Dunkeln über ihn? Dachte sie, Boris Pecker sei es wohl egal, an wem er herumfummelte? Würde sie damit hausieren gehen? Würde sie plötzlich damit herausplatzen und ihn verraten? Am liebsten wäre David aufgestanden und weggelaufen. Aber möglicherweise würde selbst das Kelly schon provozieren.

»Komisch, dass er so gar keinen Sex ertragen konnte«, würde sie sagen. »Ich hätte gedacht, es käme ihm absolut gelegen.«

»Wohl eher in den Arsch«, würde Gazzer sagen, sobald Kelly es näher erklärt hatte, und dann wäre David eine Witzfigur, ein landesweiter Lacher. David beschloss, sich lieber zurückzuhalten. Er griff sich eine von Geraldines kunstvoll drapierten Plastikflaschen mit dem warmen Hochprozentigen und nahm einen ordentlichen Schluck.

Hamish wollte nicht den gleichen Fehler wie David begehen. Er war ganz sicher, dass seine Hand auf dem Oberschenkel einer Frau lag. So weich und glatt und nicht zu fest. Kelly?, dachte er. Möglich, aber es konnte ebenso Dervla oder Moon sein. Nicht Sally, sagte er sich beruhigt, und für Dervla war der Schenkel wahrscheinlich nicht schlank genug. Trotzdem, man konnte nie wissen. Wem der Schenkel auch gehören mochte, es gefiel ihm gut, ihn zu berühren und zu kneten. Hamish ging es inzwischen viel besser. Kellys freundliche Geste zu Beginn des Spiels hatte ihn beruhigt. Jetzt fühlte er sich stark und sicher, zu allem bereit.

Er strich mit der Hand von der Außen- zur Innenseite des fremden Schenkels. Die Haut war heiß und etwas feucht. Welcher Frau dieser Schenkel auch gehören mochte (und er war sicher, dass es nicht Dervla war), es schien ihr zu gefallen, dass man sie berührte. Sie bewegte das andere Bein und strich mit der Innenseite ihres

Oberschenkels sanft über Hamishs Handrücken. Seine Lippen streiften eine weiche Schulter. Er küsste sie.

Und plötzlich spürte er Hände, die ihn berührten. Jemand tätschelte seinen Hintern, aber er achtete nicht darauf. Das Mädchen, dessen Bein er hielt, war das Mädchen, das er wollte.

Kelly war inzwischen völlig betrunken. So betrunken wie in der letzten Woche, als sie in Ohnmacht gefallen war. Sie hatte sich betrinken müssen, um in den Schwitzkasten zu steigen, und sie wusste, wenn sie sich nicht in diesen Kasten traute, würde sie das Spiel verlieren. Als sie nun im Kasten saß und diese Hand sie berührte, hatte sie das Gefühl, nicht mehr in ihrem Körper zu sein, sondern hoch über sich selbst zu schweben. So als würde eine andere Kelly betastet und befingert werden. Es war kein unangenehmes Gefühl, nur etwas distanziert und teilnahmslos. So war Kelly jedes Mal beim Sex zu Mute, was vielleicht daran lag, dass sie immer betrunken war, wenn sie es tat. Sie mochte Sex, da war sie ziemlich sicher, aber irgendwie wünschte sie sich doch am Ende meist, sie würde es noch lieber mögen. Insgeheim war ihr klar, dass die Liebe fehlte, und sie wusste, dass sie darauf würde warten müssen. So etwas konnte man nicht planen.

Die Hand war mittlerweile mutiger und arbeitete sich an ihrem Oberschenkel hinauf. Kelly *glaubte* nicht, dass es ihr etwas ausmachte, obwohl sie wusste, dass sie ihn vermutlich bald aufhalten würde, wer immer es auch sein mochte. Andererseits, wieso sollte sie ihn nicht spielen lassen? So machte man es doch, oder? Wenn man eine scharfe Braut war, wenn man wie sie geil darauf war, alles mitzunehmen, was sich einem bot? Man verlor nicht die Nerven. Darum ging es doch nur, oder nicht? Augen zu und durch. Vor allem war man kein Spielverderber.

In diesem Moment strich die Hand über Kellys intimste Stelle. Jetzt wurde es Zeit, ihn aufzuhalten, die Hand wegzuschieben. Aber sie tat es nicht. Sie war abgelenkt. Etwas rührte sich in ihrer Erinnerung.

Hamish bewegte seine Hand und stieß gegen den kleinen Metallring, der sich in den Falten von Kellys Intimbereich verbarg. Damit war klar, wen er streichelte. Er war begeistert. Er hatte so inbrünstig gehofft, dass sie es wäre: Kelly, die er am liebsten mochte, die ihn auserwählt hatte, falls Sex auf dem Programm stehen sollte. Und jetzt stand Sex auf dem Programm. Das war seine Chance.

Er fand ihr Ohr und flüsterte hinein, während er ganz leicht mit dem Finger gegen den kleinen Ring tippte.

»Kelly«, sagte er breit grinsend.

Und in diesem Moment, genau in diesem Augenblick, wussten sie es beide.

Kelly war sicher, dass sie keiner Menschenseele von ihrer gepiercten Schamlippe erzählt hatte, nicht einmal den Mädchen. Sie hatte es absichtlich für sich behalten, um es zu einem späteren Zeitpunkt im Spiel triumphierend als sexy Geständnis einzusetzen, wenn sie das Gefühl bekam, glänzen zu müssen.

Aber die Stimme an ihrem Ohr wusste davon. Hamishs Stimme. *Hamish* wusste es, denn im selben Augenblick, als er den winzig kleinen Draht berührte, hatte er ihren Namen geflüstert. Und da begriff Kelly. Der Scheißkerl hatte sie dort schon einmal berührt. Die halb garen Verdächtigungen, die ihr durch den schmerzenden Kopf gegangen waren, als sie am Morgen in der grässlichen kleinen Sexhütte aufgewacht war, verwandelten sich plötzlich in schmiedeeiserne Fakten.

»Mein Gott!«, hauchte Kelly eher überrascht als böse. »Du hast an mir rumgefummelt, als ich ohnmächtig war. Du hast an mir rumgefingert. Du wusstest, dass ich gepierct bin.« Sie flüsterte, noch viel zu schockiert von ihrer Erkenntnis. Alle anderen im Kasten waren mit ihren eigenen Angelegenheiten beschäftigt.

Keiner hörte sie. *Keiner.*

Wie Kelly war auch Hamish in dem Augenblick, als er diese beiden alles verratenden Silben »Kel-ly« hauchte, aufgegangen, dass er einen furchtbaren, furchtbaren Fehler begangen hatte. Bis jetzt allerdings war es noch ein Geheimnis. Nur die beiden wussten davon, während die anderen noch mit ihrem Gekicher und Gefummel beschäftigt waren.

»Bitte«, flehte Hamish in Kellys Ohr. »Sag es ihnen nicht.«

Doch die Art und Weise, wie sie körperlich vor ihm zurückschreckte, verriet ihm, dass sie es doch tun würde. Wie konnte sie auch anders? Wieso *sollte* sie auch anders? Sie würde es den anderen erzählen, der ganzen Welt, und er wäre geliefert. Natürlich würde er alles abstreiten, ihr Wort stand gegen seines, aber die Leute mochten Kelly, sie würden ihr glauben. Das Mindeste, was ihn erwartete, war landesweite Schande, und das Schlimmste ... ein Verfahren wegen sexueller Nötigung. Wegen *Digitaler Penetration*. Seine Karriere war am Ende, so viel stand fest. Ärzte konnten sich einen solchen Skandal nicht leisten. Welche Frau würde sich ihm jetzt noch anvertrauen?

Um ein Haar musste er lachen. Da waren sie, betatschten einander wie Tiere im Schlammloch, und er musste befürchten, dass man ihn der Notzucht beschuldigte! Hamishs blindes Schwarz vor Augen wurde rot vor Wut. Diese Schlampe! Diese widerwärtige Scheißschlampe! Eben noch hatte sie sich liebend gern von ihm befummeln, sich *befingern* lassen. Und jetzt wollte sie sein Leben zerstören, weil er genau dasselbe schon einmal getan hatte.

Hamishs aufschäumende Wut und Angst entsprachen genau dem, was Kelly empfand. Sie war außer sich, angewidert. Am liebsten hätte sie sich übergeben. Dieser Scheißkerl hatte sie geschändet, als sie nicht mehr bei sich war! Ihr seinen Finger *reingesteckt*. Hatte er sie vergewaltigt? Er hätte sie vergewaltigen können. Wahrscheinlich nicht, sagte sich Kellys fiebriges Hirn. Sie wusste es, wenn sie vergewaltigt worden wäre. Tatsächlich? Vielleicht war er klein gebaut, vielleicht war er sehr vorsichtig gewesen. Sie erinnerte sich noch an das Gefühl, mit dem sie aufgewacht war. Dieses Unbehagen, dieser plötzliche, überwältigende Drang, in den Pool springen zu müssen. Hatte er *sein Ding in sie reingesteckt*? Wie sollte sie es je herausfinden?

»Bitte, sag es nicht weiter«, flüsterte Hamish noch einmal, und plötzlich war seine Hand an ihrem Mund.

Doch Kelly drängelte sich bereits aus dem Schwitzkasten und rempelte auf der Suche nach dem Ausgang zwischen den lachenden, grapschenden Leibern hindurch.

Sie geht raus, dachte Hamish. Was hat sie vor?

Auch David merkte, dass Kelly es eilig hatte, zum Ausgang zu gelangen. Kelly, die Frau, die mit ihrem Wissen sein Schicksal in Händen hielt ... *Die Schlampe*, die sich über ihn lustig machte. Was will sie?, dachte er. Was hat die dumme Gans vor?

Keuchend und schwitzend kam Kelly an Dervla vorbei. Dervla wusste, dass es Kelly war, weil sie ihr schnelles Atmen erkannte. Für Dervlas Ohren klang sie aufgeregt, fast triumphierend. Was war denn los mit ihr? Dervla dachte an die Nachricht, die sie am Morgen am Spiegel gelesen hatte. *»Die Schlampe Kelly ist noch Nummer eins.«*

Wusste Kelly, dass sie Nummer eins war? Dass sie gewinnen würde? War das der Grund, weshalb sie aufgeregt war? Dervla spürte, wie eine massive Woge des Unmuts gegenüber diesem dummen kleinen Mädchen in ihr aufwallte, das sich über sie schob. Was war so Besonderes an Kelly? Sie war nicht die Hellste, hatte reichlich lockere Moralvorstellungen, kleidete sich eher fragwürdig, und doch schien es, als wäre sie von der Spitze nicht mehr zu verdrängen. Dervlas Vertrauen darauf, einen längeren Atem als Kelly zu haben, verpuffte. Kelly würde gewinnen.

Sie würde allen Ruhm absahnen und die halbe Million Pfund dazu. Die halbe Million Pfund, von der Dervla insgeheim träumte, seit ihre Bewerbung angenommen worden war. Die halbe Million Pfund, die ihre Familie vor einer Katastrophe retten würde ... ihre über alles geliebten Eltern und ihre süßen kleinen Schwestern.

Dervla fragte sich, wieso es Kelly plötzlich so eilig hatte und wohin sie wollte. Was hatte sie vor?

Sally wich in die hinterste Ecke des Schwitzkastens zurück, in der sie sich praktisch schon die ganze Zeit versteckt hielt, wobei sie sämtliche Hände oder Gliedmaßen, die in ihre Nähe kamen, allesamt von sich stieß. Als Kelly an ihr vorüberkam, schubste sie sie. Die hat es aber eilig, aus dem Schwitzkasten zu kommen, dachte Sally, ehe ihr trotz der Hitze das Blut in den Adern zu gefrieren drohte. Plötzlich dachte sie an ihre Mutter, an das einzige Mal, als sie mit ihr gesprochen hatte. Hinter einer Glasscheibe, durch eine Gegensprechanlage.

»Ich weiß nicht, weshalb jemand wie ich so etwas tut«, hatte die Stimme ihrer Mutter knisternd gesagt. »Man sitzt wie in einem schwarzen Loch, einer dunklen Kiste, und dann passiert es einfach.« Plötzlich glaubte Sally zu wissen, wie sich ihre Mutter gefühlt hatte. Auch sie saß in einer schwarzen Kiste. Und diese schwarze Kiste war real.

Gazzer dachte genau das, was er schon die ganze Zeit über Kelly gedacht hatte. Er behielt es lieber für sich, aber eines Tages würde er es der Schlampe zeigen. Im Haus oder draußen – er würde ihr heimzahlen, was sie über seinen kleinen Jungen angedeutet hatte, seinen süßen Ricky. Dem ganzen Land zu erzählen, er sei ein selbstsüchtiger Schnorrer von einem Vater, der nie da war und den der Kleine einen Dreck interessierte. Das hatte sie doch sagen wollen, mehr oder weniger. Gazzer würde es ihr zeigen. Früher oder später. Eher früher.

Inzwischen war Kelly an allen vorbei und draußen. Gierig atmete sie die frischere, kühlere Luft, die ihr ins Gesicht schlug, als sie zwischen den Klappen des Schwitzkastens hervorkam. Da sie immer noch fürchtete, ihr würde alles hochkommen, lief sie eilig aus dem Jungenzimmer zur Toilette.

Wenige Minuten später sahen Geraldine und ihr Team auf den Monitoren, wie jemand aus dem Schwitzkasten trat, sich in ein Tuch hüllte und Kelly zur Toilette folgte, wobei er nur kurz Halt machte und ein Messer mitnahm.

Um sie zu töten.

27. Tag 23:46 Uhr

»Oh, mein Gott! Oh, bitte, lieber Gott, nein!«

Eigentlich sah es Geraldine nicht ähnlich, jemanden um Hilfe zu bitten, schon gar nicht den Allmächtigen, aber schließlich waren dies besondere Umstände. Die Lache am Boden um Kelly herum war sehr plötzlich aufgetaucht und breitete sich rasch aus.

»Fogarty, du und Pru, ihr zwei kommt mit. Du auch!«, bellte Geraldine einen der Botenjungen an. »Ihr anderen bleibt hier.«

Geraldine und ihre Kollegen stürmten aus dem Monitorbunker die Treppe hinunter in den Tunnel, der unter dem Wassergraben hindurchführte und den Produktionskomplex mit dem Haus verband. Vom Tunnel aus gelangte man in die Kameragänge und von dort aus in jeden Raum des Hauses.

Larry Carlisle, der unermüdliche Kameramann, hörte ein Geräusch hinter sich. Später würde er der Polizei erklären, er habe gedacht, seine Ablösung sei früh dran, und wollte sich schon umdrehen und dem Mann sagen, er solle nicht so einen Lärm machen, als Geraldine mit dem halben Team an ihm vorbeigehetzt kam.

»Durch den Lagerraum!«, bellte Geraldine, und einen Moment später stand sie mit ihren Kollegen blinzelnd im grellen Neonlicht. Später würden sich alle daran erinnern, wie sonderbar es ihnen selbst in diesem Augenblick der Panik vorgekommen war, dort im Inneren des Hauses zu stehen. Keiner von ihnen hatte es mehr betreten, seit die Bewohner eingezogen waren, und nun kamen sie sich wie Wissenschaftler vor, die plötzlich in einer Petrischale neben den Insekten hockten, die sie eben noch betrachtet hatten.

Geraldine holte tief Luft und machte die Toilettentür auf.

28. Tag 19:20 Uhr

»Weshalb haben Sie das Tuch heruntergenommen?«, fragte Coleridge. »Sie müssen doch wissen, dass man einen Tatort nicht verändern darf.«

»Es ist auch nicht richtig, einem Verletzten die Hilfe zu versagen. Ich wusste ja nicht, dass sie tot war, oder? In Wahrheit wusste ich nicht mal, dass ein Verbrechen stattgefunden hatte. Ich wusste überhaupt nichts. Nur dass alles voller Blut war oder zumindest etwas, das wie Blut aussah. Ehrlich gesagt, Inspector, habe ich in diesem Moment noch immer halb gehofft, dass es ein Scherz war. Dass einer der Bewohner den Spieß umdrehen wollte, weil ich sie wegen Woggle habe hängen lassen.«

Coleridge drückte auf Start. Die Kameras hatten alles aufgezeichnet: Die kleine Gruppe von Redakteuren stand draußen vor der Toilette, während Geraldine hineingriff und am Tuch zog. Kelly war zu sehen, die weit vorgebeugt noch immer auf der Toilette saß. Eine große dunkle Lache, die von den Wunden an Hals und Schädel herrührte, breitete sich am Boden aus. Kellys Füße standen mitten in der Lache, hautfarbene Inseln, die aus einem roten See aufragten.

Und am schlimmsten von allem war der Griff des Küchenmessers, der aus Kellys Kopf ragte und dessen Klinge tief in ihrem Schädel steckte.

»Es war einfach schräg, wie in einem Cartoon oder so«, sagte Geraldine. »Ich schwöre es: Mit diesem Messergriff, der ihr da aus dem Kopf stand, sah sie aus wie einer dieser Teletubbies. Für den Bruchteil einer Sekunde habe ich *noch immer* überlegt, ob man uns reinlegen wollte.«

27. Tag 23:47 Uhr

»Gib mir dein Handy!«, schnauzte Geraldine mit schriller, aber gefasster Stimme Fogarty an.

»Was … Was?« Bob Fogartys Augen waren starr auf den grausigen Anblick vor ihm gerichtet. Das Messer. Das Messer im *Kopf*.

»Gib mir dein Handy, du Schlaftablette!« Geraldine riss Fogartys kleines Nokia aus der Tasche an seinem Gürtel.

Aber sie schaffte es nicht, es anzuschalten. Ihre Hand zitterte zu sehr. Sie blickte zu dem Hothead auf, der nach wie vor gleichmütig alles aufnahm, was geschah. »Irgendeiner im Schneideraum soll die Bullen anrufen, verdammt! … Irgendwer, der uns im Internet zusieht! Tut einmal in eurem Scheißleben was Sinnvolles! Ruft die Bullen an!«

Und so wurde die Welt auf einen der verwirrendsten und spektakulärsten Mordfälle aufmerksam, von dem man je gehört hatte. Tausende von Internet-Usern legten die Notrufleitungen lahm und riefen, da sie nicht durchkamen, bei der Presse an.

Zur selben Zeit – am Tatort – schien Geraldine nicht zu wissen, was sie jetzt tun sollte.

»Ist sie … tot?«, fragte Pru, die einen Blick über Fogartys Schulter warf und die es einige Mühe kostete, sich nicht zu übergeben.

»Prudence«, sagte Geraldine. »Da steckt ein gottverdammtes Küchenmesser in ihrem Hirn.«

»Ja, aber ich würde trotzdem sichergehen«, stammelte Pru.

»Dann guck doch nach«, sagte Geraldine.

In diesem Moment ersparte Kelly ihnen alle weiteren Spekulationen hinsichtlich ihres Gesundheitszustands, indem sie von der Toilette kippte. Vom Gewicht ihres eigenen Kopfes über die Knie hinweg vorwärts gezogen, fiel sie vornüber. Was zur Folge hatte, dass sie mit dem Messergriff zuerst am Boden aufschlug, wodurch sich das Messer noch ein paar Zentimeter tiefer in den Schädel bohrte, als hätte man mit einem Hammer darauf geschlagen. Damit einher ging ein Knirschen, woraufhin sowohl Pru als auch Fogarty sich übergeben mussten.

»Na, toll. Echt super«, sagte Geraldine. »Wollen wir nicht vielleicht gleich den ganzen Tatort voll kotzen? Die Polizei wird begeistert sein.«

Vielleicht war es der Gedanke daran, was die Leute von ihnen denken würden, der Geraldine dazu veranlasste, sich noch einmal den Kameras zuzuwenden. »Ihr da in der Box. Stellt den Internet-Link ab. Wir sind hier nicht in der Freak-Show.«

Aber natürlich war es eine Freak-Show, und sie hatte eben erst begonnen.

»Scheiße, was geht denn hier ab?« Jazz kam mit einem Tuch um seinen gestählten, farbigen, verschwitzten Körper aus dem Jungenzimmer.

Mit großen Augen stand er auf der Schwelle, wie versteinert im grellen Licht und verblüfft, weil Eindringlinge im Haus waren, nachdem er und seine Mitbewohner es seit Wochen exklusiv für sich allein gehabt hatten.

Hinter ihm erschien Dervla. Auch sie hatte sich ein Tuch umgehängt und sah mindestens ebenso deplatziert aus wie Jazz, als sie die leger gekleideten Eindringlinge musterte, hinter denen die Leiche am Boden lag. Langsam, aber sicher sah es aus, als versammelte sich eine Toga-Party um einen Autounfall.

Geraldine wurde klar, dass die Lage demnächst aus dem Ruder laufen würde. Sie konnte es nicht leiden, wenn sie die Kontrolle verlor. Sie war ein klassisches Beispiel für den über Gebühr strapazierten Ausdruck: Kontroll-Freak. »Jason! Dervla!«, rief sie. »Ihr geht beide wieder ins Jungenzimmer!«

»Was ist denn los?«, fragte Dervla. Glücklicherweise konnte sie ebenso wenig wie Jazz in die Toilette sehen.

»Hier spricht Peeping Tom!«, rief Geraldine. »Es hat einen Unfall gegeben. Alle Hausbewohner bleiben im Jungenzimmer, bis sie neue Anweisungen bekommen. Rein da! SOFORT!«

Erstaunlicherweise hatte sich unter den Bewohnern eine derart ausgeprägte Geiselmentalität entwickelt, dass Jazz und Dervla augenblicklich taten, was man ihnen sagte, und ins Jungenzimmer umkehrten, wo die anderen gerade aus dem Schwitzkasten stiegen – aufgeheizt, unbekleidet und verdutzt.

»Was ist los?«, fragte David.

»Ich weiß nicht«, antwortete Dervla. »Wir sollen hier drinnen bleiben.«

Schließlich machte jemand aus dem Schneideraum überall im Haus Licht. Die sieben Kandidaten erstarrten buchstäblich im Scheinwerferlicht. Nackt standen sie um den überflüssigen Schwitzkasten und blinzelten einander an und griffen nach Tüchern, Decken, Handtüchern, um ihre geröteten, verschwitzten Blößen zu bedecken, wobei die Erinnerung an die zurückliegenden wilden Stunden ihre erhitzten Gesichter nur noch dunkler anlaufen ließen. Es war, als wären sie alle vierzehn Jahre alt und ihre Eltern hätten sie bei einer Massenknutscherei erwischt.

»Oh, mein Gott, wir sehen so was von dämlich aus«, stellte Dervla fest.

Draußen übernahm Geraldine das Kommando. Später waren sich alle einig, dass sie, nachdem der Schock überwunden war, mit bemerkenswert kühlem Kopf gehandelt hatte.

Nachdem die sieben Bewohner nebenan waren, gab sie allen Anweisung, sich auf demselben Weg, den sie hereingekommen waren, wieder zurückzuziehen, um jede weitere Verfälschung des Tatortes zu vermeiden.

»Wir stellen uns in den Kameragang«, sagte sie, »und warten auf die Bullen.«

28. Tag 6:00 Uhr

Als Coleridge sechs Stunden später den Tatort verließ, wurde es an einem für diese Jahreszeit ungewöhnlich düsteren und regnerischen Morgen langsam hell.

Mordwetter, dachte er. Ständig schienen seine Mordermittlungen im Regen stattzufinden. Das stimmte natürlich nicht, ebenso wenig wie seine Sommerferien als kleiner Junge stets nur von Sonnenschein gesegnet gewesen waren. Nichtsdestoweniger vertrat Coleridge die vage Theorie, dass atmosphärischer Druck eine Rolle beim Entfachen des mörderischen Funkens spielen konnte. Seiner Erfahrung nach fanden vorsätzliche Morde eher drinnen statt.

Jenseits der Polizeiabsperrung blitzten Hunderte von Kameras. Einen Moment lang fragte sich Coleridge, wer wohl von derart großem Interesse sein mochte, ehe ihm klar wurde, dass sie auf ihn gewartet hatten. Er bemühte sich, nicht wie jemand auszusehen, der wusste, dass er fotografiert wurde. Coleridge lief durch den silbrigen Nebel des halbherzigen Regens und flackernden Blitzlichtgewitters zu seinem Wagen.

Hooper erwartete ihn mit einem Packen Morgenzeitungen. »Es steht fast überall dasselbe«, sagte er.

Coleridge überflog die acht Gesichter, die auf sämtlichen Titelseiten prangten, von denen eines ein Stück abseits abgebildet war. Die dazugehörigen Personen hatte er eben kennen gelernt. Alle bis auf Kelly natürlich. Einen Leichnam konnte man nicht kennen lernen. Als er sich die arme junge Frau ansah, die dort eingerollt auf dem Toilettenboden lag und mit einem Küchenmesser im Kopf in ihrem eigenen, mittlerweile schwarz geronnenen Blut festklebte, spürte Coleridge, wie dringend er diesen Mörder fassen wollte. Solche Gräueltaten konnte er nicht leiden. Er würde sich nie daran gewöhnen. Sie machten ihm Angst und ließen ihn seinen Glauben in Frage stellen. Denn wie konnte ein Gott, der noch bei Sinnen war, so etwas zulassen? Natürlich weil er auf wundersame Weise handelte. Das war der Punkt. Gottes Wege waren unergründlich. Man *sollte* sie nicht verstehen. Dennoch fiel es in seinem Job gelegentlich schwer, noch Gründe für den Glauben zu finden.

Sergeant Hooper hatte der Tatort ebenso wenig gefallen, nur war es nicht seine Art, darüber nachzudenken, welchen Sinn ein derartiges Grauen in Gottes allmächtigem Plan haben sollte. Stattdessen flüchtete er in albernes Draufgängertum. Er nahm sich vor, später den Kolleginnen zu erzählen, Kelly hätte mit diesem Messer im Kopf wie ein Teletubby ausgesehen. Genau dasselbe hatte Geraldine ebenfalls gedacht. Glücklicherweise hatte sich Hooper eine solche Bemerkung Coleridge gegenüber verkniffen. Anderenfalls wären seine Tage im Team des alten Herrn zweifellos gezählt gewesen.

28. Tag 2:35 Uhr

Sie hatten den Anruf um Viertel nach eins angenommen und waren gegen halb drei Uhr am Tatort eingetroffen, um die Ermittlungen aufzunehmen. Bis dahin war der größte Fehler bereits geschehen.

»Sie haben zugelassen, dass sie sich waschen?« Coleridge schrie fast, zumindest für seine Verhältnisse.

»Sie hatten über zwei Stunden in dieser Kiste geschwitzt«, beschwor ihn der zuständige Beamte. »Ich habe sie mir vorher gut angesehen, und eines meiner Mädchen hat einen Blick auf die Damen geworfen.«

»Sie haben sie sich *angesehen?*«

»Na ja, Blut ist Blut, Sir. Ich meine, es ist rot. Ich hätte es gesehen. Da war nichts. Ich versichere Ihnen, dass wir sie uns sehr genau angesehen haben. Sogar unter den Fingernägeln und überall. Das Tuch haben wir natürlich noch. Da sind ein paar Tropfen dran.«

»Ja, bestimmt das Blut des Opfers. Leider haben wir kein Problem damit, das Opfer zu identifizieren. Es klebt am Toilettenboden fest! Wir suchen den Mörder, und Sie haben zugelassen, dass sich eine ganze Gruppe nackter Verdächtiger wäscht!«

Es war sinnlos, weiter darauf herumzuhacken. Es war nun mal passiert. Tatsächlich machte sich Coleridge an diesem Punkt der Ermittlungen keine allzu großen Sorgen. Der Mord war gefilmt worden, die Verdächtigen befanden sich in Gewahrsam und sämtliche Beweise im selben Gebäude. Coleridge glaubte nicht, dass es lange dauern würde, bis die Wahrheit ans Tageslicht kam.

»Die Sache sollte im Grunde pillepalle sein«, hatte Hooper bemerkt, als sie zu dem Haus gefahren waren.

»Was?«, erkundigte sich Coleridge.

»Pillepalle. Es bedeutet simpel.«

»Warum sagen Sie es dann nicht?«

»Na ja, weil … weil es nicht so farbenfroh ist, Sir.«

»Ich ziehe eine gewisse Klarheit in der Sprache der Farbenfreude vor, Sergeant.«

Das wollte Hooper nicht auf sich sitzen lassen. Coleridge war nicht der Einzige, den man um ein Uhr nachts aus dem Bett geholt hatte. »Und was ist dann mit Shakespeare?« Hooper durchforstete sein Gedächtnis nach dem Englisch-Kurs im Internet und versuchte sich an ein Zitat zu erinnern. Schließlich stieß er auf ein Sonett:

»Was ist mit: ›Soll ich dich einem Sommertag vergleichen? Er ist wie du so lieblich nicht und lind.‹ Vielleicht hätte er lieber sagen sollen: ›Ich steh auf dich.‹«

»Shakespeare war kein Polizist auf dem Weg zu einem Mordfall. Er war ein Dichter, der die Sprache dazu verwendete, eine schöne Frau zu preisen.«

»Eigentlich, Sir, habe ich gelesen, dass er dabei von einem Mann gesprochen hat.«

Coleridge antwortete nicht. Hooper grinste vor sich hin. Er wusste, dass das dem alten Sack ordentlich auf die Nerven ging.

Und tatsächlich war Coleridge genervt, denn als sie das Haus erreicht hatten, wurde ihm schon bald klar, dass diese Ermittlungen ganz und gar nicht problemlos verlaufen würden.

Die Pathologin brachte kein Licht ins Dunkel. »Es ist das, was Sie sehen, Chief Inspector, nicht mehr und nicht weniger«, sagte sie. »Gestern Abend um elf Uhr vierundvierzig hat jemand diesem Mädchen mit einem Küchenmesser den Hals aufgeschlitzt und ihr kurz darauf dasselbe Messer in den Schädel gerammt, wo es dann verblieb. Der genaue Zeitpunkt des Angriffs wurde mit den Videokameras aufgezeichnet, was einen großen Teil meines Jobs überflüssig macht.«

»Aber Sie stimmen mit den Beweisen der Kamera überein?«

»Sicher. Ich hätte vermutlich zwischen dreiundzwanzig Uhr dreißig und dreiundzwanzig Uhr vierzig gesagt, aber natürlich könnte ich niemals so exakt wie ein Time-Code sein. Da haben Sie wohl Glück.«

»Das Mädchen war sofort tot?«, fragte Coleridge.

»Beim zweiten Hieb, ja. Der erste hätte sie nicht umgebracht, sofern sie sich medizinischer Behandlung unterzogen hätte.«

»Sie haben sich das Video angesehen.«

»Ja, habe ich.«

»Ist Ihnen irgendwas Besonderes aufgefallen?«

»Eigentlich nicht, leider. Ich war etwas überrascht, mit welcher Geschwindigkeit sich die Blutlache gebildet hat. Normalerweise strömt das Blut einer Leiche nicht aus der Wunde, weil das Herz nicht mehr pumpt. Es läuft einfach heraus, und in nur zwei Minuten ist da eine ganze Menge rausgelaufen.«

»Erheblich?«

»Eigentlich nicht«, erwiderte die Pathologin. »Ist für mich nur interessant. Wir unterscheiden uns alle physiologisch voneinander. Das Mädchen hat sich vorgebeugt, also wird die Erdanziehung den Blutverlust beschleunigt haben. Das dürfte der Grund dafür sein.«

Coleridge sah auf das tote Mädchen hinab, das am Boden vor der Toilettenschüssel kniete. Eine seltsame letzte Haltung, wie ein Moslem beim Gebet. Nur dass sie nackt war. Und natürlich war da dieses Messer.

»Wer hätte gedacht, dass der alte Mann so viel Blut in sich hätte?«, murmelte Coleridge vor sich hin.

»Verzeihung?«

»*Macbeth*«, sagte Coleridge. »Duncans Tod. In dem Fall gab es auch eine Menge Blut.«

Coleridge war am Abend vorher mit der *Gesamtausgabe* zu Bett gegangen, um sich auf das Vorsprechen seiner Amateur-Theatergruppe vorzubereiten, obwohl ihm klar war, dass er scheitern würde.

»Tja, üblicherweise ist eine Menge Blut im Spiel, wenn jemand erstochen wird«, erklärte die Pathologin nüchtern. »Okay, das wär's fürs Erste«, fuhr sie fort. »Könnte sein, dass wir etwas am Messergriff finden. Der Mörder hat das Tuch darum gewickelt, um mehr Halt zu haben, und vermutlich, um keine Abdrücke zu hinterlassen. Sie waren alle in diesem Schwitzkasten und haben alles Mögliche abgesondert, sodass ein wenig Zellmaterie durchgesickert sein dürfte. Möglicherweise lässt sich damit die Identität feststellen.«

»Dann hat niemand das Messer angefasst?« Nachdem sich die Tatverdächtigen hatten waschen dürfen, war Coleridge auf alles vorbereitet.

»Nein, aber wir müssen es natürlich anfassen, um es ihr aus dem Kopf zu ziehen. Außerdem müssen wir höchstwahrscheinlich auch den Schädel aufsägen. Grausige Arbeit, muss ich sagen.«

»Ja.« Coleridge beugte sich über den Leichnam und versuchte, sich den Toilettenraum so genau wie möglich anzusehen, ohne in die Lache aus geronnenem Blut zu treten. Er stützte sich mit beiden Händen an den Wänden ab. »Halten Sie mich bitte an den Hüften fest, Sergeant. Ich möchte nicht auf das arme Mädchen fallen.«

Hooper gehorchte, sodass Coleridge sich den Tatort näher ansehen konnte. Kellys nackter Hintern ragte ihm entgegen, unter dem sich die Toilette befand.

»Sauber«, bemerkte er.

»Was ist, Sir?«, fragte Hooper überrascht.

»Die Toilettenschüssel. Sie ist sauber.«

»Ach, verstehe, ich dachte, Sie meinen ...«

»Seien Sie still, Sergeant.«

»Das war Kelly.« Geraldine meldete sich hinter ihm zu Wort. »Hat die Toilette zweimal täglich geschrubbt. Sie kann dreckige Klos nicht ausstehen ...« Ihre Stimme wurde immer leiser, als ihr einfiel, dass sich Kelly inzwischen wohl nicht mehr dafür interessierte. »Ich meine, sie konnte es nicht ausstehen ... Sie war ein sehr sauberes, ordentliches Mädchen.«

Coleridge setzte seine Nachforschungen fort. »Hmm, aber kein besonders gründliches Mädchen, wie ich leider sagen muss. Sie hat am Sitz ein paar Spritzer von etwas übersehen, bei dem es sich wohl um Erbrochenes handeln dürfte. Danke, Sie können mich jetzt wieder hochziehen.«

Mit Hoopers Hilfe bugsierte sich Coleridge rückwärts an den Wänden entlang, bis er wieder neben der Pathologin stand.

»Was ist mit dem Tuch, das der Mörder getragen hat?«, fragte er. »Das, das er wieder mit ins Jungenzimmer genommen hat?«

»Damit könnten Sie mehr Glück haben. Ich meine, so wie die geschwitzt haben, müsste sich doch etwas Haut gelöst haben. Einiges davon dürfte im Tuch hängen geblieben sein.«

An dieser Stelle mischte sich der Beamte ein, der zuerst am Tatort gewesen war. »Ich glaube, dass der Mörder dasselbe Tuch wie dieser Schwarze, dieser Jason, benutzt hat, als er nach der Tat aus dem Zimmer kam, Sir.«

»Ah«, sagte Coleridge nachdenklich. »Sollte also Jason zufällig unser Mann sein, dann hätte er praktischerweise ein Alibi für sämtliche Rückstände seiner DNA auf dem Tuch.«

»Ja, das hätte er wohl.«

»Im Labor dürfte es ein, zwei Tage dauern«, sagte die Pathologin. »Soll ich es wegschicken?«

»Ja, natürlich. Macht nicht besonders viel Sinn, dass ich einen Blick darauf werfe«, antwortete Coleridge. »Ich sehe, dass die Toilettentür ein Schloss hat.«

»Stimmt«, sagte Geraldine. »Das einzige im ganzen Haus. Es ist elektronisch und kann von beiden Seiten aus geöffnet werden, für den Fall, dass einer in Ohnmacht fällt oder sich umbringt oder irgendwas. Wir können es auch vom Kontrollraum aus öffnen.«

»Aber Kelly hat das Schloss nicht benutzt?«

»Nein. Das hat keiner getan.«

»Wirklich?«

»Na, ich schätze, wenn einen eine Kamera anglotzt, während man dabei ist, dürfte die Privatsphäre wohl eher unerheblich werden. Außerdem gibt es eine Lampe, die anzeigt, ob das Klo besetzt ist.«

»Also musste der Mörder nicht davon ausgehen, dass abgeschlossen war?«

»Nicht mehr seit dem zweiten Tag.«

Coleridge sah sich einen Moment lang erst die Tür und dann den Schließmechanismus an.

»Ich habe es erst im Nachhinein anbringen lassen«, sagte Geraldine. »Ich dachte, wir sollten ihnen wenigstens einen *Eindruck* von Privatsphäre vermitteln. Hätte sie es nur benutzt.«

»Ich bin mir nicht sicher, ob es geholfen hätte«, erwiderte Coleridge. »Der Mörder war offensichtlich wild entschlossen, und der

Riegel an diesem Schloss besteht nur aus Sperrholz. Man hätte kaum Kraft aufwenden müssen, um es einzutreten.«

»Wohl nicht«, sagte Geraldine.

Coleridge rief den Polizeifotografen, um sicherzugehen, dass Tür und Schloss fotografiert wurden, ehe er mit Sergeant Hooper dem Weg folgte, den der Mörder von der Toilette zum Jungenschlafzimmer genommen hatte.

»Vom Boden haben wir wohl nichts zu erwarten.«

»Wohl nicht«, sagte Hooper. »Dieselben acht Leute sind in den letzten vier Wochen Vierundzwanzig-Sieben auf diesen Fliesen hin und her gelaufen.«

»Vierundzwanzig-Sieben?«

Hooper knirschte mit den Zähnen. »Es ist so ein Ausdruck, Sir. Es bedeutet: vierundzwanzig Stunden am Tag, sieben Tage die Woche.«

»Verstehe ... ganz nützlich. Ökonomisch, um genau zu sein.«

»Das finde ich auch, Sir.«

»Amerikanisch, wie ich vermute?«

»Ja, Sir.«

»Ich frage mich, ob die englische Umgangssprache wohl eines Tages gänzlich aus diesem Land verdrängt sein wird.«

»Ich frage mich, ob es außer Ihnen irgendjemanden auch nur im Entferntesten interessiert, Sir.« Hooper wusste, dass er ungestraft so frech sein konnte, wie er wollte. Denn Coleridge hörte ihm weder richtig zu, noch interessierte er sich ernsthaft für den Wandel der englischen Umgangssprache. Es war nur seine Art, sich zu konzentrieren. Coleridge wurde jedes Mal zu einem grässlichen Langweiler, wenn er an einem Problem zu knabbern hatte. Hooper wusste, dass ihm einige Wochen übelster Pedanterie bevorstanden.

Nach einer weiteren halben Stunde des Suchens, in deren Verlauf man nichts Brauchbares fand, beschloss Coleridge, die Laborleute ihre Arbeit tun zu lassen. »Gehen wir und sehen uns die Verdächtigen mal an, ja?«

28. Tag 3:40 Uhr

Die Hausbewohner wurden in Peeping Toms Konferenzraum gesperrt, der sich jenseits des Wassergrabens ganz oben im Produktionskomplex befand. Man hatte die sieben müden, verängstigten jungen Leute dorthin gebracht, nachdem sie kurz am Tatort verhört worden waren, ehe man ihnen dann gestattet hatte, sich zu waschen und etwas anzuziehen. Inzwischen saßen sie seit über einer Stunde zusammen, und langsam waren die grauenhaften Ereignisse der letzten Nacht eingesickert.

Kelly war tot. Das Mädchen, das vier Wochen lang bei ihnen gelebt und geliebt hatte, das noch vor wenigen Stunden mit ihnen gefummelt und gelacht hatte, war tot.

Es war das *Zweit*schockierendste, mit dem jeder für sich im Leben bisher hatte klarkommen müssen.

Das Schockierendste von allem war die nahe liegende Überlegung, dass einer von ihnen Kelly ermordet hatte.

Der Groschen war nur langsam gefallen. Anfangs hatte es reichlich Tränen und Umarmungen gegeben, Bekundungen der Überraschung, der Ratlosigkeit, der Trauer und der Solidarität. Sie hatten sich wie die letzten sieben Menschen auf der Welt gefühlt – auf eine Art und Weise miteinander verbunden, die kein Außenstehender begreifen konnte. Es war alles so seltsam und verwirrend: Die vier Wochen der Isolation und der Spiele, dann dieser irrsinnige alkoholisierte Exzess im Schwitzkasten, die plötzliche Woge sexueller Energie, von der sie allesamt überrascht worden waren … und dann der Tod ihrer Kameradin und das ganze Haus *voller Polizei*. Dies war fast das Seltsamste von allem gewesen. In ihrem Haus, diesem Hort, den man nur mit Hilfe eines formellen und komplexen Abstimmungsverfahren betreten oder verlassen durfte, drängten sich nun Polizisten! Natürlich waren sie bei Woggles Verhaftung schon einmal eingedrungen, aber das war etwas ganz anderes gewesen, denn damals waren die Hausbewohner irgendwie Herr der Lage geblieben. Diesmal hatte man sie in ein enges kleines Ghetto im Jungenschlafzimmer gesperrt, und sie mussten darum betteln, sich waschen zu dürfen.

Dieses gemeinsame und einzigartige Erlebnis hatte anfangs eine gewisse Bandenmentalität unter ihren entstehen lassen ... Jazz, Gazzer, Dervla, Moon, David, Hamish und Sally.

Als sie jedoch gemeinsam um den großen Tisch in Peeping Toms Konferenzraum saßen und langsam wieder nüchtern wurden, war die Solidarität – ebenso wie der Alkohol – in ihrem Blut verflogen und einer gewissen Angst gewichen. Angst und Misstrauen. Misstrauen gegeneinander. Angst, dass sie selbst verdächtigt werden könnten.

Coleridge sprach mit einem nach dem anderen, mit diesen jungen Leuten, die ihm bald schon so vertraut sein sollten. Und mit jedem kurzen Gespräch wurde die deprimierende Wahrheit deutlicher. Entweder wussten sechs von ihnen wirklich nichts, oder sie schützten sich gegenseitig, denn keiner hatte zur Erhellung der Frage etwas beizutragen, wer den Schwitzkasten verlassen hatte, um Kelly zu ermorden.

»Wenn ich ehrlich sein soll«, sagte Jazz zu Coleridge, »hätte ich Ihnen nicht mal sagen können, wo in dieser Kiste oben und unten war, vom Ausgang ganz zu schweigen. Es war völlig dunkel, Mann. Ich meine *völlig*. Das war der Sinn der Sache. Wir haben schon zwei Stunden da drin gesessen, und wir waren einfach dermaßen besoffen, ich meine *total* ...«

»Woher wussten Sie, dass es zwei Stunden waren?«, unterbrach Coleridge.

»Ich wusste es nicht. Ich habe es später erfahren. Mann, ich hätte nicht mal sagen können, ob es zwei Stunden, zwei Minuten oder zwei *Jahre* waren. Wir waren völlig hinüber, frei schwebend, durchgeknallt, hirnlos bis zum Anschlag, und wir waren mitten dabei. Ich war voll dabei! Verstehen Sie? Vier Wochen ohne die leiseste Berührung einer Frau, und plötzlich *war ich voll dabei*. Glauben Sie mir, Mann, ich hab nicht an den Ausgang gedacht. Ich war froh und glücklich da, wo ich war.«

Dies war das Thema in fast allen Gesprächen. Alle waren in diesem Kasten vollkommen orientierungslos gewesen, hatten jedes Gefühl für Raum und Zeit verloren und waren eindeutig froh darüber gewesen, da sie sich prächtig amüsiert hatten.

»Es war so scheiße-heiß da drinnen, Inspector«, versicherte ihm Moon, »und dunkel, und wir waren betrunken. Es war, als würden wir durchs Weltall schweben oder so was.«

»Haben Sie gemerkt, wie jemand rausgegangen ist?«

»Vielleicht Kelly?«

»Vielleicht?«

»Also, ich wusste inzwischen nicht mal mehr, wo der Ausgang war. Aber mal so unter uns gesagt, glaube ich nicht, dass irgendwer irgendwas mitgekriegt hat. Allerdings habe ich gemerkt, wie sich plötzlich ein Mädchen an mir vorbeidrückte ... und ziemlich eilig, was mich etwas überrascht hat, weil wir alle chillig drauf waren.«

»Sie waren *chillig*?« Coleridge meinte, sich verhört zu haben.

»Die Zeugin meint ›entspannt‹, Sir«, warf Hooper ein.

»Was immer die Zeugin meinen mag, Sergeant«, fuhr Coleridge ihn an, »kann sie sicher meinen, ohne dass Sie es ihr in den Mund legen. Was meinten Sie, Miss?«

»Ich meinte ›entspannt‹.«

»Danke. Fahren Sie bitte fort.«

»Also, nachdem ich gemerkt hatte, wie sich das Mädchen an mir vorbeischiebt, hab ich – glaube ich – kühlere Luft gespürt. Ich schätze, ich hab wohl gemerkt, dass jemand zum Pissen ging oder irgendwas, aber ehrlich gesagt, mal so unter uns, es war mir ziemlich egal. Ich meine, in dem Moment habe ich gerade jemandem – ich *glaube*, es war Gazzer – einen geblasen.«

Ein Verhör nach dem anderen brachte die gleiche Geschichte zu Tage: unterschiedliche sexuelle Aktivitäten neben der Annahme, dass jemand, vermutlich ein Mädchen, über sie hinweg gekrabbelt war, kurz bevor das Spiel ein abruptes Ende genommen hatte. Alle erinnerten sich an diesen Augenblick, weil es die »chillige« Atmosphäre, die sich dort entwickelt hatte, doch erheblich störte.

»Und diese Bewegung kam ganz plötzlich?«, fragte Coleridge einen nach dem anderen. Alle waren sich einig, dass es so gewesen sei. Dass urplötzlich ein Gewirr von Gliedmaßen und weicher, warmer Haut sie gestreift hatte, gefolgt von einem kühlen Lufthauch. Im Nachhinein war klar, dass es Kelly gewesen sein musste, die hastig zur Toilette lief.

»Hätte ihr jemand nachstellen können?«, fragte Coleridge. Ja, kam die Antwort, sie glaubten alle, dass es jemanden in dem dunklen Gedränge und diesem Durcheinander sehr wohl möglich gewesen wäre, Kelly unbemerkt aus dem Schwitzkasten zu folgen.

»Aber Sie selbst haben es nicht gemerkt.«

»Inspector«, sagte Gazzer und hätte damit für alle sprechen können, »ich habe überhaupt nichts mehr gemerkt.«

Allein Sallys Erinnerungen unterschieden sich erheblich von denen der anderen. Als sie kam, schreckte Coleridge im ersten Moment vor ihr zurück. Noch nie hatte er eine Frau mit vollständig tätowierten Armen gesehen, und ihm war klar, dass er sich alle Mühe geben musste, sich davon nicht beeinflussen zu lassen.

»Sie haben sich an den sexuellen Aktivitäten also nicht beteiligt?«, fragte Coleridge.

»Nein. Ich wollte das Ganze nutzen, um mein Verständnis anderer Kulturen zu verbessern«, erwiderte Sally. »Ich habe mir eine Ecke in der Kiste gesucht, habe nicht darauf geachtet, was die anderen treiben, und mich darauf konzentriert, das Bewusstsein einer eingeborenen amerikanischen Kriegerin zu erlangen.«

Coleridge konnte sich des Gedankens nicht erwehren, dass seinem besten Wissen und Gewissen nach Männer die Kriege der amerikanischen Ureinwohner geführt hatten, beschloss aber, nicht weiter darauf einzugehen. »Sie wollten nicht am – äh – Spaß teilhaben?«, fragte er.

»Nein, ich bin lesbisch, und alle anderen Frauen, die in der Kiste saßen, sind hetero oder glauben zumindest, es zu sein. Außerdem wollte ich mich von ihnen ablenken. Ich *musste mich konzentrieren.*«

»Weshalb?«

»Ich mag dunkle, enge Räume nicht. Ich sitze nicht gern in schwarzen Kisten.«

»Wirklich? Haben Sie vorher schon Erfahrungen damit gemacht?«

»Eigentlich nicht, nein. Aber ich stelle es mir oft vor.«

Coleridge fiel auf, dass die Zigarette in Sallys Hand zitterte und die Rauchsäule, die darüber aufstieg, gezackt war. Wie das Schneideblatt einer groben Säge. »Weshalb stellen Sie sich schwarze Kisten vor?«

»Um mich zu testen. Um zu sehen, was passiert, wenn ich drin sitze.«

»Und als Sie sich nun mit einer echten schwarzen Kiste konfrontiert sahen, haben Sie beschlossen, anhand von ihr Ihre mentale Stärke zu testen.«

»Ja, genau.«

»Und haben Sie den Test bestanden?«

»Ich weiß nicht. Ich kann mich an nichts erinnern. Das hab ich einfach nicht gerafft, und deshalb bin ich in meinem Kopf woandershin gegangen.«

Doch sosehr er sie auch bedrängte, es gelang Coleridge nicht, aus Sally noch mehr herauszubringen.

»Ich verheimliche Ihnen nichts«, protestierte sie. »Ich schwöre! Ich mochte Kelly. Ich würde es Ihnen sagen, wenn ich was wüsste, aber ich erinnere mich an nichts. Ich kann mich nicht mal erinnern, dass ich *da* war.«

»Danke, das wäre fürs Erste alles«, sagte Coleridge.

An der Tür wandte Sally sich noch einmal um. »Eins noch. Alles, was Moon Ihnen erzählt, ist gelogen, okay? Diese Frau wüsste nicht mal, was wahr ist, wenn man es ihr mit einem Messer in den Kopf rammen würde.« Damit ging sie hinaus.

»Glauben Sie, sie wollte uns sagen, dass Moon es getan hat?«, fragte Hooper.

»Ich habe keine Ahnung«, antwortete Coleridge.

Weder David noch Hamish schienen mit der Sprache herausrücken zu wollen. Ihre Aussagen glichen mehr oder weniger exakt Garrys, Jasons und Moons, wirkten jedoch nicht offen und ehrlich, sondern eher zurückhaltend.

»Ich könnte Ihnen nicht sagen, wo Kelly in der Kiste saß«, sagte Hamish. »Ich weiß, dass ich an einem der Mädchen herumgefummelt habe, aber ich könnte Ihnen ehrlich nicht sagen, an welchem.«

Irgendetwas an seiner Art störte Coleridge. Später, als er mit Hooper darüber sprach, räumte der Sergeant ein, er hätte das gleiche Gefühl gehabt. Sie hatten beide schon genug Lügner verhört, um die Anzeichen erkennen zu können. Die defensive Körpersprache, die verschränkten Arme und eingezogenen Schultern, den Rücken gegen den Sitz gepresst, als wappnete man sich für einen Seitenhieb. Vermutlich log Hamish, doch sie konnten nicht sagen, ob es eine große oder kleine Lüge war.

»Sie sind Arzt, steht hier«, sagte Coleridge.

»Bin ich«, erwiderte Hamish.

»Ich hätte gedacht, dass ein Arzt vielleicht etwas aufmerksamer wäre. Schließlich saßen da nur vier Frauen in der Dunkelheit. Sie kannten alle vier seit einem Monat. Wollen Sie mir ernstlich erzählen, Sie hätten sich an einer davon zu schaffen gemacht, ohne zu wissen, an welcher?«

»Ich war sehr betrunken.«

»Hmmm«, machte Coleridge nach einer langen Pause. »So viel zu Ärzten und ihren sensiblen Händen.«

Auch ohne einen Blick auf Peeping Toms Unterlagen zu werfen, hätte Coleridge auf den ersten Blick gesehen, dass David Schauspieler war. Seine traurige Miene hatte etwas Manieriertes an sich. Nicht dass es ihm nicht Leid getan hätte, trotzdem war ihm viel zu deutlich anzusehen, dass er sehr genau darauf achtete, wie er seine Trauer präsentierte. Die Pausen, bevor er sprach, waren zu lang, der aufrechte, männliche Blick in die Augen etwas zu aufrecht und allzu männlich. Er rauchte mehrere Zigaretten während des Verhörs, aber da er offensichtlich nicht inhalierte, hielt Coleridge diese Zigaretten für eine reine Requisite. Er hielt sie zwischen Daumen und Zeigefinger und wölbte die Hand um das brennende Ende, das auf seine Handfläche deutete. Keine sehr praktische Art, eine Zigarette zu halten, dachte Coleridge, doch es sah aus, als quälte er sich. Wenn David nicht Coleridge ernsthaft in die Augen sah, starrte er konzentriert seine Zigarette an.

»Ich habe Kelly geliebt. Wir waren verwandte Seelen«, sagte er. »Sie war ein so freier, offener Geist. Ich wünschte nur, ich hätte sie besser gekannt. Aber in der Kiste habe ich sie bestimmt nicht mitbekommen. Um ehrlich zu sein, wäre Dervla eher mein Typ gewesen, wenn ich mir eine hätte angeln wollen, aber ich fürchte, ich war zu betrunken und viel zu orientierungslos, um Interesse für jemanden aufzubringen.«

Es war alles so vage, so wirr. Im Stillen verfluchte Coleridge diese verängstigten, verwirrten jungen Leute. Oder zumindest sechs von ihnen. Dem Mörder konnte er nur zähneknirschend Respekt zollen. Sechs Leute waren dabei gewesen, als der Mörder aus der Kiste stieg, und doch waren sie alle zu betrunken und zu lüstern gewesen, als dass ihnen etwas aufgefallen wäre.

Allein Dervla, mit der er zuletzt sprach, hatte ein wenig klarere Erinnerungen. Natürlich war es Coleridges erste Begegnung mit Dervla, aber er mochte sie sofort. Sie schien die Zuverlässigste der Gruppe zu sein: intelligent, aber offen und ehrlich. Er fragte sich, welcher Irrsinn ein nettes, gescheites Mädchen wie sie geritten hatte, sich in ein zutiefst nutzloses Unternehmen wie *Hausarrest* hineinziehen zu lassen. Er konnte es beim besten Willen nicht begreifen, andererseits hatte Coleridge ohnehin das Gefühl, nicht mehr allzu viel zu begreifen.

Dervla schien als Einzige ihre Umgebung während dieser letzten Minuten im Schwitzkasten wahrgenommen zu haben. Sie erinnerte sich daran, dass sie, als sich das aufgeregte Mädchen eilig hinausgeschoben hatte, selbst nahe bei den Klappen gewesen sein musste, da sie die kühle Luft definitiv gespürt hatte. Außerdem war sie ziemlich sicher, dass es sich bei dem Mädchen, das über sie hinweggerutscht und durch die Klappen verschwunden war, höchstwahrscheinlich um Kelly gehandelt hatte.

»Ich habe gespürt, wie ihre Brüste über meine Beine gestrichen sind, und die waren groß, aber nicht so groß wie Sallys«, sagte sie und errötete bei dem Gedanken an die Szenerie, die zweifellos in den Köpfen der Polizisten aufblitzte.

»Noch irgendetwas über sie?«, fragte Coleridge.

»Ja, sie hat vor Aufregung gebebt«, sagte Dervla. »Ich weiß, dass ich starke Spannung gespürt habe, fast Panik.«

»Also war sie aufgewühlt?«, fragte Coleridge.

»Ich versuche, mich zu erinnern, was ich in dem Moment gedacht habe«, sagte Dervla. »Ja, ich glaube, ich dachte, sie war aufgewühlt.«

»Aber Sie wissen nicht, weshalb.«

»Na ja, es war eine ganze Menge los in dieser Kiste, Inspector. Merkwürdigkeiten, an die man sich am nächsten Morgen nur ungern erinnern möchte, selbst wenn man sie nicht einem Polizisten erzählen muss.«

»Merkwürdigkeiten? Drücken Sie sich bitte präzise aus.«

»Ich wüsste nicht, wieso das wichtig sein sollte.«

»Wir haben es hier mit einem Mordfall zu tun, Miss, und die Entscheidung darüber, was wichtig ist und was nicht, liegt ganz bestimmt nicht bei Ihnen.«

»Na gut. Ich weiß nicht, was Kelly getrieben hat, bevor sie raus ist, aber ich weiß, dass sie am früheren Abend schon ziemlich heftig drauf war. Wie wir alle, und wir waren es immer noch. Für Jason und mich gab es auch bald kein Zurück mehr, oder zumindest glaube ich, dass es Jason war.« Sie senkte den Kopf, und ihr Blick blieb an den kleinen, rotierenden Zahnrädern des Kassettenrecorders hängen. Sie lief rot an.

»Weiter«, forderte Coleridge sie auf.

»Na ja, nachdem Kelly über mich rübergerutscht ist und weg war, haben Jazz und ich weiter ... äh ... gebumfidelt.«

Coleridge sah, dass diese Wortwahl Hooper ein Lächeln entlockte, und sah ihn finster an. Seiner Meinung nach war es alles andere als amüsant, die Umstände zu erörtern, die zum Tod eines jungen Mädchens geführt hatten.

»Und das war's dann eigentlich schon«, endete Dervla. »Kurz danach hörten wir diesen Lärm, und Jazz ging raus, um nachzusehen, was los war und wer sich da ins Haus geschlichen hatte. Ich erinnere mich, wie erleichtert ich in dem Moment über die Störung war. So konnte ich mich sammeln und mir darüber klar werden, was ich da tat und wie weit ich mich hatte gehen lassen. Ich war froh, dass jemand der Party ein Ende bereitet hatte.«

Dervla stutzte, als ihr aufging, wie schrecklich sie sich anhören musste. »Natürlich habe ich das anders gesehen, als mir klar wurde, was passiert war.«

»Natürlich. Und Sie wissen nicht, was Kelly derart aufgewühlt haben könnte?«

»Nein, das weiß ich nicht, aber ich vermute, jemand hat sein Glück bei ihr allzu sehr auf die Probe gestellt, wenn Sie verstehen, was ich meine. Ich hab schon immer gedacht, dass Kelly auf den ersten Blick etwas kokett war, aber unter der Oberfläche das, was meine Mutter als ›nettes Mädchen‹ bezeichnet hätte. Ich glaube kaum, dass sie in der Kiste bis zum Äußersten gegangen wäre.«

»Tatsächlich?«

»Ja, neulich ist Hamish ihr raus in die Lotterlaube gefolgt, aber ich glaube nicht, dass er irgendwas hingekriegt hat … Ich meine, ich will natürlich nichts gegen Hamish sagen …«

»Haben Sie bemerkt, dass irgendjemand Kelly gestern Abend gefolgt ist?«

»Nein, hab ich nicht.«

»Ihrer eigenen Aussage nach befanden Sie sich in der Nähe des Ausgangs. Sind Sie sicher, dass Sie nichts bemerkt haben?«

»Wie gesagt, ich war beschäftigt. Das Ganze war doch irgendwie eine flatterhafte Angelegenheit.«

Später sollte Coleridge über Dervlas Wortwahl nachsinnen:

»bumfideln«, »flatterhafte Angelegenheit«, als erzählte sie von einem unschuldigen Flirt auf einem Dorffest und nicht von einer Orgie.

Nachdem Dervla verhört und wieder in den Konferenzraum zurückgekehrt war, diskutierten Coleridge und Hooper eine ganze Weile ihre Aussage.

»Sehr mysteriös, dass sie nicht gemerkt haben will, wie die zweite Person die Kiste verlassen hat«, sagte Hooper.

»Ja«, antwortete Coleridge. »Es sei denn …«

Hooper beendete den Satz für ihn. »Es sei denn, sie wäre selbst diese Person.«

EIN SIEGER

28. Tag 19:30 Uhr

Die Tür fiel hinter David ins Schloss. Er nahm seine Gitarre vom orangefarbenen Sofa und spielte ein trauriges Lied. Er war als Letzter nach Hause gekommen. Sie waren alle wieder da.

Es hatte nie ernsthaft in Frage gestanden, ob sie weitermachen wollten. Als sie am frühen Morgen nach dem Mord in separaten Polizeiwagen weggefahren wurden, bekamen sie einen Eindruck vom Ausmaß des Interesses, das man ihnen künftig entgegenbringen würde. Die Leiche war noch nicht einmal kalt, und schon hatte sich die Nachricht so weit verbreitet, dass die ganze Welt vor ihrer Tür stand.

Als sie acht Stunden später die Polizeiwache verließen, ohne dass man gegen einen von ihnen Anklage erhoben hatte, wurden sie von mehr als tausend Reportern erwartet.

Tausend Reporter. Auf seiner jüngsten Reise nach Großbritannien hatte der Präsident der Vereinigten Staaten von Amerika lediglich zweihundertfünfzig angelockt.

Und als Peeping Tom verkündete, die sieben verbliebenen Kandidaten hätten die Absicht, *mit dem Spiel fortzufahren*, rasteten Medien und Zuschauer beinahe aus. Denn nun waren sie nicht mehr nur sieben Kandidaten einer Fernsehshow, wie Geraldine gern öffentlich erklärte, sondern Mordverdächtige. Die einzigen sieben Verdächtigen.

Es schien, als könnten die Menschen über nichts anderes reden. Bischöfe und Medienwachhunde bezeichneten die Entscheidung als einen Kollaps moralischer Maßstäbe, opportunistische Politiker hingegen begrüßten sie als Beweis einer offenen, entkrampften Gesellschaft, die »mit ihren Traumata locker umging«. Der Premierminister wurde aufgefordert, im Rahmen der Parlamentarischen Fragestunde einen Kommentar abzugeben, und versprach allen Ernstes, er wolle »auf die Menschen hören«, nach Möglichkeit versuchen, »ihrem Schmerz nachzuspüren« und sich wieder an das Parlament zu wenden, sobald er eine Vorstellung davon habe, wie ihnen zu Mute war.

Viele Leute zeigten sich überrascht, dass es den sieben Kandidaten rechtlich freistand, in das Haus zurückzukehren, doch natürlich konnte niemand sie daran hindern. Obwohl klar war, dass einer von ihnen Kelly ermordet haben musste, hatte die Polizei bisher doch keinen Beweis gefunden, der genügt hätte, um einen von ihnen in Gewahrsam zu nehmen. Sie blieben allesamt unbehelligt, konnten tun und lassen, was sie wollten, und sie wollten – wie sich bald herausstellen sollte – wieder in das Haus zurück.

Besorgte Mitbürger bemühten sich darum, jenes Gesetz zum Tragen zu bringen, nach dem niemand von der medialen Ausschlachtung seines Verbrechens profitieren durfte. Doch worin bestand der Profit? Die Bewohner dieses Hauses wurden für ihr Bemühen nicht bezahlt. Und welches Verbrechen? Sechs der Kandidaten hatten keines begangen, und die Identität desjenigen, der es getan hatte, blieb nach wie vor ein Rätsel. Sobald er oder sie entlarvt wäre, konnte man bestimmt verhindern, dass er oder sie im Fernsehen auftrat, aber bis dahin gab es keine Möglichkeit, einen von ihnen daran zu hindern.

28. Tag 18:50 Uhr

»Scheiße, ich sag, wir machen weiter.«

Garry hatte sich als Erster zu Wort gemeldet. Er war ein harter Bursche und nicht zimperlich, wenn es darum ging, eine Toilette zu benutzen, auf der jemand erstochen worden war.

»Ich war schon auf reichlich voll gebluteten Scheißhäusern«, sagte er und dachte im Stillen, dass sich diese Bemerkung im Fernsehen bestimmt gut machen würde, bis ihm einfiel, dass er gar nicht im Haus war und ihn zum ersten Mal seit einem Monat keine Kameras anstarrten. »Also sage ich: Scheiß drauf, ziehen wir's durch.«

Geraldine hatte es fertig gebracht, alle sieben übermüdeten, verstörten Hausbewohner einzusammeln, als sie aus der Wache kamen, und sie in einen wartenden Minibus zu verfrachten. Es war nicht einfach gewesen: Sobald die Tür aufgegangen war, hatte man ihnen jede Menge finanzielle Angebote ins Gesicht gebrüllt. Jeder einzelne der verbliebenen Bewohner hätte auf der Stelle hunderttausend Pfund für ein Exklusivinterview kassieren können. Glücklicherweise hatte Geraldine ein Megafon bei sich und scheute nicht davor zurück, es auch zu benutzen. »Ihr schneidet erheblich besser ab, wenn ihr kollektiv kassiert«, rief sie. »Also, ab in den Bus!«

Schließlich schaffte sie es mit Hilfe der zehn kräftigen Sicherheitsleute in ihrem Schlepptau, ihre kostbaren Schützlinge in das Fahrzeug zu bugsieren, wo sie dann wie folgsame Kinder saßen, während die Polizei versuchte, ihnen einen Weg zu bahnen. Draußen klickten und surrten Hunderte von Kameras, Mikrofone schlugen an die Scheiben. Alle schrien ihre Fragen lauthals durcheinander.

»Was glauben Sie, wer es getan hat?« – »Wie fühlen Sie sich?« – »Hat sie es verdient?« – »Ging es um Sex?«

Selbst im Bus musste Geraldine ihr Megafon benutzen, um sich Gehör zu verschaffen. Sie wusste, was sie von den Bewohnern wollte, und sie sagte es ihnen rundheraus.

»Hört mir zu!«, rief sie.

Die sieben verstörten Kandidaten starrten sie an.

»Ich weiß, dass euch das mit Kelly Leid tut, aber wir müssen pragmatisch bleiben. Seht euch an, was da draußen läuft! Die gesamte Weltpresse ist aufgelaufen, und weshalb? Nicht wegen Kelly, die ist tot, sondern *euretwegen*. Also denkt mal kurz darüber nach.«

Während die sieben Hausbewohner gehorchten, pflügte der Minibus durch das tosende Meer der Journalisten.

»Wieso habt ihr euch überhaupt auf diese ganze Sache eingelassen?«, fuhr Geraldine fort. »Wieso habt ihr an Peeping Tom geschrieben?«

Sie waren vollkommen durcheinander. Anfangs hatte es so viele Gründe gegeben: »Um mich als Mensch weiterzuentwickeln …« – »Um verschiedene Aspekte meines Ichs zu erkunden …« – »Um neue Horizonte zu entdecken und ein Abenteuer zu erleben …« – »Um ein Ziel aufzuzeigen und ein Vorbild zu werden …«

Alle hatten sie den Code gekannt. Sie wussten genau, was man von ihnen *erwartete*. Die neue Sprache der frömmlerischen Rechtfertigung. Was natürlich alles völliger Quatsch war, und Geraldine wusste es. Sie wusste, weshalb sich ihre Kandidaten bei Peeping Tom beworben hatten, und kein noch so verlogenes New-Age-Geschwafel auf der Welt konnte es vertuschen. Sie hatten es getan, um *berühmt* zu werden, und deshalb wusste Geraldine auch, dass sie alle wieder ins Haus zurückkommen würden.

Schließlich löste sich der Bus aus dem Mob vor dem Revier, und Fotografen auf Motorrädern nahmen die Verfolgungsjagd auf, schossen durch den Verkehr und brachten sich und andere in Gefahr. Sie hatten Blut geleckt.

»Also«, bellte Geraldine, »lassen wir die Frage mal einen Moment beiseite, wer den Mord … wie die arme Kelly zu Tode gekommen ist, und denken über die Chance nach, die sich durch ihr trauriges Ableben für euch Leutchen nun eröffnet hat. Ich spreche hier von grenzenlosem Ruhm, jenseits eurer kühnsten Träume. Diese Show wird weltweit gesendet werden, daran besteht kein Zweifel. Wenn ihr am Ende des Spiels auszieht, erkennt man euch in jeder Stadt, in jedem Dorf, in jedem *Haus* auf diesem Planeten. Denkt darüber nach. Wenn ihr euch trennt, ist die Geschichte in einer Woche vorbei. Ihr macht alle ein paar Kröten, indem ihr den Zeitungen von Kelly erzählt, und das war's dann. Aber wenn ihr zusammenhaltet … wenn ihr zusammen wieder in das Haus zieht … ihr werdet die größte Geschichte auf der ganzen Welt, Tag für Tag für Tag!«

»Sie meinen, die Leute sehen es sich an, weil sie rausfinden wollen, wer von uns Kelly ermordet hat?«, sagte Dervla.

»Das ganz sicher«, räumte Geraldine ein. »Aber das versucht die

Polizei ja sowieso, also könnt ihr es doch genauso gut in eurem Sinne nutzen. Außerdem ist an dieser Geschichte noch viel mehr dran, der menschliche Gesichtspunkt, wie ihr alle mit dieser Tragödie und miteinander fertig werdet. Glaubt mir, das Ganze ist eine einschneidende, endgültige Definition dessen, was gutes Fernsehen ausmacht.«

Geraldine sah, dass sie alle nach wie vor mit den entsetzlichen, bestürzenden Veränderungen ihrer Lebensumstände zu kämpfen hatten.

Sally meldete sich mit trauriger, leiser Stimme zu Wort, einer Stimme, die noch niemand von ihr gehört hatte. »Es wäre schön, einfach wieder zu Hause zu sein.«

»Genau!«, rief Geraldine. »Sag ich doch.«

»Nein, ich meine *richtig* zu Hause.«

»Oh, verstehe … scheiß drauf. Das Haus ist jetzt euer richtiges Zuhause.« Geraldines eigenes Leben definierte sich derart ausschließlich über ihre Arbeit, dass sie schlicht und einfach nicht nachvollziehen konnte, wie jemand ernstlich in Erwägung ziehen konnte, einen Toast mit Marmelade und ein paar verdrückten Tränchen bei Mama auf dem Sofa dem größten Fernsehereignis seit Jahrzehnten vorzuziehen.

»Also schön, sehen wir es mal so«, sagte Geraldine und schaffte es, leisere, versöhnlichere Töne anzuschlagen, nachdem sie den brüllenden Mob hinter sich gelassen hatten. »Wenn einer von euch sie ermordet hat, dann bedeutet das: Sechs von euch haben es nicht getan, stimmt's? Sechs Leute, die entweder kneifen können, weil ein gewalttätiger Psychopath ihre große Chance ruiniert hat, oder sechs Leute, die den Mumm haben, für sich selbst geradezustehen. Vergesst nicht, dass es euer gutes *Recht* ist, diese Reise zur persönlichen Entfaltung fortzusetzen. Ihr habt das *Recht*, Stars zu sein. Denn unter uns gesagt, seid ihr alle starke, großartige, selbstbestimmte Menschen, also sage ich: Nutzt eure Chance! Hängt euch rein, denn ihr seid klasse, echt. Und das meine ich wirklich, wirklich ehrlich.«

Aber noch immer schwankten sie.

In dieses Haus zurück …

In diesen Betten schlafen …

Diese Toilette benutzen. Die Toilette, auf der erst vor wenigen Stunden …

Nachdem sie es mit Wohlwollen versucht hatte, ging Geraldine nun wieder in die Vollen und spielte ihre beste Karte aus: die Wahrheit. »Na gut, dann sagen wir es, wie es ist, ja? Gestern habt ihr alle noch an einer beschissenen, kleinen, wenig originellen, nachgemachten Spielshow teilgenommen, wie es sie schon zehnmal gab. Ihr habt sie alle gesehen, und ihr wisst, dass die Leute darin im Grunde alle wie ein Haufen arroganter, selbstverliebter Arschgeigen aussehen. Meint ihr etwa, ihr steht besser da? Von wegen. Ich zeig euch die Bänder, wenn ihr wollt. Meine Fresse, die Zuschauer mochten *Woggle* lieber als euch. Stars? Nie im Leben. Kleine Ex-und-Hopp-Prominente, mehr wart ihr nicht. Das ist die Wahrheit. Ich sag es euch zu eurem eigenen Besten.«

»Hören Sie mal …«, setzte David an.

»Halt's Maul, David, das hier ist meine Kiste, und jetzt rede ich.«

David hielt sofort den Mund.

»*Jetzt* allerdings«, fuhr Geraldine fort, »könnt ihr das alles ändern. Wenn ihr den Mumm habt, bekommt ihr die Chance, am faszinierendsten Fernsehexperiment aller Zeiten teilzunehmen. Ein echter Thriller! Eine allabendliche Krimiserie, mit einem *echten Opfer, live und in Farbe* …«

In dem Augenblick, als die Worte über ihre Lippen kamen, wurde ihr bewusst, was sie gesagt hatte. »Oh, na gut, dann meinetwegen ein totes Opfer, wenn ihr wollt. Entscheidend ist, dass es die größte Sendung aller Zeiten wird, und ihr seid die Stars! Kelly hat euch die Chance gegeben, das zu werden, was *sie* am allermeisten sein wollte: ein Star! Hört ihr, was ich sage? Wirklich, richtig berühmt, und um das zu werden, müsst ihr nur das Spiel weiterspielen.«

Geraldine sah in ihre Gesichter. Sie hatte gewonnen. Es hatte nicht lange gedauert.

Gemeinsam verfassten sie eilig eine Presseerklärung, die sie durchs Busfenster verkündeten, als sie wieder beim Haus ankamen. »Wir, die sieben verbliebenen Kandidaten von *Hausarrest III*, haben uns entschieden, unser soziologisches Experiment als Tribut an Kelly und ihre Träume fortzusetzen. Wir kannten Kelly und wissen, dass sie diese Sendung geliebt hat. Sie war ein Teil davon, und sie hat ihr Leben dafür hergegeben. Wir glauben, jetzt aufzugeben und alles wegzuwerfen, wofür sie gearbeitet hat, wäre eine Beleidigung des Gedenkens einer hübschen, jungen Frau, eines Menschen, den wir sehr, sehr geliebt haben. *Hausarrest* wird fortgesetzt, weil Kelly es so gewollt hätte. Wir tun es für sie. Haltet durch!«

»Scheiße, das war wunderschön, aber echt«, sagte Moon.

Plötzlich brach Sally in Tränen aus, und einen Moment später weinten sie alle. Außer Dervla. Dervla dachte an etwas anderes.

»Nur eins noch«, sagte sie, als der Bus eine Schneise durch die Menge schlug, die sich um das Peeping-Tom-Gelände versammelt hatte.

»Was?«, stieß Geraldine barsch hervor. Nachdem sie ihre Vereinbarung abgesichert hatte, wollte sie keine weiteren Diskussionen, *besonders* nicht mit der beschissenen kleinen Prinzessin Dervla.

»Angenommen, der Mörder schlägt noch mal ...«

Geraldine dachte einen Moment lang darüber nach. »Das dürfte wohl kaum passieren, oder? Ich meine, kommt schon, ihr passt doch ab sofort gut auf, und so was wie mit dem Schwitzkasten machen wir nicht wieder. Keine dunklen Räume und irgendwelche Aktivitäten mehr, bei denen ihr alle dicht aneinander gedrängt seid. Nichts Enges, alles offen und gut einsehbar. Es würde euch echt Leid tun. Ich meine, stellt euch nur mal vor, was los wäre, falls es noch mal passieren sollte. Wie berühmt der Rest von euch *dann* wohl wäre!«

28. Tag 20:00 Uhr

Sie waren seit einer halben Stunde wieder im Haus, aber bisher hatte noch keiner ein Wort gesagt. Manche lagen auf den Betten, manche saßen auf den Sofas. Bisher hatte niemand die Toilette benutzt.

»Hier spricht Chloe«, hallte die Stimme aus den versteckten Lautsprechern durchs Haus. »Um die Spielstrukturen zu erhalten, haben wir beschlossen, Kellys Abwesenheit so zu behandeln, als wäre sie abgewählt worden. Deshalb muss in dieser Woche keiner mehr gehen. Als Belohnung und angesichts eures langen, ermüdenden Tages hat man euch etwas zu essen bestellt und im Schrank deponiert.«

Jazz stand auf. »Chinesisch«, sagte er, als er wiederkam.

Es war das einzige Wort, das im Haus gesprochen wurde, bis weit nach dem Zeitpunkt, als sie aufgegessen hatten.

Schließlich brach David das Schweigen. »Also hat einer von uns Kelly ermordet?«

»Scheint so«, erwiderte Moon.

Wieder herrschte Schweigen.

Auch im Monitorbunker schwieg man, während die Stunden zäh verstrichen.

Spätabends schlich Coleridge in den Bunker und setzte sich leise neben Geraldine, um sich anzusehen, wie die Sendung gemacht wurde. Als er etwas sagte, zuckte Geraldine zusammen.

»Sie wissen, dass ich Sie daran hätte hindern können, damit weiterzumachen, oder?«

»Ich kann mir nicht vorstellen, wieso Sie das wollen sollten«, gab Geraldine zurück. »Wie viele Polizisten haben wohl die Gelegenheit, ihre Verdächtigen so eingehend zu beobachten wie Sie? Normalerweise ist die Beute über alle Berge, wenn keine Anklage erhoben wird, die Spuren sind verwischt, die Geheimnisse vergraben. Falls diese Bande Geheimnisse hat, sollte sie sie lieber für sich behalten.«

»Ich hätte Sie am liebsten wegen moralischer Bedenken davon abgehalten. Das ganze Land sieht Ihre Sendung, weil man weiß, dass einer Ihrer Kandidaten ein Mörder ist.«

»Und nicht nur das, Inspector«, erwiderte Geraldine begeistert. »Sie sehen es sich auch an, weil immer die Möglichkeit besteht, dass es wieder passiert.«

»Diese Möglichkeit ist mir auch schon in den Sinn gekommen.«

»Und ich kann Ihnen versichern, dass es auch unserem kleinen Häufchen von Möchtegerns nicht entgangen ist. Wie finden Sie das?«

»Mord ist kein Publikumssport.«

»Nicht?«, fragte Geraldine. »Na gut. Wenn Sie es sich nicht für Ihre Ermittlungen ansehen müssten, würden Sie es doch trotzdem tun, oder?«

»Nein, das würde ich nicht.«

»Nun, dann sind Sie wohl noch langweiliger, als ich dachte.«

Schweigen breitete sich aus, während sie zusahen, wie die Bewohner die Reste ihrer Mahlzeit wegräumten.

»Wieso machen Sie es Ihrer Meinung nach?«, fragte Coleridge.

»Was meinen Sie denn? Um berühmt zu werden.«

»Oh, ja, natürlich«, sagte Coleridge. »Ruhm.«

Ruhm, dachte er, der Heilige Gral des Profanen Zeitalters. Der grausame, fordernde Götze, der an Gottes Stelle getreten war. Das Einzige. Das Einzige, so schien es Coleridge, was noch etwas zu bedeuten hatte. Die große Leidenschaft, der alles umfassende, nationale Fokus, der neunzig Prozent jeder Tageszeitung und hundert Prozent aller Illustrierten mit Beschlag belegte. Nicht Glaube, sondern Ruhm.

»Ruhm«, murmelte er noch einmal. »Ich hoffe, sie können ihn genießen.«

»Die nicht«, erwiderte Geraldine.

29. Tag 18:00 Uhr

Coleridge saß im größeren der beiden Säle des Bürger-und-Jugend-Zentrums und wartete zwischen all den anderen gespannt darauf, dass er an die Reihe kam. Nachdem er die beiden letzten Nächte größtenteils damit zugebracht hatte, einen echten »grässlich blutigen Mord« zu untersuchen, war er todmüde.

Und nun befand er sich im Reich der Fiktion, doch die Worte der großen »Morgen und Morgen und Morgen«-Rede, einer seiner Lieblingsmonologe, schienen ihm immer wieder zu entfallen.

Er versuchte, sich zu konzentrieren, aber ständig fragten ihn die Leute nach dem Peeping-Tom-Mord. Was natürlich verständlich war, da die Sache in sämtlichen Nachrichten war und alle wussten, dass Coleridge Polizist war. Er hätte nicht im Traum daran gedacht, ihnen zu erzählen, dass er unmittelbar mit der Tat zu tun hatte. »Ich gehe davon aus, dass meine Kollegen ihr Bestes geben«, sagte er und versuchte, nur daran zu denken, dass er ein armer Schauspieler war, der gleich über die Bühne stolzieren und sich die Haare raufen sollte.

Zu Coleridges enormer Erleichterung hatten die Nachrichtensendungen sein Bild während des Tages nicht gezeigt, außerdem ging er davon aus, dass es auch nicht in der Morgenzeitung erscheinen würde. Er sah einfach nicht genug nach »Oberbulle« aus, um gewürdigt zu werden. Wenn die Presse ein Foto brachte, dann das von Patricia, da eine ansehnliche Polizistin genau das war, was sie brauchten.

Endlich war Coleridge mit dem Vorsprechen an der Reihe, und man rief ihn in einen kleineren Raum, um dort unter Glyns und Vals kritischen Blicken zu spielen. Er gab alles, brachte sogar den Anflug einer Träne zu Stande, als er zu »aus, aus, kleine Kerze« kam. Nichts konnte einen so eindringlich daran erinnern, dass das Leben wahrlich ein »wandelnder Schatten« war, wie der Mord an einem einundzwanzigjährigen Mädchen.

Als er geendet hatte, war Coleridge der Ansicht, er hätte seine Sache gut gemacht.

Glyn schien es ebenso zu sehen. »Das war wundervoll. Absolut wundervoll und sehr bewegend. Sie haben wirklich großen Tiefgang.«

Coleridges Hoffnungen schwangen sich in ungeahnte Höhen auf, wenn auch nur kurz.

»Ich fand schon immer, dass *Macduff* die Schlüsselrolle im letzten Akt ist«, sagte Glyn. »Es ist eine kleine Rolle, aber dafür ist ein großer Schauspieler nötig. Würden Sie ihn gern spielen?«

Coleridge versuchte, sich seine Enttäuschung nicht anmerken zu lassen, und sagte, er würde den Macduff liebend gern geben.

»Und da Sie ja nicht viel Text lernen müssen«, warf Val zwitschernd ein, »kann ich Sie doch sicher zum Bühnenbild-Malen und für den Fahrdienst eintragen, oder?«

29. Tag 21:30 Uhr

Folge achtundzwanzig von *Hausarrest* wurde als 90-Minuten-Special am Abend nach dem Mord ausgestrahlt. Eigentlich hätte es die neunundzwanzigste Folge sein sollen, aber am Tag zuvor hatte es keine Sendung gegeben – teils aus Respekt, teils, weil die Hausbewohner den ganzen Tag auf dem Polizeirevier zugebracht hatten.

Alle, bis auf eine, die im Leichenschauhaus lag.

Zur *Special Edition*-Sendung gehörten auch die Vorgeschichte des Mordes und der Mord selbst. Es war eine geschmackvolle Zehn-Sekunden-Ausgabe des Augenblicks, in dem sich das Tuch hob und senkte, eine sinnlose Vorsichtsmaßnahme, da die Bilder bereits endlos in den Nachrichten gelaufen waren. Außerdem zeigte man in der Sendung die Rückkehr der Kandidaten in ihr Haus, um damit der Chronologie Genüge zu tun. Allgemein wurde das Ganze als ausgezeichnetes Fernsehen gefeiert. Um sich von aller Kritik und Verantwortung freizusprechen, übertrug der Sender unmittelbar nach der Sendung eine Live-Diskussion (in der neben diversen Repräsentanten des Reinen und Guten auch Geraldine Hennessy auftrat) zu der Frage, ob es moralisch vertretbar sei, die Staffel überhaupt weiterzuführen.

»Ich fürchte, was wir eben gesehen haben, war deprimierend unausweichlich«, sagte der Moderator, ein berühmter Dichter. Berühmt, wie Geraldine ihm später in der Kantine erklären sollte, vor allem dafür, dass er an Diskussionsrunden teilnahm.

»Reality-TV, wie man es nennt«, leierte der berühmte Moderator gerade, »ist eine Rückkehr zu den Arenen der Gladiatoren im alten Rom. Was wir dort sehen, ist Konflikt, ein Konflikt unter gefangenen und verzweifelten Antagonisten, die um die Gunst der johlenden Menge buhlen. Wie Plebejer aus alten Zeiten heben oder senken wir die Daumen, um dem Sieger zu huldigen und den Besiegten zu verdammen. Der einzige Unterschied liegt darin, dass wir es heute per Telefonabstimmung tun.«

Geraldine rutschte auf ihrem Sitz herum. Sie mochte es nicht, wenn vermeintliche Intellektuelle von der Populärkultur lebten und sie gleichzeitig salbungsvoll verdammten.

»Ich persönlich«, fuhr der Moderator fort, »bin eher erstaunt, dass es so lange gedauert hat, bis Mord in dieser Art der Unterhaltung zur Taktik wurde.«

»Ja, aber rechtfertigt das eine solche Sendung?«, warf der Innenminister des Schattenkabinetts ein, der ärgerlich war, weil die Diskussion schon seit über zwei Minuten lief und er noch nicht zu Wort gekommen war. »Ich sage: mitnichten! Wir müssen uns fragen, in was für einem Land wir leben wollen.«

»Und in dieser Hinsicht würde ich Ihnen Recht geben«, konterte der berühmte Dichter, »aber haben Sie den Mut, dem Mob die Stirn zu bieten? Das Volk braucht Brot und Spiele.«

Geraldine kämpfte gegen den überwältigenden Drang an, eine Schimpfkanonade unterhalb der Gürtellinie loszulassen, und beschloss, sich vernünftig zu geben. Dies war schließlich der Grund, weshalb sie in diese Sendung gekommen war. Das Letzte, was sie jetzt gebrauchen konnte, war, an diesem entscheidenden Punkt ihrer Karriere keinen Sendeplatz mehr zu bekommen. »Hören Sie«, sagte sie. »Was da passiert ist, gefällt mir ebenso wenig wie Ihnen.«

»Ach ja?« Der Dichter rümpfte die Nase.

»Die Wahrheit ist doch: Wenn wir es nicht machen, macht es einer von den Billigsendern. In dem Moment, als die Kandidaten die Sendung fortsetzen wollten, hatten wir in dieser Sache keine Wahl mehr. Hätten wir uns geweigert weiterzumachen, hätte irgendjemand den ganzen Haufen eingesackt und meistbietend verhökert. Kabel oder Satellit vermutlich. So eine Show könnte Sender wie die mitten in den Mainstream treiben.«

»Sie hätten ihnen den Zutritt zum Haus verweigern können«, unterbrach der berühmte Gastgeber.

»Auf dem europäischen Festland stehen momentan zahllose ähnliche Häuser leer«, sagte Geraldine. »Ich meine gesehen zu haben, dass das holländische Original im Internet zum Verkauf stand, samt Kameras und allem. Das wäre perfekt gewesen. Abgesehen davon ist doch einfach nicht zu übersehen, dass man diese Leute in eine Gartenlaube setzen könnte, und das Publikum würde sie sich trotzdem ansehen.«

»Weil einer davon ein Mörder ist«, warf der Schattenminister ein. »Da kann man sich an Blut und Eingeweiden ergötzen. Nur wollen wir doch nicht vergessen, Miss Hennessy, dass ein Mädchen umgekommen ist.«

»Niemand vergisst es, Gavin, aber nicht jeder versucht, politisches Kapital daraus zu schlagen«, konterte Geraldine. »Es gibt hier ein ehrliches allgemeines Interesse an etwas, das – wenn man es genau betrachtet – ein großes öffentliches Ereignis darstellt. Die Zuschauer sehen sich – und meiner Ansicht nach berechtigterweise – als *Beteiligte* an diesem Mord. In mancherlei Hinsicht fühlen sie sich mitverantwortlich. Sie sind schockiert und traumatisiert. Sie trauern und müssen *sich erholen, gesund werden*. Sie müssen Kontakt halten zu dem, was geschieht, um mit diesem Gesundungsprozess zu beginnen. Wir können sie nicht einfach ausgrenzen. Kelly war sehr beliebt, eine enorm populäre Kandidatin. Sie war tatsächlich die Mitbewohnerin des Volkes, und in gewisser Weise wurde das Volk ermordet.«

Es war ein brillanter, dreister Schachzug, bei dem manchem die Kinnlade herunterfiel, und er kam völlig überraschend. Jeder wusste, dass Geraldine und ihr Sender die Show wegen des Geldes fortsetzten. Aus keinem anderen Grund. Die nackte Wahrheit war, dass der Mord an Kelly *Hausarrest* von einer mittelmäßig erfolgreichen Sendung in einen Fernsehkoloss verwandelt hatte. Folge sechsundzwanzig der Staffel, die letzte vor dem Mord, hatte einen Publikumsanteil von siebzehn Prozent erreicht. Die eben gesendete Folge, die auch den Mord zeigte, war von fast achtzig Prozent der fernsehinteressierten Öffentlichkeit verfolgt worden. Beinahe die Hälfte der *gesamten* Bevölkerung. Für dreißigsekündige Einschübe in einer der drei Werbeunterbrechungen hatte man das Fünfzehnfache des normalen Preises berechnet.

»Weitere Sendungen zu verhindern wäre gänzlich elitär«, fuhr Geraldine fort. »Wir würden damit behaupten, *wir* wüssten, was für die Zuschauer gut ist. Wir, das Bildungsbürgertum, die großen, guten Allwissenden, entscheiden, was man den Proleten anvertrauen kann. Das ist in einer modernen Demokratie absolut inakzeptabel. Außerdem möchte ich Sie daran erinnern, dass dieser Vorfall bereits im Internet zu sehen war. Er ist längst Teil unserer Kultur. Er ist schon da *draußen*. Können Sie es gutheißen, wenn man Menschen, die keinen Computer besitzen, ihre Bürgerrechte aberkennt? Soll man ihnen ihre Möglichkeit zu trauern vorenthalten? Mit Kellys Tod zurechtzukommen, nur weil sie nicht online sind?«

Selbst den berühmten Dichter und Moderator brachten derart atemberaubende Darstellungen aus dem Gleichgewicht. Er beherrschte die Kunst, jedes Streitgespräch in den Dienst seiner Eigenwerbung zu stellen, musste aber nun feststellen, dass er nicht in derselben Liga wie Geraldine Hennessy spielte.

»Unsere Verantwortung der Öffentlichkeit gegenüber«, schloss Geraldine, »besteht darin, *keine* Verantwortung für die Öffentlichkeit zu übernehmen. Unsere Pflicht ist es, sie in die Lage zu versetzen, Verantwortung für *sich selbst* zu übernehmen. *Ihnen* die Möglichkeit zu geben, sich zu entscheiden. Das können wir nur gewährleisten, indem wir weitersenden. *Das* ist verantwortlich und moralisch.«

Und ganz bestimmt wollte keiner der Diskussionsteilnehmer als elitär dastehen.

»Zweifellos müssen wir darauf hören, was die Menschen wollen«, sagte der Schattenminister. »Schon jetzt ist Kelly Simpson Teil ihres Lebens. Die Menschen haben gesehen, wie sie ermordet wurde. Sie haben das Recht, sich ihr Vermächtnis anzusehen.«

»Wie gesagt«, wiederholte Geraldine. »Man muss ihnen die Gelegenheit geben, zu trauern und gesund zu werden.«

Der berühmte Dichter unternahm einen letzten Versuch, den Eindruck zu vermitteln, er habe dieses Gespräch bis an diese Stelle gelenkt. »Wie ich – meine ich – angedeutet habe«, sagte er, »überschreitet dieses Ereignis den Rubikon auf dem Weg zur Demokratisierung menschlicher Erfahrungen. Schon hat uns Reality-TV gezeigt, dass Privatsphäre ein Mythos ist, ein unerwünschter Umhang, den die Menschen eifrig ablegen, wie schwere Kleider an einem Sommertag. Der Tod war die letzte wahrlich private Begebenheit, aber dank *Hausarrest* ist auch er es nun nicht mehr. In unserem offenen, leistungsorientierten Zeitalter ist kein menschliches Erleben als ›besser‹ oder ›bedeutender‹ anzusehen als ein anderes, und dazu zählt auch das Letzte, was geschieht. Hatte Kelly das Recht, lebendig gesehen zu werden, so müssen wir ihr fraglos auch das Recht zugestehen, im Tode gesehen zu werden.«

Geraldine hatte den Streit für sich entschieden, was ihrer Ansicht nach nicht anders zu erwarten gewesen war.

Die schlichte Wahrheit allerdings lautete, dass die Menschen es einfach sehen *wollten*, und es wäre sehr schwierig gewesen, ihnen diese Gelegenheit zu verweigern. Und das nicht nur in England. Sechsunddreißig Stunden nach dem Mord waren die Bilder in *jedem einzelnen Land der Erde gesendet worden*. Selbst das rigide kontrollierte chinesische Staatsfernsehen hatte dem Reiz dieses Beispiels ausgezeichneten Fernsehens nicht widerstehen können.

Die weltweite Publicity hatte im Büro von Peeping Tom einigen Frust mit sich gebracht, da das plötzliche internationale Interesse an *Hausarrest* gänzlich unvorbereitet kam. Als die Flut der Anfragen nach Bildern vom Mord über das Büro hereinbrach, hatte man sie wie ganz normale Anfragen behandelt, so wie sie tagtäglich von Frühstücksfernsehen und Kabel-Talkshows eingingen.

Man hatte die Aufnahmen *einfach herausgegeben*!

Normalerweise freute man sich bei Peeping Tom über die Publicity. Die Nation hatte genug vom Reality-TV, und es war unerlässlich, dass man, wenn sich Jazz ein Omelett zubereitete oder Layla von den Blähungen der Jungs genervt war, den Eindruck vermittelte, als fände dort ein Ereignis von nationaler Bedeutung statt. Daher bemühte sich Peeping Tom aktiv um Gelegenheiten, die Sendung in anderen Programmen unterzubringen. Als plötzlich jede Nachrichten- und Reportage-Sendung auf der Erde Bilder haben wollte, waren die Sekretärinnen bei Peeping Tom nur der üblichen Prozedur gefolgt und hatten sie umsonst herausgegeben. In Wahrheit hatte die ungeheure Menge an angeforderten Bändern Peeping Tom mehrere tausend Pfund *gekostet*.

Keiner der Beteiligten würde je Geraldines Reaktion vergessen, als sie feststellte, was passiert war. Das Vokabular der englischen Sprache besaß schlichtweg nicht genügend Schimpfwörter, dass ihr Zorn angemessenen Ausdruck hätte finden können. Im kleinen Kreis jedoch hatte sie zugeben müssen, dass sie selbst schuld war. Sie hätte schneller reagieren sollen. Sie hätte sofort erkennen müssen, wie gewinnträchtig dieser Mord werden würde.

Doch Geraldine machte ihren Fehler bald wieder gut, sodass man von den Sendern, die weiteres *Hausarrest*-Material verbreiten wollten, einen wahrlich stattlichen Preis verlangte. Doch so hoch Geraldine diesen Preis auch trieb, er wurde stets ohne Murren gezahlt.

Eine Woche nach dem Mord war aus Geraldine, der alleinigen Besitzerin von Peeping Tom Productions, eine vielfache, vielfache Millionärin geworden. Obwohl, wie sie in zahllosen Interviews erklären sollte, dieser Umstand selbstverständlich keineswegs der Grund für sie gewesen war, die Sendung fortzusetzen. O nein, wie sie bereits oft genug deutlich gemacht hatte, tat sie es, weil es ihre *Pflicht* war. Sie tat es, um den Zuschauern eine Möglichkeit zur *Trauer* zu bieten.

Darüber hinaus ließ Geraldine nachdrückliche, wenn auch vage Andeutungen über beträchtliche wohltätige Spenden fallen, deren Einzelheiten natürlich noch festzulegen seien.

30. Tag 10:30 Uhr

Einige Kommentatoren hatten vorausgesagt, ein derart beispielloses internationales Interesse an *Hausarrest* ließe sich nicht aufrecht erhalten, doch sie täuschten sich. Abend für Abend sahen die Zuschauer, wie sieben Mordverdächtige in einer Atmosphäre des Schocks, der Trauer und des abgrundtiefen Misstrauens nebeneinanderher lebten.

Peeping Tom hatte verkündet, das Spiel solle weitergehen, als sei nichts gewesen, bis die Polizei eine Verhaftung vornahm. Nominierungen würden wie gewohnt stattfinden, und man wolle den Bewohnern eine Aufgabe stellen, bei der sie gemeinsam zeigen sollten, was sie konnten, um sich das wöchentliche Einkaufsbudget zu verdienen. In der Woche nach dem Mord ging es darum, im Swimmingpool ein Synchron-Wasserballett einzustudieren.

Geraldine hatte die Idee von der australischen Version der Show entliehen, doch in diesem neuen Kontext hätte sie nicht passender sein können. Geraldine war sich durchaus des Problems bewusst, wie schwer es werden würde, den hohen Grad an Aufmerksamkeit zu halten, den der Mord und seine Nachwirkungen mit sich gebracht hatten, und die Idee, den Bewohnern ein Ballett aufzutragen, wertete mancher Kritiker als Geniestreich. Der Anblick dieser erschöpften, nervösen, verzweifelten Menschen, von denen einer ein Mörder war, gemeinsam bei der Probe klassischer Tanzbewegung (allesamt in weit ausgeschnittenen Speedo-Badeanzügen), sorgte dafür, dass die Zuschauerzahlen weiter stiegen. Die Tatsache, dass die Klänge von Mantovanis entspannendsten Geigenstücken durchs Haus waberten, verlieh den Übungen und dem Gezänk gleichermaßen eine noch düsterere, unwirkliche Note.

»Verdammte Scheiße, du sollst dein *rechtes* Bein heben, Gazzer!«, rief Moon, als Garry versuchte, eine Bewegung auszuführen, die als »Schwan« bezeichnet wurde.

»Ich bin doch schon total verknotet. Ich bin doch kein Schlangenmensch.«

»Streck deine Füße, Mädchen«, ermahnte Jazz Sally. »Sie sagen, sie wollen Eleganz und Anmut bewerten.«

»Ich bin Rausschmeißerin, Jazz, mit Anmut kenn ich mich nicht aus.«

Selbst eine unschuldige Bemerkung wie diese zog manch besorgten Blick unter den Bewohnern und einige Diskussionen draußen nach sich. Sally hatte nur Jazz geantwortet, aber daran erinnert zu werden, dass sie mehr als nur am Rande mit Gewalt vertraut war ... nun, es brachte einen doch zum Nachdenken.

Manchmal stellten sie sich dem allgegenwärtigen Thema auch direkt.

»Dieser Scheißbadeanzug rutscht mir immer in die Arschritze«, sagte Gazzer. »Wenn ich den Sack kriege, der diese Idee hatte, ramm ich ihm ein gottverdammtes Messer in den Kopf!« Es hatte ein Scherz sein sollen, aber niemand lachte, als dieser bis zum Erbrechen in den Trailern von *Hausarrest* wiederholt wurde, und Gazzer kletterte in den »Täter«-Abstimmungen der Boulevardpresse für kurze Zeit um ein, zwei Punkte.

31. Tag 11:20 Uhr

Coleridge gönnte sich gerade eine Pause bei der Durchsicht des Peeping-Tom-Archivs, als der Bericht der Gerichtsmedizin eintraf.

»Tja, die Flecken von Erbrochenem auf dem Toilettensitz stammen von Kelly«, erklärte er.

»Iihh«, sagte Trisha.

»Allerdings«, stimmte Coleridge zu. »Und außerdem waren da Spuren von Galle in ihrem Hals und hinten im Mund. Man nimmt an, dass sie würgen musste. Es gibt keinen Zweifel: Kelly war extrem aufgewühlt, als sie den Schwitzkasten verließ.«

»Armes Mädchen. So seine letzten Minuten zu verbringen. Zu versuchen, nicht alle anderen im engen Plastikzelt voll zu reihern. Mein Gott, muss sie betrunken gewesen sein.«

»Das war sie. Im Bericht steht, sie hatte über drei Promille.«

»Das ist aber echt hackedicht ... sternhagelvoll. Kein Wunder, dass sie Schwierigkeiten hatte, es bei sich zu behalten.«

»Im Bericht steht außerdem, dass ihre Zunge geprellt ist.«

»Geprellt ... Sie meinen gebissen?«

»Nein, geprellt, als hätte ihr jemand mit Gewalt einen Daumen in den Mund geschoben.«

»Oh ... Also wollte sie jemand zum Schweigen bringen?«

»Das scheint mir die naheliegendste Erklärung.«

»Vielleicht musste sie würgen, weil ihr jemand einen Daumen in den Mund geschoben hat. Kein Wunder, dass sie es so eilig hatte, aus dem Schwitzkasten zu kommen.«

»Ja, obwohl ... wenn ihr jemand in diesem Kasten eine Hand so fest in den Mund geschoben hätte, dass dabei ihre Zunge geprellt wurde, sollte man doch annehmen, dass *irgendjemand* ihre Reaktion darauf gehört hätte, oder?«

32. Tag 19:30 Uhr

Im Lauf der Woche bekam die Gruppe langsam den Dreh heraus, was das Ballett anging, und die Bilder ihrer gemeinsamen Aufführung von »Schwanenflug«, erst außerhalb des Pools und dann im Wasser, wurde das teuerste Vier-Minuten-Video in der Geschichte des Fernsehens.

Neben dem Ballett konnte die fernsehinteressierte Öffentlichkeit natürlich auch Zeuge des Dramas schlichter Koexistenz der Kandidaten im Haus werden. Jeder einzelne Bewohner hatte unablässig alle anderen im Auge und betrachtete sie als potenzielle Mörder. Jeder Blick – ob verstohlen aus dem Augenwinkel, eilig abgewandt oder dieses lange, bohrende Starren – hatte plötzlich eine düstere Bedeutung. Richtig zusammengeschnitten, konnte jedes Zucken jedes Gesichtsmuskels jedes einzelnen Bewohners entweder wie ein Geständnis oder eine Mordanklage aussehen.

Und dann waren da die Messer. Da sie gut bei Kasse war, hatte Geraldine rund um die Uhr sechs Kameramänner in den Gängen, zu den Mahlzeiten sogar zehn postiert. Die einzige Anweisung für die meisten dieser Kameramänner lautete, die Messer im Auge zu behalten. Wann immer ein Bewohner eines von ihnen in die Hand nahm, um Butter auf sein Brot zu schmieren, eine Karotte zu zerhacken, ein Stück Fleisch zu schneiden, waren die Kameras da, zoomten sich heran, sobald sich die Finger um den Griff schlossen, und fingen das grelle Blitzen ein, wenn sich das Licht der Neonröhren auf der Klinge spiegelte.

Peeping Toms Psychologe suchte die Aufnahmen nicht mehr nach koketter Körpersprache ab, sondern forschte nach einem Mörder. Bald schon gesellten sich ein Kriminologe und ein Ex-Chief-Constable zu ihm, die gemeinsam ausgiebig diskutierten, welcher der sieben Verdächtigen mit einem Messer in der Hand am vertrautesten zu sein schien.

32. Tag 23:00 Uhr

Die Abende waren für die Bewohner die schlimmste Zeit, da sie dann Zeit hatten, über ihre Lage nachzudenken. Wenn sie miteinander darüber sprachen, was so gut wie nie vorkam, waren sie sich alle einig, dass das Schlimmste die Ungewissheit war. Die Spielregeln hatten sich nicht geändert, jeder Kontakt mit der Außenwelt war ihnen verboten, und seit ihrem kurzen, verwirrenden Tag im Auge des Sturms hatten sie nichts mehr gehört oder gesehen.

Der Wahnsinn hatte ein abruptes Ende genommen. Es war, als hätte jemand eine Tür zugeschlagen, was ja im Grunde der Fall war. Ob einsam oder gemeinsam: Sie sehnten sich nach Informationen. *Was ging eigentlich vor sich?*

Selbst Dervla mit ihrer geheimen Informationsquelle tappte im Dunkeln. Sie hatte sich schon gefragt, ob ihr Brieffreund nach dem Mord wohl aufhören würde, doch das hatte er nicht getan.

»Alle finden dich wunderschön. Ich auch.«

»Du siehst müde aus. Keine Sorge. Ich liebe dich.«

Eines Tages wagte Dervla, den Mord zu erwähnen, indem sie so tat, als spreche sie mit sich selbst. »Lieber Gott,«, sagte sie zu ihrem Spiegelbild. »Wer mag es nur getan haben?«

Der Spiegel hatte nicht viel dazu zu sagen. *»Polizei weiß nichts«*, stand da. *»Polizei ist dumm.«*

33. Tag 9:00 Uhr

Der Gerichtsmediziner überbrachte den Bericht zu dem Tuch, mit dem sich der Mörder verhüllt hatte, höchstpersönlich.

»Bin froh über die Gelegenheit, mal aus dem Labor rauszukommen«, sagte er. »Wir kommen nicht oft vor die Tür, und es passiert auch nicht oft, dass uns mal ein Fall mit Prominenten über den Weg läuft. Sie können mir wohl nicht zu einem kleinen Blick hinter die Kulissen verhelfen, was? Nächstes Mal, wenn Sie hingehen? Ich würde ja zu gern sehen, wie es gemacht wird.«

»Nein, kann ich nicht«, gab Coleridge knapp zurück. »Bitte erzählen Sie mir von diesem Tuch.«

»Ein einziges Durcheinander. Tonnenweise widersprüchliche DNA. Abgestorbene Haut, Speichelreste, anderes Zeug. Sie wissen ja, wie es mit Tüchern ist.«

Coleridge nickte, worauf der Mediziner fortfuhr.

»Sie dürften es sich geteilt haben, oder sie haben alle im selben Bett geschlafen, denn es finden sich deutliche Hinweise auf vier verschiedene männliche Personen daran, von denen eine ganz besonders oft vertreten ist. Darüber hinaus gibt es Spuren eines fünften Mannes. Ich vermute, dass das meiste an DNA von den vier verbliebenen Jungs im Haus stammt. Bei dem fünften dürfte es sich um Woggle handeln. Er müsste eine ziemlich deutliche Spur hinterlassen haben, was? Natürlich kann ich erst sicher sein, wenn ich Vergleichsproben von allen habe.«

»Alle? Auf dem einen Tuch?«

»So sieht es aus.«

33. Tag 11:00 Uhr

»Es ist elf Uhr am dreiunddreißigsten Tag«, sagte Andy, der Erzähler, *»und die Bewohner wurden in den Beichtstuhl gebeten, um dort eine Probe ihrer DNA abzugeben. Es geschieht auf Bitte der Polizei, wenn auch auf freiwilliger Basis, aber keiner der Bewohner hat sich geweigert.«*

»Na, super«, bemerkte Dervla trocken. »Die heutige Aufgabe besteht darin, sich selbst vom Mordverdacht reinzuwaschen.«

Gazzer schien enttäuscht. »Ich dachte, ich sollte mir einen von der Palme wedeln und ihnen einen kleinen Spritzer Eierschaum spendieren«, sagte er, »aber sie wollten mir nur was von der Haut kratzen.«

34. Tag 20:00 Uhr

Halb blind vor Tränen taumelte Layla aus der Kirche. Der Pfarrer hatte sie im Beichtstuhl gefragt, wie es kam, dass sie Trost in einem Glauben suchte, den sie mit fünfzehn verworfen hatte.

»Pater, ich habe einen Menschen auf dem Gewissen.«

»Welchen Menschen? Wer ist gestorben?«

»Ein Mädchen, ein wunderhübsches Mädchen, eine Unschuldige, die ich verachtet habe. Ich habe sie gehasst, Pater. Und jetzt ist sie tot, und ich sollte erleichtert sein. Aber es ist schlimmer als vorher, sie ist überall, und alle sagen, sie sei eine Heilige.«

»Ich verstehe Sie nicht. Wer war dieses Mädchen? Wer nennt sie eine Heilige?«

»Alle. Nur weil sie tot ist, drucken alle ihr Bild und sagen, sie sei ein süßes, unschuldiges Mädchen gewesen und hätte keiner Fliege was zu Leide getan. Aber mir hat sie etwas angetan, Pater! Mir hat sie etwas angetan! Und jetzt ist sie tot, aber sie ist noch da. Sie ist immer noch überall, ein Star!«

Der Pfarrer sah sich Layla durch das Gitter genauer an. Er hatte *Hausarrest* nie gesehen, warf aber gelegentlich einen Blick in die Zeitung.

»Moment mal«, sagte er. »Sie kenne ich doch, oder? Sie sind …«

Layla floh. Nicht einmal in der Kirche konnte sie der Schande ihrer traurigen Berühmtheit als wandelndes Nichts entgehen. Es gab keine Zuflucht vor ihrem Anti-Ruhm. Vor der Tatsache, dass sie eine Versagerin war, die Erste, die man aus diesem Haus geworfen hatte. Und Kelly hatte sie nominiert und dann vor den Augen von Millionen *geküsst*. Die ganze Nation hatte gesehen, wie sich Layla in Kellys Mitgefühl geaalt hatte. Und jetzt war Kelly tot, und Layla ging es kein bisschen besser.

35. Tag 19:30 Uhr

Es war der erste Abschiedsabend seit dem Mord.

Die Redaktionsleitung hatte beschlossen, dass sich Chloe positiv und optimistisch geben sollte, was die Vorfälle im Haus anging. Schließlich war dies der Stil, den man pflegte.

»Uns allen fehlt Kelly voll *heftig*, denn sie war echt eine *Superfrau*, und ein süßes junges Leben wurde ausgelöscht, was einfach nicht hätte passieren dürfen, hab ich Recht? Kelly war lustig, Kelly war witzig, sie war gut drauf, voll scharf, echt genial und einfach *süß*. Und nie im Leben hat sie verdient, dass ihr so ein Scheiß passiert, echt nicht. Oooooooh, Kelly, du *fehlst* uns! Wir wollen dich alle ganz fest *drücken*! Aber die Show geht weiter, und – wie die anderen Bewohner gesagt haben – die ganze Sache ist von jetzt an ein Tribut an das Andenken der wunderbaren Kelly. Also, mach's gut da oben im Himmel, Kelly-Babe, denn wir tun es nur für dich. Okay! Und jetzt legen wir richtig los für die nächste Woche *bei uns zu Haus*!«

Dieser Erklärung folgte natürlich der mittlerweile berühmte Vorspann. *Ein Haus. Zehn Kandidaten. Dreißig Kameras. Vierzig Mikrofone. Nur einer überlebt.* Worte, die inzwischen eine höchst provokante Doppelbedeutung besaßen, doch wäre es, so die allgemeine Ansicht, wahrscheinlich noch provokanter gewesen, sie zu ändern. In jedem Fall war besseres Fernsehen nur schwer vorstellbar.

»Haus, könnt ihr mich hören? Hier spricht Chloe.«

»Ja, wir können dich hören«, antworteten die sieben jungen Menschen, die sich auf den Sofas versammelt hatten, und einen Moment lang schien alles wieder ganz normal zu sein – beinahe so, als wäre niemand umgekommen.

»Die vierte Person, die das Peeping-Tom-Haus verlässt, ist …«

Eine schwergewichtige, dramatische Pause.

»David! David, es ist Zeit zu gehen!«

»Yeah!«, sagte David, reckte triumphierend seine Faust in die Luft und folgte damit der gängigen Praxis, sich hocherfreut zu geben, weil man gehen musste.

»David, pack deine Sachen. Du hast anderthalb Stunden, dich zu verabschieden, dann kommen wir live zurück, um uns anzusehen, wie du ausziehst!«

In dieser Woche waren David und Sally nominiert worden.

Alle hatten Sally nominiert, weil sie inzwischen so depressiv war, und die Mehrheit hatte für David gestimmt, weil er allen endlos auf den Wecker ging.

Rein zufällig handelte es sich bei den beiden, die von den Bewohnern nominiert worden waren, auch um die landesweit höchstgehandelten Mordverdächtigen. Außerhalb des Hauses hatte sich die Nominierungsabstimmung in ein nationales Referendum zu der Frage entwickelt, wer Kelly ermordet hatte. David hatte knapp gewonnen, und als die Ergebnisse veröffentlicht wurden, schien es einen Moment lang fast, als sei der Mord aufgeklärt.

»Es ist David!«, summten sämtliche Pressedrähte. »Wie wir es von Anfang an vermutet hatten.«

»Ja! Es ist David!«, riefen sie im Radio und in den Live-Sendungen der Nachrichten. Jemand fügte sogar hinzu: »Wir erwarten schon bald eine Verhaftung«, als hätte David im Haus eine Art Immunität vor dem Gesetz genossen, könne nun aber, nachdem das Volk gesprochen hatte, keine weitere Gnadenfrist erwarten.

Im Haus verging die vorgegebene Abschiedszeit nur schleppend. David brauchte nicht lange, um zu packen, und es gab nur gerade so viele Umarmungen und Schwüre nie endender Loyalität, wie man sie jemandem angedeihen ließ, den man auf den Tod nicht ausstehen konnte und den man außerdem verdächtigte, einen Mord begangen zu haben. Unter normalen Umständen wäre bei einem Abschied die korrekte Etikette gewesen, hysterische Heuchelei an den Tag zu legen, dass alle denjenigen, der auszog, trotz allem liebten und verehrten und dass es ihnen von Herzen Leid täte, ihn gehen zu sehen. An diesem Abend jedoch ließ sich nicht verhindern, dass sich ein Hauch von Realität breit machte.

Allerdings nicht draußen vor der Tür. Außerhalb des Hauses behielten die Gesetze des Fernsehens ihre Gültigkeit.

David trat zum pulsierenden Beat von »Eye Of The Tiger« ins weiße Licht Tausender Blitzlichter. Die Menge war atemberaubend. Gerade hatte David noch schreckliche Angst gehabt, doch jetzt spürte er, wie sehr ihn der Lärm der Menge aufbaute. Wenigstens für diesen einen Augenblick war er der Star, der er so dringend sein wollte. Die ganze Welt blickte auf ihn, und man musste ihm zugute halten, dass er die wenigen Sekunden mit einiger Gelassenheit bewältigte. Eine leise Brise brachte Leben in sein schönes schulterlanges Haar, und sein langer schwarzer Mantel wehte romantisch auf. Er grinste süffisant, breitete die Arme aus und verneigte sich tief.

Die Menge, die ein wenig Theatralik zu schätzen wusste, belohnte David mit doppeltem Jubel.

Dann fuhr David breit grinsend durch sein wallendes Haar und betrat die Hebebühne, um sich über den Wassergraben hieven zu lassen. Als er auf der anderen Seite ankam, verneigte er sich noch einmal und gab Chloe einen Handkuss. Wieder johlte die Menge und stellte gleichzeitig fest, dass David in Wirklichkeit ein noch größeres Arschloch war, als alle längst vermutet hatten.

Gemeinsam absolvierten David und Chloe die kurze Limousinenfahrt zum Studio. Die Musik wummerte, die Lichter zuckten und flackerten, und die Menge schrie und schwenkte Plakate. »Wir lieben Dervla!« und »Jazz ist voll geil!«.

Endlich schafften es David und Chloe zum Sofa, auf dem bisher nur Layla gesessen hatte, und fingen an zu plaudern.

»Wow!«, rief Chloe. »Voll fett! Echt krass! Bist du okay, Dave?«

»Ja, Chloe, mir geht es prima.«

»*Geil!*«

»Absolut. Echt geil.«

»Hör mal, nichts für ungut, David«, sprudelte es aus Chloe hervor, »Respekt und so, echt jetzt. Du hast es durchstehen müssen, und wir alle hier nicht, und es ist bestimmt eine unglaublich schräge Erfahrung und alles, aber ich muss dich was fragen, das weißt du sicher, oder? Natürlich weißt du es, du weißt, was ich fragen will, ich sehe es dir an, du weißt es, oder? Was ich dich fragen will? Natürlich weißt du es, also bringen wir es hinter uns. Die große Frage, die sich alle stellen, ist: Hast du Kelly ermordet?«

»Nein, natürlich nicht. Ich mochte Kelly.« David gab sich alle Mühe – eine kurze Pause vor der Antwort, um sich voll darauf zu konzentrieren und seine beste Miene gequälter Aufrichtigkeit aufzusetzen, ein kleiner Frosch im Hals –, aber es nützte alles nichts. Die Menge wollte ein Ergebnis. Man buhte und lachte. Ein Chor wurde laut: »Mörder! Mörder! Mörder!«

David fehlten die Worte. Das hatte er nicht erwartet.

»Tut mir Leid, mein Lieber. Sie glauben, dass du es getan hast«, sagte Chloe. »Tut mir echt Leid und alles, aber mal so unter uns gesagt: Da hörst du es.«

»Aber ich habe es nicht getan. Ich schwöre.«

»*Na gut, meinetwegen*«, sagte Chloe. »Wollen wir mal sehen, ob irgendwer glaubt, jemand *anderes* hätte es getan.«

Bei diesem Vorschlag wurde einiger Jubel laut, mancher davon zweifelsohne von denselben Leuten, die David eben erst verdammt hatten. Die Lage war verzwickt – ebenso wie die polizeilichen Ermittlungen.

»Na, eins muss man dir lassen, Dave«, sagte Chloe. »Du hast eine ganze Menge junger Damen auf deiner Seite, das kann ich sehen. Und kann man es ihnen verdenken? Echt super!«

Selbstverständlich brandete daraufhin der Jubel doppelt so laut auf.

»Dann mal los, David. Wenn du es nicht getan hast, wer war es dann in deinen Augen?«

»Tja, ich weiß es nicht. Ich würde auf Garry tippen, aber das ist nur eine Vermutung. Ich weiß es wirklich nicht.«

»Na ja, da werden wir wohl das Ende der Staffel abwarten müssen, wenn wir es erfahren wollen, hm?«, meinte Chloe, was eine haarsträubende und gänzlich unbegründete Aussage war. Dennoch klang sie überzeugend, denn die Verführungskraft des Fernsehens ist groß, wie jeder weiß.

»In der Zwischenzeit«, rief Chloe, »sehen wir uns doch mal ein paar von Davids besten Momenten in unserem Hexenhäuschen an!«

35. Tag 22:00 Uhr

Coleridges Team musste sich mit Tausenden Anrufen von Spinnern herumschlagen. Jedes zweite Klingeln brachte wieder einen Hellseher, dem der Täter im Traum erschienen war.

Hooper führte Buch darüber. »Den meisten männlichen Hellsehern erscheint Dervla im Traum, den Mädels eher Jazz. Ist doch seltsam, oder?«

Dieser Anruf allerdings war anders. Er kam herein, als der Abspann des *Hausarrest*-Specials über den Bildschirm im Einsatzraum der Polizei lief. Als Hooper den Hörer abnahm und die Ruhe, die Entschlossenheit in der Stimme des Anrufers hörte, beschloss er zuzuhören.

»Ich bin katholischer Pfarrer«, sagte die eher förmlich und fremdländisch klingende Stimme. »Erst kürzlich habe ich einer sehr jungen, aufgebrachten Frau die Beichte abgenommen. Natürlich darf ich Ihnen keine Einzelheiten sagen, aber ich glaube, Sie sollten nicht nur bei den Leuten suchen, die sich noch im Haus befinden, sondern auch bei denen, die es bereits verlassen haben.«

»Haben Sie mit Layla gesprochen, Sir?«, fragte Hooper. »Wir haben sie bisher nämlich noch nicht finden können.«

»Mehr darf ich nicht sagen. Nur dass ich glaube, Sie sollten es weiter versuchen, sie zu finden.« An diesem Punkt war der Pfarrer offensichtlich der Ansicht, er habe genug gesagt, denn er beendete das Gespräch und legte auf.

36. Tag 11:00 Uhr

Es dauerte drei Tage, bis die Ergebnisse der DNA-Tests eintrafen, was Coleridge unerhört fand.

Wie erwartet handelte es sich bei den auf dem Tuch vertretenen Individuen um die männlichen Hausbewohner. Jazz vor allem, Gazzer, David und Hamish etwa im selben Ausmaß, und Woggle am wenigsten. Woggle hatte natürlich keine Probe abgeben können, da er inzwischen auf seine Kaution gepfiffen hatte und spurlos verschwunden war. Allerdings hatte er beim Verlassen des Hauses versehentlich sein zweites Paar Socken zurückgelassen, welches, obwohl die anderen Jungs es seinerzeit im Garten vergraben hatten, große Mengen anarchistischer DNA enthielt.

»Dann deutet das Tuch also auf Jazz hin«, stellte Hooper fest.

»Vielleicht, aber es war anzunehmen, dass er stärker vertreten wäre, da er das Tuch trug, als Geraldine mit ihrem Team eintraf.«

»Ja, wirklich praktisch, nicht?«, bemerkte Hooper trocken. »Verwischt hübsch seine Spuren, nur dass die anderen, wenn sie es auch getragen hätten, stärker vertreten sein müssten. Schließlich dürfte der Mörder geschwitzt haben wie ein Schwein, als er es sich um die Schultern gelegt hat.«

»Aber die drei anderen sind gleichmäßig vertreten.«

»Ganz genau, Sir.«

»Was ja an sich schon etwas seltsam ist, oder?«, meinte Trish. »Da drängt sich einem geradezu die Vorstellung auf, dass sie es alle getragen und einen Pakt geschlossen haben, um den Verdacht von sich abzulenken.«

»Jedenfalls sind die Mädchen damit ausgeschlossen«, sagte Hooper.

»Meinen Sie?«, fragte Coleridge.

»Etwa nicht?«

»Nur wenn das fragliche Tuch auch dasjenige ist, unter dem sich der Mörder versteckt hat, was wahrscheinlich ist ... nur können wir nicht sicher sein. Wir wissen, dass es das Tuch ist, das Jazz genommen hat, als die Peeping-Tom-Leute ins Haus kamen, aber können wir sicher sein, dass es das Tuch ist, das der Mörder auf den Stapel geworfen hat, als er wieder in den Schwitzkasten ging?«

»Na ja, es lag obendrauf.«

»Ja, aber der Stapel war ziemlich durcheinander, und alle Tücher hatten dieselbe, dunkle Farbe. Es könnte mehr als nur ein Tuch oben gelegen haben, sozusagen. Auf dem Video ist es nicht genau zu erkennen.«

»Dann nützt es uns also überhaupt nichts?«, fragte Trish.

»Na ja, ich denke, es könnte eine Anklage stützen, aber nicht für sich allein. Sollten sich weitere Beweise gegen Jazz finden, dann könnte dieses Tuch helfen, mehr nicht.«

36. Tag 21:30 Uhr

Sechs Stunden hatte das Haus leergestanden und die dreißig Kameras und vierzig Mikrofone nur leere Räume und Stille aufgenommen. Sechs Stunden eines Nichts, vor dem Millionen Computerbesitzer auf der ganzen Welt gesessen und gewartet hatten.

Angefangen hatte es um drei Uhr nachmittags, als die Polizei eingetroffen war, sämtliche Bewohner einkassiert und ohne nähere Erklärung mitgenommen hatte, was natürlich eine Sensation gewesen war. Die Mittagsnachrichten hatten unzählige Verschwörungsgeschichten gebracht, und auf der anderen Seite der Erdhalbkugel hatten Zeitungsredakteure bei ihren Vorbereitungen für die Morgenausgabe darüber nachgedacht, ob sie eine Präventivschlagzeile wagen sollten, die da lautete: »ALLE WARN'S!«

Die Wirklichkeit ließ alle dumm dastehen, besonders die Polizei.

»Ein Maßband!«, sagte Gazzer, als er mit den anderen wieder ins

Haus kam. »Ein scheißbeschissenes Maßband! Damit will unser Herr Wachtmeister einen Mörder fangen!«

Es war Trishas Idee gewesen, alle Bewohner hinüber zum Peeping-Tom-Probenhaus in Shepperton zu bringen und sie zu bitten, den Weg abzuschreiten, den der Mörder gegangen war, sodass man einen Vergleich mit den Schritten anstellen konnte, die auf dem Video zu sehen waren. Coleridge hatte geglaubt, es sei den Versuch wert, aber das Ergebnis war enttäuschend und alles andere als zwingend. Vielleicht war ein großer Mensch getrippelt, oder ein kleiner hatte weit ausgeholt. Unter dem Tuch war nicht zu erkennen, wie der Mörder ging, also ließ man die Bewohner kommentarlos wieder frei.

Gazzers Frust hallte im ganzen Land wider. »Das Scheiß-FBI hat Spionagesatelliten und Milliarden-Dollar-Datenbanken, und was haben unsere Leute? Ein elendes Maßband!«

38. Tag 19:00 Uhr

Hooper musste lange an Davids Tür klingeln, bis er ihn dazu bewegen konnte aufzumachen. Während er auf der Treppe vor dem Mietshaus wartete, löcherten ihn drei oder vier Reporter, die ihm gefolgt waren, mit ihren Fragen.

»Sind Sie hier, um ihn zu verhaften?«

»Steckt er mit Sally unter einer Decke?«

»Haben sie es alle gemeinsam getan? Haben sie es im Schwitzkasten geplant?«

»Finden Sie Ihre eigene Inkompetenz eigentlich akzeptabel, nachdem noch keine Verhaftung vorgenommen wurde?«

Hooper schwieg, bis er endlich seinen Namen in Davids Gegensprechanlage sagen und eintreten konnte.

David nahm ihn in einem entzückenden Seidenpyjama beim Fahrstuhl in Empfang. Er sah müde aus. Zwar war er erst seit drei Tagen zu Hause, hatte aber trotzdem schon die Schnauze gestrichen voll von dem, was ihn ursprünglich überhaupt erst in das Peeping-Tom-Haus gelockt hatte: Ruhm.

»Sie wollen nicht mich«, stöhnte er, als sich Hooper schließlich in der entzückenden Wohnung wieder fand, die David mit seiner entzückenden Katze teilte. »Sie wollen den Mann, den dieses Biest Geraldine Hennessy erschaffen hat. Einen eitlen, gemeinen potenziellen Mörder. Eitel und gemein, damit kann ich leben. Viele Stars sind so, aber ›potenzieller Mörder‹ ist ein absoluter Karrierekiller. Hätte sich diese dämliche Pute bloß nicht umbringen lassen. Damit hat sie alles ruiniert.« Er war völlig ungeniert, was die Folgen von Kellys Tod für seine Person betraf.

»Sie halten mich für einen echten Scheißkerl, stimmt's?«, fuhr er fort, während er Hooper mit seiner entzückenden Cappuccino-Maschine einen Kaffee zubereitete. »Weil ich nicht so tue, als würde ich meine eigenen Interessen und die Gründe aus den Augen verlieren, weshalb ich in dieses Haus gegangen bin, nur weil das Mädchen jetzt tot ist? Entschuldigen Sie mal, aber ich habe nicht die Absicht, meinen zahlreichen Fehlern, die inzwischen anscheinend als nationales Gemeingut gelten, nun auch noch Scheinheiligkeit hinzuzufügen. Sie war eine Fremde für mich, und wäre sie nicht ermordet worden, wäre das vielleicht meine Chance gewesen, ganz groß rauszukommen. Ich hätte allen zeigen können, was ich zu bieten habe. Dass ich Hauptrollen spiele. Stattdessen sieht es so aus, als hätte man mich für die Rolle des Bösewichts besetzt.«

»Und sind Sie ein Bösewicht?«

»Gütiger Himmel, Sergeant! Sie sind ja schlimmer als diese alberne Gans Chloe. Glauben Sie, ich würde es Ihnen erzählen, wenn ich sie ermordet hätte? Aber rein zufällig habe ich es nicht getan. Welches Motiv könnte ich gehabt haben?«

»*Akkordficken Zwanzig.*«

David nahm es gelassen. Er hatte es offensichtlich nicht erwartet, trotzdem ließ er es sich kaum anmerken. »Oh, dann wissen Sie es also? Na gut. Ich gebe es zu. Ich bin ein Pornostar. Das ist kein Verbrechen, aber es ist auch nicht besonders edel, und durch einen schrecklichen Zufall hat sich herausgestellt, dass Kelly davon wusste. Ja, natürlich habe ich gehofft, sie würde den Mund halten. Aber ich kann Ihnen versichern: Es war mir nicht wichtig genug, sie dafür zu ermorden.«

Sie unterhielten sich noch eine Weile, aber David hatte der Aussage, die er am Abend des Mordes gemacht hatte, kaum noch etwas hinzuzufügen. Außer dass er näher erklärte, wieso er Gazzer verdächtigte. »Wissen Sie, er hat sie für das, was sie über seinen Sohn gesagt hat, wirklich gehasst. Er wollte es verbergen, aber ich sehe so etwas. Ich bin Schauspieler, wissen Sie ...?« Davids Stimme erstarb. Es schien, als hätte er langsam nicht mehr genügend Energie für seine gepflegte Arroganz, und er wirkte müde. Müde und bedrückt.

Hooper stand auf und wandte sich zum Gehen, stellte ihm jedoch noch eine letzte Frage. »Wäre Kelly nicht ermordet worden und die Staffel so weitergelaufen wie geplant ... glauben Sie wirklich, die Publicity, die Sie oder sonst jemand durch eine solche Sendung erlangt, hätte jemals ernsthafte Jobangebote eingebracht? Ich meine, als echter Schauspieler oder so?«

»Nein, im Grunde nicht, Sergeant«, räumte David ein. »Aber Sie müssen verstehen, ich war verzweifelt. Sicher, ich wollte unbedingt ein berühmter Schauspieler werden, aber wenn ich das nicht haben konnte, wollte ich mich auch damit zufrieden geben, einfach nur berühmt zu sein.«

»Tja, Ihr Wunsch ist in Erfüllung gegangen«, sagte Hooper. »Ich hoffe, Sie können es genießen.«

Draußen vor dem Gebäude kläffte die versammelte Pressemeute und schnappte nach ihm, als er sich einen Weg zu seinem Wagen bahnte.

39. Tag 19:00 Uhr

»Es ist Donnerstagabend«, sagte Andy, der Erzähler, *»und für die Bewohner wird es Zeit, ihre Nominierungen dieser Woche abzugeben.«*

Wieder nominierten alle Sally.

»Sie ist so merkwürdig geworden«, sagte Jazz, als Peeping Tom ihn fragte, weshalb er sie nominiert hatte. »Ich meine, sie schläft allein draußen im Garten und kommt immer so angespannt rüber. Ist echt anstrengend mit ihr.«

Die vier anderen Bewohner, die sie ebenfalls nominiert hatten, nannten mehr oder weniger denselben Grund. Moon formulierte es kurz und bündig: »Ich hab einfach keinen Bock mehr auf ihre Scheißlaune …«

Und dann war da noch die Kleinigkeit, dass sich alle offensichtlich vor ihr fürchteten.

Selbstverständlich fügten alle hinzu, sie fänden Sally echt super, und sie sei eine Klassefrau.

Als Zweites wurde Garry nominiert, da die anderen Bewohner langsam von seinen kranken Scherzen die Schnauze voll hatten.

»Ich meine, ich liebe ihn, echt«, sagte Dervla, »aber wenn er noch einmal dieses Kreischen aus *Psycho* nachmacht, wenn ich zur Toilette gehe …«

»Er ist ein Supertyp«, versicherte Jazz der Kamera, »aber Moon Ketchup über den Hals zu gießen, als sie sich gerade mal 'ne Runde hingelegt hatte, war echt voll daneben. Ich meine, er ist super, ich liebe ihn, aber wisst ihr was? Unter uns gesagt: Es reicht.«

Sally sagte nichts, als die Nominierungen verkündet wurden. Sie saß nur da und starrte eine halbe Stunde ins Leere, dann verdrückte sie sich in die ehemalige Ballerbude.

Garry versicherte allen, es sei ihm egal, ob er blieb oder ging. »Unter uns gesagt, hab ich da draußen ein Superleben. Ich hab meinen kleinen Jungen, ich freu mich darauf, in den Pub zu gehen. Ich freu mich, wenn ich einfach weitermachen kann. Solange mir keiner von euch ein Messer in den Kopf rammt, bevor ich Gelegenheit hatte, mit Chloe auf diesem Sofa da zu kuscheln.«

Später am Abend kam Sally ins Haus zurück. »Ihr glaubt alle, ich hätte es getan, oder?«, sagte sie zu niemand Bestimmtem. »Und wisst ihr was? Vielleicht war ich es sogar.«

Im Monitorbunker führte Geraldine ein kleines Tänzchen auf. »Danke, Sally, du süße, pralle Lesbe, du! Bessere Abschiedsworte gibt es nicht. Setz sie ans Ende, Bob, bring den Abspann, und wenn er durch ist, spiel sie noch mal ... ›Vielleicht war ich es sogar.‹ Superduper gran-di-os!«

40. Tag 20:15 Uhr

Trish war bei Sallys Mutter gewesen, einer nervösen, bekümmerten Frau, die sie bereits erwartet hatte. »Ich habe mich schon gefragt, wie lange es wohl dauert, bis Sie zu mir kommen, und nach dem, was Sally im Fernsehen gesagt hat, wusste ich, dass es heute Morgen so weit ist.«

»Erzählen Sie mir von Sally«, forderte Trisha sie auf.

»Na ja, Sie wissen sicher, dass mein verstorbener Mann und ich sie nicht zur Welt gebracht haben.«

»Ja, wir wussten, dass Sally adoptiert wurde.«

»Seit dem Mord habe ich nicht mehr schlafen können«, sagte sie und starrte in ihre Teetasse. »Ich weiß genau, was Sally denken muss, ich weiß es. Sie wird sich Sorgen darum machen, dass die Leute denken, sie hätte es getan, weil ... Aber Geisteskrankheiten werden doch nicht vererbt, oder? Jedenfalls ist es unwahrscheinlich. Ich habe mit Ärzten gesprochen, die es mir gesagt haben.«

»Was ist mit Sallys Mutter los?«

»Paranoide Schizophrenie, aber eigentlich weiß ich gar nicht so genau, was das bedeutet. Es scheint, als würden diese Begriffe heutzutage ständig benutzt. Sally hat es Ostern vor zwei Jahren herausgefunden. Ich finde, Adoptivkinder sollten nicht erfahren dürfen, woher sie kommen. Früher war das anders. Adoption bedeutete einen kompletten Neubeginn. Die neue Familie *war* die Familie. Heutzutage tun alle so, als seien Adoptiveltern nur Pflegepersonal. Sie sind nicht echt, sie haben sie nicht *geboren*!«

»Hat Sally das zu Ihnen gesagt?«, fragte Trisha. »Dass Sie nicht ihre richtige Mutter sind?«

»Sie liebt mich, das weiß ich, deshalb wollte sie mir bestimmt nicht wehtun. Aber sie hat ständig davon gesprochen, dass sie die

Frau finden will, die sie zur Welt gebracht hat, ihr *eigen Fleisch und Blut*, wie sie es nannte. Es hat mir das Herz gebrochen. Ich bin doch ihre richtige Mutter, oder? So war es abgemacht.«

»Also hat sie herausgefunden, dass ihre Mutter geisteskrank war?«

»Ich hab es ihr gesagt. Ich dachte, es wäre besser, wenn sie es von mir erfährt als von irgendeinem Beamten bei der Behörde.«

»Wurde Sally deshalb zur Adoption freigegeben? Wegen der psychischen Instabilität ihrer Mutter?«

»Sie wissen es wirklich nicht, oder? Tatsächlich nicht.« Mrs. Copple war überrascht.

»Wir wissen grundsätzlich nicht viel, Mrs. Copple. Deshalb kommen wir zu Ihnen.«

»Oje. Ich möchte es Ihnen lieber nicht erzählen. Wenn ich es tue, wird sie verdächtig, aber man kann nicht erben, was diese Frau hatte, zumindest ist es unwahrscheinlich. Ich habe mit Ärzten gesprochen. Ich habe im Internet nachgesehen.«

»Bitte, Mrs. Copple, ich würde darüber wirklich lieber hier und jetzt mit Ihnen sprechen.« Es war eine sanfte Drohung, verschleiert, aber wirkungsvoll.

»Ihre Mutter saß im Gefängnis. Sie hat jemanden ermordet … mit einem Messer. Deshalb wurde Sally zur Adoption freigegeben.«

»Was ist mit dem Vater? Hätte er sie nicht zu sich nehmen können?«

»Genau den hatte ihre Mutter ermordet.«

41. Tag 14:15 Uhr

Trisha gab sich alle Mühe, Sallys traurige Vergangenheit geheim zu halten. Wenn das herauskäme, würde die Presse Sally kreuzigen, so viel stand fest. Da sie wusste, wie leicht auf einem Polizeirevier alles Mögliche durchsickern konnte, bat sie Coleridge, ihm unter vier Augen erzählen zu dürfen, was sie herausgefunden hatte.

»Nichts deutet auf einen Missbrauch oder darauf hin, dass er sie provoziert hat«, sagte Trisha. »Nach allem, was man hört, war Sallys Vater ein anständiger Mann, wenn auch eher schwach. Ihre Mutter war verrückt, und eines Abends ist sie einfach ausgerastet.«

»Wieso ist sie ins Gefängnis gekommen?«, fragte Coleridge. »Offensichtlich war die Frau doch krank.«

»Seniler Richter? Unfähige Verteidigung? Wer weiß, aber die Staatsanwaltschaft hat es geschafft, sie als zurechnungsfähig verurteilen zu lassen. Vielleicht lag es daran, dass sie schwarz war. Schließlich ist es zwanzig Jahre her. Jedenfalls hat sie lebenslänglich bekommen.«

»Aber natürlich ist sie in Berufung gegangen.«

»Natürlich, und hat auch gewonnen, leider aber erst, nachdem sie zwei andere Häftlinge mit einem zurechtgefeilten Kantinenlöffel erstochen hatte. Daraufhin kam sie in ein Krankenhaus für geisteskranke Kriminelle, wo sie noch immer lebt. Kurz bevor ihr Vater ermordet wurde, war Sally auf die Welt gekommen, und ich denke, dass man heutzutage vielleicht eine Verbindung zu postnataler Depression sehen würde oder irgendwas, aber damals hat man sie einfach eingesperrt und Schluss. Heute könnte sie offenbar nur noch in einer Anstalt leben. Sally hat es vor etwa zwei Jahren rausgefunden und sie besucht. Hat sie ziemlich erschüttert.«

»Kann ich mir vorstellen. Hat Sally psychische Probleme?«

»Ja, Depressionen, und zwar schon seit der Pubertät. Hat reichlich Medikamente bekommen und wurde einmal eingewiesen. Die Adoptivmutter meint, es hing wohl alles damit zusammen, dass sie mit dem Umstand fertig werden musste, lesbisch zu sein, aber ich weiß nicht, eigentlich war es nie …«

Trisha wollte gerade sagen, dass es ihr selbst nie etwas ausgemacht hatte, sondern für sie – als sie mit vierzehn endlich sicher gewesen war, lesbisch zu sein – eine unendliche Erleichterung dargestellt hatte, da es die schreckliche Verwirrung im Hinblick auf ihr Verhältnis zu Jungs erklärt hatte. Aber sie beschloss, den Satz nicht auszusprechen. Jetzt war nicht der richtige Zeitpunkt.

»Aus welchem Grund auch immer, aber Sally hatte definitiv

Probleme mit Depressionen, und seit sie das mit ihrer Mutter herausgefunden hat, macht sie sich Sorgen, sie könnte genauso werden.«

»Und wie wahrscheinlich ist das? Ich meine, medizinisch betrachtet?«

»Die Wahrscheinlichkeit, dass sie ausflippt, ist größer als – sagen wir – bei Ihnen oder bei mir. Signifikant wird die Gefahr erst dann, wenn beide Eltern krank sind. Manche Ärzte sagen, dann steige sie bis auf fast vierzig Prozent.«

»Wieso um alles in der Welt lassen diese blödsinnigen Peeping-Tom-Leute eine Depressive mit Geisteskrankheiten im Stammbaum überhaupt erst an so einem grotesken Experiment teilnehmen?«

»Sie behaupten, sie hätten es nicht gewusst, Sir, und ich glaube ihnen. Sally hat es nicht erzählt, und sie hätten ziemlich tief graben müssen, um es herauszufinden. Schließlich wird Sally ja auch nicht als gefährlich eingestuft. Ich habe es nur rausgefunden, weil ihre Mutter es mir erzählt hat.«

Coleridge lehnte sich auf seinem Stuhl zurück und nippte an dem Wasser in seinem kleinen Pappbecher. Hooper hatte sich ganz besonders für die Installation eines Wasserspenders im Einsatzraum stark gemacht, während sich Coleridge vehement dagegen gewehrt hatte, da die ganze Sache in seinen Augen nur ein weiteres Beispiel dafür war, dass heutzutage alle wie Amerikaner aussehen wollten. Nachdem das Ding nun jedoch dort stand, freute er sich über einen kühlen Schluck, wenn er grübelte, und es hatte ihm geholfen, seinen Teekonsum einzuschränken.

»Also, Patricia«, sagte er. »Wie denken Sie darüber? Halten Sie diese Information über Sally für bedeutsam … ich meine, was unsere Mordermittlungen betrifft?«

»Sir, es erklärt sicher, weshalb Sally beim Thema Geisteskrankheit so empfindlich reagiert. Aber insgesamt würde ich sagen, dass sie dadurch eher *nicht* in Frage kommt. Ich meine, wir wissen jetzt, wieso sie an dem Abend, als der Streit mit Moon entstand, gesagt hat, was sie gesagt hat.«

»Ja, ich neige zu derselben Ansicht, Constable, obwohl man zugeben muss, dass die Ähnlichkeit zwischen dem Verbrechen ihrer Mutter und dem, das in diesem Haus begangen wurde, einen ziemlich seltsamen Zufall darstellt. Aber unabhängig davon, was wir denken, glaube ich kaum, dass die Presse sie entlasten dürfte, falls sie je davon erfahren sollte.«

42. Tag 7:00 Uhr

Mrs. Copple wurde vom Klingeln des Telefons geweckt. Fast gleichzeitig läutete es an der Tür. Gegen halb acht standen vierzig Reporter in ihrem Vorgarten, und ihr Leben war zerstört.

»Sally war es. Fragt ihre Mum«, lautete die prägnanteste Schlagzeile.

»Die Presse findet immer alles raus«, sagte Coleridge, als Trisha ihm erzählte, was passiert war. »Die sind viel besser als wir. Vor denen kann man nichts verbergen. Sie veröffentlichen es nicht jedes Mal, aber sie wissen es immer. Sie sind bereit, dafür zu zahlen. Und wenn man bereit ist, für Informationen zu bezahlen, wird man früher oder später auch jemanden finden, der sie einem verkauft.«

42. Tag 19:30 Uhr

»Hausbewohner, hier spricht Chloe. Könnt ihr mich hören?«

Ja, das konnten sie.

»Die fünfte Person, die das Haus verlassen wird, ist …«

Die traditionelle Pause …

»Sally!«

In diesem Moment machte Sally fast ein wenig Fernsehgeschichte, da sie als erste Kandidatin einer dieser Sendungen im Stil von *Hausarrest* nicht »Yeah!« schrie und mit der Faust ins Leere boxte, als freute sie sich, dass sie gehen musste.

Stattdessen sagte sie: »Also glauben hier drinnen auch alle, ich hätte es getan.«

»Sally«, fuhr Chloe fort, »dir bleiben neunzig Minuten, dich zu verabschieden und deine Sachen zu packen, und dann sind wir wieder da, denn du hast ein Date im Live-Fernsehen!«

Sally ging in den Küchenbereich und kochte sich einen Becher Tee.

»Ich glaube nicht, dass du es getan hast, Sally«, sagte Dervla, aber Sally lächelte nur.

Dann ging sie in den Beichtstuhl. »Hallo, Peeping Tom«, sagte sie.

»Hallo, Sally«, sagte Sam, die beruhigende Stimme von Peeping Tom.

Im Monitorbunker rückte Geraldine mit Stift und Block in der Hand ganz nah vor den Bildschirm – bereit, Sam ihre Worte in den Mund zu legen. Sie wusste, wie vorsichtig sie sein musste. Direkt vor ihren Augen baumelte die Aussicht auf wirklich gutes Fernsehen, und das Ergebnis war am Ende erheblich besser als erhofft.

»Ich gehe davon aus, dass die Presse das mit meiner Mum inzwischen rausgefunden hat«, sagte Sally. »Dass sie seit zwanzig Jahren im Ringford Hospital festgehalten wird.«

»Das Allerletzte«, flüsterte Geraldine. »Die schlimmste Klapsmühle von allen.«

»Die ganze Zeit, seit Kelly nicht mehr lebt, stelle ich mir immer dieselbe Frage«, fuhr Sally fort. »Könnte ich es getan haben? Wäre es möglich, dass ich in eine Art Trance gefallen bin? Dass ich diesen Schwitzkasten betreten und mich in meine Mutter verwandelt habe? Meine Mum hat mir erzählt, sie konnte sich an überhaupt nichts mehr erinnern, nachdem sie es getan hatte, und als die Polizei mit mir gesprochen hat, konnte ich mich kaum noch erinnern, in diesem Schwitzkasten gewesen zu sein. Also habe ich es vielleicht getan und kann mich genauso wenig erinnern? War ich in einer schwarzen Kiste in der Kiste? In meinem eigenen schwarzen Loch? Ehrlich gesagt: Ich weiß es nicht. Ich glaube nicht, dass ich es war. Paranoide Schizophrene verwischen ihre Spuren nicht, sie tragen keine Tücher, und sie achten auch nicht darauf, ob sie sich mit Blut beschmieren. Ich glaube, es war einfach zu gut gemacht, als dass ich es hätte sein können. Ich glaube kaum, dass ich dazu in der Lage wäre, einen perfekten Mord zu begehen. Meine Mutter war es jedenfalls nicht, als sie meinen Vater ermordet hat … aber ich *könnte* es gewesen sein. Das muss ich akzeptieren. Ich kann mich nur einfach nicht erinnern.«

»Schscheeeeiiiiiße«, hauchte Geraldine. »Das ist ja schweeeeiiiiinegeil.«

»Aber wenn ich eins genau weiß«, sagte Sally, »dann, dass alle denken, ich wäre es gewesen, und das werde ich nicht mehr los, so lange ich lebe. Offensichtlich hat die Polizei keinen Schimmer. Die werden wahrscheinlich nie irgendjemanden verhaften, also werde ich für den Rest meines Lebens für alle nur die durchgeknallte schwarze Lesbe sein, die Kelly ermordet hat. Deshalb habe ich beschlossen, den Rest meines Lebens so kurz wie möglich zu gestalten.«

In diesem Moment zog Sally ein Küchenmesser aus ihrem Hemdsärmel, das sie beim Zubereiten ihres Tees eingesteckt hatte.

42. Tag 21:00 Uhr

Als Chloe wieder auf Sendung ging, konnte sie einen weiteren dramatischen Abgang aus dem Haus verkünden. Nicht live wie geplant, da Sally eine Stunde zuvor im Krankenwagen abtransportiert worden war, nachdem man ihren Selbstmordversuch live auf der ganzen Welt im Internet verfolgen konnte. Es war ihr gelungen, sich zweimal in die Brust zu stechen, bis Jazz in den Beichtstuhl gestürzt war, nachdem Peeping Tom ihn alarmiert hatte.

Allerdings wusste niemand, ob sie ihren Verletzungen erliegen würde oder nicht.

All das erklärte Chloe den Zuschauern und versprach, sie während der gesamten Sendung regelmäßig auf dem Laufenden zu halten. »Leider dürfen wir euch die Aufnahmen von Sallys letztem, grandiosem, tief empfundenem, absolut ehrlichem und spirituellem Besuch des Beichtstuhls nicht zeigen, da Selbstmord offenbar als Verbrechen gilt und unsere Rechtsabteilung in Sorge ist, dass uns die eine oder andere autoritäre Regierungsstelle Schwierigkeiten machen könnte, wenn wir euch die *Wahrheit* zeigen. Also echt! Wenn das nicht voll faschistisch ist! Offenbar seid ihr noch nicht *erwachsen* genug, dass ihr euch ansehen dürftet, was auf dieser Welt so *los ist*, was ja wohl total Gedankenkontrolle und so Schönes-Neues-1984-mäßiges Zeug ist, und das wollte Sally damit ja wohl absolut nicht erreichen!«

Ihr Auftritt war nicht gerade grandios, aber man hatte Chloes Text auf dem Teleprompter eilig zusammenschreiben müssen. Die Botschaft allerdings war klar. Jeder Versuch, Peeping Tom daran zu hindern, die Qualen einer zutiefst verstörten jungen Frau auszuschlachten, war ein *untragbarer* Angriff gegen die Bürgerrechte der Zuschauer.

Chloe sah sich in der Lage, der Öffentlichkeit Bilder von Jazz' heroischem und dramatischem Eindringen in den Beichtstuhl vorzuführen, als es ihm gelungen war, Sallys Hand zu ergreifen und ihr das Messer zu entwinden. Danach zeigten sie eine Zusammenfassung von Aufnahmen der tollen Wochen, die Sally im Haus verbracht hatte.

Natürlich hätte Peeping Tom gern live ins Haus geschaltet, um die Reaktionen der anderen Bewohner auf Sallys entsetzliche Tat zu zeigen, was aber leider nicht ging, da sich Geraldine momentan im Haus befand und eine Krisensitzung mit den verbliebenen Bewohnern abhielt – um sie dazu zu bewegen, dass sie mit der Sendung weitermachten.

»Es geht nicht, das können wir einfach nicht machen«, sagte Dervla gerade. »Nicht jetzt. Die Leute würden uns für absolute Ungeheuer halten.«

Natürlich wäre das für Peeping Tom eine finanzielle Katastrophe, besonders nach einem derart dramatischen Knaller wie Sallys Selbstmordversuch. Sie liefen Gefahr, Verluste in zwei- wenn nicht sogar dreistelliger Millionenhöhe zu machen.

»Du täuschst dich, Dervla, du täuschst dich«, sagte Geraldine.

»Sie lieben euch da draußen, sie bewundern euren Mut, sie respektieren euch, und wenn ihr den Mumm habt, diese Sache zu Ende zu bringen, werden sie noch umso größeren Respekt vor euch haben. Niemand glaubt, dass einer von euch Kelly ermordet hat. Alle denken, Sally hat es getan, was wahrscheinlich auch stimmt. Sie hat es mehr oder weniger gestanden, bevor sie auf sich eingestochen hat. In gewisser Weise ist diese ganze Mordgeschichte damit doch beendet, oder nicht? Ihr müsst das Spiel jetzt nur noch zu Ende aussitzen.«

»Niemals«, sagte Dervla. »Ich will hier raus.«

»Ich auch«, sagte Jazz, der noch immer zitterte.

Die anderen stimmten zu. Sie hatten alle die Nase voll.

Am Ende rückte Geraldine mit einem Ansporn heraus, den sie im Notfall auch schon sehr viel früher eingesetzt hätte. »Ich sag euch, was ich tue: Ich komme bei dieser Sache ganz gut weg, das will ich nicht bestreiten, und es gibt keinen Grund, weshalb ihr nicht auch davon profitieren solltet. Wie wäre es damit? Der Preis steht momentan bei einer halben Million Pfund. Wie wäre es, wenn wir ihn verdoppeln *und* auch den anderen vier einen Batzen zukommen lassen ... sagen wir, hundert Riesen für den nächsten, der geht, zweihundert für den übernächsten, dreihundert für den dritten und vierhun... nein, eine halbe Million für den Zweitplatzierten? Wie wäre es damit? Keine schlechte Kohle dafür, dass ihr nur noch ein paar Wochen auf eurem Arsch rumsitzen müsst, oder? Wenn ihr euch jetzt darauf einlasst, macht jeder von euch *Minimum* hundert Riesen.«

Nach diesem Angebot war der Fall mehr oder weniger klar. Die Aussicht darauf, reich *und* berühmt zu werden, war allen Angebot genug.

»Nur eins noch«, sagte Dervla. »Sollte die Polizei draußen jemanden verhaften – Sie wissen schon, David oder sonst wen –, müssen Sie es uns sagen, okay? Es kann nicht angehen, dass wir als Einzige im ganzen Land nichts davon wissen.«

»Gut, meinetwegen, versprochen«, bestätigte Geraldine, während sie im Stillen dachte, dass sie sich das noch einmal würde überlegen müssen.

43. Tag 9:00 Uhr

Am Morgen nach Sallys Selbstmordversuch sah sich Coleridge zum ersten Mal gezwungen zuzulassen, dass eine offizielle Erklärung veröffentlicht wurde, was er bisher nie als Teil seiner polizeilichen Pflichten betrachtet hatte. Aber Sally war außer Gefahr, und die Weltpresse wollte wissen, ob die Polizei sie verhaften würde.

»Nein«, las Coleridge umständlich von seinen vorbereiteten Notizen ab, »es bestehen keinerlei Pläne, Miss Sally Copple wegen des Mordes an Miss Kelly Simpson zu verhaften. Und zwar aus dem einfachen Grunde, dass es absolut keinen Beweis gibt, der gegen sie spräche. Ihre eigenen Aussagen hinsichtlich ihrer erblich bedingten Disposition zum Mord und der Sorge, sie könne es getan haben, während sie sich in einem tranceartigen Zustand befand, bieten nicht ausreichend Anlass für eine Verhaftung. Die Ermittlungen dauern an. Danke und guten Tag.«

Nachdem er sich wieder ins Gebäude zurückgezogen hatte, gesellten sich Hooper und Trisha zu ihm.

»Und was glauben Sie jetzt, Sir?«, fragte Hooper. »Ich meine, ich weiß, dass wir keine Beweise haben, aber glauben Sie, Sally hat es getan?«

»Ich nicht«, sagte Trisha eilig, woraufhin Hooper und Coleridge sie fragend ansahen.

»Ich glaube selbst nicht, dass sie es getan hat, Patricia«, sagte Coleridge. »Aber ich *glaube* auch keineswegs, dass sie es nicht getan hat.«

Natürlich war selbst Coleridge auf seine ganz eigene Weise ein Wichtigtuer und genoss die verwirrten Blicke, die dieses kleine Paradoxon nach sich zog. »Ich *weiß*, dass sie es nicht getan hat«, sagte er. »Der Mörder befindet sich zweifelsohne nach wie vor im Haus.«

43. Tag 16:40 Uhr

Als Coleridge begann, Geraldines »Badezimmerbänder« durchzusehen – sprich, die pralle Sammlung nackter Haut, die sie sich für ein XXX-Weihnachtsvideo aufsparte –, kam Dervlas kleines Geheimnis Stück für Stück ans Licht.

»Scheinbar putzt sie sich nur einfach gern die Zähne«, meinte Coleridge.

Geraldine hatte eine ganze Menge Material zu Dervlas Zahnhygiene aufbewahrt, da sich die sonst so stille, reservierte Dervla in diesem Moment mehr als zu jeder anderen Tageszeit sexy und kokett gab. Nicht nur weil sie entweder Unterwäsche, ein nasses T-Shirt oder ein Handtuch trug, wenn sie geduscht hatte, sondern auch, weil sie, besonders in den ersten Wochen, vor dem Spiegel so fröhlich und ausgelassen wirkte, lächelte und sich zuzwinkerte. Fast war es, als *flirtete* sie mit sich selbst.

»Wenn sie sich abends die Zähne putzt, tut sie es nicht«, meinte Coleridge.

»Na ja, vielleicht ist sie eher ein Morgenmensch«, sagte Hooper. »Na und? Sie ist nicht das erste Mädchen, das sein eigenes Spiegelbild anlächelt.«

Coleridge stellte einen zweiten Videorecorder an: ein neues, ziemlich kompliziertes Gerät, das er bisher nur halb beherrschte. Nach einigen Diskussionen war es ihm gelungen, die Bürokraten, die sein Budget verwalteten, davon zu überzeugen, dass die Art der Beweismittel, die ihm zur Verfügung standen, die Anmietung diverser Video- und Fernsehgeräte rechtfertigte. Doch nun bestand sein Problem darin, dass sie so ungeheuer kompliziert waren. Hooper dagegen konnte all dieses Equipment problemlos bedienen und war auch nicht gerade zurückhaltend, wenn es darum ging, seine Überlegenheit herauszustreichen.

»Eins könnte ich für Sie tun, Sir: Ich könnte die Tapes vom Video mit meinem Camcorder auf Digitalformat uploaden, per Flywire auf das neue iBook rüberschießen, das man uns gegeben hat, dann die relevanten Brocken zusammenschnippeln und mit meiner Film-Software komprimieren, dann als jpeg exportieren und Ihnen direkt zumailen. Sie könnten es sich auf Ihrem Handy ansehen, wenn Sie an der Ampel stehen, vorausgesetzt, wir beschaffen Ihnen eins, das WAP-fähig ist.«

Coleridge hatte soeben erst gelernt, wie man den eingebauten Anrufbeantworter an seinem Telefon benutzte. »Ich mache mein Handy im Wagen aus. Sie sind sich doch darüber im Klaren, dass es verboten ist, sein Handy beim Fahren zu benutzen, oder?«

»Ja, Sir, absolut.«

Sie wandten sich wieder ihrer Aufgabe zu. Coleridge hielt eine Stelle auf dem Band bereit, die eine Diskussion am dritten Tag zeigte, bei der sich die Gruppe über Nominierungen unterhielt.

»Morgens bin ich am gefährdetsten, was eine Nominierung angeht«, sagte Dervla gerade, »denn da fahre ich Leute oft an und verletze sie. Morgens bin ich scheiße, da will ich einfach mit niemandem reden.«

Coleridge stellte die zweite Maschine ab und kehrte wieder zu dem Band zurück, auf dem sich Dervla die Zähne putzte.

»Es mag ihr nicht gefallen, sich mit anderen zu unterhalten«, meinte Coleridge, »aber offensichtlich spricht sie gern mit sich selbst.«

Auf dem Bildschirm zwinkerte Dervla wieder in den Spiegel und sagte: »Hallo, Spiegel, einen wunderschönen guten Morgen wünsch ich dir.«

»Und jetzt sehen Sie sich ihre Augen an«, sagte Coleridge und starrte auf den Bildschirm. Tatsächlich zuckte der Blick ihrer strahlend grünen Augen abwärts und verweilte etwa dreißig Sekunden an der Stelle, wo sich ihr Bauchnabel spiegeln musste.

»Vielleicht sieht sie sich ihren Nabel an, Sir. Der ist wirklich süß.«

»Derartige Bemerkungen interessieren mich nicht, Sergeant.«

In diesem Moment blickte Dervla lächelnd auf. Ihre Augen leuchteten. »Oh, ich liebe diese Leute!«, lachte sie.

»Diese Bilder stammen vom zwölften Tag, dem Morgen nach den ersten Nominierungen«, sagte Coleridge. »Sie erinnern sich bestimmt, dass niemand Dervla nominiert hat, wovon sie natürlich eigentlich nichts wissen durfte.«

Hooper fragte sich, ob Coleridge auf etwas gestoßen war. Jeder wusste, dass Dervla die Gewohnheit hatte, vor dem Badezimmerspiegel zu lachen und Selbstgespräche zu führen, was stets als lustige Schrulle betrachtet wurde. Konnte mehr dahinter stecken?

»Ich habe mir von Experten eine Zahnputzsammlung zusammenstellen lassen«, sagte Coleridge.

Hooper lächelte. Nur Coleridge glaubte, man bräuchte »Experten«, um Videoaufnahmen zusammenzustellen. Er bastelte selbst ständig kleine Privat-Movies auf seinem PowerBook.

Coleridge legte seinen Zusammenschnitt ein, und gemeinsam sahen sie sich an, wie Dervla ihrem Spiegelbild gegenüber immer wieder kryptische kleine Kommentare fallen ließ, bevor sie sich die Zähne putzte.

»Oh, Gott, ich frage mich, wie man mich da draußen wohl sieht«, sagte sie. »Mach dir nichts vor, Dervla! Alle lieben Kelly, sie ist ein süßes Mädchen.«

Coleridge stellte das Video ab. »Wie standen Dervlas Chancen, das Spiel zu gewinnen, als Kelly ums Leben kam?«

»In der Beliebtheitsumfrage im Internet war sie auf dem zweiten Platz«, antwortete Hooper. »Ebenso bei den Buchmachern, aber das machte keinen Unterschied, denn Kelly lag meilenweit vorne.«

»Also war Kelly Dervlas Hauptrivalin, was die Beliebtheit bei den Zuschauern anging?«

»Ja, aber das konnte sie natürlich nicht wissen. Oder sie sollte es zumindest nicht.«

»Nein, natürlich nicht.«

Coleridge drückte erneut den Startknopf am Videorecorder.

»Ich frage mich, wen die Zuschauer wohl am liebsten mögen«, sinnierte Dervla neckisch. Nur einen Augenblick später zuckte ihr Blick abwärts.

44. Tag 00:00 Uhr

Coleridge nahm den Hörer ab. Es war Hooper, der von Peeping Toms Produktionsbüro aus anrief. Er klang zufrieden.

»Ich habe hier den Dienstplan, Sir. Erinnern Sie sich an Larry Carlisle?«

»Der Kameramann, der in der Mordnacht Dienst hatte?«

»Genau der. Er ist ein echt fleißiger Bursche. Anscheinend hat er sich die Tatsache zu Nutze gemacht, dass eine ganze Reihe von Leuten die Arbeit für diese Sendung aus Langeweile aufgegeben haben. Er hat doppelt so viele Schichten geschoben wie alle anderen. Oft sogar im Rhythmus acht Stunden Dienst, acht Stunden frei. Er liebt die Sendung und scheint gar nicht genug davon kriegen zu können. Und außerdem hat er bisher fast jeden Morgen das Badezimmer übernommen. Falls Dervla mit irgendwem durch den Spiegel plaudert, dann mit Larry Carlisle.«

»Der Kameramann, der in der Mordnacht Dienst hatte«, wiederholte Coleridge.

45. Tag 7:58 Uhr

Obwohl Coleridge erst wenige Minuten in dem dunklen, heißen Korridor stand, hatte er schon genug. Er fühlte sich wie ein Spanner, es war ekelhaft.

Der Ost-West-Kameragang im Peeping-Tom-Haus hieß bei den Teams, die darin arbeiteten, nur »Schaumgang«, weil er zum Teil die verspiegelte Duschwand und die Spiegel über dem Waschbecken abdeckte, die oft mit Seifenschaum voll gespritzt waren. Der Nord-Süd-Gang wurde als »Trockengang« bezeichnet.

Die beiden Gänge hatten glatte, hochpolierte schwarze Böden und waren vollständig mit dicken schwarzen Decken verhängt. Licht drang lediglich aus dem Inneren des Hauses und schimmerte durch die lange Reihe von Spiegeln entlang der Innenwand des Korridors. Die Kameraleute waren gänzlich in schwarze Decken gehüllt und glitten lautlos wie riesige, kohlrabenschwarze Gespenster hin und her.

Coleridge hatte gesehen, wie Jazz vom Jungenschlafzimmer und durch den Wohnbereich gegangen war, um die Toilette zu benutzen – dieselbe Toilette, die Kellys letzter Aufenthaltsort auf dieser Welt gewesen war, und der einzige Teil des Hauses, der nicht durch die Spiegel einzusehen war. Coleridge knirschte mit den Zähnen, während er gezwungenermaßen der wahrscheinlich längsten Harnabsonderung der Menschheitsgeschichte lauschen musste. Ihm fehlten die Worte, um dem Entsetzen und der Abscheu Ausdruck zu verleihen, die er bei dieser Geschmacklosigkeit empfand. Hatte es je ein besseres Beispiel dafür gegeben, dass es der Menschheit zutiefst an Würde und Anmut mangelte? Hier, wo mit so viel Sorgfalt, derart immenser Genialität und solch ungeahnten Mitteln das Kommen und Gehen auf einer Gemeinschaftstoilette für die Nachwelt erhalten wurde.

Es war acht Uhr und Zeit für den Schichtwechsel im Schaumgang. Coleridge hörte leises Rauschen, als eine dick gepolsterte Tür aufgezogen wurde und Larry Carlisle, von Kopf bis Fuß in Schwarz gekleidet, hereinschlich. Er trug sogar eine Skimaske, was die finstere, kalte Atmosphäre im Gang nur noch verstärkte. Wortlos verschwand Coleridge unter der Decke, unter der die Kamera samt ihrem Dolly verborgen war, während der vorherige Kameramann auf der anderen Seite herauskam und davonschlich.

Coleridge schob sich ins Dunkel und zog seinen schwarzen Kapuzenumhang fest. Man hatte Carlisle nichts davon gesagt, dass Coleridge im Gang sein würde, sodass er sich wie üblich ganz allein dort glaubte.

Am anderen Ende des Hauses kam Dervla aus dem Mädchenzimmer und ging in den Wohnbereich. Sie betrat das Badezimmer und ging zur Dusche, wo sie ihr Hemd auszog und ihre übliche Duschmontur aus abgeschnittenem Shirt und Höschen offenlegte.

Instinktiv wandte Coleridge sich ab. Dort stand eine Dame in unbekleidetem Zustand, und es war unschicklich, sie anzusehen.

Auch Carlisle folgte seinem natürlichen Instinkt, nämlich dem eines Reality-TV-Kameramannes, indem er durch den dunklen Gang glitt, um der nackten Haut so nahe wie möglich zu kommen.

Dervla trat unter die Dusche und fing an, sich zu waschen. Coleridge zwang sich, wieder hinzusehen. Es war nicht so, dass er den Anblick der fast nackten Dervla beim Einseifen etwa unattraktiv fand, ganz im Gegenteil. Coleridge stand keinem anderen Mann in seiner Bewunderung des weiblichen Körpers nach, und ganz besonders Dervla mit ihrer jugendlichen, athletischen Anmut entsprach genau seinem Geschmack. Nein, nein, Coleridge wollte sich am liebsten abwenden, *weil* er sie attraktiv fand. Er war ein zutiefst christlicher Mensch. Er glaubte an Gott und wusste, dass es Gott keineswegs gefallen würde, wenn sich Coleridge daran aufgeilte, nichts ahnende junge Frauen in ihrer Unterwäsche zu beobachten. Besonders wenn er im Dienst war. Coleridge, nicht Gott. Und Gott war nach Coleridges Ansicht immer im Dienst.

Nachdem er sich vergewissert hatte, dass er mit den Gedanken bei seiner Arbeit und nirgendwo anders war, wandte sich Coleridge von der dunklen Wand ab und sah sich wieder das duschende Mädchen und den schwarz gekleideten Kameramann an, der sie dabei filmte.

In der nächsten Sekunde sah er etwas, das ihn beinahe aufschreien ließ. Er konnte sich gerade noch zurückhalten, einen Satz nach vorn zu machen und den dreckigen kleinen Schweinehund auf der Stelle zu verhaften.

Carlisle hielt eine zweite Kamera in Händen. Der Mann war unter dem dicken schwarzen Cape hervorgekommen, nachdem er seine Arbeitskamera auf deren Dolly in eine feste Position gebracht hatte, sodass sie die junge Frau unter der Dusche im Weitwinkel aufnahm. Jetzt hielt er einen digitalen Camcorder in der Hand und drehte ganz offensichtlich sein eigenes, privates Video.

Wütend und angewidert beobachtete Coleridge, wie Carlisle die kleine Linse nur Millimeter vor die schaumige Scheibe hielt – offenbar in dem verzweifelten Versuch, der ahnungslosen Frau so nahe wie möglich zu kommen. Schamlos erkundete er Dervlas Körper, zoomte auf ihren Nabel, ihr Dekolleté, die etwas dunkleren Umrisse ihrer Brustwarzen, die durch den Stoff ihres Oberteils zu erkennen waren. Dann ging Carlisle auf Höhe von Dervlas Schritt und setzte zu einer langen, ungeschnittenen Nahaufnahme ihres Schambereichs an. Dervla stand mit leicht gespreizten Beinen, sodass ihr dünnes und mit Spitzen besetztes Höschen zu sehen war. Ein Hauch von weichem, feuchtem Haar lugte oben am Oberschenkel heraus, während ein funkelnder Wasserstrom am Zwickel herablief.

Als Dervla zu Ende geduscht hatte, drehte sie die Hähne ab, schlang sich ein Handtuch um die Brust, zog ihre klatschnasse Unterwäsche darunter hervor und trat ans Waschbecken, um sich die Zähne zu putzen.

Eilig stellte Carlisle seine Privatkamera ab und verschwand wieder unter dem schwarzen Umhang, um mit der Profikamera zum Spiegel über dem Waschbecken zu fahren.

Auf der anderen Seite warf Dervla einen kurzen Blick auf ihr Spiegelbild und schüttelte den Kopf.

Coleridge war noch nie hinter einem Spiegel gewesen, dessen Rückseite durchsichtig war. Man konnte beinahe glauben, dass dieses Mädchen den Kopf nicht für sich selbst, sondern für die Kamera schüttelte, die direkt vor ihrer Nase schwebte. Sie sang ein paar Takte aus einem Rod-Stewart-Song, wobei ihre Stimme hinter dem Glas zwar leise, aber doch hörbar war. *»I don't wanna talk about it ...«*, sang sie.

Und dann: *»Hey, boy, don't bother me.«* Danach verfiel sie in Schweigen und vermied es, ihr Spiegelbild direkt anzusehen.

Coleridge sah, wie Carlisles Hand unter der Kamera hervorkam. Er hielt etwas – einen kleinen weißen Beutel – an einer Ecke fest und schüttelte ihn. Ein leises Rasseln durchbrach die Totenstille im dunklen Tunnel, und überrascht erkannte Coleridge, worum es sich bei diesem Beutel handelte: Vor ein paar Wochen erst hatte er bei einer Bergwanderung in Snowdonia selbst einen geschüttelt. Es handelte sich um ein Gel-Wärmekissen für Wanderer, ein Beutel mit Chemikalien und einer Eisenfüllung, der große Hitze produzieren sollte, wenn man sie brauchte. Staunend beobachtete er, wie Carlisle den Beutel in seiner Faust zusammendrückte, bis er eine stumpfe Spitze bildete, und dann Buchstaben auf das Glas schrieb. Offenbar sollte die Hitze das Kondenswasser auf der anderen Seite erwärmen.

Carlisle schrieb langsam, einerseits bestimmt, damit die Wärme Zeit bekam, durch das Glas zu dringen, und andererseits, weil Carlisle seinen Spaß daran hatte. Sanft strich sein Zeigefinger übers Glas und folgte den Spuren des Wärmekissens. Es war fast so, als würde Carlisle, indem er den Spiegel berührte, in gewisser Weise auch Dervla berühren. Coleridge versuchte zu erkennen, was Carlisle schrieb. Die Buchstaben waren natürlich seitenverkehrt, dennoch war es nicht weiter schwierig, sie nachzuvollziehen.

Auf der anderen Seite vom Glas zuckte Dervlas Blick abwärts, als die Botschaft erschien.

»*Keine Sorge. Die Leute mögen dich noch immer*«, stand auf der beschlagenen Scheibe.

Dervla zuckte mit keiner Wimper. Unverwandt starrte sie die Buchstaben an.

Hinter dem Glas, im dunklen Gang, streckte Carlisle, der nicht ahnte, dass ihn die Polizei beobachtete, einen Arm aus und schrieb noch ein paar Worte.

»*Hier draußen glaubt niemand, dass du es warst.*«

Drei Augenpaare sahen zu, wie sich langsam die Worte bildeten: »*Jetzt bist du Nummer eins. Die Leute lieben dich ... genau wie ich.*«

Coleridge war ein geübter Beobachter, was Gesichter anging, und er kannte Dervla nach vielen Stunden eingehender Betrachtung gut. Deutlich sah er die Abscheu in ihrer Miene.

»La di da«, sagte sie mit gleichgültigem Achselzucken und fing an, sich die Zähne zu putzen.

Coleridge spürte Carlisles Anspannung, als der Mann seine Kamera scharf stellte und Dervla durch seinen eigenen kleinen Camcorder betrachtete. Offensichtlich war Carlisle auf jedes verfügbare Bild seiner heimlichen Liebe aus, und einmal mehr hielt er seine kleine Linse so nah ans Glas, wie er sich traute, ohne daran zu stoßen. Zuerst gönnte er sich eine Nahaufnahme des dunklen Haarbüschels in Dervlas Achselhöhle, als sie den Arm zum Zähneputzen angehoben hatte. Dann schwenkte er ein Stück, um jenes leichte Beben ihrer Brüste unter dem Handtuch einzufangen, das durch ihre Armbewegung ausgelöst wurde. Schließlich schwenkte er mit geübtem Timing seine Linse gerade so rechtzeitig aufwärts, dass er aufnehmen konnte, wie das ahnungslose Mädchen die Zahnpasta ausspuckte. Coleridge hörte, wie der winzige Motor des Camcorders summte, als Carlisle zu einer extremen Nahaufnahme auf Dervlas feuchten, weiß schäumenden Mund zoomte.

Als sie fertig war, verließ Dervla das Bad und kehrte ins Mädchenzimmer zurück. Im Haus war wieder alles still. Sämtliche Bewohner befanden sich auf der anderen Seite des Hauses, weit weg vom Schaumgang. Coleridge drückte den Knopf an seinem kleinen Pieper, den ihm die Tonabteilung von Peeping Tom gegeben hatte und der Geraldine im Kontrollraum darüber in Kenntnis setzte, dass er genug gesehen hatte.

Nachdem Geraldine Carlisle unter einem arbeitstechnischen Vorwand herausgerufen hatte, verließ er, genau wie abgesprochen, seine Kamera.

Coleridge folgte ihm, als er den Gang verließ. Sobald er blinzelnd im grellen Neonlicht des Verbindungstunnels zwischen Haus und Kontrollkomplex stand, packte Coleridge Carlisle beim Kragen und forderte ihn auf, mit zum Revier zu kommen.

45. Tag 12:00 Uhr

»Oh, mein Gott. Ich glaube, mir wird schlecht. Ich glaube wirklich, mir wird gleich schlecht.«

Coleridge zeigte Dervla, was auf dem Camcorder zu sehen war, den er Larry Carlisle abgenommen hatte. Neben dem Videorecorder stapelten sich siebzehn Mini-Kassetten, die man in Carlisles Wohnung gefunden hatte.

»Anscheinend ist dieser Mann in gewisser Weise süchtig nach Ihnen«, sagte Coleridge. »Wenn man sich seine Videosammlung so ansieht, scheint es, als könnte er einfach nicht genug von Ihnen bekommen.«

»Bitte nicht. Das ist schrecklich. Schrecklich.«

Es gab jede Menge davon. Stunden über Stunden Bandmaterial. Nahaufnahmen von Dervlas Lippen, wenn sie sprach, wenn sie aß, ihre Augen, ihre Ohren, ihre Finger, aber vor allem anderen natürlich ihr Körper. Carlisle hatte seit dem dritten Tag praktisch jeden Augenblick gefilmt, den sie im Bad verbracht hatte, wobei er immer geübter darin geworden war, Nahaufnahmen jedes Intimbereichs zu erhaschen, der ihm ahnungslos preisgegeben wurde.

Häufig war Dervlas durchnässtes Höschen durch das Wasser ein Stück weiter nach unten gerutscht, sodass ihr Schamhaar und, wenn sie sich umgedreht hatte, manchmal sogar ein Daumenbreit der Falte ihres Hinterns zu sehen gewesen war. Offensichtlich hatte Carlisle für diese Augenblicke gelebt und jedes Mal in eine extreme Nahaufnahme gezoomt, wenn sich die Gelegenheit ergeben hatte.

»Ich kann nicht glauben, dass ich so dumm war«, stieß Dervla mit erstickter Stimme hervor, aus der eine Mischung aus Abscheu und Verlegenheit klang. »Natürlich hätte ich ahnen können, wieso er mich so ermutigt hat, aber ich hatte ja keine Ahnung … ich …«

Dervla, die normalerweise so stark und so selbstbewusst war, betrachtete die gespenstisch lautlosen, unzusammenhängenden Bilder auf dem Bildschirm – ein Mensch, kaum je als Ganzes betrachtet, zerrissen in intime Nahaufnahmen – und brach in Tränen aus. Tränen liefen über ihr Gesicht, während das Seifenwasser auf dem Bildschirm über ihren Bauch und ihre Oberschenkel rann.

»Haben Sie jeden Tag Botschaften im Spiegel bekommen?«

»Nicht jeden Tag, aber an den meisten.«

»Und was stand dort?«

»Oh, nichts besonders Aufregendes. ›*Wie geht es dir?*‹ Solche Sachen. ›*Du machst dich gut*.‹«

»Also hat er sich zu dem Spiel geäußert.«

»Na ja, nicht in Einzelheiten. Schließlich hat er ja rückwärts auf beschlagenes Glas geschrieben.«

»Hat er je Kelly erwähnt?«

»Nein.«

Es war eine blödsinnige Lüge.

»Eigentlich doch. Ich meine, er hat sie erwähnt«, sagte Dervla eilig.

»Ja oder nein, Miss Nolan?«

»Ich hab doch gerade ›Ja‹ gesagt, oder? Manchmal … mehr oder weniger … hat er sie alle erwähnt.«

Halb gelogen. War das besser? Oder schlechter?

»Ich weiß nicht, wieso er mir Botschaften geschickt hat«, fügte sie hinzu. »Ich habe ihn nicht darum gebeten.«

»Er ist in Sie verliebt, Miss Nolan.«

»Sagen Sie das bitte nicht.«

»Er liebt Sie, Dervla, und Sie werden sich damit auseinander setzen müssen, da ich bezweifle, dass er für das, was er getan hat, ins Gefängnis wandern wird. Sobald Sie das Haus verlassen, wird er auf Sie warten.«

»Glauben Sie wirklich?«

»Das sagt mir meine Erfahrung mit Besessenen. Sie können nicht einfach damit aufhören. Er glaubt, Sie erwidern seine Liebe. Schließlich haben Sie wochenlang mit ihm geflirtet.«

»Ich hab nicht …« Doch schon während sie es sagte, war Dervla klar, dass alles Leugnen zwecklos war. »Ich … bin da irgendwie so reingerutscht«, fuhr sie fort. »Es war ein Spaß, ein Spiel. Es ist *langweilig* in diesem Haus. Ständig dieselben dämlichen, langweiligen Leute, die man nicht mal richtig mögen kann, weil man mit ihnen im Wettbewerb steht. Sie können sich das nicht vorstellen … Und dann war da dieses kleine Spielchen, ganz für mich allein. Ich hatte einen heimlichen Freund, der mir Glück wünschte und sagte, dass ich mich gut mache. Sie können sich gar nicht vorstellen, wie entfremdet und ausgeliefert man in diesem Haus ist, wie verletzlich man sich fühlt. Es war schön, einen heimlichen Freund zu haben.«

Dervla sah zum Bildschirm, auf dem Larry Carlisles Band noch immer lief. Wieder stand sie unter der Dusche. Ihre Hand steckte im Körbchen ihres nassen Büstenhalters, seifte ihre Brüste ein, und deutlich waren die Umrisse ihrer Brustwarzen zu erkennen. »Könnten wir das bitte abstellen?«

»Ich möchte, dass Sie sich die nächste Passage ansehen.«

Das Bild auf dem Schirm flackerte und wechselte zum Mädchenschlafzimmer. Es war Nacht, und die Mädchen schienen zu schlafen.

»Mein Gott, er hatte ein Nachtsichtgerät an seinem Camcorder!«, stöhnte Dervla.

»Leider, meine Liebe, muss ich Ihnen sagen, dass diesem Mann nichts entgangen ist.«

Auf dem Bildschirm war Dervla im Bett zu erkennen. Offensichtlich war es eine heiße Nacht gewesen, da sie nur mit einem dünnen Laken zugedeckt war. Sie schlief, oder zumindest sah es so aus, bis sie die Augen für einen Moment aufschlug und blinzelte. Dann schwenkte die Kamera von ihrem Gesicht abwärts auf ihren Körper. Man konnte sehen, wie sich Dervlas Hand unter dem Laken bewegte und abwärts bis unter Hüfthöhe glitt, wobei die Umrisse ihrer Knochen unter dem Laken deutlich zu erkennen waren, da sich ihre Finger sanft bewegten. Erneut konzentrierte sich die Kamera auf Dervlas Gesicht: Ihre Augen waren geschlossen, aber ihr Mund stand offen. Sie seufzte vor Wohlbehagen.

Dervla lief vor Ärger und Verlegenheit rot an. »Bitte!«, bettelte sie. »Das ist nicht fair.«

Coleridge stellte das Video ab. »Ich wollte nur, dass Sie sehen, wie wenig Respekt dieser Mann vor Ihnen hatte. Sie waren in gewisser Weise eine Weile Komplizen. Jetzt sind Sie es nicht mehr.«

Dervla bekam es mit der Angst zu tun. »Aber Inspector, Sie glauben doch wohl nicht ernsthaft, dass es eine Verbindung zwischen diesem seltsamen Menschen und ... und ... Kellys Tod gibt?«

Coleridge wartete einen Moment, bis er antwortete. »Sie sagten, in seinen Botschaften stand etwas von Kelly?«

»Ja, schon, aber …«

»Was stand da?«

»Da stand … da stand, dass die Leute sie mochten und dass sie mich mochten. Sie mochten uns beide.«

»Ich verstehe. Und stand da jemals, wen sie lieber mochten? Die Rangfolge, sozusagen?«

Dervla sah dem Chief Inspector in die Augen. »Nein. Nicht ausdrücklich.«

»Sie wussten also nicht, dass Sie vor dem Mord an Kelly nach ihr an zweiter Stelle standen.«

»Nein, wusste ich nicht.«

»Sagen Sie mir doch bitte noch einmal, Miss Nolan, wie hoch das Preisgeld für den Sieger dieses Spiels ist.«

»Na ja, es ist seitdem gestiegen, aber zum Zeitpunkt des Mordes war es eine halbe Million Pfund, Chief Inspector.«

»Wie läuft es auf dem Hof Ihrer Eltern in Ballymagoon?«

»Wie bitte?«

»Ich glaube, Ihre Eltern verlieren möglicherweise Haus und Hof. Ich habe mich nur gefragt, wie sie damit zurechtkommen.«

Dervlas Miene wurde eisig. »Ich weiß es nicht, Inspector. Ich war in diesem Haus. Aber ich denke, sie werden es wohl überleben. Wir sind hart im Nehmen.«

»Danke. Das wäre alles, Miss Nolan«, sagte Coleridge. »Für den Augenblick.«

45. Tag 13:30 Uhr

Anfangs hatte Geraldine nicht gewollt, dass Dervla wieder ins Haus kam. »Scheiß auf die verlogene kleine Fotze. Ich werd sie lehren, meinem Kameramann schöne Augen zu machen und meiner Sendung zu schaden.«

Geraldine war wütend, und es war ihr peinlich, dass so etwas vor ihrer Nase hatte stattfinden können, ohne dass sie etwas davon ahnte. Ihr Berufsstolz war zutiefst verletzt, und sie wollte sich an Dervla rächen, auf die sie ohnehin schon eifersüchtig war. Doch schon bald hatte die Vernunft wieder die Oberhand gewonnen. Dervla hinauszuwerfen war praktisch gleichbedeutend mit dem Eingeständnis, dass es dafür einen Grund gab, was Geraldines peinliche Situation nur noch verschlimmert hätte. Dervla war inzwischen das beliebteste Mitglied im Haus, wobei sie eindeutig durch die Tatsache gepunktet hatte, dass die Polizei sie zum Verhör mitgenommen hatte.

Ihr Foto fand sich in allen Morgenzeitungen: blass und schön, als man sie aus dem Haus geholt hatte. Die Presse musste ihre Überzeugung, dass Sally die Mörderin war, noch einmal überdenken, und die Schlagzeilen lauteten: »POLIZEI VERHÖRT DERVLA«, »DERVLA VERHAFTET«. Bald wäre sie in sämtlichen Abendnachrichten, und die Reporter würden draußen vor dem Haus atemlos verkünden, dass es die Polizei versäumt hatte, Klage gegen sie zu erheben. Genau so einen Zwischenfall brauchte Geraldine, um die Geschichte oben auf der Tagesordnung der Nation, wenn nicht der ganzen Welt zu halten.

Alles in allem war Dervla zu wichtig für die Show, als dass man sie einfach gehen lassen konnte.

»Es bedeutet, dass wir auch diesen widerwärtigen Perversling Carlisle behalten müssen«, klagte Geraldine. »Wenn wir ihn rausschmeißen, sie aber in Ruhe lassen, wird der Pisser uns erpressen. Ich jedenfalls würde es so machen.«

20. Tag 12:40 Uhr

William Wooster oder Woggle, wie man ihn besser kannte, wurde gegen eine Kaution von fünftausend Pfund freigelassen, die seine Eltern stellten. Die Polizei hatte Einspruch gegen die Kaution erhoben, mit dem Argument, Woggle könne sich, da er als Mitglied der wohnungslosen, alternativen Gemeinde und als unbelehrbarer Tunnelgräber bekannt war, zu einfach aus dem Staub machen. Der

Richter warf einen kurzen Blick auf Dr. und Mrs. Wooster – er im Tweed, sie mit Perlenkette – und kam zu dem Schluss, dass es eine Kränkung zweier derart offensichtlicher Stützen der Gesellschaft wäre, ihnen den ungeratenen Sohn vorzuenthalten.

Wieder draußen, türmte Woggle nach kaum zweihundert Metern.

Nach seinem kurzen Auftritt vor dem Gericht hatte er sich mit seinen Eltern einen Weg durch das Gedränge der Reporter gebahnt, die vor dem Gerichtssaal warteten, war in das wartende Taxi gestiegen und mit ihnen weggefahren. Weiter allerdings wollte Woggle nicht ins Familienleben zurück. Er wartete die erste rote Ampel ab, und als das Taxi hielt, stieg er einfach aus und rannte los. Seine Eltern ließen ihn gehen. Sie hatten das schon häufiger erlebt und waren einfach zu alt, ihm hinterherzulaufen. Sie saßen im Wagen und dachten über die Tatsache nach, dass die Gesellschaft ihres Sohnes sie über tausend Pfund pro Minute gekostet hatte.

»Nächstes Mal machen wir das nicht mehr«, sagte Woggles Dad.

Woggle rannte etwa eine Meile, schlug hier und da einen Haken und malte sich aus, wie sein alter Herr ihn mit dem Regenschirm in der Hand verfolgte. Als er sich schließlich in Sicherheit glaubte, beschloss er, auf ein Bier und ein Solei in einen Pub einzukehren. Und genau dort musste er sich zum ersten Mal mit dem Ausmaß dessen, was Peeping Tom ihm eingebrockt hatte, auseinander setzen. Nicht nur Polizei und Presse kannten ihn nun mittlerweile. Alle kannten ihn, und sie mochten ihn nicht, kein bisschen.

Etliche Männer umzingelten ihn am Tresen, als er darauf wartete, dass man ihn bediente. »Du bist doch diese Fotze, oder?«, sagte der Typ, der am übelsten aussah.

»Wenn Ihr damit meint, ich sei hübsch, warm, einladend und haarig, ja, dann ließe sich wohl sagen, dass ich eine Fotze bin.«

Es war ein Akt des Wagemuts, den Woggle rasch bereute, da ihn der Mann augenblicklich zu Boden streckte.

»Ich biete Euch die Hand zum Frieden«, sagte Woggle.

Der Mann packte sie und zerrte ihn vor die Tür, wo die ganze Bande Woggle verprügelte.

»Gar nicht so einfach, wenn man nicht nach kleinen Mädchen treten kann, was?«, sagten die Schläger, als sei es eine kühne Tat, zu sechst über ihn herzufallen. Am Ende ließen sie ihn in der sprichwörtlichen Blutlache liegen – mit abgebrochenen Zähnen im Mund und Hass in seiner Seele. Hass nicht auf die Schläger, in denen er als Anarchist nur unerleuchtete Kameraden sah, sondern auf Peeping Tom Productions.

Danach schlich er sich davon, verband seine Wunden so gut wie möglich auf einer öffentlichen Toilette und ging in den Untergrund. Buchstäblich. Er kehrte in die Tunnel zurück, aus denen er einst gekommen war, wo er seinen kolossalen Groll hegen und ihn tiefer in sein zorniges Herz eingraben konnte, mit jedem Stein und jedem Gramm der Erde, die er bewegte.

Sie hatten ihn gedemütigt. Sie alle. Die Leute im Haus und die anderen im Bunker jenseits des Wassergrabens.

Ich muss graben, graben, graben ...

Geraldine Hennessy. Die Hexe. Er hatte gedacht, er könnte ihr vertrauen, aber das war verrückt gewesen.

Graben, graben, graben.

Man konnte niemandem trauen. Nicht den Spießern, nicht den Kiffern, nicht den Fernsehfaschisten und ganz bestimmt nicht den *Schweinen* im Haus. Besonders nicht denen, die so getan hatten, als wären sie seine Freunde. Sie hasste er am meisten. Natürlich nicht Dervla, nicht die keltische Königin der Runen und Reime. Dervla war in Ordnung, sie war eine wunderschöne Sommerelfe. Woggle hatte die Videos gesehen. Dervla hatte ihn nicht nominiert. Aber die andere, die den Trostkuchen aus Tofu und Melasse gebacken hatte! Was für eine scheinheilige Schlampe sie doch gewesen war! Und er hatte sogar etwas davon gegessen. Spätabends, als sie es nicht gesehen hatte. Na, der würde er es zeigen.

Graben, graben, graben.

Er hatte dieses Mädchen nicht treten wollen. Sie war mit ihren Hunden auf ihn losgegangen, und jetzt hasste ihn das ganze Land, und er sollte dafür ins Gefängnis. Woggle hatte Angst vor dem Gefängnis. Er wusste, dass die Leute im Gefängnis noch spießiger waren als die draußen. Sie mochten Leute wie Woggle nicht. Und besonders nicht Leute wie Woggle, die nach fünfzehnjährigen Mädchen traten.

Deshalb war er wieder in den Untergrund gegangen. Um sich zu verstecken und Pläne zu schmieden. Während er schaufelte, fasste Woggle den Entschluss, dass er, wenn er schon dran glauben musste, es dann nicht allein tun würde. Er wollte sich rächen.

Graben, graben, graben.

45. Tag 15:00 Uhr

Trisha und Hooper überprüften ein letztes Mal den Laborbericht, holten tief Luft und marschierten in Coleridges Büro.

Die Polizei hatte den Spiegel, durch den Carlisle seine Botschaften an Dervla geschickt hatte, ausbauen und zur Analyse ins Labor schicken lassen. Die Ergebnisse waren schon nach wenigen Stunden eingetroffen, und Trisha und Hooper hatten den Eindruck, als änderte sich dadurch alles.

»Wir glauben, dass die Erkenntnisse den Kameramann, diesen Larry Carlisle, schwer belasten, Sir.«

Coleridge sah von den Notizen auf, in denen er gerade las.

»Sehen Sie sich das an.« Hooper nahm die Zusammenfassung des Beweismaterials, das der Gerichtsmediziner gefunden hatte. »Carlisle hat seine Botschaften mit seinem Wärmekissen geschrieben, und außerdem noch mit dem Finger nachgezeichnet. Die Hitze aus dem Kissen hat den beschlagenen Spiegel auf der anderen Seite erwärmt.«

»Das weiß ich, Sergeant. Ich habe es Ihnen selbst erzählt.«

»Na ja, da Dervla den Spiegel auf ihrer Seite abgewischt hat, schien es, als wären diese Botschaften endgültig verloren. Aber die Rückstände, die seine Finger auf seiner Seite am Glas zurückgelassen haben, sind erhalten geblieben. Es gibt Flecken, Sir. Flecken und Streifen.«

»Flecken und Streifen?«

»Sperma, wie ich leider sagen muss.«

»Gütiger Gott.«

»Ich habe mit Carlisle gesprochen. Er gibt zu, während seiner Schichten regelmäßig masturbiert zu haben. Er behauptet, alle hätten es getan.«

»Oh, bitte, das darf doch nicht wahr sein!«, rief Coleridge.

»Carlisle fand es eigentlich nicht besonders verwunderlich, Sir. Nachdem Geraldine die Schichten zusammengestrichen hatte, war ein Kameramann acht Stunden ganz allein in dem dunklen Gang. Es sind alles Männer, und sie sehen hübsche junge Frauen direkt vor ihrer Nase, wie sie sich ausziehen und duschen.«

»Was hätten Sie denn getan?«, hätte Hooper um ein Haar gefragt, beherrschte sich aber, da er seinen Job behalten wollte.

»Carlisle sagt, sie hätten die Gänge manchmal als Peep-Show-Kabine bezeichnet«, fügte Trisha hinzu.

Coleridge starrte einen Moment lang aus dem Fenster. Drei Jahre. Mehr hatte er nicht mehr vor sich, ehe er sich zur Ruhe setzen und endgültig nach Hause gehen, Musik hören, noch einmal Dickens lesen und sich mit seiner Frau um den Garten kümmern konnte. Er hätte mehr Zeit für das Amateurtheater und müsste sich nie mehr um eine Welt voll heimlich masturbierender Kameramänner scheren. »Wollen Sie damit sagen, er hätte seine Botschaften mit Sperma geschrieben?«

»Na ja, da waren keine Pfützen von dem Zeug. Ich glaube eher, er hatte noch Spuren davon an seinen Fingern.«

Trisha fiel auf, dass Coleridge während dieses Teils des Gespräches ausschließlich Hooper ansprach, während er sie kein einziges Mal ansah. Coleridge war ein Mann, der noch immer glaubte, manche Dinge sollten in gemischter Gesellschaft besser unerwähnt bleiben. Nicht zum ersten Mal fragte sich Trisha, wie es sein konnte, dass Coleridge überhaupt Polizist geworden war. Andererseits war er unbestechlich, glaubte leidenschaftlich an die Regeln der Gesetze und war als ausgezeichneter Spürhund bekannt. Somit war es vielleicht gar nicht nötig, dass er im selben Jahrhundert wie alle anderen lebte.

»Also gut«, sagte Coleridge ärgerlich. »Was sagt das Labor?«

»Nun, Sir, es ist alles völlig durcheinander, aber wenn man alles einstäubt, sind vier Botschaften zu erkennen, der Rest ist nur noch zum Teil vorhanden. Alle geben Dervla den Stand der Beliebtheitsskala an. Zwei von denen, die zu erkennen sind, stammen aus der Zeit vor Woggles Rausschmiss, wodurch Dervla auf dem dritten Platz ist, und als Woggle nicht mehr da ist, rücken die beiden auf. Dervla wusste von Anfang an, wie es steht. Carlisle hat es ihr gesagt.«

»Aber sie hat es bestritten, als ich sie danach gefragt habe. Wie dumm von ihr.«

»Na ja, ihr war offensichtlich klar, dass sie mit dem Wissen, wo sie gegenüber Kelly stand, ein Mordmotiv hatte. Eine halbe Million Pfund ist viel Geld, besonders wenn Mum und Dad pleite sind.«

»*Und* sie war dem Ausgang des Schwitzkastens am nächsten«, fügte Trisha hinzu.

»Zumindest hat sie sich des Vertuschens von Beweismitteln schuldig gemacht, und ich werde dafür sorgen, dass sie es bereut«, sagte Coleridge.

»Natürlich, Sir, aber wir glauben, es geht eher um Carlisle«, sagte Trisha. »Dervla war sein Motiv. Er wollte unbedingt derjenige sein, der ihr zum Sieg verhilft, und er war überzeugt davon, dass man Kelly aus dem Weg räumen musste.«

»Sie meinen, sein Wunsch, sie gewinnen zu lassen, könnte als Mordmotiv genügen?«

»Na ja, er ist besessen von ihr, Sir, das wissen wir. Und man muss sich nur diese Aufnahmen ansehen, um zu begreifen, wie krank und verkorkst diese Liebe ist. Es ist zweifellos möglich, dass ihn diese schmerzliche Nähe zum Objekt seiner Begierde aus dem Gleichgewicht geworfen hat.«

»Liebe ist gewöhnlich das Hauptmotiv bei allen Verbrechen aus Leidenschaft«, warf Hooper ein, womit er Coleridge zitierte, »und bei dieser Tat handelt es sich ganz eindeutig um ein Verbrechen aus Leidenschaft.«

»Wissen Sie noch, was Monica Seles passiert ist, Sir, dieser Tennisspielerin?«, fragte Trisha eifrig. »Genau das wie hier. Ein armseliger, völlig vernarrter, psychopathischer Fan ihrer Rivalin Steffi Graf hat sie niedergestochen, in der wahnsinnigen Annahme, eine solche Tat würde Steffi Grafs Karriere nützen, und sie wäre ihm dafür dankbar.«

»Ja«, räumte Coleridge ein, »das ist ein vergleichbares Beispiel, schätze ich.«

»Und, Sir«, warf Hooper ein, »Larry Carlisle hatte nicht nur ein Motiv, sondern auch eine *Gelegenheit.*«

»Glauben Sie?«, sagte Coleridge.

»Na ja … *fast* eine Gelegenheit.«

»Meiner Erfahrung nach sind Gelegenheiten zum Mord nie ›fast‹.«

»Nur eines können wir uns nicht erklären, Sir.«

»Ich freue mich schon darauf zu hören, wie Sie das vor den Anwälten der Verteidigung zugeben müssen«, bemerkte Coleridge trocken, »aber nur weiter.«

»Bis jetzt sind wir alle davon ausgegangen, dass der Mörder unter den Leuten im Schwitzkasten war.«

»Aus verständlichen Gründen, würde ich sagen.«

»Ja, Sir, aber bedenken Sie, welche Fakten gegen Carlisle sprechen, der dem Opfer sogar noch *näher* war. Zuallererst sieht er, wie Kelly aus dem Jungenzimmer kommt und nackt durch das Wohnzimmer zur Toilette läuft. Carlisle fängt diesen Augenblick wunderhübsch ein, wofür er Komplimente aus der Monitorbox erntet. Dann verschwindet Kelly in der Toilette, und Carlisle bekommt Anweisung, die Tür im Auge zu behalten, da weitere Nacktaufnahmen zu erwarten sind, wenn sie herauskommt.«

»Aber sie kommt nicht heraus.«

»Nein, weil er sie ermordet hat, Sir. Er könnte es ohne weiteres gewesen sein. Versetzen Sie sich in seine Lage. Er ist ein Mann, der blind vor Liebe ist, der von Anfang an seinen Job riskiert hat, seine Zukunft in der Branche, seine Ehe ... vergessen Sie nicht, Sir, Carlisle ist verheiratet und hat Kinder. Für seine Liebe zu Dervla hat er *alles* aufs Spiel gesetzt ...«

»Eine Liebe, die sich in seinem Hass gegen Kelly widerspiegelt«, warf Trisha ein. »Sehen Sie sich das an, Sir.« Sie hatte eine große Mappe mitgebracht, wie Kunstmaler oder Grafiker sie gewöhnlich benutzten, um ihre Arbeiten darin aufzubewahren. Darin befanden sich einige Fotos, die Gerichtsmediziner bei ihrer Arbeit auf der Rückseite des Spiegels angefertigt hatten.

Es war unmöglich, auf dem ersten Foto etwas Konkretes zu erkennen. Man sah nur eine verschmierte Oberfläche, auf der ein Finger mehrere Buchstaben übereinander geschrieben hatte. Dann holte Trish eine zweite Kopie des Fotos hervor und dann eine dritte, auf der die zuständigen Experten sich bemüht hatten, dem Durcheinander einen Sinn zu entlocken. Mit verschiedenfarbigen durchscheinenden Pastellfarben hatten sie mehrere Sätze nachgemalt, die manchmal klar zu erkennen waren und manchmal erraten werden mussten.

»Sehen Sie sich das hier an, Sir«, sagte Trish und deutete auf einen Satz, der in Rot nachgezeichnet war. »Nicht sehr nett, oder?«

26. Tag 8:00 Uhr

»Schlampe Kelly ist noch Nummer eins. Keine Sorge, Liebste. Ich beschütz dich vor der kleinen Nutte.«

Dervla streckte die Hand aus und wischte ärgerlich die Worte vom Spiegel. Mittlerweile fürchtete sie sich vor dem morgendlichen Zähneputzen. Die Botschaften waren mit der Zeit immer wütender und hässlicher geworden, aber sie konnte nichts sagen, weil sie fürchten musste, dass dann herauskam, wie tief sie in diese Sache schon verstrickt war. Natürlich ermutigte sie ihn nicht mehr. Sie sprach nicht mehr mit dem Spiegel und hatte sich das Hirn zermartert, wie sie dem Mann auf der anderen Seite sagen konnte, dass er aufhören sollte. Ihre einzige Idee war es gewesen, Lieder mit mehr oder weniger viel sagendem Text zu singen.

»I don't wanna talk about it.« »Return to Sender.« »Please release me, let me go.«

Aber es kamen immer mehr Botschaften, jede davon noch hässlicher als die vorhergehende.

»Ich schwöre dir, mein Schatz. Wenn ich könnte, würde ich sie für dich umbringen.«

45. Tag 15:10 Uhr

»›Wenn ich könnte, würde ich sie für dich umbringen‹«, las Coleridge laut. »Tja, das klingt ziemlich belastend, oder?«

»Also steht er da«, fuhr Hooper drängend fort. »Der Mann, der diese Botschaft geschrieben hat, steht da, hält seine Kamera auf die Toilettentür gerichtet, wohlwissend, dass diejenige, die er so hasst, dahinter sitzt. Was tut er? Er stellt seine Kamera in der Position fest, die man ihm aufgetragen hat, schleicht den Schaumgang entlang, den Trockengang hinauf, durch die Luke in der Wand vom Jungenzimmer, nimmt sich vor dem Schwitzkasten ein Tuch, kommt verhüllt damit aus dem Schlafzimmer, und den Rest wissen wir. Wir sehen Carlisle durch den Wohnbereich laufen, um sich ein Messer aus der Küchenschublade zu holen. Wir sehen, wie Carlisle über Kelly herfällt und sie ermordet.«

»Na ja …«, brummte Coleridge argwöhnisch.

»Ich weiß, was Sie sagen wollen, Sir. Ich weiß, ich weiß. Was ist mit dem Schlafzimmer? Das haben die Kameras doch auch im Blick …«

»Es ist mir in den Sinn gekommen, ja«, antwortete Coleridge.

»Wenn er das Zimmer durch den Trockengang betreten und am Schwitzkasten ein Tuch aufgesammelt hätte, dann hätten wir es gesehen. Haben wir aber nicht.«

»Und wir haben es nicht nur nicht gesehen, sondern wir haben *gesehen*, wie jemand aus dem Schwitzkasten kam und das Tuch nahm.«

»Ja, Sir, aber nur auf dem Video. Keiner im Schwitzkasten konnte sich daran erinnern, dass ein Zweiter rausgegangen wäre. Also lügt einer … oder mehrere … oder alle.«

»Dem stimme ich zu.«

»Es *sei* denn, das Video lügt. Carlisle ist ein erfahrener Kameramann. Wir wissen durch seine Privataktivitäten, dass sein Interesse an den Geräten, mit denen er arbeitet, nicht ausschließlich professioneller Natur ist. Könnte er irgendwie den Beweis der Hothead-Kamera im Schlafzimmer gefälscht haben? Das Bild dieser Gestalt, die sich das Tuch überwirft, ist reichlich unscharf. Trisha und ich haben überlegt, ob er das Bild irgendwie einen Augenblick lang hätte *anhalten* können …«

»Schließlich war das Bild schon seit Stunden unverändert gewesen«, unterbrach Trisha. »Wäre es möglich, dass er irgendwie ein paar Sekunden geloopt oder es einfach lange genug angehalten hat, um durchs Zimmer zum Schwitzkasten zu laufen?«

»Und danach würde dann alles in Echtzeit laufen, wie wir es gesehen haben«, schloss Hooper.

»Er hätte denselben Trick auf dem Rückweg noch einmal anwenden müssen«, sagte Coleridge. »Vergessen Sie nicht, dass wir gesehen haben, wie der Mörder wieder in den Schwitzkasten steigt.«

»Ich weiß, diese Theorie ist nicht ganz unproblematisch«, meinte Hooper, »aber vergessen Sie nicht, Sir, dass Carlisles Angaben zum zeitlichen Ablauf der Ereignisse ziemlich vage waren. Erinnern Sie sich, dass er behauptet hat, zwischen dem Moment, als Kelly zur Toilette ging, und dem, als der Mörder aus dem Schwitzkasten trat, seien nur zwei Minuten vergangen? Während alle anderen im Monitorbunker sagten, es seien fünf gewesen, was durch den Time-Code belegt wurde. Und er hat behauptet, mindestens fünf Minuten seien zwischen dem Zeitpunkt vergangen, als der Mörder wieder herauskam, und dem Moment, als der Mord entdeckt wurde, wohingegen es nur zwei waren. Und wieder haben die Angaben der Leute im Kasten zum Time-Code gepasst. Das sind große Diskrepanzen, Sir, wenn natürlich auch verständliche, sofern es tatsächlich Carlisle war, der den Mord begangen hat. Jeder Mensch würde denken, zwei Minuten wären fünf und fünf Minuten wären zwei, wenn sie diese Minuten damit verbracht hätten, jemanden mit einem Küchenmesser zu ermorden.«

»Ja«, räumte Coleridge ein. »Das würde er wohl. Ich schlage vor, Sie sprechen mit den zuständigen Fachleuten und sehen mal, inwieweit man sich an diesen ferngesteuerten Kameras zu schaffen machen kann. Und natürlich sollten wir noch ein Wörtchen mit *Miss Nolan* sprechen.«

46. Tag 14:30 Uhr

Die Tatsache, dass die Polizei Dervla zum zweiten Mal an einem Tag aus dem Haus eskortierte, löste drinnen wie draußen eine kleine Sensation aus. Musste das nicht bedeuten, dass sie die Haupttatverdächtige war?

Geraldine konnte ihre Begeisterung kaum bändigen. »Die Scheißbullen schmeißen den Laden für uns«, krähte sie. »Gerade denken alle, die durchgeknallte Sally hätte es getan, da holen sie unsere holde Jungfer zart gleich *zweimal* ab! Leck mich am Arsch, das ist grandios. Aber wir müssen gut planen. Es steht 'ne Menge Kohle auf dem Spiel. Falls sie uns Dervla nicht wiedergeben, muss diese Woche keiner aus dem Haus, okay? Wir dürfen nicht zwei von den Pissern in einer Woche verlieren. Das können wir uns nicht leisten. Eine Woche dieser Sendung ist mehr Geld wert, als ich zählen kann!«

In dieser Woche standen Hamish und Moon vor ihrem Rauswurf, aber wenn Dervla ging, würden sie wohl eine Gnadenfrist bekommen. Die Nominierungen waren seit den relativ ruhigeren Tagen von Woggle und Layla nicht mehr so entspannt gewesen. Seit Sally weg war, war der allgemeine Trübsinn ein wenig verflogen, und außerdem galt Sally als Hauptmordverdächtige, deshalb fühlte man sich im Haus sicherer, seit sie nicht mehr da war.

Nun allerdings fühlten sie sich keineswegs mehr sicher. Die Tatsache, dass Dervla ein zweites Mal abgeholt wurde, hatte neuerliches Entsetzen und Angst ausgelöst.

»Verdammt, ich fand sie eigentlich ganz nett«, sagte Moon. »Wir haben sogar im selben Zimmer gepennt! Ich hab ihr meinen Pulli geliehen!«

»Ich glaub nicht daran«, sagte Jazz. »Die Bullen fischen im Trüben, mehr nicht.«

»Auch wenn du auf sie stehst, könnte sie eine durchgeknallte Messerstecherin sein, Jazz«, sagte Garry.

Dazu sagte Jazz nichts.

46. Tag 16:00 Uhr

Dervlas Unterlippe bebte, und sie bemühte sich, nicht zu weinen. »Ich dachte, wenn ich Ihnen sage, dass ich wusste, wie das Spiel stand, würden Sie mich verdächtigen.«

»Sie dummes kleines Mädchen!«, herrschte Coleridge sie an. »Glauben Sie nicht, dass Ihre Lüge unser Misstrauen am allermeisten weckt?«

Dervla gab keine Antwort, da sie genau wusste, dass sie doch noch in Tränen ausbrechen würde, wenn sie es täte.

»Die Polizei zu belügen ist eine Straftat, Miss Nolan«, fuhr Coleridge fort.

»Es tut mir Leid. Ich dachte, es wäre nicht so wichtig.«

»Du meine Güte!«

»Es war nur eine Sache zwischen ihm und mir, und er war draußen! Ich dachte, es wäre nicht so wichtig.« Jetzt weinte Dervla doch.

»Na gut, dann können Sie jetzt damit anfangen, die Wahrheit zu sagen, junge Dame. Sie waren sich, wie ich vermute, Ihres und Kellys Ansehens in der Öffentlichkeit zu jeder Zeit bewusst?«

»Ja, das war ich.«

»Wie stand Larry Carlisle Ihrer Meinung nach zu Kelly?«

»Er hat sie gehasst«, antwortete Dervla. »Er hat sich gewünscht, sie wäre tot. Deshalb wollte ich, dass er aufhört, mir Botschaften zu schicken. Sein Tonfall hat sich so komplett verändert. Er war gemein. Er hat schreckliche Sachen gesagt. Aber er war draußen. Er hätte ja nicht …«

»Sie brauchen sich nicht darum zu kümmern, was er tun konnte und was nicht. Uns, meine Liebe, interessiert hier, was *Sie* getan haben.«

»Ich hab überhaupt nichts getan!«

Coleridge starrte Dervla an und dachte an seine eigene Tochter, die nicht viel älter als dieses verängstigte Mädchen war, das ihm gegenübersaß.

»Bringen Sie mich vor Gericht?«, fragte Dervla kleinlaut.

»Nein, ich denke, das würde keinen Sinn machen«, erwiderte Coleridge. Dervla hatte nicht unter Eid gestanden, als sie ihre Aussage machte, und hatte unter enormen Stress gestanden. Coleridge wusste, dass jeder halbwegs fähige Anwalt überzeugend darstellen konnte, wie verwirrt sie gewesen war, als sie ihre Aussage gemacht hatte. Außerdem war ihm nicht danach zu Mute, sie vor Gericht zu zerren. Jetzt kannte er die Wahrheit, und allein das interessierte ihn.

Und deshalb kehrte Dervla ins Haus zurück.

47. Tag 11:00 Uhr

Die Tage im Haus schleppten sich dahin, und die Anspannung blieb unverändert. Jeden Moment erwarteten sie entweder Nachricht, dass draußen jemand verhaftet worden war, wie Geraldine versprochen hatte, oder den nächsten Besuch der Polizei, die einen der verbliebenen Bewohner in Gewahrsam nahm. Doch nichts geschah.

Sie kochten ihre Mahlzeiten und erledigten ihre kleinen Aufgaben, immer wachsam, immer misstrauisch. Gelegentlich blubberte zwischen dem halbherzigen Plausch und dem endlosen Schweigen, das inzwischen den Großteil der Kommunikation im Haus bestimmte, ein echtes Gespräch empor, doch diese Momente dauerten nie lange.

»Und wer von euch glaubt jetzt an Gott?«, fragte Jazz, als sie alle um den Esstisch saßen und ihre Spaghetti Bolognese auf dem Teller herumschoben. Jazz hatte über Kelly und über Himmel und Hölle nachgedacht, was ihn zu dieser Frage gebracht hatte.

»Ich nicht«, sagte Hamish. »Ich glaube an die Wissenschaft.«

»Yeah«, stimmte Garry zu, »obwohl Religion für Kiddies gut ist, finde ich. Ich meine, man muss ihnen doch was erzählen, oder?«

»Ich interessiere mich für östliche Religionen«, sagte Moon. »Zum Beispiel finde ich, der Dalai Lama ist ein echt total super Typ, denn bei dem dreht sich alles um Frieden und Gelassenheit, stimmt's? Und mal so unter uns gesagt: Hut ab! Denn davor hab ich wirklich echt Respekt.«

»An welche Wissenschaft glaubst du, Hamish?«, fragte Dervla.

»An die Urknalltheorie natürlich, was sonst?«, gab Hamish großspurig zurück. »Heutzutage gibt es so starke Teleskope, dass sie bis an den Rand des Universums sehen können, zum Anbeginn der Zeit. Bis auf ein paar Sekunden, kurz nachdem alles angefangen hat, wissen sie alles.«

»Und was war, *bevor* alles angefangen hat?«, fragte Moon.

»Ach«, sagte Hamish. »Das fragen immer alle.«

»Wieso wohl?«

»Ja, Hamish«, stichelte Jazz. »Was war vorher?«

»Nichts war vorher«, antwortete Hamish herablassend. »*Nicht* mal nichts. Es gab keinen Raum und keine Zeit.«

»Wie hier drinnen«, meinte Jazz.

»Am Arsch, Hamish, das ist doch Scheiße.«

»Es ist *Wissenschaft*, Moon. Es gibt Beweise.«

»Ich weiß gar nicht, um was ihr eigentlich streitet«, sagte Dervla. »Mir scheint, weder die Urknalltheorie noch irgendeine andere Theorie schließt die Existenz Gottes aus.«

»Dann glaubst du also an ihn?«

»Na ja, nicht an *ihn*. Nicht an einen alten Mann mit langem Bart, der auf einer Wolke sitzt und mit Blitzen um sich wirft. Ich schätze, ich glaube an *irgendwas*, aber ich habe nichts mit irgendeiner organisierten Religion zu tun. Ich brauche keine rigiden Regeln und Vorschriften, um mit dem Gott meiner Wahl Zwiesprache zu halten. Gott sollte für einen da sein, egal ob man sein Buch gelesen hat oder nicht.«

Coleridge und Trisha hatten dieses Gespräch im Internet mitbekommen. Mittlerweile lief das Webcast von *Hausarrest* in der Einsatzzentrale ohne Unterbrechung.

»Ich hätte das Mädchen wegen Behinderung der Ermittlungen verhaften sollen«, sagte er. »Diese junge Dame könnte noch gut ein paar Regeln und Vorschriften *mehr* brauchen.«

»Was hat sie getan?«, fragte Trisha. »Ich dachte, Sie mochten sie.«

»Du meine Güte, Patricia, haben Sie das gehört? ›Der Gott meiner Wahl.‹ Was ist das für ein schwammiger Unsinn?«

»Eigentlich bin ich ihrer Meinung.«

»Dann sind Sie genauso dumm und nichtsnutzig wie dieses Mädchen! Man *wählt* sich seinen Gott nicht, Patricia. Der Allmächtige ist keine Frage der Laune! Gott hat es nicht nötig, *für einen da zu sein*! Man sollte *für ihn da sein*!«

»Das ist Ihre Meinung, Sir, aber ...«

»Es ist auch das, was jeder einzelne Philosoph und Wahrheitssuchende sämtlicher Kulturen seit dem Anbeginn der Zeit geglaubt hat, Constable! Es wurde stets allgemein angenommen, dass Glaube ein gewisses Element der Bescheidenheit auf Seiten des Gläubigen nötig macht. Eine gewisse Ehrfurcht angesichts der eigenen Bedeutungslosigkeit und der Größe der Schöpfung! Heute allerdings nicht mehr! *Ihre* Generation sieht Gott als eine Art Wischiwaschi-Berater! Der Ihnen sagen soll, was Sie hören wollen, wann immer Sie es gerade brauchen können, und dazwischen lassen Sie ihn links liegen! Sie haben eine Ramschreligion erfunden, die Ihnen gegenüber jetzt Ihre Ramschkultur rechtfertigen soll!«

»Wissen Sie was, Sir? Ich glaube, wenn Sie vor vierhundert Jahren schon auf der Welt gewesen wären, hätten Sie Hexen verbrannt.«

Coleridge war wie vor den Kopf gestoßen. »Das finde ich unfair, Constable, und auch nicht nett«, sagte er.

Das kurze Gespräch am Esstisch war so beiläufig erstorben, wie es begonnen hatte, und die Hausbewohner waren wieder dazu übergegangen, ihren düsteren Gedanken nachzuhängen.

Was mochte da draußen wohl vor sich gehen?

Sie spekulierten endlos, aber sie *wussten* es nicht. Sie waren abgeschnitten, im Zentrum dieses riesigen Dramas, und doch spielten sie keine Rolle darin. Deshalb war es nicht weiter überraschend, dass sie selbst zu Detektiven wurden und endlose Theorien ersannen. Hin und wieder trugen sie ihre Überlegungen in den Beichtstuhl.

»Hör mal, Peeping Tom«, sagte Jazz bei einer dieser Gelegenheiten. »Wahrscheinlich ist das jetzt echt blöd. Bis eben hab ich überhaupt nicht daran gedacht, irgendwas darüber zu sagen, aber ich denke, vielleicht sollte ich es sagen, damit ihr es der Polizei erzählen könnt, und dann ist es gut, okay? Denn wahrscheinlich ist es sowieso nichts. Ich war bloß mit Kelly und David im Whirlpool. Ich glaube, es war so Anfang der zweiten Woche, und Kelly hat David was ins Ohr geflüstert, woraufhin er fast ausgerastet ist. Ich glaube, sie hat gesagt: ›Ich kenn dich‹, und das hat ihm überhaupt nicht gepasst. Da hatte er schwer zu knabbern. Dann hat sie was ganz Komisches gesagt. Ich weiß nicht, aber ich glaube – unter uns Pastorentöchtern –, sie hat gesagt: ›Akkordficken Zwanzig‹, und er war platt, Mann. Das hat ihm *echt* nicht gefallen.«

»Toll«, sagte Hooper, der sich inzwischen zu Trisha am Computer gesellt hatte. »Zwei Wochen sitzen wir vor diesen blöden Videos. Einen einzigen kläglichen Hinweis wringen wir aus, und jetzt stellt sich raus, dass dieser Sack die ganze Zeit schon Bescheid wusste.«

»Na ja, wenigstens hat er bis jetzt gewartet«, sagte Trisha, »und dir die Befriedigung gelassen, es selbst herausgefunden zu haben.«

»Ich bin begeistert.«

Vielleicht war Hooper nicht begeistert, dafür aber alle anderen, denn die Presse, die ebenfalls das Internet verfolgt hatte, brauchte keine fünf Minuten, um rauszufinden, was *Akkordficken Zwanzig* war – und natürlich auch, wer den Boris Pecker spielte. Die Nachricht über diese pikante Entwicklung stand am nächsten Morgen zur Freude der zahllosen Fans von *Hausarrest* in den Zeitungen. Davids Absturz war nun nicht mehr aufzuhalten.

49. Tag 10:00 Uhr

Es war mal wieder Abschiedstag, doch bis zur Aufregung am Abend sollten noch einige Stunden vergehen. Wie üblich hatte sich das Produktionsteam von Peeping Tom das Hirn zermartert, um sich etwas einfallen zu lassen, was die Hausbewohner bis dahin tun sollten. Es war nicht so, dass das Interesse an der Sendung nachließ, ganz im Gegenteil. *Hausarrest* blieb die meistgesehene Sendung auf dem Planeten. Geraldine hatte gerade einen weltweiten Vertriebs-Deal für das Material der kommenden Woche in Höhe von fünfundvierzig Millionen Dollar ausgehandelt. Es war eher eine Frage der beruflichen Ehre. Peeping Tom wusste, dass man eine Freak-Show zeigte, aber Freak-Show hin oder her: Es war eine Fernsehsendung, und sie waren dafür verantwortlich. Bei den Produktionsmeetings herrschte die allgemeine Stimmung vor, dass ein wenig künstlerisches Bemühen vonnöten sei, wenn auch nur der Form halber.

Die Aufgabe in dieser Woche war ein voller Erfolg gewesen. Geraldine hatte die Hausbewohner aufgefordert, Skulpturen voneinander anzufertigen, und diese kreative Idee hatte – mit all ihren Möglichkeiten der psychologischen Analyse – einen Zwischenfall von echter, spontaner Dramatik herausgefordert. Einen Zwischenfall, der einmal mehr die Skeptiker Lügen strafte, die glaubten, *Hausarrest* seien die Schockeffekte ausgegangen.

Der Ärger begann, als Dervla von ihrem zweiten Besuch auf dem Revier zurückkam. Sie war müde und aufgewühlt, nachdem Coleridge sie durch die Mangel gedreht hatte. Und dann waren da all diese Gaffer und Reporter vor dem Haus, die sie anschrien, wissen wollten, ob sie Kelly ermordet hätte und ob es etwas mit Sex zu tun gehabt hätte. Und schließlich waren da die zweifelnden, misstrauischen Mienen ihrer Mitbewohner gewesen, als sie wieder ins Haus kam. Selbst Jazz machte ein besorgtes Gesicht.

Alles in allem war sie nicht in der Stimmung für Scherze, deshalb flippte sie vollkommen aus, als sie feststellte, dass Garry seiner halbfertigen Skulptur ein Küchenmesser in die Hand gegeben hatte.

»Du Scheißkerl!«, schrie Dervla aschfahl vor Zorn. »Du mieser, dreckiger Scheißkerl.«

»Es war nur ein blöder Witz, Mädchen!«, sagte Garry lachend. »Witz? Du erinnerst dich? Schließlich bist du doch das Bullenliebchen, Süße!«

In diesem Moment schlug ihm Dervla mit solcher Wucht ins Gesicht, dass Garry rückwärts über das orangefarbene Sofa stolperte.

»Das darf ja wohl nicht wahr sein!«, rief Garry, als er aufsprang und ihm vor Schmerz und Wut Tränen in die Augen traten. »Keiner schlägt den Gaz, nicht mal eine Tusse, alles klar? Ich versohl dir gleich den Arsch, du ungezogenes kleines Biest!«

»Ui«, rief Jazz und sprang vor, um zwischen die beiden zu gehen, ein Akt der Ritterlichkeit, der sich als völlig unnötig entpuppte. Dervla brauchte keine Hilfe, denn als Garry mit geballten Fäusten auf sie losging, um sie zu verprügeln, wirbelte sie auf dem einen Fuß herum und rammte den anderen mit einer einzigen fließenden Bewegung in Garrys Gesicht.

Er ging sofort zu Boden, und Blut spritzte aus seiner Nase.

»Oha«, sagte Geraldine im Monitorbunker.

Dervla trainierte seit ihrem elften Lebensjahr Kickboxen und war darin inzwischen eine Meisterin. Sie erzählte nur nie jemandem davon, sofern es sich vermeiden ließ, da sie schon früh festgestellt hatte, dass die Leute von nichts anderem mehr reden wollten, wenn sie es erst wussten. Dauernd baten sie um Demonstrationen und stellten irgendwelche Fragen: »Okay, sagen wir: Wenn drei, nein, *vier* Typen mit Baseballschlägern von hinten über dich herfallen, könntest du sie dann ausschalten?«

Dervla hatte ihr besonderes Talent für sich behalten. Jetzt jedoch wusste die ganze Welt davon, was im Grunde jedoch nicht weiter schlimm war. Ihr wurde klar, dass sie eine Rechnung zu begleichen hatte, die mit Garry eigentlich gar nichts zu tun hatte.

Urplötzlich explodierten die wochenlang aufgestaute Angst und Wut. Dervla wusste, dass kaum drei Meter weiter höchstwahrscheinlich der Verfasser dieser Botschaften lauerte, Larry Carlisle, der Urheber ihrer jüngsten Sorgen. Sie ignorierte Garry, der sich am Boden wand und vor Schmerzen heulte, und drehte sich zu den Spiegeln an der Wand um. »Und solltest du da draußen sein, Carlisle, du widerlicher kleiner Perversling: Genau das kriegst du, sobald du auch nur auf hundert Meilen an mich rankommst, wenn ich dieses Haus verlasse. Du hast es geschafft, dass mich die Polizei verdächtigt, du Scheißkerl! Also lass mich einfach in Frieden, sonst tret ich dir deinen beschissenen Kopf weg und reiß dir die Eier durch den Hals raus!«

»Wow«, stieß Geraldine im Monitorbunker hervor. »Da wird er aber einiges zu erklären haben, wenn er nach Hause kommt.«

So kam es, dass die Affäre um den perversen Kameramann unerwartet zum Gemeingut wurde, was Peeping Tom einen weiteren hochdramatischen Tag bescherte. Carlisle flog natürlich raus, während Dervla, die von Rechts wegen ebenfalls hätte aus der Sendung geworfen werden müssen, weil sie mit ihm unter eine Decke gesteckt hatte, bleiben durfte.

»Dervla hat um diese Botschaften weder gebeten, noch waren sie ihr willkommen«, sagte Geraldine brav, was natürlich kompletter Blödsinn war. Aber der Presse war es egal, weil niemand Dervla weghaben wollte, besonders jetzt nicht, da sie plötzlich so interessant geworden war. Vor allem, nachdem Geraldine eine kleine Auswahl aus Carlisles Privatarchiv von Dervla unter der Dusche gezeigt hatte.

Diese ganze Aufregung jedoch lag inzwischen schon ein paar Tage zurück, sodass der unersättliche Hunger der Öffentlichkeit nach Überraschungen neuerlich befriedigt werden musste. Die Stunden bis zum Rausschmiss wollten ausgefüllt sein. Geraldine beschloss, das Prophezeiungspäckchen auszupacken.

»*Peeping Tom hat die Hausbewohner angewiesen, das ›Prophezeiungspäckchen‹ zu öffnen, das von allen gemeinsam am Ende der ersten Woche vorbereitet wurde*«, sagte Andy, der Erzähler. »*Seit dem Tag, an dem er gepackt wurde, lag der Umschlag unangetastet hinten im Küchenschrank.*«

»Huddich schun fuss vugussn«, sagte Garry, der noch immer unter seiner geschwollenen Nase litt. Garry hatte beschlossen, seine unerwartete Tracht Prügel von Dervla mehr oder weniger hinzunehmen und sowohl sie als auch den Beichtstuhl wissen zu lassen, dass er nicht nachtragend war. »Unter uns gesagt«, nuschelte er durch seine blutigen Nebenhöhlen, »wenn man eine reinkriegt, kriegt man eben eine rein. Ist sinnlos, deshalb zu jammern. In Wahrheit hat es mir gut getan, von einer Braut mal eins aufs Maul zu kriegen. Es hat mich mehr zum Feministen gemacht.«

Garry war nicht dumm. Es bestand ein großer Unterschied zwischen den hundert Riesen für den Nächsten, der rausmusste, und der Million, die an den Sieger ging. Er wollte im Spiel bleiben, solange das Preisgeld stieg, und vermutete, dass eine sauertöpfische Miene seiner Sache nicht eben zuträglich wäre. Daher schüttelte er, nachdem der Arzt seine Nase behandelt hatte, die fast gebrochen war, Dervla die Hand und sagte: »Hut ab, Mädchen«, worauf ihm die Nation prompt applaudierte.

Innerlich kochte Garry natürlich. Von einer Braut zusammengeschlagen zu werden, einer *kleinen* Braut, live im Fernsehen. Es war sein schlimmster Albtraum. Er konnte sich nie wieder im Pub blicken lassen.

Hooper, der auf dem Polizeicomputer Garrys Bemühungen sah, sich mit Dervla auszusöhnen, glaubte kein Wort davon. »Er hasst sie. Sie steht ganz oben auf Garrys Hassliste«, sagte er.

»Wo sonst Kelly stand«, überlegte Trisha. »Und wie wir wissen, wurde Kelly ermordet.«

Sie alle hatten den Umschlag mit den Voraussagen schon vergessen, und es herrschte allgemein gespannte Erwartung, als Jazz ihn feierlich öffnete und alle hineingriffen. Das ganze Szenario erinnerte sie an glücklichere, unschuldigere Zeiten im Haus.

Peeping Tom hatte etwas Wein bereitgestellt, und es gab einiges Gelächter, als die falschen Prophezeiungen, die sechs Wochen zuvor gemacht worden waren, vorgelesen wurden.

»Woggle meinte, er würde als Letzter übrig bleiben«, sagte Jazz.

»Leck mich am Arsch, Layla hat gedacht, sie würde gewinnen!«, lachte Moon.

»Hört euch David an!«, quiekte Dervla. »›Ich glaube, wenn die siebte Woche anbricht, werde ich als heilende Kraft innerhalb der Gruppe hervorgetreten sein.‹«

»Träum weiter, Dave!«, rief Jazz.

Das Gelächter erstarb, als sie zu Kellys Prophezeiung kamen. Moon las sie laut vor – ein Augenblick des Gefühlsüberschwangs in seiner reinsten Form.

»›Ich glaube, dass die anderen alle großartige Menschen sind. Ich hab sie alle voll lieb, und es würde mich echt wundern, wenn ich in der siebten Woche noch da wäre. Wahrscheinlich bin ich in der dritten oder vierten Woche weg.‹«

Alle schwiegen, als ihnen bewusst wurde, wie Recht Kelly gehabt hatte.

»Was ist denn das da?«, fragte Moon und deutete auf einen Zettel, der noch nicht vorgelesen war.

Hamish drehte ihn um. Darauf war etwas mit demselben blauen Buntstift geschrieben worden, den sie alle von Peeping Tom bekommen hatten. Es war ein wüstes Gekrakel, als hätte jemand geschrieben, ohne hinzusehen, und dazu noch mit der linken Hand. Dies entsprach, wie der Handschriftenexperte der Polizei später bestätigen sollte, genau den Tatsachen.

»Was steht da?«, fragte Moon.

Hamish las laut vor. »›Wenn ihr das hier lest, wird Kelly tot sein.‹«

Es dauerte einen Moment, bis ihnen die Bedeutung der Nachricht klar war.

»Heilige Scheiße«, sagte Moon.

Jemand hatte genau gewusst, dass Kelly sterben würde. Jemand hatte diese Prophezeiung sogar noch aufgeschrieben. Es war schrecklich, kaum vorstellbar.

»Da steht noch mehr. Soll ich es vorlesen?«, fragte Hamish einen Moment später.

Alle nickten schweigend.

»›Ich werde sie in der Nacht des siebenundzwanzigsten Tages umbringen.‹«

»Oh, mein Gott! Er wusste es!«, stöhnte Dervla.

Hamish war noch nicht fertig. Auf dem Zettel stand noch eine letzte Prophezeiung. »›Außerdem wird einer der letzten drei sterben.‹«

»Oh, mein Gott«, stöhnte Moon. »In den ganzen beschissenen sechs Wochen hat keiner diesen Umschlag angerührt. Jeder von uns hätte das schreiben können.«

49. Tag 00:05 Uhr

Woggle war dazu übergegangen, in seinem Tunnel zu schlafen, wo er sich sicher fühlte. Sicher vor allen Leuten, die ihn nicht verstanden. Sicher genug, um seinen Hass freizubuddeln. Wobei er ihn mit jedem Hieb seiner Hacke immer tiefer eingrub und mit seinem Schweiß benetzte.

Hin und wieder kam er bei Nacht an die Luft, um Wasser zu besorgen und Essbares zu stehlen. Mehr und mehr jedoch lebte er im Untergrund. In seinem Tunnel.

In dem Tunnel, den er gegraben hatte, um Rache zu nehmen.

Graben, graben, graben.

Er würde es ihnen zeigen. Er würde es allen zeigen.

Eines Abends, als die Zeit für das, was er vorhatte, beinah gekommen war, nahm Woggle seinen leeren Beutel und kroch noch einmal aus dem Tunnel, doch diesmal galt seine Mission nicht Essbarem. Diesmal machte er sich auf den Weg zu einem besetzten Haus, in dem er früher gewohnt hatte, einem Haus, in dem Anarchisten lebten, die in ihrer Entschlossenheit noch verschrobener und verbissener waren als er selbst. Diese Anarchisten besaßen die Utensilien, um eine Bombe zu basteln, wie Woggle wusste.

Als Woggle kurz vor Morgengrauen wieder in seinen Tunnel kroch, war der Sack, den er bei sich trug, randvoll.

49. Tag 19:30 Uhr

Hamish wurde verabschiedet, nur fiel es niemandem besonders auf. So sehr Chloe auch versuchte, etwas Interesse an seinem Rausschmiss zu wecken, sprachen doch alle nur von der sensationellen Nachricht, dass ein weiterer Mord stattfinden sollte.

»Es ist schon merkwürdig, oder?«, sagte Coleridge, als er den bekritzelten Zettel untersuchte, der in Geraldines Büro in einem kleinen Plastikbeutel lag.

»Scheiße, es läuft einem eiskalt über den Rücken, wenn Sie mich fragen«, sagte Geraldine. »Ich meine, wie um alles in der Welt konnte er wissen, dass er es schaffen würde, Kelly am siebenundzwanzigsten Tag umzubringen? Da hatte ich noch nicht mal die Idee für den Schwitzkasten gehabt. Außerdem hätte er zu diesem Zeitpunkt auch schon rausgewählt sein können. Ich meine, er hätte ja nicht wieder ins Haus gekonnt, oder? Und was ist damit, dass er einen der letzten drei umbringen will? Niemand weiß, wer die letzten drei sein werden. Es liegt in der Hand der Zuschauer.«

»Ja«, sagte Coleridge. »All das ist sehr merkwürdig. Glauben Sie, es wird noch einen Mord geben, Miss Hennessy?«

»Ich sehe nicht so ganz, wie es dazu kommen sollte … andererseits hatte er Recht, was Kelly anging, oder? Ich meine, der Umschlag mit den Voraussagen wurde am Ende der ersten Woche in den Schrank gelegt. Seitdem waren Kameras darauf gerichtet. Es gab keine Möglichkeit, sich daran zu schaffen zu machen. Irgendwoher *wusste* der Mörder es.«

»Es sieht ganz danach aus.«

In diesem Moment betrat Geraldines persönliche Assistentin das Büro. »Zwei Sachen«, sagte sie. »Erstens: Ich weiß nicht, wie Sie es gemacht haben, Geraldine, aber es hat geklappt. Die Amerikaner haben ihren Preis von zwei Millionen Dollar *pro Minute* für die weltweiten Rechte an der letzten Folge akzeptiert. Die *Financial Times* bezeichnet Sie als Genie …«

»Und das Zweite?«, fragte Geraldine.

»Nicht ganz so gut. Haben Sie Moon im Beichtstuhl gesehen? Sie wollen jeder eine Million, sofort, im Voraus, wenn sie auch nur noch einen Augenblick im Haus bleiben sollen.«

»Wo ist mein Scheckbuch?«, fragte Geraldine.

»Ist das nicht gegen die Regeln?«, wollte Coleridge wissen.

»Chief Inspector, das hier ist eine *Fernsehshow*. Wir können mit den Regeln machen, was wir wollen.«

»Ach ja, das hatte ich ganz vergessen. Das ist wohl richtig.«

»Und diese Show«, krähte Geraldine triumphierend, »ist das ganz dicke Ding.«

53. Tag 18:00 Uhr

Der Chief Constable der Polizei von East Sussex hatte vom Peeping-Tom-Mord die Schnauze gestrichen voll. »Mit Mord wollen wir hier in New Sussex nichts zu tun haben, Inspector. Ich gebe mir alle Mühe, ein modernes Ordnungssystem aufzubauen« – der Chief Constable vermied den Ausdruck *Polizei* –, »ein System, das locker und mit einer gewissen Unbefangenheit seine Zielvorgaben im Kernbereich der Gesetzeshütung erfüllt, und *alle* wollen einzig und allein über *Ihr* Scheitern hinsichtlich der Verhaftung dieses Peeping-Tom-Mörders reden.«

»Es tut mir Leid, Sir, aber diese Ermittlungen brauchen Zeit.«

»New Sussex ist eine moderne, zielstrebige, dynamische Gemeinde, Inspector. Es gefällt mir nicht, wenn unser Kundenservice-Profil durch junge Frauen Schaden nimmt, die mit Messern im Kopf von Toiletten fallen.«

»Nun, ich denke, das geht uns allen so, Sir.«

»Es trübt das Image.«

»Ja, Sir.«

»Ganz abgesehen natürlich von der menschlichen Dimension dieser Tragödie vor der eigenen Haustür, bei der eine Kundin zu Tode gekommen ist.«

»Stimmt.«

»Und jetzt haben wir da diese widerwärtige neue Entwicklung, dass jemand weitere Drohungen ausstößt. Wir sind eine moderne Gemeinde, eine dynamische Gemeinde und, *wie ich gehofft hatte*, eine Gemeinde, in der Gruppen sexuell und ethnisch unterschiedlich gelagerter junger Leute an sozialen Experimenten im Fernsehen teilnehmen können, ohne auf kriminelle Weise von der Beendigung ihres Lebens bedroht zu sein.«

»Womit Sie Mord meinen, Sir.«

»Allerdings! Diese neuerliche Bedrohung lässt uns wie Idioten dastehen! Man sollte sehen, dass wir die Sache sehr ernst nehmen.«

»Selbstverständlich, Sir, man sollte *sehen*, dass wir es ernst nehmen, aber ich bin der Ansicht, dass wir es nicht *wirklich* ernst nehmen sollten.«

»Herr im Himmel, Chief Inspector! Ein Mord wurde angekündigt! Wenn es der Gesetzeshüter als Dienstleistungsbetrieb nicht ernst nimmt, wer denn dann?«

»Ohne Zweifel alle anderen, Sir, besonders die Medien«, erwiderte Coleridge gelassen. »Aber wie gesagt glaube ich nicht, dass *wir* es tun müssen. Ich denke nicht, dass es einen weiteren Mord geben wird.«

»Ach ja, und was gibt Ihnen Anlass zur Zuversicht?«

»Ich glaube nicht, dass der Mörder einen zweiten Mord braucht. Einer war genug, wenn Sie verstehen, was ich meine.«

Der Chief Constable verstand keineswegs, und er hielt nicht viel von Coleridges Geheimniskrämerei. »Verdammt noch mal! Einer war schon zu viel, Coleridge! Ist Ihnen bewusst, dass ich, als diese Geschichte aufkam, kurz davor stand, meine Richtlinien zur neuen Service-Initiative der Polizei unter dem Titel *Fang den Regenbogen* zu veröffentlichen?«

»Nein, Sir, das war mir nicht bewusst.«

»Ja, nun, Sie waren nicht der Einzige, dem es nicht bewusst war. *Niemandem* war es bewusst. Das verdammte Ding ist einfach untergegangen. Wochenlange Arbeit, ignoriert, absolut ignoriert, nur wegen dieses albernen Mordes. Wissen Sie, heutzutage ist es nicht einfach, die Aufmerksamkeit des Innenministers auf sich zu lenken.«

56. Tag 19:30 Uhr

»Moon«, sagte Chloe, »du wirst das Haus verlassen.«

»Yeah!«, rief Moon und schlug ins Leere, und dieses Mal meinte eine abgewählte Kandidatin auch tatsächlich, was sie sagte. Moon hatte ihre Million Pfund in der Tasche plus der zweihunderttausend, die Geraldine dem Nächsten, der gehen musste, versprochen hatte, und sie war außer sich vor Freude, frei zu sein. Sie verspürte keinerlei Bedürfnis, zu den letzten dreien zu gehören, nicht mehr, seit einer von ihnen dem Tode geweiht war.

Die drei verbliebenen Kandidaten sahen einander an. Gazzer, Jazz und Dervla. Eine Woche noch. Eine weitere Million Pfund für den Gewinner. Eine halbe Million für den Zweitplatzierten. Dreihunderttausend noch für den Dritten.

Natürlich nur, wenn alle drei überlebten.

Was das Risiko zweifellos wert war. Gazzer würde damit ein Leben in Luxus verbringen. Jazz wollte seine eigene Fernsehproduktionsfirma gründen. Dervla hätte zehnmal mehr, als sie brauchte, um ihre Familie vor dem Ruin zu retten. Es war definitiv das Risiko wert.

Keiner sagte was. Sie sprachen sowieso kaum noch miteinander und waren dazu übergegangen, in unterschiedlichen Teilen des Hauses zu schlafen. Selbst Jazz und Dervla, die sich anfangs nahe gekommen waren, konnten einander nun nicht mehr trauen. Schließlich waren sie beide am Abend von Kellys Ermordung dem Ausgang am nächsten gewesen. Und nun gab es diese neuerliche Drohung. Das Ganze war nichts anderes als ein langes, übles Wartespiel.

Gazzer, Jazz, Dervla und die ganze Welt, alle warteten auf den letzten Tag.

60. Tag 1:30 Uhr

Woggle grub inzwischen sechzehn Stunden täglich, wenn auch nicht durchgehend. Er grub ein paar Stunden, dann schlief er eine Weile, und wenn er aufwachte, machte er sich sofort wieder an die Arbeit. Tage kümmerten Woggle nicht mehr. Nur die Stunden zählten. Hundertfünfzehn davon blieben Woggle noch, bis die letzte Folge von *Hausarrest* begann. Er würde sich beeilen müssen.

62. Tag 9:00 Uhr

Coleridge kam zu dem Schluss, dass es an der Zeit war, Hooper und Patricia ins Vertrauen zu ziehen und zuzugeben, dass er wusste, wer Kelly ermordet hatte.

Von Anfang an hatte er einen Verdacht gehabt, seit er das Erbrochene auf dem Toilettensitz dieser makellos sauberen Schüssel gesehen hatte. Doch erst dieser Zettel hatte ihn davon überzeugt, dass er richtig lag, der Zettel, auf dem der zweite Mord angekündigt wurde. Der Mord, von dem er annahm, dass er nicht geschehen würde, weil es keinen Grund mehr dafür gab.

Coleridge fehlten nur Beweise, und je länger er darüber nachdachte, desto sicherer war er, dass er nie welche haben würde, da kein Beweis *existierte*, und somit würde der Mörder mit dem Verbrechen davonkommen. Es sei denn …

Die Idee, dem Mörder eine Falle zu stellen, kam Coleridge mitten in der Nacht. Er hatte nicht schlafen können, und um seine Frau mit seinem ständigen Seufzen und Herumwälzen nicht zu stören, war er nach unten gegangen, hatte dagesessen und nachgedacht. Er hatte sich einen mittelgroßen Scotch eingeschenkt und die gleiche Menge Wasser aus dem kleinen Krug in Form eines Scotchterriers dazugegeben. Er setzte sich mit seinem Drink ins dunkle Wohnzimmer seines Hauses, jenes Zimmers, das seine Frau und er als »Salon« bezeichneten, und dachte einen Moment darüber nach, wie seltsam all die vertrauten Dinge mitten in der Nacht im dunklen Raum doch aussahen. Dann wandten sich seine Gedanken dem Mörder von Kelly Simpson zu und der Frage, wie er es schaffen konnte, dieses üble, verworfene Subjekt vor Gericht zu bringen. Vielleicht waren es die Worte »übel und verworfen«, die seine Gedanken von Kelly zu *Macbeth* und den Proben lenkten, die in zwei Wochen beginnen und dann den ganzen Herbst hindurch jeden Dienstag- und Donnerstagabend stattfinden sollten. Coleridge würde an diesen Proben teilnehmen müssen, denn Glyn hatte gefragt, ob Coleridge, da er nur im letzten Akt auftrat, bereit sei, mehrere verschiedene Rollen von Boten und Lords aus dem Gefolge zu übernehmen. »Viele hübsche kleine Zeilen«, hatte Glyn gesagt. »Saftige kleine Auftritte.«

Oh, wie gern Coleridge den blutrünstigen, schuldigen König gespielt hätte, aber natürlich sollte es nicht sein. Man hatte ihm noch nie eine Hauptrolle gegeben.

Coleridges Gedanken wanderten zur ersten Produktion, die ihn als kleiner Junge berührt hatte: *Macbeth*, gespielt von Alec Guinness. Wie hatte er aufgestöhnt, als Banquos Geist auf dem Bankett erschienen war und den schuldigen König so sehr erschreckte, dass dieser sich praktisch verriet. Es war wirklich eine großartige Inszenierung gewesen: Coleridge war fast so schockiert gewesen wie Macbeth selbst. Heutzutage käme der Geist vermutlich über einen

Videobildschirm oder würde von einem Faxgerät dargestellt. Coleridge hatte schon gehört, wie Glyn sagte, seine Geister seien *virtuell*, aber damals war den Leuten handfestes Theater noch nicht peinlich gewesen. Sie sahen gern Blut.

»Schüttle nicht deine blut'gen Locken gegen mich«, murmelte Coleridge leise vor sich hin, als ihm plötzlich in den Sinn kam, dass er ein wenig handfestes Theater benötigen würde, wenn er seinen Mörder in die Falle locken wollte. Wenn er keinen echten Beweis finden konnte, verlangte die Gerechtigkeit von ihm, sich seine eigenen Beweise zu schaffen. Es war eine verzweifelte Idee, das war ihm klar, und ihm blieb kaum Zeit, sie in die Tat umzusetzen. Aber sie bot ihm eine Chance, eine kleine Chance. Eine Chance, Rache zu nehmen für die arme, dumme Kelly.

Am nächsten Morgen sprach Coleridge mit Hooper und Trisha. »Banquos Geist«, sagte er. »Er hat mit dem Finger gezeigt, stimmt's?«

»Hä?«, entfuhr es Hooper.

Trisha wusste, wer Banquos Geist war. Sie hatte einen Abschluss als Englischlehrerin und sogar drei Monate ihres Referendariates absolviert, bis sie beschloss, wenn sie ihr Leben schon mit jugendlichen Straftätern verbringen sollte, dann doch lieber mit dem Recht, sie einzusperren. »Was hat denn Banquos Geist damit zu tun, Sir?«, fragte sie.

Aber Coleridge ging nicht auf ihre Frage ein und gab ihr stattdessen eine Einkaufsliste. »Seien Sie so nett, und kaufen Sie das«, sagte er.

Trisha überflog die Liste. »Perücken, Sir?«

»Eine, die meiner Beschreibung auf der Liste entspricht. Ich denke, es wäre das Beste, einen Kostümverleih im Branchenbuch zu suchen. Da ich bezweifle, dass die Zivilisten in der Buchhaltung meinen Wünschen wohlwollend gegenüberstehen, werde ich sie vorerst selbst finanzieren. Kann ich Ihnen einen Blankoscheck anvertrauen?«

63. Tag 18:30 Uhr

Wenn Woggles Berechnungen stimmten, befand er sich unmittelbar unter dem Haus. Der Ort stimmte, der Zeitpunkt stimmte, und er hatte den schweren Leinenbeutel bei sich, den er im letzten Stadium seines Tunnelbaus hinter sich hergezogen hatte.

Während er in seinem finsteren Tunnel kauerte, war sich Woggle der Tatsache bewusst, dass nur wenige Meter über ihm die drei verbliebenen Bewohner – wer immer sie auch sein mochten – der letzten Abstimmung entgegensahen. Nun, er würde ihnen und Peeping Tom eine Nacht der Entscheidung inszenieren, die sie nicht vergessen sollten.

63. Tag 21:30 Uhr

Und so kam es zum Endspiel.

Die letzte Gelegenheit des Mörders zu morden und Coleridges letzte Gelegenheit, den Mörder zu fassen, bevor das Projekt *Hausarrest* zu Ende ging und in alle Winde verstreut wurde. Sämtliche Instinkte sagten Coleridge, dass ihm der Mörder, wenn er ihn nicht an diesem Abend fasste, für alle Zeit entkommen würde.

Aber wie sollte er eine Verhaftung vornehmen? Er hatte keinen Beweis. Jedenfalls noch nicht.

Nicht nur Coleridge war frustriert. Den Zuschauern vor den Fernsehgeräten ging es nicht anders. Die letzte Sendung war beinahe vorüber, und noch immer war nichts passiert. Die größte Fernsehgemeinde, die sich je versammelt hatte, sah sich etwas an, das zum größten Nicht-Ereignis in der Geschichte des Fernsehens zu werden schien.

Nicht, dass Peeping Tom sich nicht alle Mühe gegeben hätte. Sämtliche Zutaten für ein Fernsehspektakel waren vorhanden: Es gab ein Feuerwerk, Suchscheinwerfer, Rockbands, drei verschiedene Hebebühnen. Die Weltpresse war da, ebenso die jubelnde Menge. Die wundervollen Brüste von Chloe, der Moderatorin, waren da und fast zur Gänze zu bewundern, da sie mit aller Macht aus dem Gefängnis ihres pinkfarbenen Lederbüstenhalters auszubrechen versuchten.

Am interessantesten war vielleicht, dass sich auch fünf der sechs ehemaligen Kandidaten dort eingefunden hatten. Die Verdächtigen waren allesamt an den Tatort zurückgekehrt.

In Wahrheit waren die Ex-Bewohner vertraglich verpflichtet, zur Abschlussparty zu erscheinen, aber wahrscheinlich wären sie auch so gekommen. Der Lockruf des Ruhms war so verführerisch wie eh und je, und mit Ausnahme von Woggle, der trotz Kaution verschwunden war, hatte Peeping Tom sie alle versammelt. Selbst Layla hatte sich hübsch gemacht, ebenso David, Hamish, Sally (die beim Hereinkommen von lautstarkem Jubel empfangen wurde. Sie ging noch sehr langsam, befand sich aber auf dem Weg der Besserung) und Moon.

Nach der Vorspannmusik, die bei diesem speziellen Anlass von der angesagtesten Boygroup des Monats live auf einem fliegenden Luftschiff über der Menge gespielt wurde, schwenkte die Regie zu den letzten drei Kandidaten im Haus. Die Erwartungshaltung des Publikums war riesengroß. Der geheimnisvolle Mörder hatte ihnen versichert, dass einer von den dreien, die sie auf dem gigantisch großen Bildschirm sahen, sterben würde.

Aber es passierte nicht. Die Band spielte, die Leute johlten, Kellys alter Schulchor sang ihr zu Ehren John Lennons »Imagine«, und einer nach dem anderen wurden die letzten drei abgewählt, aber *es wurde niemand ermordet.*

Zuerst kam Garry. »Yeah, alles klar! Super! Voll cool! Respekt!«

Dann Dervla. »Ich bin bloß froh, dass es vorbei ist und ich nicht tot bin.«

Und schließlich Jazz. »Geil!«

Jazz war zum allgemeinen Liebling avanciert, seit er auf so dramatische Weise eingegriffen hatte, um Sally im Beichtstuhl das Leben zu retten. Dervlas Kickbox-Attacke auf Garry hatte ihr erheblich geholfen, auch wenn es in den Augen der Leute ein nicht wieder gutzumachender Fehler gewesen war zu schummeln. Und so stand Jazz am Ende als der klare Sieger da. Garry, der die ganze Woche über immer mehr an Boden verloren hatte, war weit abgeschlagen.

Und das war es dann gewesen. Sie waren alle draußen vor dem Haus, sicher und wohlbehalten, und so sehr es sich die Zuschauer auch wünschen mochten, war es doch eher unwahrscheinlich, dass sich einer der drei Finalisten, die vor seliger Erleichterung breit grinsten und sich an ihre Schecks klammerten, auf einen der anderen stürzen und ihn ermorden würde.

Die ganze Sache kam zügig zum Ende. Es hatte einen klebrigsüßlichen Tribut in Worten und Musik an Kelly gegeben, der den Eindruck vermittelt hatte, sie sei eine Mischung aus Mutter Teresa und Prinzessin Diana gewesen. Elton John hatte die Musik dazu beigesteuert, was den Eindruck noch verstärkte. Und jetzt sprach Chloe ihre abschließenden Worte, meinte, wie krass und geil doch alles sei, und versuchte, nicht allzu enttäuscht auszusehen, dass sich nichts Aufregenderes ereignet hatte.

Inspector Coleridge stand neben Geraldine im Studio. Er gab sich alle Mühe, nachsichtig und entspannt zu wirken, warf aber ständig Blicke über seine Schulter zu der großen Tür hinten im Studio. Er wartete darauf, dass Hooper und Patricia dort erschienen, aber bisher war von den beiden nichts zu sehen. Wenn sie nicht bald kämen und ihm den Beweis brachten, den er brauchte, würde der Mörder entkommen.

»Tja, Sie hatten Recht«, sagte Geraldine zähneknirschend. »Niemand wurde ermordet. Wissen Sie, ich dachte, der Scheißkerl würde es echt schaffen. Wahrscheinlich war es dumm, aber er hatte seine Sache beim ersten Mal so unglaublich gut gemacht. Wie dem auch sei, für mich macht es keinen Unterschied. Die Show wurde schließlich im Voraus verkauft.« Sie sah auf ihre Uhr. »Dreiundfünfzig Minuten bisher, das macht hundertsechs Millionen Dollar. Sehr hübsch, wirklich sehr hübsch.«

Geraldine wandte sich über ihre Gegensprechanlage an Bob Fogarty in der Kontrollbox: »Bob, geben Sie Chloe, der kleinen Nutte, Anweisung, sie soll so langsam wie möglich zum Ende kommen. Einsilbige Worte, bitte. Wenn sie fertig ist, spielen Sie noch mal den Tribut an Kelly ab, dann hängen Sie den langen Abspann dran, jede Sekunde ist Cash.«

Coleridge sah zur Tür. Nach wie vor weit und breit keine Spur von ihnen. Bald würde ihm die Sache entgleiten. Es musste das Ende der Sendung irgendwie hinauszögern. Banquos Geist würde nur auf Sendung seine Wirkung zeigen. Er musste ein Bankett geben. Macbeths Verblüffung wäre bedeutungslos, wenn all das nicht in aller Öffentlichkeit stattgefunden hätte.

»Einen Moment, Miss Hennessy«, sagte er leise. »Ich glaube, ich kann noch ein paar Millionen Dollar mehr für Sie verdienen.«

Geraldine wusste, wann jemand es ernst meinte. »Lasst die Kameras laufen!«, bellte sie in ihre Gegensprechanlage, »und sagt meinem Fahrer, er soll warten. Was haben Sie vor, Inspector?«

»Ich werde den Peeping-Tom-Killer für Sie fassen.«

»Leck mich am Arsch.«

Selbst Geraldine war überrascht, als Inspector Stanley Spencer Coleridge fragte, ob es möglich sei, ihm ein Mikrofon zu geben.

Eilig drückte man ihm ein kabelloses Mikro in die Hand, ehe Coleridge zur allgemeinen Überraschung auf die Bühne trat und sich zu Chloe gesellte. Auf der ganzen Welt und in jeder Sprache unter der Sonne wurde dieselbe Frage laut: »Wer ist denn dieser alte Mann da?«

»Bitte, verzeihen Sie, Chloe … Leider weiß ich Ihren Nachnamen nicht«, sagte Coleridge, »und ich hoffe, die Zuschauer werden es mir ebenso verzeihen, wenn ich einen Augenblick ihrer Zeit mit Beschlag belege.«

Hektisch sah sich Chloe um und fragte sich, wo die Security blieb, nachdem offenbar ein Rentner die Bühne gestürmt hatte.

»Mach weiter, Chloe«, flüsterte der Aufnahmeleiter ihr durch den Ohrhörer zu. »Geraldine sagt, er ist koscher.«

»Aha, ja. Geil«, sagte Chloe wenig überzeugt.

Alle starrten Coleridge an. Nie im Leben hatte er sich sosehr wie ein Idiot gefühlt, aber ihm blieb keine Wahl. Noch immer gab es von Hooper und Patricia keine Spur. Er musste sie hinhalten. Er sah auf das Meer erwartungsvoller und doch leicht feindseliger Mienen und versuchte, nicht an die mehreren hundert Millionen zu denken, die er nicht sehen konnte, von denen er aber wusste, dass sie zusahen. Er kämpfte seine Furcht nieder.

»Meine sehr verehrten Damen und Herren, ich bin Chief Inspector Coleridge von der East Sussex Police, und ich bin gekommen, um den Mord an Kelly Simpson aus der verträumten kleinen Gemeinde Stoke Newington in London aufzuklären.« Er hatte keine Ahnung, woher das mit der »verträumten Gemeinde« gekommen war, außer dass er diese Geschichte um jeden Preis so weit wie möglich ausbauen musste.

Nachdem die Aufregung über seine einleitenden Worte abgeklungen war, drehte sich Coleridge um und wandte sich an die acht ehemaligen Hausbewohner, die sich auf dem Podium bei Chloe versammelt hatten. Die acht Leute, deren Gesichter er sich so lange angesehen hatte. Die Verdächtigen.

»Es war kein leichter Fall. Auf der ganzen Welt haben die Menschen Theorien entwickelt, und Motive gab es reichlich. Ein Umstand, der bei meinen Beamten und mir im Laufe der vergangenen Wochen einige Verwirrung gestiftet hat. Doch die Identität dieses grausamen Mörders, dieses verabscheuungswürdigen Individuums, das einem hübschen, unschuldigen jungen Mädchen ein Messer in den Schädel gerammt hat, blieb dennoch ein Mysterium.«

Etwas sehr Seltsames geschah mit Coleridge. Es war ein neues Gefühl, wenn auch kein unangenehmes. Konnte es sein, dass er *Spaß* daran hatte? Vielleicht nicht ganz. Die Anspannung und die Gefahr eines Fehlschlags waren zu groß, als dass es ihm Vergnügen bereitet hätte, aber zumindest war er bester Dinge. Hätte er einen Augenblick Zeit zum Nachdenken gehabt, wäre Coleridge aufgefallen, dass die Umstände ihm gewährt hatten, wonach er sich am meisten sehnte und was ihm seine Amateurtheatergruppe so lange schon verwehrte: Publikum und eine Hauptrolle.

»Also«, sagte Coleridge und sprach in die Kamera, auf der das rote Licht leuchtete, da er zu Recht vermutete, dass dies die richtige war. »Wer hat Kelly Simpson ermordet? Nun, angesichts des überwältigenden Argwohns, von dem verschiedene Unschuldige heimgesucht wurden, halte ich es nur für fair, zuerst zu klären, wer Kelly Simpson definitiv *nicht* ermordet hat.«

»Der Typ ist ein Naturtalent«, flüsterte Geraldine dem Aufnahmeleiter zu. Sie war mächtig beeindruckt von dieser neuen Seite an Coleridge, und das konnte sie auch sein, denn mit jeder Minute, die er sprach, brachte er ihr weitere zwei Millionen Dollar ein.

Bau es aus, bau es aus, dachte Coleridge – ein Vorsatz, dem Geraldine von ganzem Herzen zugestimmt hätte.

»Sally!«, sagte Coleridge und wandte sich mit großer Geste den acht Verdächtigen zu. »Sie wurden Opfer eines tragischen Zufalls. Das Leid Ihrer armen Mutter, von dem Sie gehofft hatten, es würde Ihre Privatsache bleiben, wurde bekannt. Sie waren in Sorge, dass der Fluch, der das Leben Ihrer Mutter zerstört hat, auch das Ihre zerstört haben könnte. Sie haben sich mit der Frage gequält: Habe ich Kelly ermordet? Hat die Finsternis der dunklen Kiste meine wahre Persönlichkeit ans Licht gebracht?«

Sally antwortete nicht, sondern starrte ins Leere. Sie dachte an ihre Mutter, die in diesem schrecklichen kleinen Zimmer saß, in dem sie praktisch die ganzen letzten zwanzig Jahre verbracht hatte.

»Ich will Ihnen versichern, Sally, dass ich Sie *nicht einen einzigen Augenblick* für die Mörderin gehalten habe. Sie hatten, von Ihrer Familiengeschichte abgesehen, nicht den Hauch eines Motivs, und ein so großer Zufall, dass sich diese Geschichte auf genau dieselbe Art und Weise wiederholt, ist so unwahrscheinlich, dass er sich praktisch ausschließen lässt. In vielen Familien gibt es Geisteskrankheiten … Nun, die Produzentin dieser Sendung könnte das bestätigen, habe ich Recht, Miss Hennessy?«

»Bitte?«, sagte Geraldine. Sie amüsierte sich königlich über Coleridges Vorstellung, hatte aber nicht erwartet, mit hineingezogen zu werden.

»Ich schließe aus den Gesprächen, die meine Leute mit Ihrem Personal geführt haben, dass Sie bei zwei Gelegenheiten, bei denen sich sowohl Sally als auch Moon über das Leben in Nervenheilanstalten äußerten, sehr deutlich gemacht haben, dass es ganz und gar nicht so sei. In Wahrheit haben Sie sogar deutlich erklärt, wie es *ist*. Kann man daraus nicht schließen, dass Sie selbst damit Erfahrung haben?« Wieder warf Coleridge einen Blick zur Studiotür. Nichts zu sehen. *Bau es aus.*

»Nun, zufällig haben Sie Recht«, sagte Geraldine in das Galgenmikro, das eilig über ihr herabgelassen worden war. »Meine Mum hatte auch einen kleinen Sprung in der Schüssel, Sally, und mein Dad zufällig auch, also glaub mir: Ich fühle mit dir, was dieses schreckliche Vorurteil angeht, mit dem du leben musst.«

»Eine Ansicht, die Ihnen hoch anzurechnen ist«, fuhr Coleridge fort. »Besonders nachdem Mediziner allgemein die Ansicht vertreten, dass ein Kind aus einer Beziehung, in der *beide* Eltern unter schwerer mentaler Instabilität leiden, zu sechsunddreißig Prozent Gefahr läuft, deren Behinderung zu erben.«

Es gefiel Geraldine nicht sonderlich, dass ihre Familienwäsche derart öffentlich gewaschen wurde, aber bei zwei Millionen Dollar pro Minute würde sie wahrscheinlich damit leben können.

Coleridge wandte sich wieder den Verdächtigen zu. »Also, Sally, ich hoffe, Sie können aus diesem schrecklichen Erlebnis lernen, dass Sie die Bürde Ihrer Vergangenheit nicht zu fürchten brauchen. Sie haben Kelly Simpson nicht ermordet, aber Sie wurden beinahe selbst ermordet, wie ich gleich aufzeigen werde.«

Das Publikum quittierte diese Ankündigung mit lautem Stöhnen.

»Aber was ist mit den anderen? Hat Moon Kelly ermordet? Haben Sie, Moon? Sie sind eine üble Lügnerin. Das wissen wir von den Videos. Die Zuschauer konnten nie sehen, wie Sie diese Missbrauchsgeschichte erfunden haben, um billig gegen Sally zu punkten, aber ich habe es gesehen, und ich habe darüber nachgedacht, dass eine Frau, die sich derart groteske und unsensible Täuschungen ausdenken kann, vielleicht auch bei allem anderen lügen könnte, selbst wenn es um Mord geht.«

Die Kameras schwenkten zu Moon.

»Nahaufnahme!«, rief Bob Fogarty aus der Kontrollbox.

Moon schwitzte. »Scheiße, jetzt halten Sie aber mal ...«

»Bitte, vielleicht könnten wir versuchen, uns in unserer Ausdrucksweise zu mäßigen«, tadelte Coleridge. »Schließlich sind wir live im Fernsehen. Regen Sie sich nicht auf, Moon. Gäbe es auf dieser Welt ebenso viele Mörder wie Lügner, wären wir inzwischen alle tot. Sie haben Kelly nicht ermordet.«

»Das weiß ich«, sagte Moon.

»Niemand weiß bei diesem Fall irgendetwas, Moon. Gott im Himmel, selbst Layla stand unter Verdacht.«

Die Kameras schwenkten zu der schockierten Layla.

»Was?«

»Oh, ja. Dieser Mord war völlig undurchschaubar, und deshalb schien es sogar uns bisweilen vorstellbar, dass Sie in jener düsteren Nacht durch einen Belüftungsschacht hereingeweht sind. Schließlich haben alle gesehen, wie Kelly Sie in der ersten Woche nominiert und dann zum Abschied umarmt und geküsst hat. Das muss eine stolze Frau wie Sie doch sehr verletzt haben.«

»Das hat es«, sagte Layla, »und ich schäme mich, zugeben zu müssen, dass ich mich einen Moment gefreut habe, als ich von dem Mord an Kelly gehört habe. Ist das nicht schrecklich? Aber ich habe einen Therapeuten gefunden, der mir hilft.«

»Schön für Sie«, sagte Coleridge. »Denn offen gesagt: Es gibt wohl niemanden auf unserer großen Welt, dem beratender Beistand nicht nützen würde. Sie waren schlicht und einfach selbstsüchtig, Layla, mehr nicht, aber bestimmt werden Sie irgendwo jemanden finden, der Ihnen sagt, dass Sie alles Recht dazu hatten.« Coleridge war zutiefst sarkastisch, doch die Menge begriff es nicht und applaudierte, da man – ebenso wie Layla – annahm, Coleridge wolle ihr wie Oprah Winfrey liebevoll Trost zusprechen.

»Layla war schon lange weg, als Kelly starb«, fuhr Coleridge fort,

»aber Garry nicht, habe ich Recht, Gazzer? Was ist also mit Ihnen? Haben *Sie* Kelly ermordet? Zweifellos *hätten* Sie sie gern ermordet. Nachdem das ganze Land miterleben durfte, wie sie Ihnen ein paar schlichte Wahrheiten über die Verantwortung der Vaterschaft unter die Nase gerieben hat, hatten Sie ganz sicher ein Motiv. Verletzter Stolz war in der Vergangenheit oft genug schon Grund für einen Mord, aber Ihnen liegt vermutlich nichts so sehr am Herzen, als dass Sie dafür ein so großes Risiko eingehen würden wie der Mörder. Aber was ist mit Ihnen, Hamish? Sie allein wussten, was zwischen Ihnen und Kelly vorgefallen ist, als Sie betrunken in die kleine Hütte getorkelt sind. Vielleicht hatte Kelly eine Geschichte zu erzählen, aber wenn ja, haben Sie Glück, denn wir werden Sie nicht zu hören bekommen. Wollten Sie sie zum Schweigen bringen, als Sie mit ihr in diesem schrecklichen Schwitzkasten saßen? Haben Sie die Hand ausgestreckt, um ihr den Mund zuzuhalten?«

Hamish antwortete nicht, sondern starrte Coleridge nur durchdringend an und biss sich auf die Unterlippe.

»Vielleicht ja, aber Sie haben sie nicht ermordet. Nun, was ist mit David?« Coleridge wandte sich dem gut aussehenden Schauspieler zu, der trotz allem, was er durchgemacht hatte, nach wie vor eine stolze, überhebliche Miene zur Schau trug. »Sie und Kelly hatten ebenfalls ein Geheimnis. Ein Geheimnis, das Sie zu verbergen hofften und das Sie nach Kellys Tod für sicher hielten.«

»Verdammt noch mal, ich hab sie nicht …«

»Nein, ich weiß, dass Sie es nicht getan haben, David. Es ist nur traurig für Sie, dass durch ihren Tod und die damit einhergehenden Ermittlungen die Welt Ihr Geheimnis dennoch erfahren hat, und wie Kelly bezweifle auch ich, dass sich Ihr Traum jemals erfüllen wird.«

»Ich habe einige sehr interessante Angebote bekommen«, gab David trotzig zurück.

»Schauspielern Sie immer noch, David? Ich empfehle Ihnen, sich versuchsweise der Wahrheit zu stellen. Auf lange Sicht macht es das Leben einfacher.«

Während David ihn finster anstarrte, warf Coleridge noch einen weiteren Blick auf die Studiotür. Noch immer war von Hooper und Patricia nichts zu sehen. Wie lange konnte er die Sache noch hinauszögern? Langsam gingen ihm die Verdächtigen aus.

»Dervla Nolan, ich hatte immer meine Zweifel, was Sie anging«, sagte Coleridge, als er sich zu ihr umwandte und theatralisch mit dem Finger auf sie deutete.

Einmal mehr schwenkten die Kameras herum.

»Was Sie nicht sagen, Inspector«, erwiderte Dervla, deren grüne Augen trotzig blitzten. »Und wieso, wenn ich fragen darf?«

»Weil Sie sich in diesem Spiel so ins Zeug gelegt haben. Weil Sie den Mut der Verzweiflung gezeigt und alles riskiert haben, indem Sie mit dem Kameramann Larry Carlisle durch den Spiegel kommunizierten. Weil Sie dem Eingang zum Schwitzkasten am nächsten saßen und hätten hinausgehen können, ohne dass irgendjemand etwas davon bemerkt hätte. Weil Sie dringend Geld brauchten. Weil man Ihnen gesagt hat, dass Sie, wenn Kelly tot ist, gewinnen konnten. Kein schlechter Indizienfall, Miss Nolan. Ich glaube, ein guter Staatsanwalt könnte ihn durchbringen!«

»Das ist doch Irrsinn«, sagte Dervla. »Ich mochte Kelly, wirklich, ich ...«

»Aber Sie haben nicht gewonnen, stimmt's, Dervla?«, fuhr Coleridge entschlossen fort. »*Jazz* hat gewonnen. Am Ende war der gute alte Jazz der Sieger. Jedermanns Freund, der Komödiant, der Mann, der *außerdem* eine der beiden Schlüsselpositionen im Schwitzkasten innehatte und ebenfalls hinauskonnte, ohne aufzufallen! Der Mann, dessen DNA auf dem Tuch, das der Mörder benutzt hat, so überdeutlich zu finden war. Der Mann, der seine Spuren passenderweise verwischt hat, indem er sich das Tuch gleich nach dem Mörder umgelegt hatte. Jazz, glauben Sie im Ernst, Sie hätten gewinnen können, wenn Kelly nicht gestorben wäre?«

»Hey, Moment mal!«, protestierte Jazz. »Sie wollen doch wohl nicht sagen, dass ...«

»Beantworten Sie meine Frage, Jason. Wenn Kelly diese Nacht

überlebt hätte, die Nacht, in der sie sich im Schwitzkasten an Ihnen vorbeigeschoben hat und jemand ihr nach draußen gefolgt ist, um sie zu ermorden, hätten Sie gewonnen? Würde der Scheck, den Sie jetzt in der Hand halten, nicht Kellys Namen tragen?«

»Ich weiß nicht … Vielleicht, aber das bedeutet nicht, dass ich sie ermordet habe.«

»Nein, Jazz, Sie haben Recht. Es bedeutet nicht, dass Sie sie ermordet haben, und das haben Sie natürlich auch nicht. *Weil keiner von Ihnen es war.*«

Das Gefühl, das diese Erklärung auslöste, war ausgesprochen befriedigend. Ein Teil von ihm, der größte Teil, stand Folterqualen aus und wartete verzweifelt auf das Eintreffen seiner Kollegen. Das allerdings ohnehin sinnlos wäre, wenn es noch länger hinausgezögert würde. Doch es gab noch diesen anderen Teil von Coleridge – der frustrierte Künstler Coleridge: Dieser Teil genoss jeden Augenblick seines großen Tages.

»Sie sind alle unschuldig«, wiederholte er, »denn es ist erwiesen, dass niemand, der diesen Abend gemeinsam mit Kelly im Schwitzkasten verbrachte, sie ermordet hat!«

»Es war Woggle, stimmt's?«, rief Dervla. »Ich hätte es mir denken können! Er hat uns alle gehasst! Er hat sich an der Sendung gerächt!«

»Aha!«, rief Coleridge. »Woggle, der Tunnelmensch! Natürlich! Der Fehler, den alle bei diesen Ermittlungen gemacht haben, *mein* Fehler war es, davon auszugehen, dass der Mord von jemandem begangen wurde, der sich zu diesem Zeitpunkt im Haus befand. Aber was ist mit den *Ex-Bewohnern*, nicht Layla, aber Woggle! Wie simpel für einen entschlossenen Anarchisten wie ihn, einen Saboteur, einen erfahrenen Tunnelgräber, ins Haus einzubrechen und sich an der Sendung zu rächen, besonders an dem Mädchen, das ihn nominiert und dann mit einem Tofu-Melasse-Trostkuchen gekränkt hat!«

Das Studio explodierte. Auf der ganzen Welt verstopften schlagartig die Presseleitungen. Also hatte Woggle es doch getan. Der gewissenlose Peiniger kleiner Mädchen hatte sein bisheriges Maß an Brutalität sogar noch übertroffen.

»Natürlich war Woggle es nicht!«, fuhr Coleridge ungeduldig fort. »Gott im Himmel, wenn ein derart auffälliger Bursche unterm Teppich hervorgekrochen wäre, hätten wir es doch wohl bemerkt, oder? Nein, suchen wir nicht weiter nach Gelegenheiten, sondern bedenken wir das *Motiv*. Was sind übliche Motive für einen Mord? Eines wäre Hass, denke ich. Hass treibt die Menschen zum Töten, und meine Ermittlungen haben ergeben, dass nur eine einzige wirklich hasserfüllte Beziehung negativen Einfluss auf die Vorgänge bei Peeping Tom genommen hat. Und die gärte nicht im Inneren des Hauses. Es war der Hass, den Bob Fogarty, der verantwortliche Regisseur, für die Produzentin Geraldine Hennessy empfand!«

Coleridge deutete über die Köpfe des Publikums hinweg auf die verdunkelten Fenster hoch oben in der Wand an der Rückseite des Studios. »Hinter dieser Scheibe sitzt das Peeping-Tom-Team«, fuhr Coleridge fort, »und es wird von einem Mann geführt, der seine Vorgesetzte, Geraldine Hennessy, für eine Fernsehhure hält! Genau das hat er zu einem meiner Beamten gesagt. Bob Fogarty hat die Ansicht geäußert, Hennessys Arbeit stelle einen neuen Tiefpunkt im Fernsehen dar, sie habe die Industrie ruiniert, die er liebt, und er wünsche sich, sie möge abstürzen! Aber ... Kelly hat er *nicht* ermordet!«

Coleridge spürte einen Hauch von Ungeduld in der Menge. Er wusste, dass er den Trick nicht endlos in die Länge ziehen konnte. Langsam ging ihm der Gesprächsstoff aus, doch das war nicht mehr von Bedeutung. Coleridge lächelte, als er sah, wie die große Tür hinten im Studio aufging und Hooper hereinschlich. Hooper zeigte Coleridge kurz den aufgerichteten Daumen.

Geraldine sah nicht, wie sich das Lächeln auf Coleridges Gesicht ausbreitete, da sie viel zu sehr mit ihrem eigenen Lächeln beschäftigt war. Ein Blick auf ihre Armbanduhr verriet ihr, dass dieser verrückte Polizist seit fünfeinhalb Minuten auf der Bühne stand und ihr zusätzliche elf Millionen Dollar eingebracht hatte, und offenbar war der Spinner noch nicht fertig.

Doch es sollte nicht mehr lange dauern, bis Geraldine das Lächeln verging.

»Also!«, sagte Coleridge theatralisch. »Wir wissen jetzt, wer Kelly Simpson *nicht* ermordet hat. Kommen wir nun zur Sache und finden heraus, wer sie ermordet *hat*. Nichts geschah in diesem schrecklichen Haus, ohne dass die Produzentin es arrangiert, manipuliert und verpackt hätte. Nichts, meine Damen und Herren, nicht einmal ein niederträchtiger Mord. Deshalb lassen Sie es uns ganz deutlich sagen. Einen Mord begangen haben ... *Sie*, Geraldine Hennessy!« Coleridge streckte den Arm aus, worauf die Kameras sofort herumschwenkten und der Richtung folgten, in die er zeigte.

Zum ersten Mal fand sich Geraldine auf der falschen Seite der Linse wieder.

»Sie haben doch den Verstand verloren!«, stöhnte sie.

»Ach ja? Nun, ich denke, davon verstehen Sie wohl mehr als ich, Miss Hennessy.«

Trisha kam mit einer Plastiktüte voller Videokassetten in den Schneideraum. Sie ging zu Bob Fogarty und flüsterte ihm etwas ins Ohr.

»Ich kann hier jetzt nicht weg«, protestierte Fogarty.

»Ich kann übernehmen«, schlug seine Assistentin Pru eifrig vor, die ihr ganzes Leben auf eine derartige Chance gewartet hatte.

»Ich fürchte, ich muss darauf bestehen, Sir«, sagte Trisha und flüsterte Fogerty wieder ins Ohr.

Fogarty stand von seinem Stuhl auf, nahm seine Familienpackung Milchschokolade und verließ den Schneideraum.

Pru übernahm das Kontrollpult. »Kamera vier«, sagte sie. »Langsame Fahrt auf Coleridge.«

Unten auf der Bühne war das Objekt dieser Anweisung in vollem Schwung.

»Vielleicht erlauben Sie mir, es zu erklären«, sagte Coleridge. »Bedenken wir zuerst das Motiv.« Coleridge richtete sich auf. Stark und gebieterisch stand er da, was nicht nur daran lag, dass der Schauspieler in ihm zu neuem, kraftvollem Leben erwachte. Coleridge wusste vor allem auch, dass Erfolg stets mit Selbstvertrauen einhergeht. Sie sollte glauben, dass ihr Spiel aus war. »Nun, das Motiv ist simpel. Es ist das älteste von allen. Nicht Hass, nicht Liebe, sondern Habgier. Schlicht und einfach Habgier. Kelly ist gestorben, um Sie reich zu machen, Miss Hennessy. Das gesamte Medien-Establishment ging davon aus, dass die dritte Staffel von *Hausarrest* ein Fehlschlag werden würde. Sicher, die Woggle-Affäre hat Aufmerksamkeit erregt, aber erst der Mord an Kelly hat Ihre Show zur größten Erfolgsstory in der Geschichte des Fernsehens gemacht, *was Sie genau so erwartet hatten!* Können Sie das bestreiten?«

»Nein, natürlich nicht«, sagte Geraldine. »Aber es bedeutet nicht, dass ich sie ermordet habe.«

Geraldine stand inzwischen ganz alleine da. Die fröhliche Meute aufgeregter junger Menschen aus dem Publikum und der Stamm der Studiomitarbeiter waren zurückgewichen und bildeten einen großen Kreis. Geraldine stand mitten in diesem Kreis, wie eine gestellte Löwin, während drei große Studiokameras über ihr schwebten wie Raubtiere auf der Jagd.

Hinter ihnen stand Coleridge und erwiderte Geraldines trotzigen Blick. »Sie waren clever, Miss Hennessy, brutal und teuflisch clever. Meiner Meinung nach hatten Sie Ihren größten Augenblick, als Sie zugelassen haben, dass die weltweiten Tantiemen, die der Mord an Kelly mit sich brachte, verloren gingen. Oh, ja, es hat mir zu denken gegeben, als uns Ihr Regisseur Bob Fogarty erzählte, wie böse Sie über die verlorene Gelegenheit waren. Eine Million Verlust? Vielleicht zwei? Und dann dachte ich: Welch ein geringer Preis dafür, dass der Verdacht nicht unmittelbar auf Sie fiel, denn seither haben Sie mit Ihrem schaurigen Spiel einige *hundert Millionen* Dollar abgesahnt.«

»Vorsichtig, Chief Inspector«, sagte Geraldine. »Sie sind hier live im Fernsehen. Die ganze Welt sieht zu, wie Sie sich zum Narren machen.« Die Erwähnung des Geldes hatte Geraldine wieder zum Leben erweckt. Natürlich war Coleridges Anschuldigung ein Schock gewesen, dennoch konnte sie sich nicht vorstellen, womit er sie stützen wollte, von Beweisen einmal ganz zu schweigen. Währenddessen ging das *Hausarrest*-Drama weiter, und die Profite stiegen unaufhörlich.

»Sie können es abstreiten, so lange Sie wollen, Miss Hennessy«, erwiderte Coleridge, »ich jedenfalls beabsichtige zu beweisen, dass Sie diesen Mord begangen haben, um dann dafür zu sorgen, dass Sie mit der ganzen Macht des Gesetzes bestraft werden. Ich wusste schon in der Tatnacht, dass die Dinge nicht so lagen, wie es den Anschein hatte. Trotz Ihrer eindrucksvollen Bemühungen stimmte einfach *so vieles* nicht. Wie konnte es sein, dass der Kameramann Larry Carlisle – der einzige Zeuge, der gesehen hat, wie der verhüllte Mörder Kelly zur Toilette gefolgt ist – glaubte, der Mörder sei nur zwei Minuten nach Kelly aus dem Schwitzkasten gekommen, während die Leute, die es sich auf dem Video angesehen haben, sehr genau auf ihren Geräten erkennen konnten, dass es eher fünf Minuten waren?«

»Es ist bewiesen, dass Larry Carlisle …«

»Kein sehr verlässlicher Zeuge, das akzeptiere ich, aber in dieser Sache wohl doch verlässlich genug. Wie konnte es ansonsten sein, dass das Blut, das aus Kellys Wunden trat, sich derart schnell sammelte? Der Arzt war überrascht, genau wie ich. *Wer hätte gedacht, dass das junge Mädchen so viel Blut in sich hätte*, um den Barden zu zitieren. Sehr viel Blut für die *zwei Minuten*, das zwischen dem Mord und Ihrem Eintreffen am Tatort geflossen sein soll, Miss Hennessy, aber nicht zu viel, wenn man mit den *fünf Minuten* rechnet, von denen Carlisle ausgegangen war.«

»Verdammte Scheiße! Nicht jedes Blut fließt mit der gleichen Geschwindigkeit!«, bellte Geraldine und vergaß für einen Augenblick, dass sie live im Fernsehen war.

»Dann war da das Erbrochene«, sagte Coleridge. »Kelly hatte einiges getrunken, und sie hatte es doch ziemlich eilig, zur Toilette zu gelangen, nicht? Aber nach allem, was wir gesehen haben, hat sie sich nur hingesetzt. Merkwürdigerweise fanden sich, obwohl die Toilettenschüssel ausgewischt war, auf dem Toiletten*sitz* ein paar Flecken von Erbrochenem, das den Untersuchungen zufolge von Kelly stammte. Wie war das möglich? Das habe ich mich gefragt. Als ich mir das Band noch einmal angesehen habe, war deutlich zu erkennen, dass sich Kelly nicht übergibt, sondern nur dasitzt ... und trotzdem weiß ich, dass ihr übel war. Ich habe Erbrochenes aus ihrem Mund, und ich habe Erbrochenes vom Toilettensitz. Zweifellos haben wir es mit einem Mädchen zu tun, das zur Toilette gelaufen ist, sich davor hingekniet und dann übergeben hat. Aber wenn ich mir das Band ansehe, *setzt sie sich nur hin.*«

Oben im Schneideraum amüsierte sich Pru königlich. Sie hatte das Kontrollpult übernommen und live und völlig ohne Script eine makellose Kameraführung der Vorgänge dort unten im Studio zu Stande gebracht, indem sie den schockierten Kameraleuten in scharfem Ton kühle, klare Anweisungen erteilte. Und nun übertraf sie sich selbst, indem sie es fertig brachte, Material aus dem Mordvideo aufzurufen und in die Sendefassung zu geben, während Coleridge sprach. Noch einmal sahen die Zuschauer auf der ganzen Welt die bekannten Bilder von Kelly, wie sie die Toilette betrat und sich setzte – diesmal in einem gänzlich neuen, rätselhaften Kontext.

Unten im Studio ging die Konfrontation weiter.

»Als Nächstes komme ich zur Frage der *Geräusche* auf dem Band, die während des Mordes aufgenommen wurden. Am früheren Abend war vieles von dem, was in dem dunklen Kasten gesagt wurde, gut verständlich und, wie ich hinzufügen möchte, konnte kaum dazu beitragen, den Leuten, die Sie hier auf der Bühne stehen sehen, sonderlich zur Ehre zu gereichen.«

Coleridge wandte sich den acht Ex-Hausbewohnern zu. »Wirklich, Sie sollten sich schämen, wie Sie da stehen. Sie sind doch keine Tiere.«

»Ich war gar nicht dabei!«, protestierte Layla wie ein gescholtenes Schulkind. »Mich hatten sie abgewählt, ich war nicht dabei!«

Die Autorität, mit der Coleridge auftrat, war so groß, dass die sieben anderen Bewohner, selbst Gazzer, erröteten und betreten auf ihre Füße starrten, statt ihm zu sagen, er solle sich um seine eigenen Angelegenheiten kümmern.

»Aber ich schweife ab«, räumte Coleridge ein. »Als Kelly im Schwitzkasten saß, konnten wir hören, was gesagt wurde, aber von dem Moment an, als Kelly die Toilette betrat, wurde alles undeutlich, nicht mehr als Gemurmel. Wieso? Warum konnten wir die Stimmen nicht mehr verstehen?«

»Weil alle so besoffen waren, Sie dämlicher alter ...« Geraldine biss sich auf die Lippe. Er hatte keinen Beweis, also gab es keinen Grund, die Beherrschung zu verlieren.

»Das glaube ich nicht, Miss Hennessy. Sieben Leute fangen nicht gleichzeitig an zu nuscheln. Was war geschehen? Wieso hatte sich die Geräuschkulisse verändert? Lag es daran, dass die Geräusche, die ich auf dem Mordvideo gehört hatte, gar nicht diejenigen waren, die aus dem Schwitzkasten kamen? Könnte es sein, dass derjenige, der das Band erstellt hat, nicht wollte, dass die Stimmen aus dem Schwitzkasten zu unterscheiden wären, weil *er nicht wusste, wer ermordet werden würde?* Sicher wäre es merkwürdig gewesen, wenn man das Opfer noch nach seinem Tod hätte hören können. War das der Grund, weshalb die Stimmen auf dem Mordband so verdächtig undefinierbar blieben?«

Geraldine sagte nichts.

»Lassen Sie uns einen kurzen Zeitsprung vornehmen, zu dem Moment, als die Nachricht entdeckt wurde, die den zweiten Mord ankündigte. Oh, welch hübsche Sensation! Für mich, Miss Hennessy, war diese Nachricht aber der Beweis, den ich brauchte, um mir sicher zu sein, dass der Mord *nicht* von einem Bewohner verübt worden war.«

»Wieso das denn, Süßer?«

Coleridge hätte vor Schreck beinahe einen Satz gemacht. Er hatte vollkommen vergessen, dass Chloe neben ihm stand. Während seines gesamten Vortrags hatte sie sich reichlich aufdringlich bemüht, im Bild zu bleiben, und schickte sich nun an, sich wirklich in seine Abhandlungen zu mischen. Dies war ihr gutes Recht, fand sie, denn schließlich war sie die Moderatorin dieser Sendung.

»Wieso, Chloe? Weil es absolut lächerlich war, deshalb. Unmöglich, ein durchsichtiges Stück *Theater*. Es war schlicht unmöglich, dass einer der Kandidaten am Ende der ersten Woche wissen konnte, wann und wie Kelly sterben würde. Selbst wenn sie geplant hätten, sie umzubringen, ist es doch absurd zu glauben, sie hätten derart detailliert in die Zukunft blicken und davon ausgehen können, dass sich am siebenundzwanzigsten Tag eine Gelegenheit ergeben würde. Wie also ist dieser Zettel zwischen die Voraussagen im Umschlag geraten? Einem Umschlag, von dem wir gesehen haben, wie die Bewohner ihn am achten Tag mitsamt ihren Prophezeiungen versiegelt haben. Offensichtlich hat jemand von außen diese Prophezeiung dort hineingelegt, und zwar zu dem Zeitpunkt, *als Kelly ermordet worden war*. Diese Nachricht war ein kleines zusätzliches Drama, dem Sie nicht widerstehen konnten, Miss Hennessy. Sie wollten unbedingt Ihren Preis für das Sendematerial der letzten Woche in die Höhe treiben und wussten doch, dass der Mord mit jedem Tag kälter und die Chance mit jedem Rausschmiss immer geringer wurde, dass sich der Mörder noch im Haus befand. Daher Ihr absurder, lächerlicher Zettel, der die Welt zum Narren gehalten hat, mich jedoch nur davon überzeugen konnte, dass es definitiv *keinen* weiteren Mord geben würde.«

»Entschuldige, tut mir Leid, wenn ich dich unterbrechen muss, Süßer«, meldete sich Chloe zu Wort, die liebend gern eine weitere Gelegenheit beim Schopfe packte, ins Geschehen einzugreifen. »Aus der Regie bittet man mich, mal nachzufragen, wie sie es gemacht hat. Ich meine, wir haben alle Zeit, die du brauchst, aber das Problem ist, dass wir live auf Sendung sind, und irgendwann müssen wir eine Werbeunterbrechung einschieben, aber wir wollen es *wirklich, wirklich* wissen.«

»Gerechtigkeit braucht ihre Zeit«, erwiderte Coleridge feierlich, der sich der Tatsache durchaus bewusst war, dass er keinen Beweis hatte. Wollte er eine Verurteilung erwirken, brauchte er ein Geständnis, und nur Banquos Geist, nur ein paar *blut'ge Locken* konnten es ihm verschaffen. Es musste der richtige Zeitpunkt sein, der Mörder musste *schwitzen*.

»Okay, Babe«, sagte Chloe. »Die sagen, das ist cool. Respekt. Also dann.«

»Sie müssen doch alle längst erraten haben, wie es gemacht wurde, oder?«, sagte Coleridge. »Ich meine, ist es denn nicht offensichtlich?«

Das Meer aus leeren Mienen im Publikum war ein äußerst erfreulicher Anblick.

»Ach, ja, natürlich. Das hatte ich vergessen. Ihnen stand ja nicht das Privileg zu, den Shepperton Studios einen Besuch abstatten zu dürfen, wo ein *exakter Nachbau* des Hauses steht. Wo Geraldine Hennessy ein Video gedreht hat. Ein Video eines Mordes, *der noch geschehen sollte*.« Coleridge gab sich keine Mühe mehr, Gelassenheit zu markieren. Nun war er Schauspieler, ein Schauspieler in einem Bühnenhit.

»In einer dunklen Nacht, kurz vor Beginn des *Hausarrest*-Spiels, schlich Geraldine Hennessy in ihr nachgebautes Haus im Studio. Sie stellte die Studiobeleuchtung an und aktivierte die ferngesteuerten Kameras, die bald darauf im echten Haus installiert werden sollten. Außerdem hatte sie eine manuelle Kamera vor der Toilettentür in Position gebracht, die sie feststellte, so wie sie es Larry Carlisle etwa einen Monat später tun lassen würde. Anschließend hat sich Miss Hennessy ausgezogen und eine dunkle Perücke aufgesetzt. Eine Perücke mit der Farbe von Kelly Simpsons Haar. Dann hat sie die nachgebaute Toilette betreten, in der sie von hinten von der einzigen Kamera im Raum aufgenommen wurde, die hoch über ihr war. Sie hat sich eilig hingesetzt und ihren Kopf in die Hände gestützt, was keine komplizierte Täuschung darstellte. Das durch den extremen Weitwinkel verzerrte Bild eines Kamerawinkels von oben würde alle Unterschiede an Größe und Statur verwischen. Und wenn man direkt darauf blickt, sieht ein nach vorn gebeugt sitzender Mensch auf einer Toilette mehr oder weniger aus wie jeder andere. Etwa einen Monat, bevor es wirklich passierte, hatte man Kellys letzten Gang zur Toilette also … ich kann nicht sagen *re*konstruiert … eher *prä*konstruiert.«

Coleridge hatte einen Heidenspaß. Banquos Geist wartete in den Kulissen, und Macbeth (oder besser: Lady Macbeth) stand in ihrer ganzen Arroganz vor ihm. Jetzt musste er sie nur noch so weit bringen, dass sie den Mut verlor, und er war fest überzeugt davon, dass er es schaffen konnte. In fünfunddreißig Jahren engagierter und meist erfolgreicher Polizeiarbeit war es Coleridge niemals gelungen, wirklich zu glänzen. Doch an diesem Abend, als er sich dem Ende seiner Karriere näherte, leuchtete er geradezu.

»Also«, fuhr er fort, »Hennessy spielt Kelly und sitzt auf der Toilette, als am anderen Ende des nachgebauten Wohnbereichs, im Jungenzimmer, in dem man einen kleinen Schwitzkasten aufgestellt hat – einen Schwitzkasten, der nach genau denselben Bauanweisungen errichtet und in Position gebracht worden war, die man später den Bewohnern geben würde –, eine verhüllte Gestalt tritt. Ihr Komplize in diesem Drama, Miss Hennessy. Dieser Komplize durchquert den Wohnbereich, nimmt ein Messer und stürzt in den Toilettenraum, wobei er sich das Tuch in die Höhe hält, um der Kamera den Blick zu verwehren. Dann tut er, als würde er zweimal zustechen. Eine geschickte Täuschung, Miss Hennessy. *Zwei* Stiche, der erste ein Fehlschlag, was den Eindruck erwecken sollte, die Tat sei eher mit verzweifelter Improvisation und nicht kalter, hinterhältiger Berechnung begangen worden. *Ein* Stich hätte *zu* einfach ausgesehen. Dann, nachdem Ihr Komplize Sie – auf dem Toilettensitz zusammengesunken – mit einem Tuch zugedeckt hat, kehrt er über die kleine Bühne in Shepperton in den nachgebauten Schwitzkasten zurück.«

»Wer? Wer war dieser Komplize?«, stöhnte Chloe auf.

»Nun, Bob Fogarty natürlich. Es *konnte* nur Bob Fogarty sein, der so unbeholfen darauf hingewiesen hatte, dass er Miss Hennessy hasst. Ein Mann mit demselben Talent zum Videoschnitt wie Sie selbst, Miss Hennessy. Denn ich sage Ihnen auf den Kopf zu, Geraldine Hennessy, dass die Welt nicht gesehen hat, wie Kelly ermordet wurde! Dieses düstere Ereignis blieb ungefilmt. Das Band, das Sie und Fogarty in Shepperton gemacht haben, ist in jener Nacht abgespielt worden und hat seither das Interesse der Öffentlichkeit gefangen gehalten! Ihre *Konstruktion* eines Mordes, der erst noch geschehen sollte und den Sie und er in die Sendefassung gegeben haben, als die *echte* Kelly die Toilette betrat. Ich habe mich in dieser Sache beraten lassen, und man hat mir gesagt, dass das Öffnen der Tür ein guter Moment wäre, die Bänder zu wechseln. Von dem Moment an haben Sie und alle Leute im Monitorbunker das Band angesehen, das Sie vorbereitet hatten, und *nicht die echten Bilder von den Kameras*. Sie haben selbst damit geprahlt, Time-Codes ließen sich leicht fälschen, und da Sie und Fogarty zusammengearbeitet haben, war es ganz einfach, Ihre Fernsehmonitore auf das vorbereitete Video umzustellen.«

Geraldine versuchte zu sprechen, aber es drang kein Laut über ihre Lippen. Der Aufnahmeleiter tat, was alle Aufnahmeleiter tun: Er brachte ihr einen Becher Wasser.

»Als Kelly auf der Toilette saß und Sie sie dort natürlich nicht mehr sehen konnten, haben Sie die Toilettentür mit dem ferngesteuerten Schloss, das auf Ihr eigenes Betreiben hin installiert worden war, verriegelt, um die arme Kelly einzusperren und so dafür zu sorgen, dass sie nicht fertig sein konnte, bevor Sie bei ihr waren. Dann haben Sie sich im Monitorbunker entschuldigt, Sie müssten zur Toilette, genau wie das Mädchen auf dem Bildschirm, und haben sich auf den Weg gemacht, Ihren grausamen Plan in die Tat umzusetzen!«

Es entstand ein enormer Aufruhr im Studio, ebenso wie natürlich rund um den Globus. Auf der ganzen Welt verkochte Wasser in den Töpfen, verbrannte das Abendessen, und weinende Babys blieben ungetröstet. Inzwischen war keine Rede mehr von einer Werbeunterbrechung.

»Nur weiter«, schnarrte Geraldine. »Was soll ich dann getan haben?«

»Sie sind durch den Tunnel unter dem Wassergraben gelaufen,

nachdem Sie sich, wie ich vermute, einen vorher bereitgelegten Kittel angezogen haben. Bestimmt gibt es irgendwo in London eine Müllverbrennungsanlage, in der ein blutbeschmierter Overall entsorgt worden ist. Sie sind in den Kameragang gelaufen und von dort ins Jungenzimmer. Als Sie im Haus waren, haben Sie ein Tuch vom Stapel genommen, den Sie die Hausbewohner vor dem Schwitzkasten hatten aufhäufen lassen. Diese Plastikkonstruktion, in der die Leute, die Sie heute Abend hier sehen, vor trunkener Triebhaftigkeit geschwitzt haben …«

»Ich nicht, ich war schon abgewählt«, flötete Layla, aber Coleridge achtete nicht auf sie.

»Sie haben sich mit dem Tuch bedeckt, sind in den Wohnbereich und haben ein Messer geholt, wobei Sie kurz am Küchenschrank stehen geblieben sind, um den Umschlag mit den Prophezeiungen herauszunehmen, ihn aufzureißen und den Inhalt in einen neuen, identischen Umschlag zu stecken. Bei dieser Gelegenheit haben Sie Ihren neuen Zettel dazugelegt, auf dem der zweite Mord angekündigt wurde. Natürlich hat niemand irgendwas davon gemerkt, weil die Redakteure das Video zu sehen bekamen, das Fogarty und Sie einen Monat zuvor gedreht hatten. Das Video, auf dem Kelly Simpson friedlich auf der Toilette sitzt und somit sonst niemand zu sehen ist. Natürlich mussten Sie den Kameramann bedenken, aber Larry Carlisle hatte Anweisung, die Toilettentür im Auge zu behalten und auf Kelly zu warten. *Deshalb* hat Carlisle behauptet, es sei weniger Zeit vergangen von dem Moment an, als Kelly zur Toilette lief, bis dahin, als der Mörder herauskam, denn die Gestalt, die er unter dem Tuch an sich vorüberlaufen sah, waren Sie, *die wahre Mörderin*. Währenddessen sah Ihr Komplize Fogarty mit dem Team im Monitorbunker ein friedliches Haus, in dem ein Mädchen einsam auf der Toilette saß. Sie, Miss Hennessy, waren *wieder zurück im Monitorbunker*, bevor auf Ihrem Video eine verhüllte Gestalt zu sehen war und diese in die Toilette eindrang.«

Allgemeines Aufstöhnen und Applaus wurden aus der Menge laut.

»Irre«, sagte Chloe. »Abgedreht. Total abgedreht. Einfach völlig durchgeknallt.«

Geraldine schwieg mit undurchdringlicher Miene, als hielten sie die drei Kameras, die auf sie gerichtet waren, in Schach.

»Doch ich greife den Ereignissen vor«, sagte Coleridge. »Die arme Kelly Simpson ist noch am Leben ... Wenn auch nur noch wenige Augenblicke. Die Tür zur Toilette springt auf, da Ihr Kollege sie zum verabredeten Zeitpunkt entriegelt hat. Sie fallen über das ahnungslose Mädchen her, finden sie jedoch nicht in der erhofften Stellung auf der Toilette sitzend vor, wie sie es auf Ihrem Video gestellt hatten. Nein, sie kniet *vor* der Toilettenschüssel und übergibt sich. Das ist nicht gut. Alles muss so sein wie auf dem Video: Das Mädchen muss sitzen, und was am wichtigsten ist: Sie darf sich nicht übergeben, weil man auf dem Band nicht sieht, dass sie es tut. Sie packen sie und reißen sie herum, wobei Kelly gewiss dachte, jemand sei gekommen, um ihr zu helfen. Aber nein: Sie waren gekommen, um sie zu ermorden. Mit außergewöhnlicher Kaltschnäuzigkeit stechen Sie ihr zuerst in den Hals und dann, als Sie die ganze Kraft Ihrer Leidenschaft und Ihrer *Habgier* zusammennehmen, rammen Sie ihr die Klinge in den Kopf. Sie beeilen sich, weil Sie wissen, dass es um Sekunden geht. Sie spülen die Toilette ab und wischen das Erbrochene aus der Schüssel. Sie machen Ihre Sache gut, Miss Hennessy, aber leider nicht gut genug. Ein paar winzige Flecken bleiben auf dem Sitz. Dann – und an dieser Stelle stockt mir der Atem, wenn ich bedenke, wie eiskalt Sie vorgegangen sind – *waschen Sie dem Mädchen den Mund aus*. Hatten Sie ein Tuch? Sonst hätte Toilettenpapier an ihren Zähnen geklebt. Haben Sie vielleicht Ihr Hemd zerschnitten? Ich weiß es nicht, aber ausschlaggebend ist: Ich weiß, dass Sie an der Zunge des toten Mädchens Spuren hinterlassen haben! Kelly war erst wenige Sekunden tot und konnte somit noch Prellungen erleiden. Pech für Sie, Miss Hennessy. Natürlich konnten Sie das Erbrochene ganz hinten aus Mund und Rachen nicht herausbekommen, aber Sie hatten Ihr Bestes getan, und dieses Beste war auch wirklich fast gut genug. Aber die Zeit läuft Ihnen davon, Kelly blutet noch immer. Sollten Sie dabei zu blutig werden, sind Sie geliefert. Hastig bringen Sie die Leiche in dieselbe sitzende Haltung wie auf dem Video. Sie legen ein zweites Tuch über das tote Mädchen, bedecken sich mit Ihrem eigenen Tuch und verlassen die Toilette. Wieder sieht Larry Carlisle, wie die verhüllte Gestalt aus der Toilette tritt, Minuten vor den Redakteuren, da auf deren Bildschirmen *bisher gar nichts passiert ist.* Bei ihren lebt Kelly Simpson noch! Ich muss Ihnen einfach Beifall zollen, Miss Hennessy. Sie haben den Vorgang so geplant, dass Larry Carlisles Geschichte genau mit dem übereinstimmte, was im Monitorbunker zu sehen war. Nur das Timing konnten Sie nicht bestimmen.«

Einmal mehr wurde im Studio anerkennendes Gemurmel laut.

»Dann laufen Sie durch den Wohnbereich zurück ins Jungenschlafzimmer«, fuhr Coleridge mit lauter werdender Stimme fort, »machen nur kurz Halt, um das Tuch, mit dem Sie sich verhüllt hatten, schnell in den Betten der Jungen herumzuwischen, damit später ein wildes Durcheinander von Hautzellen und anderem DNA-Material darauf zu finden ist. Haben Sie vielleicht Handschuhe und ein Haarnetz getragen? Ich weiß es nicht, denn damals war ich dumm genug und habe nicht an die Möglichkeit gedacht, jemanden testen zu lassen, der nicht mit im Schwitzkasten gesessen hatte.«

»Nein!«, riefen einige aus dem Publikum. Coleridge war der Held des Augenblicks, und die Leute wollten nichts hören, was gegen ihn sprach, nicht einmal von ihm selbst.

»Sie kehren in den Kameragang zurück«, fuhr Coleridge fort. »Sie laufen durch den Tunnel, verstecken Ihren Overall und kommen gerade rechtzeitig im Monitorbunker an, um noch sehen zu können, wie *Ihre identische Version* des Mordes auf dem Bildschirm stattfindet. Sie haben das perfekte Alibi geschaffen: Sie sitzen sicher und unübersehbar bei Ihren Redakteuren, als der Mord stattfindet, und so konnte niemand Sie verdächtigen. Der Mord wurde, wie alles, das in diesen so genannten ›Reality‹-Programmen passiert, beim Schneiden zusammengebastelt und war somit nichts weiter als Fernseh-›Realität‹.« Coleridge legte eine kurze Pause ein, um Luft zu holen. Er wusste, dass er seinen Geist bald ins Spiel bringen musste.

»Also mussten Sie nur noch die Monitore wieder von Ihrem Video auf die Live-Kameras umschalten, was zweifellos eine harte Probe war, kann ich mir vorstellen. Hatte Fogarty die gefälschten Time-Codes fertig? Hatten Sie das Tuch *genau so* wie auf Ihrem Video aus Shepperton auf Kellys Leichnam platziert? Wenn ja, wäre das Umschalten einfach. Wenn nicht, würde das Bild einen Ruck machen. Und wieder möchte ich Ihnen gratulieren, Miss Hennessy. Ich habe mir das Video viele Male angesehen, und selbst jetzt bin ich mir nur halbwegs sicher, wo Sie umgeschaltet haben. Und natürlich sind Sie nicht davon ausgegangen, dass irgendjemand danach suchen würde.«

»Es liegt daran, dass es nichts zu suchen gibt. Da wurde nichts umgeschaltet, *Sie kleiner Pisser!* Ich hab sie nicht umgebracht, und das wissen Sie genau. Sie haben es sich ausgedacht, weil Sie zu bescheuert sind herauszufinden, wer von den jämmerlichen Figuren, die da neben Ihnen stehen, es tatsächlich getan hat!«

Überall auf der ganzen Welt rangen Regisseure, die Bild und Ton live von Peeping Tom bekamen, mit sich, ob sie ihre Piepmaschinen aktivieren sollten. Doch sie alle verpassten den richtigen Moment, da sie viel zu sehr mit dem beschäftigt waren, was Coleridge sagte. Geraldines Folge von Obszönitäten ging in die Welt hinaus – ein Augenblick von wahrem Reality-TV.

Coleridge sah Geraldine nicht an, sondern blickte an ihr vorbei in den hinteren Teil des Studios, wo ihm Hooper ein zweites Mal mit beiden Daumen zeigte, dass alles okay sei. Er wusste, dass die Zeit gekommen war, diesem Bankett nun Banquos Geist vorzustellen.

»Oh, aber Miss Hennessy«, sagte Coleridge. »Ich mache keine leichtfertigen Anschuldigungen. Nein, ich habe den Beweis, denn ich kann Ihnen die *anderen Morde* nachweisen.«

»Was?«

»Sollen sie ihre blut'gen Locken gegen Euch schütteln, Miss Hennessy! Sollen sie mit blutigen Fingern auf Euch zeigen.«

»Was reden Sie da für einen *Scheiß*, Sie lächerlicher alter Pisser!«, schnappte Geraldine.

Den Bruchteil einer Sekunde lang blickte Coleridges beschämt drein. »Vielleicht war ich in meiner Wortwahl etwas unüberlegt. Selbstverständlich sollte ich sagen: Ihre anderen Mord-*Präkonstruktionen*! Denn, Miss Hennessy, mir ist klar geworden, dass Sie unmöglich wissen konnten, wer in dieser Nacht den Schwitzkasten verlassen würde, um die Toilette aufzusuchen. Natürlich bestand eine virtuelle Wahrscheinlichkeit, dass *irgendjemand* gehen würde, und auf dieser Annahme basierte Ihr gesamter Mordplan. Aber Sie konnten nicht wissen, *wer*. Deshalb habe ich mir gesagt: Wenn Ihr Plan gelingen sollte, mussten Sie Ihr Szenario nicht nur für die arme Kelly filmen, sondern für alle anderen Mädchen, sodass Sie, wenn ein Mädchen – *irgendein* Mädchen – herauskam und zur Toilette ging, die entsprechende Kassette einlegen und sie ermorden konnten. Das ist vielleicht der traurigste Aspekt dieser Ermittlungen. Ich habe viele mögliche Motive für den Mord an Kelly gefunden, aber nicht ein einziges davon ist auch nur im Entferntesten relevant, denn es war *reiner Zufall*, dass sie starb. Sie wurde ermordet, weil sie das *zweite* Mädchen war, das zur Toilette ging. Ah!, höre ich Sie sagen. Die Zweite? Wieso denn die Zweite? Ist Sally denn nicht ganz am Anfang des Abends zur Toilette gegangen? Wieso wurde denn nicht Sally ermordet? Ich will Ihnen sagen, wieso: Weil Sally ihr Haar *gefärbt und geschnitten* hatte, seit sie ins Haus gekommen war! Sallys dunkler Irokesenschnitt war nur noch ein rotes Büschel, was ihr definitiv das Leben gerettet hat, denn hätten Sie Ihr Aussehen nicht verändert, Sally, dann wären Sie und nicht Kelly umgekommen, und diese Frau hier wäre Ihre Mörderin gewesen!«

Mit einem Kopfnicken bedeutete Coleridge den Technikern in der Regie, dass er bereit war.

Pru, die auf Trishas Anweisung hin handelte, drückte den Knopf, den sie eilig mit »Sally« beschriftet hatte. Und zum Erstaunen der ganzen Welt sah man, wie die nackte Sally – wenn auch die Sally mit ihrem alten Irokesenschnitt – die Toilette betrat. Oder zumindest *konnte* es ohne weiteres Sally sein, denn da die Einstellung von oben kam, sah man im Grunde nur nackte weibliche Gliedmaßen, in diesem Fall tätowiert, und natürlich den auffälligen Kopf. Dann setzte sich das Mädchen auf die Toilette, stützte ihren Kopf mit den Händen und wurde genau wie Kelly von derselben Gestalt unter dem Tuch ermordet.

»Oh, mein Gott«, flüsterte die echte Sally, als ihr plötzlich klar wurde, wie nahe sie dem Tod gekommen war.

Dann flackerte der Bildschirm kurz auf, und ein zweites Video begann. Diesmal sah man von oben, wie Moons kahler Schädel in die Toilette kam. Wieder schlich die verhüllte Gestalt durch den Wohnbereich, hob das Messer an und führte den Mord aus.

»Leck mich am Arsch!«, krähte Moon. »Wollen Sie etwa sagen, wenn ich pissen gegangen wäre …?«

»Das will ich allerdings, Miss«, antwortete Coleridge. »Das will ich allerdings. Ist es nicht interessant, dass Geraldine Hennessy nur Frauen mit besonderem Haar oder – wie in Ihrem Fall, Moon – dem Mangel daran ausgewählt hat?«

Inzwischen sah man Dervlas rabenschwarzen Haarschopf in die Toilette kommen, und natürlich lief die Geschichte genauso ab.

Schließlich tauchten zur allgemeinen Überraschung Laylas Perlenzöpfe auf, und wieder ging der Mord über die Bühne.

»Oh, ja, auch Layla war da«, sagte Coleridge. »Layla mit ihren blonden Perlenzöpfen. Denn woher sollte Geraldine Hennessy vor Beginn der Serie wissen, wer nicht mehr da sein würde?«

Wieder brandete Applaus auf.

»Alle diese Mädchen wurden von *Ihnen* gespielt, Miss Hennessy«, rief Coleridge und deutete mit dem Finger auf Geraldine, die langsam aussah, als machte sie sich ernstlich Sorgen, »wie die digitale Vergrößerung der Videos beweisen wird!«

»Ich hab dem blöden Arschgesicht Fogarty gesagt, er soll die Bänder verbrennen!«, kreischte Geraldine.

Banquos Geist hatte seine Arbeit getan.

Geraldine wusste, dass das Spiel aus war. Coleridge hatte ihre

Videoaufnahmen – nur dass er sie natürlich nicht hatte, weil all das nur ein Trick gewesen war.

Fogarty hatte die Bänder verbrannt, wie er ihr gerade zu sagen versuchte, indem er die schalldichten Wände in dem kleinen Kontrollraum anbrüllte, in den Trisha ihn geführt hatte und von dem aus er die ganze Sache auf einem Monitor verfolgen konnte.

»Ich hab die Bänder verbrannt! Das hab ich getan, du blöde Kuh!«, schrie er den Bildschirm an, während ihm die Tränen des Entsetzens in die Augen stiegen. »Er hat dich reingelegt. Er hat die Aufnahmen selbst gemacht.«

»Eigentlich habe ich sie gemacht«, erklärte Trisha Fogarty nicht ohne Stolz. »Ich und Sergeant Hooper, heute Nachmittag drüben in Shepperton. Schreckliche Hetzerei zurück ... Diese Kahlkopfperücke war wirklich entsetzlich, weil es schrecklich an den Haaren reißt, wenn man sie abnimmt.«

Trisha hatte einen guten Tag gehabt. Natürlich hatte sie nackt vor Sergeant Hooper dastehen müssen, was jedoch eine hübsche Überraschung mit sich gebracht hatte. Die nackte Trisha hatte Hooper so gut gefallen, dass er sie spontan gefragt hatte, ob sie mit ihm ausgehen wolle.

»Tut mir Leid, Sarge. Ich steh auf Frauen«, hatte sie geantwortet, und somit war es endlich draußen gewesen. Seitdem fühlte sie sich erheblich besser.

Unten auf der Studiobühne nahm Coleridge vor den Augen einiger hundert Millionen Zuschauer Geraldine in Gewahrsam. Größer konnten große Stunden kaum werden.

»Und wenn ich sie ermordet habe?«, kreischte Geraldine. »Sie hat bekommen, was sie wollte, oder nicht? Sie ist berühmt geworden! Das wollen sie doch alle. Sie sind verzweifelt, alle, wie sie da stehen. Wahrscheinlich hätten sie es durchgezogen, selbst wenn sie gewusst hätten, was ich vorhabe, diese *jämmerlichen Pisser*! Die Chance, ermordet zu werden, stand zehn zu eins. Neun zu eins die Chance auf Weltruhm! Sie hätten zugegriffen! Das war mein einziger Fehler! Ich hätte mir ihre beschissene Erlaubnis einholen sollen.«

63. Tag 22:30 Uhr

Wegen Coleridges kleinem Theater hatte die letzte Sendung um eine halbe Stunde überzogen, und wieder eine halbe Stunde danach, genau eine Stunde zu spät, weil er vergessen hatte, dass die Uhren inzwischen vorgestellt worden waren, sprengte Woggle das Haus in die Luft.

»Ha, ha, ihr Hexen und Zaubermeister, wie gefällt euch das?«, rief Woggle und kletterte aus seinem Fluchttunnel, als die letzten Brocken von Mauerstein und Holz herabregneten. Woggle hatte geplant, dass es der krönende Abschluss der letzten Sendung werden sollte, der Augenblick, in dem er, Woggle, seine Verachtung gegenüber der ganzen Bande zeigen konnte und all den hübschen Egos auf dem Höhepunkt von Peeping Toms Party die Show stahl. Doch aufgrund seines Irrtums befand sich die Mehrzahl seines erhofften Publikums bereits auf dem Weg zum Parkplatz, als die Bombe hochging.

Geraldine, das Hauptziel seiner Rache, bekam davon überhaupt nichts mit, weil sie auf dem Rücksitz eines abgedunkelten Gefängniswagens saß und in polizeilichen Gewahrsam verbracht wurde.

Aber Coleridge sah es, und in seinen Augen war der Anschlag eine reife Leistung und – alles in allem – gerechtfertigt, was jedoch nicht verhindern konnte, dass er Woggle verhaftete, weil er sich seinen Kautionsauflagen widersetzt hatte.

63. Tag 23:00 Uhr

Als Coleridge nach Hause kam, stellte er erfreut fest, dass seine Frau sich alles angesehen hatte.

»Ausgesprochen theatralisch, mein Lieber. Ist sonst gar nicht deine Art.«

»Ich musste etwas unternehmen, oder? Ich hatte keinen Beweis.

Ich musste sie zu einem öffentlichen Geständnis bewegen, und zwar noch heute. Das war alles.«

»Und du hast es sehr gut gemacht. Wirklich sehr, sehr gut, und ich bin nur froh, dass wir uns keine dieser abscheulichen Sendungen mehr ansehen müssen. Oh, übrigens, jemand namens Glyn von der Theatergruppe hat angerufen. Er sagte, er wollte dich schon seit Ewigkeiten anrufen. Er hat dir schrecklich viele Komplimente für dein Vorsprechen gemacht und gesagt, es sei ganz wunderbar gewesen. Es hätte ihn richtig weggefegt, und nachdem er nun darüber nachgedacht hat, möchte er jetzt doch, dass du die Hauptrolle übernimmst.«

Coleridge spürte, wie eine Woge der Vorfreude in ihm aufwallte. Die Hauptrolle! Endlich sollte er der Welt doch noch den Macbeth geben. Natürlich war Coleridge nicht dumm. Er wusste, dass er die Rolle nur bekommen hatte, weil er im Fernsehen gewesen war. Aber wieso auch nicht? Wenn alle anderen das Spiel so spielten, wieso dann nicht er auch? Ruhm, so schien es, konnte auch sein Gutes haben.